MADAME BOVARY

Livros do autor na Coleção **L&PM** POCKET

Madame Bovary

Três contos

GUSTAVE FLAUBERT

MADAME BOVARY

Tradução de Ilana Heineberg

www.lpm.com.br
L&PM POCKET

Coleção **L&PM** POCKET, vol. 328

Texto de acordo com a nova ortografia.

Título original: *Madame Bovary*

Esta edição na Coleção **L&PM** POCKET: novembro de 2008
Esta reimpressão: janeiro de 2022

Tradução: Ilana Heineberg
Capa: Ivan Pinheiro Machado sobre tela *La Malade* (Felix Vallotton, 1892), Lausanne, coleção particular.
Preparação: Jó Saldanha
Revisão: Patrícia Yurgel e Lia Cremonese

CIP-Brasil. Catalogação na Fonte
Sindicato Nacional dos Editores de Livros, RJ.

F616m

Flaubert, Gustave, 1821-1880
Madame Bovary / Gustave Flaubert; tradução Ilana Heineberg. – Porto Alegre, RS : L&PM, 2022.
336p. – (Coleção L&PM POCKET ; v. 328)

Tradução de: *Madame Bovary*
ISBN 978-85-254-1275-1

1. Romance francês. I. Heineberg, Ilana, 1975-. II. Título. III. Série.

08-4818. CDD: 843
CDU: 821.133.1-3

Rua Comendador Coruja, 314, loja 9 – Floresta – 90.220-180
Porto Alegre – RS – Brasil / Fone: 51.3225-5777

Pedidos & Depto. comercial: vendas@lpm.com.br
Fale conosco: info@lpm.com.br
www.lpm.com.br

Impresso no Brasil
Verão de 2022

GUSTAVE FLAUBERT
(1821-1880)

FLAUBERT NASCEU EM ROUEN, na França, em 12 de dezembro de 1821, e morreu no dia 8 de maio de 1880. Filho do cirurgião-chefe do hospital local, cresceu nas imediações do hospital, entre doentes, utensílios médicos e enfermeiros. Começou a escrever ainda cedo, na mesma época em que foi reprovado nos exames da Faculdade de Direito de Paris. Seu pai, evidentemente, opunha-se às aspirações artísticas do filho. Entre 1844 e 1851, uma série de acontecimentos dramáticos desestabilizaram o jovem escritor: a sua epilepsia manifestou-se, a querida irmã, Caroline, casou-se, o cirurgião Flaubert morreu e faleceu também a recém-casada Caroline, de febre puerperal; o jovem cunhado de Gustave enlouqueceu, e a sra. Flaubert tomou para si, sem qualquer entusiasmo, a criação dos netos. Gustave vivia como aristocrata, sem trabalhar, aproveitando a vida junto aos amigos – entre os quais Théophile Gautier e Guy de Maupassant – e junto à amante, Elisa Schlesinger (uma mulher mais velha e mãe de família).

Ao voltar de uma viagem ao Oriente, em 1851, na exata metade do caminho da sua vida (Flaubert chegara então aos 29 anos dos 58 que viveria), decidiu tornar-se escritor em tempo integral. Até então, escrevera sem disciplina as obras de juventude *Novembro* e *Memórias de um louco*. Abandonou Elisa Schlesinger e estreitou relações com Louise Colet, também uma mulher mais velha, casada e mãe, que permaneceria sua amante nos 25 anos seguintes, até a morte dela. Recluso na propriedade da família em Croisset (ele ficaria conhecido como "o urso do Croisset"), inicia, então, a redação de *Madame Bovary*. Sobre a obra, ainda em gestação, escreveu a Louise: "O que eu gostaria de fazer é um livro sobre nada, um livro sem ligações exteriores, que se mantivesse pela força interna do seu estilo, um livro em que o sujeito ficasse quase invisível, se é que isso é possível". Aquele que Sartre chamou de "uma espécie de semideus, que vive como um burguês e escreve como um artesão" trabalhou por cinco anos na história de Emma Bovary, "mulher sublime", segundo Charles Baudelaire, que, romântica e romanesca, vê-se presa a um casamento interiorano e insosso.

O processo criativo do escritor era paciencioso, envolvendo inúmeras versões e a infatigável busca pela *mot juste* (a palavra exata), que diria exatamente o que o todo da obra requeria, nem mais, nem menos, chegando-se a um conjunto orgânico. O romance foi publicado com o subtítulo *Costumes do interior* (*Moeurs de province*) em quatro folhetins no periódico *La revue de Paris*, no ano de 1856, e em um livro em dois volumes pelo selo de Michel Lévy, em 1857. A temática do adultério e o tratamento realista e psicologicamente profundo das fraquezas humanas granjearam, imediatamente, tanta admiração quanta reprovação: Victor Hugo, Baudelaire, Barbey d'Aurevilly, entre outros escritores, compreenderam que o romance francês do século XIX tinha em Flaubert o seu mestre: se a poesia lírica era a voz individualíssima do artista, o romance revelava a sociedade coletiva objetiva e impessoalmente, e o autor de *Madame Bovary* era o seu virtuose. Já as classes conservadoras escandalizaram-se com a obra: em 1857, Flaubert sofreria um processo no Tribunal de Paris por ofensa à moral pública e à moral religiosa, capitaneado por Marie-Antoine-Jules Sénard (a quem o escritor faz irônica referência na dedicatória). Dentre os trechos citados no processo, um dos mais ofensivos seria o longo passeio em um fiacre com cortinas fechadas dado por Emma e seu amante – do qual a heroína (ou anti-heroína?) sai com o vestido amarrotado. Flaubert foi declarado inocente, e *Madame Bovary*, "monumento de palavras", segundo Mario Vargas Llosa, saiu do tribunal engrandecido.

Flaubert, que era um niilista, criticou a todos na sua obra-prima: interioranos e parisienses, homens e mulheres, apaixonados e céticos. Como indicou o crítico Émile Faguet:

"Havia em Flaubert um romântico que achava a realidade rasa demais, um realista que achava o romantismo vazio, um artista que achava os burgueses grotescos, e um burguês que achava os artistas pretensiosos, tudo isso envolto por um misantropo que achava todos ridículos". O próprio escritor dava-se conta das suas contradições, das quais resultou uma obra de observação social irônica, de imaginação decorativa e estilo equilibradíssimo: "Há em mim, literalmente falando, dois homens diferentes: um que é apaixonado pela retórica, pelo lirismo, pelos altos voos de águia, por todas as sonoridades da frase e por ideias altas; um outro, que vasculha e escava o real tanto quanto pode, que adora mostrar o detalhe de modo tão poderoso quanto o grande fato, e que gostaria de fazer com que sentissem quase que materialmente as coisas que ele reproduz".

Desde então, Emma Bovary é um dos personagens mais debatidos da literatura universal: ora é vista como uma sofredora irremediável que não consegue romper com os laços que a prendem, ora como uma anti-heroína da estirpe de Dom Quixote (como ele, afundou-se nos livros e perdeu o pé da realidade), ora como uma resistente heroína, que insiste em sonhar a despeito do mundo que a cerca. Emma é vista também como a matriz da linhagem de personagens como Ana Karenina, de Tolstói, Luísa, do *Primo Basílio*, de Eça de Queiroz, ou Nora, de *Casa de bonecas*, de Henrik Ibsen.

Em 1863, Flaubert lançou o romance histórico *Salambô*, com grande sucesso de público e crítica. Em 1869, foi publicado outro romance seu, desta vez autobiográfico, *A educação sentimental*. *A tentação de Santo Antônio* foi publicado em 1874, e a reunião de novelas *Três contos* (contendo *Uma alma simples*, *A lenda de São Julien Hospitaleiro* e *Herodíade*) veio a público em 1877, também com grande sucesso. *Bouvard e Pécuchet*, narrativa satírica em que o autor trabalhava quando morreu, foi editada postumamente sob os cuidados de uma sobrinha em 1881, e *Dicionário de preconceitos*, uma antologia de frases feitas, apenas em 1913.

Ficcionista de estilo contrito e burilado, Flaubert guardava para suas epístolas toda expansão e inspiração transbordante; para muitos, a *Correspondência* é a sua grande obra:

reflexiva, apaixonada e frequentemente comparada às cartas de Madame de Sévignè, Voltaire, George Sand ou Van Gogh.

Segundo Proust, Flaubert foi responsável por uma literatura de ruptura porque deu sentido e substância ao romance de análise psicológica, do qual *Madame Bovary* é a mais alta expressão.

MADAME BOVARY

A

MARIE-ANTOINE-JULES SÉNARD

MEMBRO DA ORDEM DOS ADVOGADOS DE PARIS
EX-PRESIDENTE DA ASSEMBLEIA NACIONAL
E EX-MINISTRO DO INTERIOR

Meu caro e ilustre amigo,

Permita-me que coloque seu nome no início deste livro, antes mesmo da dedicatória, pois é principalmente ao senhor que devo esta publicação. Ao receber a sua magnífica defesa, minha obra adquiriu, para mim, certa autoridade imprevista. Aceite, portanto, a homenagem de minha gratidão que, embora grande, nunca estará à altura de sua eloquência e de sua dedicação.

GUSTAVE FLAUBERT
Paris, 12 de abril de 1857

A Louis Bouilhet

PRIMEIRA PARTE

I

Estávamos na sala de estudos quando o diretor entrou com um *novato* sem uniforme e com um servente carregando uma carteira enorme. Os que dormiam acordaram, e todos se levantaram como que surpreendidos em meio ao trabalho.

O diretor nos fez um sinal para que sentássemos e, a seguir, virou-se para o professor:

– Senhor Roger – disse-lhe à meia-voz –, confio-lhe este aluno, ele está entrando no quinto ano.[1] Se o trabalho e a conduta dele fizerem por merecer, ficará com os *grandes*, como convém à sua idade.

Imóvel em um canto, atrás da porta, de modo que mal podíamos vê-lo, o *novato* era um rapaz do campo, de uns quinze anos mais ou menos, e mais alto do que qualquer um de nós. Seus cabelos eram cortados rentes à testa, parecia um chantre de aldeia; tinha um jeito comportado e bastante envergonhado. Embora seus ombros não fossem largos, seu paletó verde com botões pretos parecia apertado na cava e, pela fresta das mangas, dava para ver seus pulsos vermelhos, habituados a estarem descobertos. As pernas, com meias azuis, saíam de calças amareladas, bastante esticadas pelos suspensórios. Calçava sapatos pesados, mal-engraxados, reforçados com pregos.

Começamos a recitar as lições. Ele prestava muita atenção, parecia que estava ouvindo um sermão, não ousando nem mesmo cruzar as pernas ou se apoiar sobre o cotovelo, e, às duas horas, quando o sino soou, o professor teve de avisá-lo para que se pusesse conosco em fila.

Tínhamos o hábito de jogar os bonés no chão ao entrarmos na sala de aula para ficarmos com as mãos livres; era preciso lançá-los da soleira da porta até o banco, de modo que,

1. O quinto ano na França, atualmente, equivale à sétima série do ensino fundamental no Brasil. (N.T.)

ao baterem na parede, levantavam muita poeira; era aí que estava a *graça*.

Mas, seja porque não tivesse notado essa manobra, seja porque não ousasse submeter-se a ela, quando a oração chegou ao fim, o *novato* continuava com o boné no colo. Era um daqueles chapéus compósitos, em que se encontram elementos da barretina de pele, do *chapska*, do chapéu arredondado, do barrete de lontra e do gorro de algodão, enfim, uma daquelas pobres coisas cuja feiura silenciosa tem profundezas de expressões, como o rosto de um imbecil. Ovoide e repleto de barbatanas, o chapéu começava por três rolos circulares; depois, losangos de veludo e pelos de coelhos alternavam-se, separados por uma faixa vermelha; a seguir, vinha um feitio de saco que terminava em um polígono acartonado, coberto por um complexo bordado em sutache do qual pendia, na extremidade de um cordão muito fino, um entrelaçamento de fios dourados que formavam uma borla. Era novo; a viseira brilhava.

– Levante-se – disse o professor.

Ele levantou-se; seu boné caiu. Toda classe pôs-se a rir.

Ele abaixou-se para pegá-lo. Um vizinho o fez cair com uma cotovelada, ele juntou-o mais uma vez.

– Livre-se de seu boné – disse o professor, que era um homem de espírito.

Ouviu-se uma risada geral dos alunos que embaraçou tanto o coitado do garoto que ele não sabia mais se devia segurar o chapéu na mão, deixá-lo no chão ou colocá-lo na cabeça. Sentou-se e colocou-o entre os joelhos.

– Levante-se – prosseguiu o professor – e diga-me o seu nome.

O *novato* articulou, com uma voz balbuciante, um nome ininteligível.

– Repita!

O mesmo balbuciar de sílabas foi ouvido, coberto por vaias da classe.

– Mais alto! – gritou o professor. – Mais alto!

O *novato*, tomando então uma resolução radical, abriu exageradamente a boca e gritou a plenos pulmões, como se estivesse chamando alguém, a seguinte palavra: *Charbovari*. Uma algazarra que surgiu de uma vez só, foi aumentando num *crescendo*, com gritarias agudas (gritavam, latiam, tripudiavam, repetiam: "*Charbovari! Charbovari!*".), depois foi reduzindo-se a notas isoladas, acalmando-se com muito custo, e por vezes recomeçava com toda força na fileira de bancos onde explodia ainda, aqui e ali, como uma bomba não totalmente apagada, algum riso sufocado.

No entanto, sob a chuva de castigos, pouco a pouco a ordem foi se restabelecendo na classe, e o professor, ao conseguir entender o nome de Charles Bovary, depois que esse foi ditado, soletrado e relido, mandou que o pobre-diabo fosse sentar-se no banco do castigo, ao pé do púlpito. Ele fez menção de partir, mas hesitou.

– O que está procurando? – perguntou o professor.

– Meu bo... – disse timidamente o *novato*, lançando em torno de si olhares inquietos.

– Quinhentos versos para toda a classe! – exclamou o professor com uma voz furiosa, interrompendo, como um *Quos ego*, uma nova borrasca. – Fiquem quietos! – continuou o professor indignado, enxugando a testa com o lenço que acabara de tirar de seu gorro. – Quanto a você, *novato*, vai copiar vinte vezes o verbo *ridiculus sum*.

A seguir, com uma voz mais branda:

– Não se preocupe, você vai encontrar seu boné, ninguém o roubou!

Tudo se acalmou. As cabeças debruçaram-se sobre os cadernos, e o *novato* permaneceu durante duas horas em uma postura exemplar, embora recebesse, de tempos em tempos, uma ou outra bolinha de papel lançada com um bico de pena, que sujava seu rosto. Mas ele apenas limpava-se com a mão e permanecia imóvel, com os olhos baixos.

À tarde, na sala de aula, tirou da carteira suas mangas postiças, pôs seu material em ordem, pautou caprichosamente as folhas de papel. Nós o vimos trabalhar conscienciosamente, procurando todas as palavras no dicionário e esforçando-se muito. Graças, sem dúvida alguma, à sua boa vontade, não precisou regredir à classe inferior; pois, embora conhecesse relativamente bem as regras, as construções de suas frases não eram nada elegantes. Fora o padre do seu vilarejo quem o introduzira ao latim, já que seus pais, por economia, só enviaram-no à escola o mais tarde possível.

Seu pai, o sr. Charles-Denis-Bartholomé Bovary, antigo auxiliar de cirurgião-mor, comprometido, por volta de 1812, com uma questão de alistamento de recrutas e forçado, por aquela época, a deixar o serviço, tirara proveito então de suas vantagens profissionais para pescar o dote de sessenta mil francos da filha do dono de uma malharia, que se apaixonara por ele. Homem bonito, vaidoso, que gostava de fazer barulho com suas esporas, usando suíças que lhe desciam até os bigodes, os dedos sempre cheios de anéis e vestido com cores chamativas, ele tinha a aparência de um bravo, com o desembaraço fácil de um caixeiro-viajante. Uma vez casado, viveu dois ou três anos com a fortuna de sua mulher, jantando bem, levantando-se tarde, fumando em grandes cachimbos de porcelana, voltando para casa tarde da noite, depois do espetáculo, e frequentando cafés. O sogro morreu e deixou pouca coisa: ficou indignado, lançou-se na *fabricação*, na qual perdeu algum dinheiro, depois se retirou para o campo, onde quis explorar *suas próprias terras*. Mas como não entendia mais de agricultura do que de tecidos, montava seus cavalos em vez de fazê-los trabalhar, bebia sidra em garrafas em vez de vendê-las em barris, comia as melhores aves de seu viveiro e engraxava os sapatos de caça com a gordura dos porcos, não tardou a dar-se conta de que seria melhor parar por ali com qualquer especulação.

Por duzentos francos por ano encontrou para alugar, em um vilarejo, nos confins da região de Caux e da Picardia, uma espécie de propriedade, algo entre uma quinta e uma residência senhorial, e, rabugento, atormentado por remorsos, praguejando contra os céus, invejando todo mundo, isolou-se aos 45 anos, dizendo-se repugnado pelos homens e decidido a viver em paz.

Sua mulher fora louca por ele em outros tempos; ela o amara com mil servilismos que acabaram por afastá-lo dela ainda mais. Antes alegre, expansiva e toda apaixonada, ao envelhecer foi ficando (como o vinho azedo que se transforma em vinagre) com um humor difícil, tornando-se gritona, nervosa. Sofrera tanto sem se queixar no princípio, quando o vira correr atrás de todas as prostitutas do vilarejo e quando todos os lugares de má-fama o mandavam embora à noite, embriagado e cheirando à bebedeira! Depois, o orgulho se revoltou. Então se calou, engolindo a raiva em um estoicismo mudo, que guardou até a morte. Tinha sempre algum compromisso, negócios. Ia conversar com o advogado, com o presidente do tribunal, lembrava-se do vencimento das promissórias, obtinha prorrogações; em casa, passava, costurava, lavava, controlava os criados, pagava os ordenados, ao passo que, sem se preocupar com nada, o marido, sempre entorpecido em uma sonolência birrenta, da qual apenas erguia-se para dizer-lhe coisas indelicadas, ficava fumando ao pé do fogo, cuspindo nas cinzas.

Quando deu à luz um filho, teve de deixá-lo com uma ama de leite. Ao voltar para a casa, o garoto foi mimado como um príncipe. A mãe o alimentava com geleias; o pai deixava-o correr sem sapatos e, para dar uma de filósofo, dizia inclusive que podia ficar nu, como as crias de animais. Opondo-se às tendências da mãe, possuía certo ideal viril da infância, segundo o qual procurava formar seu filho, querendo que fosse educado com dureza, de maneira espartana, para que adquirisse uma boa constituição. Fazia-o dormir sem aquecimento, ensinava-o a beber grandes goles de rum e a insultar as procissões. Mas, naturalmente calmo, o pequeno respondia mal a seus esforços. A mãe o arrastava sempre junto de si, recortava-lhe cartolinas, contava-lhe histórias, entretinha-se com ele em monólogos sem fim, cheios de alegrias melancólicas e de meiguices pueris. No isolamento de sua vida, ela transferiu para aquela criança todas as suas vaidades dispersas, partidas. Sonhava com altas posições, já o via grande, belo, espirituoso, estabelecido, engenheiro ou magistrado. Ensinou-o a ler e inclusive, com um velho piano que tinha, a cantar duas ou três pequenas romanças. Mas tudo aquilo o sr. Bovary, pouco interessado pelas letras, dizia que *não valia a pena!* Afinal, algum dia teriam meios de enviá-lo às escolas do governo, comprar-lhe um cargo ou um ponto comercial? Aliás, *com um pouco de ousadia, um homem sempre podia sair-se bem na sociedade.* A sra. Bovary mordia os lábios, e a criança ficava solta pelo vilarejo.

Seguia os lavradores, enxotava os corvos que levantavam voo, jogando pedaços de terra. Comia as amoras que cresciam ao longo das valas, guardava os perus com uma vara, secava o feno na época da colheita, corria pelo bosque, pulava amarelinha sob o pórtico da igreja nos dias de chuva e, durante as grandes festas, suplicava ao sacristão que o deixasse tocar os sinos, para poder dependurar-se todo na corda e deixar-se levar por ela em seu voo.

Cresceu como um carvalho. Ficou com mãos fortes, aspecto saudável. Aos doze anos, sua mãe conseguiu que começasse a estudar. O padre ficou encarregado. Mas as lições eram tão curtas e descontínuas que não podiam servir para grande coisa. Ocorriam nas horas livres, na sacristia, de pé, apressadamente, entre um batizado e um enterro; ou então o padre mandava buscar o seu aluno depois do *Ângelus*, quando não mais precisava sair. Subiam ao seu quarto, instalavam-se: os mosquitos e as mariposas voavam em torno da vela. Fazia calor, o menino adormecia; e o homenzinho caía no sono, as mãos caídas sobre a barriga, e não demorava a começar a roncar, de boca aberta. Outras vezes, quando o senhor padre, retornando após ter levado o viático a algum doente das redondezas, via Charles fazendo travessuras pelos campos, chamava-o, dava-lhe um sermão durante quinze minutos e aproveitava a ocasião para fazê-lo conjugar os verbos debaixo de alguma árvore. A chuva ou algum conhecido que passava interrompiam-nos. No mais, estava sempre satisfeito, dizia até que o *rapazote* tinha muita memória.

Charles não podia parar por ali. A mãe foi enérgica. Envergonhado, ou cansado, o pai cedeu sem resistência, e esperaram ainda um ano para que o menino fizesse a primeira comunhão. Seis meses ainda se passaram; e, no ano seguinte, Charles foi enviado definitivamente ao colégio de Rouen, sendo conduzido pessoalmente pelo pai lá pelo final de outubro, na época da festa de Saint Romain.

Seria agora impossível, para qualquer um de nós, lembrar do que quer que fosse a respeito dele. Era um menino de temperamento moderado, que brincava no recreio, estudava na sala de estudos, prestava atenção em sala de aula, dormia bem no dormitório, comia bem no refeitório. Tinha contato com o dono de um atacado de quinquilharias da Rue Ganterie, que saía com ele uma vez por mês, no domingo, depois de fechar a loja, levava-o até o porto para ver os navios, depois o trazia de volta ao colégio a partir das sete horas, antes do jantar. Todas as quintas-feiras, escrevia uma longa carta à mãe, com tinta vermelha, e selava-a com três obreias; a seguir, relia seus cadernos de história, ou então lia um velho volume de *Anacharsis*[2] que se encontrava na sala de estudos. Quando passeava, conversava com o criado, que, como ele, era do campo.

Graças à sua aplicação, mantinha-se sempre na média da classe; uma vez chegou a ganhar uma distinção em história natural. Mas, ao final do terceiro ano[3], seus pais o retiraram do colégio para que cursasse medicina, convencidos de que poderia estudar sozinho para obter o *baccalauréat*.[4]

A mãe escolheu-lhe um aposento num quarto andar, em l'Eau-de-Robec, na casa de um tintureiro conhecido. Fez todos os preparativos para a hospedagem, arranjou móveis – uma mesa e duas cadeiras – mandou vir uma velha cama de cerejeira, comprou ainda um pequeno aquecedor de ferro, além da provisão de lenha que deveria esquentar seu pobre filho. Foi embora no final da semana, depois de mil recomendações para que ele se comportasse direito, agora que seria abandonado à própria sorte.

O programa das aulas, que leu no cartaz, deixou-o tonto: aulas de anatomia, aulas de patologia, aulas de fisiologia, aulas de farmácia, aulas de química, e de botânica, e de clínica, e de terapêutica, sem contar higiene e todas as matérias médicas, nomes cujas etimologias ignorava e que eram como portas de santuários repletos de trevas.

Não entendia absolutamente nada de tudo aquilo; por mais que escutasse com atenção, não captava nada. E, no entanto, estudava, suas anotações eram todas encadernadas, acompanhava todas as aulas, não perdia uma única consulta. Cumpria suas pequenas tarefas cotidianas como um cavalo de circo, daqueles que giram em torno de si mesmos, com os olhos vendados, ignorantes do trabalho que cumprem.

---

2. Trata-se de *Voyage du jeune Anacharsis en Grèce dans le milieu du quatrième siècle avant l'ère vulgaire* [*Viagem de Anacharsis à Grécia em meados do século quarto antes de Cristo*] (1843), do sr. abade Barthélémy (1716-1795). (N.T.)

3. O terceiro ano do *Collège* (ginásio) na França corresponde atualmente à oitava série do ensino fundamental no Brasil. (N.T.)

4. Exame de conclusão do ensino secundário. (N.T.)

Para evitar-lhe gastos, a mãe enviava todas as semanas, pelo mensageiro, um pedaço de vitela assada no forno, que ele comia pela manhã, ao voltar do hospital, enquanto esquentava os pés. Depois, era preciso correr às lições, ao anfiteatro, ao hospital e voltar para casa, atravessando a cidade toda. À noite, após o magro jantar oferecido pelo proprietário, subia para o quarto e punha-se novamente a estudar, com suas roupas molhadas que fumegavam sobre seu corpo, diante do aquecedor em brasa.

Nas belas noites de verão, na hora em que as ruas mornas estão vazias, quando as criadas jogam peteca na soleira das portas, ele abria a janela e nela apoiava seus cotovelos. O rio, que dá ares de uma pequena e ignóbil Veneza a esse bairro de Rouen, corria lá embaixo, amarelo, violeta ou azul, entre suas pontes e grades. Trabalhadores, acocorados na margem, lavavam seus braços na água. Em varas que saíam do alto dos sótãos, meadas de algodão secavam ao ar livre. Em frente, acima dos telhados, o céu puro se estendia, com o sol vermelho que se punha. Como o tempo devia estar bom por lá! Que frescor no faial! E abria as narinas para aspirar os bons odores do campo, que não chegavam até ele.

Emagreceu, seu corpo se esticou e seu rosto ganhou uma espécie de expressão dolente que o tornou quase interessante.

Naturalmente, por desleixo, acabou por deixar de lado todas as resoluções que se impusera. Uma vez, perdeu o acompanhamento da consulta, no dia seguinte, a aula, e, saboreando a ociosidade, pouco a pouco foi deixando de comparecer.

Passou a frequentar cafés, apaixonando-se especialmente pelo dominó. Confinar-se todas as noites em um local público sujo para bater em ossinhos de carneiro marcados com pontos pretos sobre mesas de mármore parecia-lhe um ato precioso de liberdade, que aumentava sua auto estima. Era como uma iniciação ao mundo, o acesso aos prazeres proibidos; e, ao entrar, girava a maçaneta com uma alegria quase sensual. Então, muitas coisas que se encontravam comprimidas dentro dele dilataram-se; passou a saber de cor estribilhos de boas-vindas que cantava, entusiasmou-se com Béranger[5], aprendeu a fazer ponche e enfim conheceu o amor.

5. Pierre Jean de Béranger (1780-1857): poeta e libretista, participou do movimento de convulsão social que seguiu a Revolução Francesa. (N.T.)

Graças a esses trabalhos preparatórios, foi reprovado no exame oficial de saúde. Esperavam-no à noite em casa para festejar o seu sucesso!

Foi embora a pé e parou na entrada do vilarejo onde, pedindo que chamassem sua mãe, contou-lhe tudo. Ela o desculpou, atribuindo o fracasso à injustiça dos examinadores, e o fortaleceu um pouco, encarregando-se de arranjar as coisas. Somente cinco anos mais tarde o sr. Bovary ficou sabendo da verdade, que já era velha, e ele aceitou-a, não podendo, aliás, supor que o homem que pusera no mundo fosse um tolo.

Charles pôs-se outra vez ao trabalho e preparou sem interrupção as matérias de seu exame, cujas questões passou a saber de cor. Passou com uma nota bastante alta. Que dia mais feliz para sua mãe! Foi oferecido um grande jantar.

Onde exerceria seu ofício? Em Tostes. Ali havia apenas um médico já velho. Há muito tempo a sra. Bovary esperava a morte dele, e o infeliz ainda não tinha batido as botas quando Charles instalou-se em frente, como seu sucessor.

Mas ter criado seu filho, tê-lo feito estudar medicina e encontrado Tostes para exercê-la não bastava: era preciso também encontrar uma mulher. Encontrou uma: a viúva de um oficial de justiça de Dieppe, que tinha 45 anos e 1.200 libras de renda.

Embora fosse feia, seca como uma vara e cheia de bexigas, a verdade é que a sra. Dubuc podia escolher entre seus pretendentes. Para chegar aonde queria, a sra. Bovary foi obrigada a livrar-se de todos eles e frustrou muito habilmente os planos de um salsicheiro que contava com o apoio dos padres.

Charles via no casamento o advento de uma melhor condição, imaginando que seria mais livre e poderia dispor de si e de seu dinheiro. Mas era sua mulher quem mandava; devia, diante da sociedade, dizer isso, não dizer aquilo, fazer jejum nas sextas-feiras, vestir-se como ela queria, assediar por ordem dela os pacientes que não pagavam. Ela abria suas cartas, espiava suas negociações e escutava, pela divisória, as consultas em seu consultório quando os pacientes eram mulheres.

Exigia chocolate todas as manhãs, atenções sem fim. Queixava-se sem parar de seus nervos, de seu peito, de seus humores. O barulho de passos incomodava-na; se os passos eram interrompidos, a solidão era-lhe odiosa; se alguém vinha vê-la, era para assistir à sua morte, sem dúvida. À noite, quando Charles voltava para casa, ela tirava de baixo dos lençóis seus braços magros e compridos, enroscando-os no pescoço dele, e, tendo feito com que se sentasse ao pé da cama, punha-se a falar de seus desgostos: ele a esquecera, estava amando outra! Bem que lhe tinham dito que seria infeliz, e ela acabava por pedir um xarope para sua saúde e um pouco mais de amor.

II

Uma noite, por volta das onze horas, foram acordados pelo barulho de um cavalo que parou bem em frente à porta. A criada abriu o postigo do celeiro e trocou algumas palavras com o homem que ficara embaixo, na rua. Vinha chamar o médico; trazia consigo uma carta. Nastasie desceu os degraus tremendo de frio e abriu todas as fechaduras e todos os ferrolhos. O homem deixou seu cavalo e, acompanhando a criada, entrou logo atrás dela. Tirou de dentro de seu gorro de lã com borlas cinza uma carta embrulhada em um trapo e apresentou-a delicadamente a Charles, que se ergueu com o auxílio do travesseiro para lê-la. Nastasie, próxima da cama, segurava uma lamparina; a mulher, por pudor, ficara voltada para a ruazinha e dava-lhe as costas.

Essa carta, selada com um lacre de cera azul, suplicava ao sr. Bovary que viesse imediatamente à fazenda Bertaux para pôr no lugar uma perna quebrada. Ora, de Tostes a Bertaux, há pelo menos duas léguas a percorrer, passando por Longueville e Saint-Victor. A noite estava escura. A sra. Bovary temia que seu marido tivesse um acidente. Então ficou decidido que o criado da estrebaria iria na frente. Charles sairia três horas depois, ao nascer da lua. Mandariam um rapaz em sua direção para indicar-lhe o caminho da fazenda e abrir os portões para ele.

Por volta das quatro da manhã, Charles, bem abrigado em seu casaco, pôs-se a caminho de Bertaux. Ainda envolvido no calor do sono, deixou-se embalar pelo trote pacífico de seu animal. Quando esse parou sozinho diante de buracos cercados de espinho cavados à beira dos campos, Charles acordou de sobressalto, lembrou-se imediatamente da perna quebrada e tratou de recordar todos os tipos de fraturas que conhecia. Havia parado de chover; o dia estava nascendo e, nos galhos das macieiras sem folhas, os pássaros mantinham-se imóveis, eriçando suas pluminhas ao vento frio da manhã. A planície estendia-se a perder de vista, e os arvoredos em torno das fazendas formavam, a grandes intervalos, manchas de um violeta escuro sobre essa larga superfície cinza, que se perdia no horizonte, no tom morno do céu. Charles, de tempos em tempos, abria os olhos; depois, seu espírito cansava-se e o sono vinha, logo ele caía em uma espécie de sonolência em que suas sensações recentes confundiam-se com suas lembranças, fazendo com que ele próprio se visse duplicado, como estudante e como marido, deitado em sua cama, como estivera até há pouco, e atravessando uma sala de recuperação, como em outros tempos. O odor quente dos cataplasmas misturava-se em sua cabeça ao cheiro de orvalho fresco; ouvia os anéis de ferro rolarem sobre os trilhos da cama e sua mulher ressonando... Ao passar por Vassonville, viu, à beira de um fosso, um menino sentado à relva.

– O senhor é o médico? – perguntou a criança.

E, depois da resposta de Charles, pegou seus tamancos e pôs-se a correr na frente dele.

O agente de saúde, durante o caminho, compreendeu pelo discurso de seu guia que o sr. Rouault devia ser um cultivador dos mais abastados. Quebrara a perna na noite anterior, ao voltar da festa dos Reis Magos na casa de um vizinho. Sua mulher morrera há dois anos. Apenas sua filha, que o ajudava a manter a casa, vivia com ele.

Os sulcos das rodas tornaram-se mais profundos. Estavam quase chegando a Bertaux. O rapazote desapareceu, enfiando-se em um buraco da cerca, e apareceu logo a seguir no fundo de um pátio para abrir o portão. O cavalo deslizava na relva molhada; Charles abaixava-se para passar através dos galhos. Os cães de guarda, em suas casinhas, latiam puxando a corrente. Quando entrou em Bertaux, o cavalo ficou com medo e recuou assustado.

Era uma fazenda de boa aparência. Viam-se, pelas portas abertas da estrebaria, enormes cavalos de tração que comiam tranquilamente em manjedouras novas. Ao longo das edificações, estendia-se uma grande estrumeira fumegante, e, entre as galinhas e os perus do galinheiro, bicavam aqui e ali cinco ou seis pavões, grande luxo dos galinheiros de Caux. O curral era comprido, e a granja, alta, com muros lisos como a palma da mão. Sob o abrigo, havia duas grandes carroças e duas charruas, com seus chicotes, seus cabrestos, seus equipamentos completos, entre os quais havia tosões de lã azul que se sujavam com a poeira fina que caía dos celeiros. O pátio ficava em uma subida; era coberto de árvores simetricamente espaçadas, e o barulho alegre de um bando de gansos retumbava perto do charco.

Uma jovem, com um vestido de merino azul enfeitado com três babados, veio à soleira da porta para receber o sr. Bovary e fez com que ele entrasse na cozinha, onde estava aceso um bom fogo. Em torno dele, a refeição dos trabalhadores ardia em pequenos recipientes de tamanhos irregulares. Roupas úmidas secavam na lareira. A pá, as pinças e bico do fole, todos eles de proporções colossais, brilhavam como aço polido, e, ao longo das paredes, estendiam-se utensílios de cozinha, nos quais se refletia de maneira desigual a chama clara do fogão, assim como os primeiros raios de sol que penetravam pelas vidraças.

Charles subiu ao primeiro andar para ver o doente. Encontrou-o em sua cama, suando sob as cobertas, e tendo jogado para bem longe sua touca de algodão. Era um homenzinho gordo, de cinquenta anos, com a pele branca, os olhos azuis, a testa calva e usava brincos. Tinha a seu lado, sobre uma cadeira, uma grande garrafa de aguardente, da qual bebia de tempos em tempos para criar coragem; mas, assim que viu o médico, sua exaltação caiu e, em vez de praguejar como vinha fazendo há doze horas, pôs-se a gemer baixinho.

A fratura era simples, sem complicação de espécie alguma. Charles não poderia ter desejado fratura mais fácil. Então, lembrando-se dos ares de seus professores junto à cama dos feridos, reconfortou o paciente com toda sorte de boas palavras, carícias cirúrgicas que são como o óleo com o qual se lubrifica o bisturi. A fim de obter uma tala, foram buscar na cocheira algumas ripas. Charles escolheu uma, cortou-a em pedaços e poliu-a com um estilhaço de vidro, enquanto a criada rasgava lençóis para fazer faixas e a senhorita Emma tratava de costurar almofadinhas. Como ela levou muito tempo até encontrar seu estojo, seu pai impacientou-se; ela não respondeu, mas, ao costurar, picava os dedos, levando-os a seguir à boca para chupá-los.

Charles ficou surpreso com a brancura das suas unhas. Eram brilhantes, finas na ponta, mais limpas do que o marfim de Dieppe e cortadas em forma de amêndoas. As mãos, no entanto, não eram belas, talvez fossem muito pálidas e um pouco finas demais nas falanges; eram muito compridas e sem suavidade nos contornos. O que ela tinha de bonito eram os olhos; embora castanhos, pareciam pretos devido aos cílios, e seu olhar chegava a ele francamente, com uma ousadia cândida.

Uma vez terminado o curativo, o médico foi convidado, pelo sr. Rouault em pessoa, a comer alguma coisa antes de ir embora.

Charles desceu até a sala, no térreo. Dois talheres, com copos de prata, estavam postos sobre uma mesinha, ao pé de uma grande cama de dossel revestida de chita estampada com personagens turcos. Podia-se sentir um odor de íris e de lençóis úmidos que saía do grande armário de carvalho em frente à janela. No chão, nos cantos, estavam dispostos, de pé, sacos de trigo. Era o excedente do celeiro, que se acessava por três degraus de pedra. Havia, para decorar a peça, pendurada em um prego, no meio da parede verde que descascava devido ao salitre, uma cabeça de Minerva feita de grafite, com uma moldura dourada, e que possuía embaixo a seguinte inscrição: "Ao meu caro papai".

Falaram primeiramente do doente, depois do tempo, dos grandes frios, dos lobos que, à noite, corriam pelos campos. A srta. Rouault não se divertia nem um pouco no campo, sobretudo agora que estava encarregada sozinha do trato da fazenda. Como a sala estava fria, ela tremia ao comer, o que chamava a atenção para seus lábios carnudos, os quais costumava mordiscar nos momentos de silêncio.

Seu pescoço saía de uma gola branca virada. Seus cabelos, dispostos em dois bandós negros, tão lisos que pareciam formados por uma única faixa, estavam divididos ao meio por uma risca fina, que se afundava ligeiramente de acordo com a curva do crânio; e, mal deixando ver as pontas das orelhas, os bandós iam confundir-se atrás da cabeça em um coque abundante, com um movimento ondulado em direção às têmporas que o médico do campo observava pela primeira vez na vida. Suas faces eram rosadas. Usava, como um homem, um lornhão de tartaruga preso entre dois botões da blusa.

Quando Charles, depois de ter subido para despedir-se do velho Rouault, voltou à sala para ir embora, encontrou-a de pé, a testa contra a janela, olhando para o jardim, onde as estacas das vagens haviam sido derrubadas pelo vento. Ela virou-se.

– O senhor está procurando alguma coisa? – ela perguntou.

– Meu chicote, por favor – respondeu.

Ela pôs-se a procurar em cima da cama, atrás das portas, sobre as cadeiras; caíra no chão entre os sacos e a parede. A srta. Emma encontrou-o; inclinou-se sobre os sacos de trigo. Charles, querendo ser cavalheiro, precipitou-se e, como também estava esticando o braço naquele mesmo movimento, sentiu seu peito tocar as costas da moça, curvada sobre ele. Ela endireitou-se, muito vermelha, e, olhando-o por cima do ombro, estendeu-lhe o chicote.

Em vez de ir a Bertaux três dias depois, conforme prometera, voltou logo no dia seguinte e, a seguir, regularmente duas vezes por semana, sem contar as visitas inesperadas que fazia de tempos em tempos, como que por acaso.

Tudo, de resto, correu bem; a recuperação deu-se conforme as regras, e, ao final de 46 dias, quando o velho Rouault foi visto tentando andar sozinho pela casa, começaram a considerar o sr. Bovary um homem de grande capacidade. O velho Rouault dizia que os melhores médicos de Yvetot ou até mesmo de Rouen não teriam feito melhor.

Quanto a Charles, não chegou a perguntar-se por que ia a Bertaux com prazer. Se tivesse pensado nisso, teria, sem dúvida, atribuído seu zelo à gravidade do caso, ou talvez ao lucro que esperava obter. Seria por isso, no entanto, que as visitas à fazenda eram, entre as parcas ocupações de sua vida, uma exceção adorável? Nesses dias, levantava-se cedo, galopava, apressava seu animal, depois descia para limpar os pés na grama e punha suas luvas pretas antes de entrar. Gostava de ver-se entrando no pátio, sentir a cancela que se abria tocando seu ombro, o galo que cantava em cima do muro, os meninos que vinham ao seu encontro. Gostava da granja e da estrebaria;

gostava do velho Rouault, que batia em sua mão dizendo-lhe que era seu salvador; gostava dos tamanquinhos da senhorita Emma sobre as lajes lavadas da cozinha; os saltos deixavam-na um pouco mais alta e, quando ela caminhava na sua frente, as solas de madeira, erguendo-se rapidamente, produziam um som seco contra o couro da botina.

Ela acompanhava-o sempre até o primeiro degrau da escada. Até que trouxessem seu cavalo, ela ficava ali. Já haviam se despedido, não mais falavam; o ar livre a cercava, levantando desordenadamente alguns fiozinhos rebeldes de sua nuca ou sacudindo os cordões de seu avental na cintura, que se agitavam como bandeirinhas. Uma vez, na época do degelo, as cascas das árvores gotejavam no pátio, a neve dos telhados das construções derretia, ela estava na soleira da porta. Foi buscar a sombrinha e abriu-a. A sombrinha, de seda furta-cor, atravessada pelo sol, iluminava com reflexos móveis a pele branca de seu rosto. Por baixo, Emma sorria ao calor morno, e ouviam-se as gotas d'água, uma a uma, caindo sobre o chamalote esticado.

Durante os primeiros tempos em que Charles frequentava Bertaux, a senhora Bovary não deixava de informar-se a respeito da saúde do doente, e, no livro de registros cujas páginas costumava repartir em dois, chegou a deixar uma bela página em branco para o sr. Rouault. Mas, quando soube que ele tinha uma filha, foi em busca de informações; e ficou sabendo que a senhorita Rouault, educada em um convento das irmãs Ursolinas, recebera, como se diz, uma *bela educação*, e que, por isso, sabia dançar, aprendera geografia, desenho, tapeçaria e a tocar piano. Isso foi o cúmulo!

"Então é por isso", pensava, "que ele fica tão risonho quando vai vê-la, e que põe seu casaco novo, arriscando-se a estragá-lo na chuva? Ah! Essa mulher! Essa mulher!..."

E passou a detestá-la, por instinto. Primeiro, aliviou-se fazendo alusões, as quais Charles não entendeu; depois, passou a considerações esporádicas, que ele deixava passar por medo da tempestade; enfim, fazia insultos à queima-roupa que ele não sabia como responder. Por que cargas d'água ele voltava a Bertaux, já que o sr. Rouault estava curado e que aquelas pessoas ainda não haviam pagado? Ah! É que lá havia uma pessoa, alguém que sabia conversar, bordar, uma pessoa culta. Lá estava o que ele gostava: precisava de moças da cidade! E ela prosseguia:

– A filha do velho Rouault, uma moça da cidade! Ora, vamos! O avô era pastor e ela tem um primo que quase se sentou no banco dos réus por causa de uma briga. Não vale a pena fazer tanto fru-fru nem ir à igreja no domingo com um vestido de seda, como uma condessa. Pobre homem! Aliás, sem o colza do ano passado ele teria ficado bem apertado para pagar suas dívidas!

Cansado, Charles deixou de ir a Bertaux. Héloïse fizera-lhe jurar que não voltaria mais lá, com a mão sobre o livro de rezas, depois de muitos soluços e beijos, em uma grande explosão de amor. Então ele obedeceu; mas a ousadia de seu desejo protestou contra a submissão de sua conduta, e, por uma espécie de hipocrisia ingênua, estimou que essa proibição de vê-la fosse como que o direito de amá-la. Além do mais, a viúva era magra; era ambiciosa; em todas as estações, usava um xale preto cujas pontas desciam-lhe até as omoplatas; seu corpo duro e fino era recoberto por vestidos que lhe ficavam curtos demais, deixando seus tornozelos descobertos e exibindo as fitas dos sapatos largos amarradas sobre meias cinzentas.

A mãe de Charles vinha vê-los de tempos em tempos, mas, depois de alguns dias, a nora parecia tê-la afiado para seus fins; e então, como duas facas, sacrificavam-no com suas críticas e observações. Ele não devia comer tanto! Por que aquela mania de oferecer aguardente ao primeiro que aparecia? Que teimosia era aquela de não querer usar flanela!

Aconteceu que, em um belo dia, no começo da primavera, o notário de Ingouville que detinha os fundos da viúva Dubuc fugiu, levando consigo todo o dinheiro de seu escritório. Héloïse, é verdade, possuía ainda, além de parte de um navio, avaliada em seis mil francos, sua casa da Rue Saint-François; e, no entanto, de toda aquela fortuna de que tanto se falava, nada, a não ser algumas mobílias e alguns trapos, aparecera em casa. Foi preciso tirar a coisa a limpo. A casa de Dieppe estava carcomida até os alicerces por hipotecas; só Deus sabia das coisas que deixara com o notário, e sua parte do navio não excedia mil escudos. Então aquela mulherzinha havia mentido! Em sua irritação, o sr. Bovary pai, quebrando uma cadeira contra as lajes, acusou sua mulher de ter feito a desgraça de seu filho, ligando-o a uma pileca daquelas, cujos arreios não valiam nada. Foram a Tostes. Houve explicações. Houve cenas. Héloïse, aos prantos, jogou-se nos braços de seu marido, conjurou-o a defendê-la de seus pais. Charles quis falar no lugar dela. Zangaram-se, foram embora.

Mas o golpe já estava dado. Oito dias depois, ao estender roupa no pátio, começou a cuspir sangue e, no dia seguinte, quando Charles estava de costas para fechar a cortina da janela, ela disse: "Ah, meu Deus!", deu um suspiro e desmaiou. Estava morta! Que espanto!

Quando tudo terminou no cemitério, Charles voltou para casa. Não havia ninguém no térreo; ele subiu ao primeiro andar, foi para quarto, viu o vestido dela pendurado ao pé da alcova; então, apoiando-se na escrivaninha, ficou até a noite perdido em um devaneio doloroso. Ela o amara, afinal.

III

Um dia de manhã, o velho Rouault veio trazer a Charles o pagamento pela cura de sua perna: 75 francos em moedas de quarenta soldos e um peru. Ficara sabendo de sua desgraça e o consolou como pôde.

– Sei o que é isso! – dizia dando tapas no ombro dele. – Eu também já passei por isso! Quando perdi minha pobre esposa, refugiava-me no campo para poder ficar sozinho; caía ao pé de uma árvore, chorava, chamava pelo bom Deus, dizia-lhe bobagens; queria ser como as toupeiras que eu via nos galhos, cheias de vermes no estômago, morto, enfim. E, quando pensava que outros homens, naquela mesma hora, estavam abraçados com suas mulherzinhas, eu batia a vara com força no chão; estava praticamente louco, quase nem comia mais; a simples ideia de ir a um café me repugnava, você não pode acreditar. Pois bem, muito devagar, um dia após o outro, primavera após inverno e outono após verão, foi passando pouco a pouco, migalha por migalha; passou, foi embora, desceu, quer dizer, lá no fundo, sempre fica alguma coisa, como se fosse... Uma pressão, bem ali no peito! Mas, já que esse é o destino de todos nós, também não podemos nos deixar definhar, nem querer morrer só porque os outros estão mortos... É preciso ter ânimo, senhor Bovary; isso passa! Venha nos visitar; minha filha pensa no senhor de vez em quando, o senhor sabe, e ela diz, por dizer, que o senhor a esqueceu. Em breve chegará a primavera; vamos caçar um coelho bravo para o senhor, isso vai distraí-lo um pouco.

Charles seguiu o conselho. Voltou a Bertaux; encontrou tudo como na véspera, ou melhor, como há cinco meses. As pereiras já estavam em flor, e o velho Rouault, agora de pé, andava para lá e para cá, o que deixava a fazenda mais animada.

Achando que era seu dever dispensar as maiores atenções possíveis ao médico, por causa de sua posição dolorosa, insistiu que não descobrisse a cabeça, falava-lhe em voz baixa, como se estivesse doente, e fingiu inclusive irritar-se quando não prepararam especialmente para ele algo um pouco mais leve que todo o resto, como potezinhos de creme ou peras cozidas. Contou histórias. Charles pegou-se rindo, mas a lembrança de sua mulher, voltando-lhe de repente, tornou-o sombrio. Trouxeram o café; não pensou mais naquilo.

Pensava cada vez menos, à medida que se acostumava a viver só. O novo prazer da independência logo tornou a solidão mais suportável. Podia trocar as horas das refeições, chegar ou sair sem dar explicações, e, quando estava muito cansado, esticar-se todo, braços e pernas, atravessado na cama. Então, mimou-se, acarinhou-se e aceitou o consolo que lhe davam. Por outro lado, a morte de sua mulher ajudou-o na profissão, pois durante um mês se repetira: "Esse pobre rapaz! Que desgraça!". Seu nome tornara-se conhecido, sua clientela crescera; e, além do mais, ia a Bertaux quando bem entendia. Havia uma esperança sem alvo, uma felicidade vaga; achava seu próprio rosto mais agradável ao pentear suas costeletas diante do espelho.

Chegou um dia lá pelas três horas da tarde; todos estavam no campo; ele entrou na cozinha, mas não viu Emma; as venezianas estavam fechadas. Pelas frestas da madeira, o sol estendia riscas finas e longas sobre as lajes, que se quebravam na ponta dos móveis e iam tremer no teto. Na mesa, moscas subiam nos copos usados e, zumbindo, afogavam-se no fundo da sidra que restava. A claridade que entrava pela lareira, aveludando a fuligem da chapa, emprestava uma tonalidade azulada às cinzas frias. Entre a janela e a lareira, Emma costurava; não estava de lenço, e podiam-se ver, em seus ombros nus, gotículas de suor.

Segundo o costume do campo, ofereceu-lhe algo para beber. Ele recusou, ela insistiu, e enfim sugeriu-lhe, sorrindo, que tomasse um copo de licor com ela. Foi então buscar no armário uma garrafa de curaçau, pegou dois copinhos, encheu um até a beirada e no outro pôs quase nada e, depois de ter brindado, levou-o à boca. Como estava quase vazio, inclinou-se para beber e, com a cabeça para trás, os lábios esticados, o pescoço tenso, ria por não sentir nada, enquanto que a ponta de sua língua, passando entre seus dentes finos, lambia o fundo do copo.

Sentou-se novamente e retomou o trabalho, uma meia de algodão branca que estava cerzindo; trabalhava com a cabeça baixa; não falava, Charles também não. O ar, passando por debaixo da porta, levantava um pouco de pó das lajes; ele o via arrastar-se, ouvindo apenas as batidas de sua cabeça e, ao longe, o grito de uma galinha que punha ovos no pátio. Emma, de tempos em tempos, refrescava as faces colocando sobre elas as palmas das mãos, que a seguir esfriava no pomo de ferro do suporte da lenha.

Queixava-se de sentir tonturas desde o início da estação; perguntou se os banhos de mar lhe seriam benéficos; pôs-se a falar sobre o convento, e Charles, de seu colégio; as frases fluíam. Subiram ao quarto dela. Ela mostrou-lhe seus antigos cadernos de música, os livros que recebera como prêmio e as coroas de folhas de carvalho abandonadas embaixo de um armário. Falou-lhe também da mãe, do cemitério, e até mostrou-lhe o canteiro no jardim de onde colhia flores nas primeiras sextas-feiras de cada mês para depositar sobre o túmulo dela. Mas o jardineiro que tinham não entendia nada do assunto; estavam tão mal servidos! Bem que queria, nem que fosse apenas durante o inverno, morar na cidade, embora os dias longos do verão talvez tornassem o campo ainda mais aborrecido; – e, dependendo do que dizia, sua voz ficava mais clara, mais aguda ou enchia-se de langor de repente, arrastando modulações que acabavam quase em murmúrios, quando falava sozinha – ora feliz, abrindo olhos inocentes, a seguir as pálpebras semicerradas, o olhar cheio de tédio, o pensamento vagando.

À noite, ao voltar, Charles retomou uma a uma as frases que ela dissera, tratando de lembrar-se delas, completar o sentido, a fim de construir a porção de existência que ela havia vivido no tempo em que ainda não a conhecia. Mas jamais conseguia vê-la em seu pensamento de forma diferente do que quando a vira pela primeira vez, ou como há pouco acabava de deixá-la. Depois, perguntou-se o que seria dela, se iria casar-se e com quem? Infelizmente, o velho Rouault era tão rico, e ela... tão linda! Mas o rosto de Emma vinha sempre colocar-se diante de seus olhos e algo de monótono, como o barulho de um pião, zunia em seus ouvidos: "No entanto, se você se casasse! Se você se casasse!". À noite, não conseguiu dormir, sua garganta estava fechada, estava com sede; levantou-se para beber água em seu jarro e abriu a janela; o céu estava coberto de estrelas, um vento quente soprava, ao longe cães latiam. Voltou-se para o lado de Bertaux.

Pensando que afinal de contas não havia risco algum, Charles prometeu-se fazer o pedido quando a ocasião se apresentasse, mas, a cada vez que isso acontecia, o medo de não encontrar as palavras adequadas colava seus lábios.

O velho Rouault não teria se importado que o livrassem de sua filha, que não lhe era útil na casa. Desculpava-a intimamente, achava que ela era inteligente demais para trabalhar no campo, profissão maldita pelo céu, já que com ela nunca ninguém se tornara milionário. Longe de ter feito fortuna, o velhote perdia dinheiro a cada ano; pois se é verdade que se sobressaía nas vendas por dominar as astúcias da profissão, em contrapartida o cultivo propriamente dito, com a administração interna da fazenda, convinha-lhe menos do que a qualquer outra pessoa. Não era com satisfação que retirava as mãos do bolso e não economizava despesas com tudo que dizia respeito à própria vida, querendo estar sempre bem alimentado, bem aquecido e dormindo em uma cama confortável. Gostava de sidra, de cordeiro mal passado, de café batido com aguardente. Comia na cozinha, sozinho, de frente para o fogo, em uma mesinha que lhe traziam já servida, como no teatro.

Quando notou que Charles ruborizava perto de sua filha, o que significava que mais dia menos dia a pediria em casamento, ruminou tudo com antecedência. Achava-o um pouco magricela, não era exatamente o genro que desejara, mas diziam que tinha boa conduta, que era econômico, bastante instruído e era claro que não discutiria muito sobre o dote. Ora, como o velho Rouault seria obrigado a vender 22 acres de suas terras, pois devia muito ao pedreiro, ao seleiro e ainda precisava trocar o eixo da prensa, disse consigo:

"Se pedir a mão", pensou, "eu a dou."

Na época da festa de São Miguel, Charles veio passar três dias em Bertaux. O último dia correu como os demais, Charles adiando o momento de quinze em quinze minutos. O velho Rouault facilitou-lhe as coisas; caminhavam por uma estradinha funda, iam despedir-se; o momento era propício. Charles estipulara que falaria até o final da sebe e, quando chegou ali, murmurou:

– Senhor Rouault, gostaria de lhe dizer uma coisa.

Pararam. Charles calou-se.

– Ora, conte-me sua história! Será que não estou sabendo de tudo? – perguntou o velho Rouault, rindo suavemente.

– Sr. Rouault, sr. Rouault... – balbuciou Charles.

– Não desejo mais do que isso – prosseguiu o lavrador. – Embora a pequena sem dúvida concorde comigo, é preciso, no entanto, perguntar o que ela acha. Então, vá embora, vou voltar para casa. Se for "sim", ouça-me bem, não precisará voltar, por causa do falatório, e, aliás, isso a embaraçaria bastante. Mas, para que o senhor não se angustie, abrirei a veneziana bem rente à parede: poderá enxergá-la por trás, inclinando-se sobre a sebe.

E afastou-se.

Charles amarrou o seu cavalo a uma árvore. Correu para pôr-se no atalho; esperou. Uma meia hora passou, depois contou dezenove minutos em seu relógio. De repente, houve um barulho na parede; a veneziana abrira-se, a fechadura ainda tremia.

No dia seguinte, às nove horas, já estava na fazenda. Emma enrubesceu quando ele entrou, mas, querendo ser natural, esforçou-se para sorrir um pouco. O velho Rouault abraçou seu futuro genro. A conversa sobre as questões financeiras foram adiadas; tinham, aliás, bastante tempo pela frente, já que o casamento não poderia, por questão de decência, ocorrer antes do final do luto de Charles, ou seja, na primavera do ano seguinte.

O inverno passou à espera disso. A senhorita Rouault cuidou de seu enxoval. Uma parte foi encomendada em Rouen, e ela confeccionou camisolas e tocas de dormir, seguindo a moda dos modelos que tomara emprestado. Nas visitas que Charles fazia à fazenda, conversavam sobre os preparativos do casamento, perguntavam-se em qual parte da casa seria oferecido o jantar; calculavam a quantidade de pratos necessária e quais seriam as entradas.

Emma, pelo contrário, desejara casar-se à meia-noite, à luz de velas, mas o velho Rouault não compreendeu aquilo. Realizou-se então um casamento para 43 convidados, no qual ficaram dezesseis horas à mesa, que recomeçou no dia seguinte e estendeu-se um pouco mais.

IV

Os convidados chegaram cedo em carruagens, carriolas puxadas por um só cavalo, charretes de duas rodas, velhos cabriolés sem capota, veículos com cortinas de couro para transportar móveis, e os jovens dos vilarejos mais próximos em carretas, nas quais ficavam de pé, em fila, com as mãos apoiadas nos parapeitos para não cair, andando a galope e sacudindo muito. As pessoas vieram de até duas léguas de distância, de Goderville, de Normanville e de Cany. Os parentes das duas famílias haviam sido convidados, amigos brigados fizeram as pazes, escreveram a conhecidos perdidos de vista há muito tempo.

De tempos em tempos, ouviam-se chicotadas por trás da sebe; logo a cancela abria-se: era uma carriola que entrava. Galopando até o primeiro degrau da entrada, freava forte e descarregava; pessoas desciam de todos os lados, esfregando os joelhos e esticando os braços. As senhoras, de touca, usavam vestidos à moda da cidade, correntes de relógio em ouro, pelerines cujas pontas cruzavam-se na cintura ou pequenos lenços coloridos presos nas costas com um alfinete e que descobriam o pescoço por trás. Os meninos, vestidos como os pais, pareciam incomodados com suas roupas novas (muitos inclusive estrearam naquele dia o primeiro par de botas de suas vidas), e via-se ao seu lado, sem abrir a boca em seus vestidos de primeira comunhão encompridados para a ocasião, uma ou outra menina de catorze ou dezesseis anos, uma prima ou irmã mais velha, corada, aturdida, os cabelos engraxados de pomada de rosas, temendo sujar as luvas. Como não havia cavalariços em número suficiente para desatrelar todos os carros, os senhores arregaçavam as mangas e punham-se ao trabalho. De acordo com as diferentes posições sociais, usavam casacas, sobrecasacas, paletós, jaquetas: boas casacas, cercadas de toda a consideração de uma família, e que não saem dos armários senão para as solenidades; sobrecasacas de grandes abas flutuando ao vento, gola cilíndrica, bolsos largos como sacos; paletós de lã grossa, geralmente acompanhados por um barrete com a pala enfeitada com cobre; jaquetas, muito curtas, com dois botões alinhados como um par de olhos, cujas abas pareciam ter sido cortadas diretamente pelo machado de um carpinteiro. Alguns (mas esses aí, obviamente, deveriam almoçar lá na ponta da mesa) usavam ainda blusas de cerimônia, ou seja, com a gola caída sobre os ombros, as costas franzidas em pregas e a cintura bem baixa presa por um cinto costurado.

E as camisas estavam armadas no peito como couraças! Todos exibiram cabelos cortados, as orelhas estavam mais à mostra, todos de barba feita; alguns que haviam se levantado antes do amanhecer, sem claridade suficiente para fazerem a barba, tinham cortes diagonais debaixo do nariz ou nas mandíbulas, arranhões do tamanho de moedas de três francos e que, ao longo do caminho, em contato com o ar livre, haviam inflamado, colorindo com placas rosadas aqueles rostos brancos e alegres.

Já que a prefeitura ficava a meia légua da fazenda, todos foram a pé e voltaram da mesma maneira depois da cerimônia na igreja. O cortejo, a princípio unido como se fosse uma faixa colorida ondulando pelo campo ao longo do caminho estreito, serpenteando por entre o trigo verde, logo se esticou e se repartiu em grupos diferentes, que paravam para conversar. O rabequista ia à frente, com seu violino ornamentado de fitas; os noivos vinham a seguir, deixando para trás os familiares, os amigos em desordem e as crianças, que se divertiam arrancando flores dos pés de aveia ou brincando entre si, sem serem vistas. O vestido de Emma, comprido demais, arrastava-se pelo chão; de tempos em tempos, ela parava para puxá-lo, e então, delicadamente, com seus dedos enluvados, aproveitava para retirar as ervas rudes e os espinhos dos cardos, ao passo que Charles, de mãos vazias, esperava que ela terminasse. O velho Rouault, com um chapéu de seda novo e uma casaca cujos adornos escondiam suas mãos até as unhas, dava o braço à senhora Bovary mãe. Quanto ao senhor Bovary pai, que no fundo desprezava toda essa gente e viera simplesmente com uma sobrecasaca de corte militar, com uma fileira única de botões, ia despejando galanteios de botequim a uma jovem camponesa loira. Esta agradecia, enrubescia, não sabendo o que responder. As outras pessoas conversavam sobre seus negócios ou pregavam peças umas nas outras, excitando-se por antecipação à alegria; e, com um pouco de atenção, ouvia-se o som do rabequista que continuava tocando pelo campo. Quando ele notava que os outros haviam ficado muito para trás, parava para recuperar o fôlego, encerava lentamente com colofônia o arco para que as cordas deslizassem melhor e depois se punha a andar, ora erguendo, ora abaixando o braço do violino, de modo a marcar bem o compasso para si mesmo. O barulho do instrumento espantava os passarinhos.

A mesa estava posta sobre o alpendre da cocheira. Sobre ela, quatro filés, seis fricassês de frango, uma vitela de caçarola, três pernis de cordeiro e, no meio, um belo leitão assado, fincado com quatro chouriços temperados com azedas. Nos cantos da mesa estavam dispostas jarras de aguardente. A sidra doce lançava sua espuma espessa em torno das rolhas das garrafas, e todos os copos haviam sido antecipadamente enchidos de vinho até a borda. Grandes pratos de creme amarelo, que estremecia espontaneamente ao menor toque contra a mesa, levavam sobre sua superfície lisa o monograma dos noivos em arabescos desparelhos. Haviam encomendado as tortas e nugás de um confeiteiro de Yvetot. Como era novo na região, fizera tudo com capricho e, para a sobremesa, chegou a trazer pessoalmente um bolo de casamento que arrancou gritos. Na base, havia um quadrado de cartolina azul representando um templo com pórticos, cercado de colunas e estátuas de estuque, em nichos cobertos de estrelas de papel dourado; a seguir, na segunda camada, erguia-se um torreão de doce da Savoia, cercado de pequenas fortificações de angélicas, amêndoas, uvas passas, gomos de laranja; e, enfim, sobre a plataforma superior, uma pradaria verde com rochedos e lagos de geleia, onde vogavam barquinhos feitos de cascas de avelã, via-se um pequeno Cupido em um balanço de chocolate cujos suportes tinham por acabamento, no topo, dois botões de rosas naturais à guisa de esferas.

Comeu-se até a noite. Quando alguém se cansava de ficar sentado, ia passear pelo pátio ou jogar uma partida de malha na granja; depois voltava à mesa. Alguns, lá pelo final, adormeciam e roncavam. Mas, durante o café, tudo se reanimou; então se puseram a cantar, fizeram competições, carregaram pesos, exibiram suas habilidades, tentaram levantar charretes nos ombros, fizeram gracejos e beijaram as damas. À noite, na hora de ir embora, os cavalos empanturrados de aveia custaram a entrar nos varais; escouceavam, empinavam, os arreios quebravam-se, seus donos blasfemavam ou riam; e, a noite toda, em todas as estradas da região, viam-se sob o luar carriolas em galope, sacolejando ao passar pelas valas, saltando sobre os pedregulhos, engatando-se nas escarpas, com mulheres que se debruçavam sobre as portinholas para segurar as rédeas.

Os que ficaram em Bertaux passaram a noite bebendo na cozinha. As crianças adormeceram nos bancos.

A noiva suplicara ao pai que a poupassem das brincadeiras de praxe. No entanto, um peixeiro, primo afastado deles (que inclusive havia trazido dois linguados de presente de casamento), já começava a jogar água com a boca pelo buraco da fechadura quando o velho Rouault chegou a tempo de impedi-lo, explicando-lhe que a posição social ocupada pelo genro não permitia aquele tipo de inconveniência. O primo, no entanto, apenas com muita insistência cedeu àquele tipo de argumento. No seu íntimo, acusava o velho Rouault de ser orgulhoso e foi juntar-se em um canto a quatro ou cinco convidados, que, por terem sido servidos, por acaso, diversas vezes seguidas com maus pedaços de carne, também estimavam que haviam sido mal recebidos e cochichavam a respeito do anfitrião, desejando disfarçadamente a sua ruína.

A senhora Bovary mãe não abrira a boca o dia todo. Não fora consultada nem sobre o vestuário da nora nem sobre a festa; retirou-se cedo. Seu marido, em vez de acompanhá-la, mandou buscar cigarros em Saint-Victor e fumou até o amanhecer, enquanto bebia grogues de *Kirsch*, mistura desconhecida no campo e que o tornou motivo de consideração ainda maior.

Charles não tinha um temperamento divertido e não brilhara durante o casamento. Respondeu de maneira medíocre às brincadeiras, aos trocadilhos, às palavras ambíguas, aos cumprimentos e aos gracejos que as pessoas se sentiam na obrigação de lançar-lhe a partir do momento em que a sopa foi servida.

No dia seguinte, no entanto, parecia outra pessoa. Poderia muito bem ser tomado pela virgem da véspera, ao passo que a noiva disfarçava tão bem que não deixava adivinhar absolutamente nada. Os mais maliciosos não sabiam o que dizer e observavam-na quando ela passava perto deles com uma concentração desmedida. Mas Charles não dissimulava nada. Chamava-a de "minha mulher", tratava-a com intimidade, perguntava por ela a todo mundo, procurava-a por todos os cantos e a conduzia frequentemente até o pátio, onde podia-se vê-lo de longe, por entre as árvores, enlaçando a cintura dela com os braços e continuando a caminhar meio reclinado, amassando com a cabeça a gola do vestido dela.

Dois dias depois do casamento, os noivos se foram: Charles, por causa dos doentes, não podia ausentar-se mais tempo. O velho Rouault pediu que os levassem em sua carriola e os acompanhou inclusive até Vassonville. Chegando lá, beijou sua filha pela última vez, pôs os pés no chão e retomou seu caminho. Quando dera cerca de cem passos, parou e, ao ver a carriola afastando-se, as rodas girando na poeira, soltou um grande suspiro. Depois, lembrou-se de seu casamento, dos velhos tempos, da primeira gravidez de sua mulher; ele também estava muito feliz no dia em que a trouxera da casa do pai dela, quando a levava na garupa, trotando na neve, pois era época de Natal e o campo estava todo branco; ela o segurava com um dos braços, no outro levava seu cesto; o vento agitava as longas rendas de sua touca à moda de Caux, que, por vezes, entravam em sua boca, e, quando ele virava a cabeça, via colado em si, sobre seu ombro, o rostinho rosado dela que sorria silenciosamente, sob a pala dourada de sua touca. Para esquentar os dedos, ela os colocava, de tempos em tempos, sobre seu peito. Como tudo aquilo era velho! Sua filha, agora, teria trinta anos! Então olhou para trás e não viu mais nada na estrada. Sentiu-se triste como uma casa vazia e pelas tenras lembranças misturando-se às lembranças tristes em sua mente obscurecida pelos vapores da comilança; sentiu muita vontade, por um momento, de dar uma volta pelos lados da igreja. No entanto, como temeu que aquela visão o tornasse ainda mais triste, foi direto para casa.

O senhor e a senhora Charles chegaram a Tostes pelas seis horas. Os vizinhos foram para as janelas ver a nova mulher do médico.

A velha criada se apresentou, saudou-os e desculpou-se pelo jantar ainda não estar pronto, convidando a senhora, enquanto isso, a conhecer a casa.

V

A fachada de tijolos ficava rente à rua, ou melhor, à estrada. Atrás da porta estava pendurado um sobretudo de gola curta, uma rédea, um boné de couro preto, e, em um canto, no chão, um par de borzeguins ainda coberto de lama seca. À direita ficava a sala, ou seja, a peça onde comiam e que também servia de sala de estar. Um papel de parede amarelo-canário, enfeitado no alto por uma guirlanda de flores pálidas, oscilava em sua tela mal-estendida; cortinas de percalina branca, bordadas com uma franja vermelha, entrecruzavam-se ao longo das janelas e, sobre a guarnição estreita da lareira, resplandecia um pêndulo com a cabeça de Hipócrates, entre dois castiçais de prata folhada, sob globos de forma oval. Do outro lado do corredor, ficava o consultório de Charles, uma peça pequena, de cerca de seis passos de largura, com uma mesa, três cadeiras e uma poltrona de escritório. Os tomos do *Dicionário de ciências médicas*, ainda não cortados, mas cuja capa trazia as marcas de todas as vendas sucessivas pelas quais passaram, ocupavam seis prateleiras de uma estante de madeira de pinho. O cheiro de comida entrava pela divisória durante as consultas, e da cozinha podia-se ouvir os doentes tossindo no consultório e despejando suas histórias. Depois vinha, dando diretamente para o pátio, onde se encontrava a estrebaria, uma grande peça deteriorada, que possuía um forno e que agora servia de depósito de lenha, celeiro e despensa, repleta de velhas ferragens, de tonéis vazios, de instrumentos de agricultura em desuso, com diversas outras coisas empoeiradas cuja utilidade era impossível de adivinhar.

O jardim, mais comprido do que largo, ia, entre dois muros de adobe cobertos de damascos em espaldeira, até uma sebe de espinhos que o separava dos campos. No meio do jardim havia um quadrante solar de ardósia sobre um pedestal de alvenaria. Quatro canteiros guarnecidos com roseiras-bravas cercavam simetricamente o quadrado mais útil com as vegetações mais importantes. Bem no fundo, debaixo dos abetos, um cura de gesso lia o seu breviário.

Emma subiu até os quartos. O primeiro não estava mobiliado, mas o segundo, que era o quarto conjugal, possuía uma cama de acaju em uma alcova com cortinas vermelhas. Uma caixa de conchas decorava a cômoda; sobre a escrivaninha, perto da janela, havia um jarro com um buquê de flores de laranjeiras, amarrado por fitas de cetim branco. Era um buquê de noiva, o buquê da outra! Ela olhou para ele. Charles deu-se conta, foi pegá-lo e levou-o até o celeiro, enquanto que, sentada em uma poltrona (estavam colocando suas coisas em torno dela), Emma pensava em seu buquê de casamento, embalado em uma caixa de papelão, e perguntava-se, sonhando, o que fariam com ele, se por acaso ela viesse a morrer.

Ocupou-se, nos primeiros dias, em pensar nas mudanças que faria em sua casa. Retirou os globos dos castiçais, mandou colar papéis de parede novos, pintar a escada e colocar bancos no jardim, em volta do quadrante solar; ela até mesmo informou-se sobre como fazer para construir um tanque com um chafariz e com peixes. Enfim, seu marido, sabendo que ela amava passear de carruagem, encontrou um *boc* usado que, com lanternas novas e para-lamas em couro piquê, quase se parecia com um tílburi.

Ele estava, portanto, feliz e sem nenhuma preocupação. Uma refeição a dois, um passeio à noite na estrada principal, um gesto de sua mão sobre os bandós, a vista de seu chapéu de palha pendurado na carmona de uma janela e muitas outras coisas nas quais Charles nunca suspeitara existir prazer compunham agora a continuidade de sua felicidade. De manhã, na cama, a cabeça no travesseiro ao lado da dela, olhava a luz do sol passar por entre a penugem de suas faces loiras, que as franjas de sua toca cobriam pela metade. Vistos assim de perto, os olhos dela pareciam-lhe maiores, sobretudo quando ela abria inúmeras vezes seguidas as pálpebras ao acordar; pretos à sombra e azul-escuros na claridade, era como se tivessem camadas de cores sucessivas que, mais espessas no fundo, iam clareando na superfície do esmalte. Os olhos dele se perdiam naquelas profundezas; neles, via-se refletido em miniatura até os ombros, com o lenço à cabeça e a camisa entreaberta. Ele levantara-se. Ela punha-se à janela para vê-lo partir e ficava com os cotovelos apoiados sobre o peitoril, entre dois vasos de gerânios, com seu roupão solto no corpo. Charles, na rua, afivelava as esporas apoiando-se no marco; e ela continuava falando com ele lá de cima, enquanto arrancava com a boca fragmentos de flores ou plantas que soprava para ele e que volteavam, planando, fazendo semicírculos no ar como um pássaro, e depois iam, antes de caírem, prender-se nas crinas mal-penteadas da égua branca que permanecia imóvel à porta. Charles, a cavalo, soprava-lhe um beijo; ela respondia com um sinal, fechava a janela, ele ia embora. E então, na estrada comprida que estendia a perder de vista sua longa fita empoeirada, nos caminhos côncavos em que as árvores se curvavam formando abóbodas, nos atalhos em que o trigo subia até o joelho, com o sol nos ombros e o ar matinal em suas narinas, o coração repleto das alegrias da noite, o espírito tranquilo, a carne contente, Charles ia ruminando sua felicidade, como os que continuam mastigando, depois do jantar, o gosto das trufas que estão digerindo.

Até então, o que ocorrera de bom em sua existência? Foram os tempos de colégio, em que ficava encerrado atrás daqueles muros altos, sozinho nas aulas em meio a seus colegas mais ricos ou melhores do que ele, que riam de seu sotaque, zombavam de suas roupas e cujas mães vinham ao locutório trazendo bolos em seus regalos? Ou mais tarde, quando estudava medicina e nunca tinha dinheiro nem para pagar a contradança a uma operariazinha que houvesse se tornado sua amante? Depois, quando vivera durante catorze meses com a viúva, cujos pés, na cama, eram frios como gelo? Mas, agora, possuía para a vida toda essa mulher linda que ele adorava. O universo, para ele, não passava do contorno sedoso do saiote dela; e censurava-se por não amá-la ainda mais, sentia vontade de revê-la; voltava rapidamente, subia a escada com o coração acelerado. Emma, no quarto, preparava-se; ele chegava pé ante pé, beijava-a nas costas, ela dava um grito.

Não conseguia impedir-se de tocar continuamente em seu pente, seus anéis, seu lenço; por vezes, dava-lhe longos beijos estalados nas faces ou um beijinho atrás do outro ao longo do braço nu, desde a ponta dos dedos até os ombros; e ela o repelia, meio sorrindo, meio aborrecida, como se faz com uma criança que se dependura na gente.

Antes de se casar, ela pensara ter amor, mas como a alegria que deveria ter resultado daquele amor não apareceu, só podia ter se enganado, pensava. E Emma buscava saber o que significavam exatamente, na vida, as palavras *felicidade*, *paixão* e *embriaguez*, que tão belas lhe pareceram nos livros.

VI

Emma lera *Paul e Virginie* e sonhara com a casinha de bambu, com o negro Domingo, com o cachorro Fiel, mas, sobretudo, com a doce amizade de algum bom irmãozinho que colhesse frutos vermelhos para ela nas árvores grandes, mais altas que campanários, ou que corresse de pés descalços pela areia trazendo-lhe um ninho de passarinho.

Quando completou treze anos, o pai levou-a à cidade, para colocá-la no convento. Hospedaram-se em uma estalagem no bairro de Saint-Gervais, onde receberam a ceia em pratos pintados com representações da história da senhorita de la Vallière.[6] As explicações das legendas, cortadas aqui e ali pelos arranhões de facas, glorificavam a religião, as delicadezas do coração e as pompas da Corte.

Longe de se aborrecer no convento, durante os primeiros tempos ela divertiu-se na companhia das freiras, que, para entretê-la, conduziam-na à capela, na qual se penetrava pelo

---

6. Louise de la Baume le Blanc, duquesa de la Vallière (1664-1710), primeira favorita de Luís XIV, com quem teve dois filhos. Retirou-se para o convento das irmãs carmelitas. (N.T.)

refeitório, depois de um corredor comprido. Ela brincava muito pouco durante os recreios, compreendia bem o catequismo e era sempre a primeira a responder às questões difíceis do senhor vigário. Vivendo então sem nunca sair da atmosfera morna das aulas e entre aquelas mulheres de tez branca, de terço e cruz de cobre, entorpecia-se suavemente com o langor místico que os perfumes do altar exalam, com o frescor da pia de água benta e com o brilho dos círios. Em vez de acompanhar a missa, contemplava em seu livro as ilustrações religiosas bordejadas de azul, e adorava a ovelha doente, o Sagrado Coração trespassado de flechas agudas ou o pobre Jesus que tropeça em sua cruz. Tentou, por mortificação, ficar um dia inteiro sem comer. Procurava em sua mente alguma promessa para cumprir.

Quando se confessava, inventava pecadinhos só para ficar mais tempo ajoelhada à sombra, mãos unidas, rosto encostado na grade, ouvindo o murmurar do padre. As comparações de noivo, esposo, amante celeste e marido eterno que se repetiam nos sermões provocam-lhe no fundo da alma doçuras inesperadas.

À noite, antes da oração, faziam uma leitura religiosa na sala de estudos. Durante a semana, liam algum resumo de história sagrada ou as *Conferências* do abade Frayssinous[7], e, nos domingos, passagens do *Gênio do cristianismo*[8], por distração. Como escutava, nas primeiras vezes, as lamentações sonoras das melancolias românticas repetindo-se em todos os ecos da terra e da eternidade! Se sua infância houvesse transcorrido nos fundos de uma loja de um bairro comercial, ela talvez se sentisse aberta às invasões líricas da natureza, que, em geral, chegam a nós somente através das traduções dos escritores. Mas ela conhecia bem demais o campo; conhecia o balido dos rebanhos, os laticínios, os arados. Acostumada à calma, atraía-se, inversamente, pelos aspectos acidentados. Gostava do mar

---

7. Denis Frayssinous (1765-1841): bispo dominicano. Suas célebres *Conferências* pregadas durante o Império (1804-1815) e a Restauração (1815-1830) foram publicadas em 1825 com o título de *Defesa do cristianismo*. (N.T.)

8. *Gênio do cristianismo* (1802), de François-René Chateaubriand (1768-1848). A obra faz a apologia do cristianismo numa época em que a religião fora abalada pelas ideias do Século das Luzes e pela Revolução Francesa (1789). (N.T.)

apenas pelas tempestades e da vegetação apenas quando esta se encontrava dispersa em ruínas. Precisava extrair das coisas uma espécie de lucro pessoal e rejeitava, considerando inútil, tudo aquilo que não contribuísse à conservação imediata de seu coração – por ser de temperamento mais sentimental do que artístico, buscava emoções e não paisagens.

No convento, havia uma solteirona que vinha todos os meses, durante oito dias, para trabalhar na rouparia. Protegida pelo arcebispo por pertencer a uma antiga família de fidalgos arruinados durante a Revolução, comia à mesa das freiras no refeitório e trocava algumas palavras com elas depois da refeição, antes de subir e retomar o trabalho. Frequentemente, as alunas internas escapavam da sala de estudos para conversar com ela. Sabia de cor canções galantes do século passado, que cantava à meia-voz, enquanto sua agulha avançava. Contava histórias, anunciava as novidades, ia à cidade cumprir as incumbências de que a encarregavam e emprestava às alunas maiores, às escondidas, romances que sempre levava nos bolsos do avental e cujos longos capítulos ela própria devorava, nos intervalos de seu trabalho. Tudo eram amores, amantes, damas perseguidas desmaiando nos pavilhões solitários, postilhões assassinados em todos os albergues, cavalos mortos em todas as páginas, florestas escuras, agitações no coração, sermões, soluços, lágrimas e beijos, barquinhos ao luar, rouxinóis em bosques, homens bravos como leões, brandos como cordeiros, virtuosos como ninguém, sempre bem-vestidos e que choram como viúvas. Durante seis meses, aos quinze anos, Emma sujou suas mãos com a poeira dos velhos gabinetes de leitura. Com Walter Scott[9], mais tarde, encantou-se com as coisas históricas, sonhou com arcas, salas de guarda e menestréis. Teria apreciado viver em algum velho solar, como aquelas castelãs de corpetes compridos, que, sob os ornamentos das ogivas, passavam seus dias com o cotovelo apoiado sobre o peitoril e o queixo na mão, esperando vir do fundo do campo um cavaleiro com uma pluma branca, galopando

9. Walter Scott (1771-1832): romancista escocês. Conhecido como inventor do romance histórico, escreveu, entre outros: *The Lady of the Lake* (1810), *Waverley* (1814), *Ivanhoé* (1819). (N.T.)

sobre um cavalo negro. Nessa época, cultuara Mary Stuart[10] e venerara com entusiasmo mulheres ilustradas ou infelizes. Joana d'Arc[11], Heloísa[12], Agnès Sorel[13], a bela Ferronnière[14] e Clémence Isaure[15]; para ela, destacavam-se como cometas na imensidão tenebrosa da história, onde se sobressaíam ainda, aqui e ali, mas mais perdidos na sombra e sem nenhuma relação entre si, São Luís[16] com seu carvalho, Bayard[17] moribundo, algumas ferocidades de Luís XI, algo de São Bartolomeu[18], o penacho do Bearnês[19], e sempre a lembrança dos pratos pintados, nos quais Luís XIV era elogiado.

Na aula de música, as romanças que cantava só falavam de anjinhos com asas de ouro, madonas, lagunas, gondoleiros, composições pacíficas que lhe deixavam entrever, através da tolice do estilo e das imprudências das notas, a atraente fantasmagoria das realidades sentimentais. Algumas de suas

---

10. Mary Stuart (1542-1587): rainha da Escócia. Entrou para história como uma mulher bela e sedutora. Depois de seu terceiro casamento, com o conde de Bothwell, tido como assassino de seu marido, foi forçada a abdicar em favor do filho. Depois disso, foi prisioneira durante dezoito anos de sua prima Elisabeth I, da Inglaterra. (N.T.)

11. Heroína francesa da Guerra dos Cem Anos (1337-1453), travada contra a Inglaterra. Tornou-se mártir e foi canonizada em 1920. (N.T.)

12. Conhecida pelo amor trágico que viveu com o filósofo, teólogo e compositor francês Abelardo. (N.T.)

13. Aia de Isabel de Lorena, recebeu do rei Carlos VII, sobre quem tinha uma enorme influência, o título de Senhora da Beleza. Foi a primeira amante oficial de um rei. (N.T.)

14. La Belle Ferronnière, apelido de uma burguesa parisiense, amante do rei Francisco I. Sua morte precoce teria deixado o rei inconsolável. (N.T.)

15. Personagem legendária, a quem se atribui a invenção ou restauração dos jogos florais, concursos poéticos de Toulouse. (N.T.)

16. Rei da França de 1226 até a sua morte, em 1270. Costumava julgar as causas sentado embaixo de um carvalho. (N.T.)

17. Trata-se, provavelmente, de Pierre Terrail, Senhor de Bayard (1476-1524), personagem histórico que deu origem à lenda do cavaleiro sem medo nem máculas. (N.T.)

18. São Bartolomeu, um dos doze apóstolos de Cristo. (N.T.)

19. Penacho do Bearnês, apelido de Henrique IV (1553-1610), rei da França a partir de 1589. (N.T.)

camaradas traziam para o convento os *keepsakes*[20] que haviam recebido de Ano-Novo. Era preciso escondê-los, como era complicado! Liam-nos nos dormitórios. Manipulando delicadamente suas belas encadernações de cetim, Emma concentrava seu olhar fascinado no nome dos autores desconhecidos que haviam assinado, geralmente condes ou viscondes, ao final de suas composições.

Estremecia ao suspender com um sopro o papel de seda das gravuras, que se levantava meio dobrado e caía suavemente sobre a página. Era um rapaz de capa curta que, por trás da balaustrada de uma sacada, abraçava uma moça de vestido branco, com uma bolsinha presa à cintura; ou então os retratos anônimos das *ladies* inglesas com cachos louros, que, debaixo do chapéu de palha redondo, olhavam-na com seus enormes olhos claros. Viam-se algumas esparramadas em carruagens que deslizavam por parques, onde um galgo saltitava à frente da atrelagem conduzida a trote por dois pequenos postilhões de calções brancos. Outras, em devaneio no sofá, ao lado de um bilhete aberto, contemplavam a lua pela janela entreaberta, semicoberta por um véu negro. As ingênuas, com uma lágrima sobre a face, afligiam uma rolinha pelas grades de uma gaiola gótica, ou, sorrindo, com a cabeça inclinada sobre o ombro, desfolhavam uma margarida com os dedos pontudos, arrebitados como sapatos de bico revirado. E vós, sultões com longos cachimbos, também estais ali, pasmados debaixo de caramanchões, nos braços de bailarinas, infiéis, sabres turcos, barretes gregos, e vós, sobretudo, paisagens macilentas das regiões ditirâmbicas, que frequentemente nos mostrais ao mesmo tempo palmeiras, pinheiros, tigres à direita, um leão à esquerda, minaretes tártaros no horizonte, no primeiro plano, ruínas romanas, a seguir, camelos acocorados – tudo isso enquadrado por uma floresta virgem bem-cuidada e com um enorme raio de sol perpendicular tremulando na água, onde se destacam em manchas brancas, sobre um fundo cinzento, cisnes nadando.

E o abajur do candeeiro, pendurado na parede sobre a cabeça de Emma, iluminava todos aqueles quadros do mundo

20. Termo em inglês no original. Espécie de álbum de lembranças com grandes gravuras e trechos literários. (N.T.)

que desfilavam diante dela uns atrás dos outros, no silêncio do dormitório e ao som longínquo de algum fiacre retardatário que ainda percorria os bulevares.

Quando a sua mãe morreu, ela chorou muito nos primeiros dias. Mandou fazer um quadro fúnebre com os cabelos da falecida, e, em uma carta que enviara a Bertaux, toda cheia de reflexões tristes sobre a vida, pedia que a enterrassem mais tarde no mesmo lugar. O velhote achou que ela estivesse doente e foi vê-la. Emma ficou intimamente satisfeita por ter obtido na primeira tentativa aquele raro ideal das existências pálidas, aonde os corações medíocres nunca conseguem chegar. Deixou-se então levar pelos meandros lamartinianos, ouviu as harpas nos lagos, todos os cantos de cisnes moribundos, todas as quedas de folhas, as virgens puras que subiam ao céu e a voz do Eterno ecoando nos vales. Aborreceu-se, mas não quis reconhecê-lo, continuou por costume, a seguir, por vaidade e ao final ficou surpresa de sentir-se apaziguada e sem mais tristezas no coração do que rugas na testa.

As religiosas, que haviam tão bem previsto a sua vocação, notaram com grande surpresa que a senhorita Rouault parecia escapar a seus cuidados. Com efeito, elas tanto lhe prodigaram ofícios, retiros, novenas e sermões, tão bem lhe pregaram o respeito que se deve aos santos e aos mártires e tantos bons conselhos lhe deram para a modéstia do corpo e a salvação de sua alma que ela fez como os cavalos puxados pelas rédeas: empacou, de repente, e o freio saiu-lhe dos dentes. Aquele espírito positivo em meio a seus entusiasmos, que amara a igreja pelas flores, a música pelas letras de romanças e a literatura pelas excitações passionais, insurgia-se diante dos mistérios da fé, do mesmo modo que se irritava contra a disciplina, que era algo antipático à sua constituição. Quando seu pai a retirou do internato, ninguém ficou aborrecido por vê-la partir. A madre superiora achava inclusive que ela se tornara, nos últimos tempos, pouco reverente em relação à comunidade.

Emma, de volta a casa, divertiu-se com o comando dos criados, a seguir, passou a sentir aversão pelo campo e saudade do convento. Quando Charles veio a Bertaux pela primeira vez, ela considerava-se muito desiludida, não tendo mais nada a aprender, não tendo mais nada para sentir.

Mas a ansiedade em relação a um novo estado, ou talvez a irritação causada pela presença daquele homem, bastara-lhe para que acreditasse que possuiria, enfim, aquela paixão maravilhosa que até então era tida como um pássaro grande de plumagem rosa planando no esplendor dos céus poéticos – e ela não podia imaginar agora que aquela calma em que vivia fosse a felicidade com que sonhara.

VII

Ela pensava, por vezes, que apesar de tudo, aqueles haviam sido os melhores dias de sua vida, a lua de mel, como se costumava dizer. Para experimentar a sua doçura, teria sido necessário, sem dúvida, partir rumo àquelas regiões de nomes sonoros nas quais os dias que seguem ao casamento decorrem em suaves indolências! Em seges de posta, sob as cortinas de seda azul, sobe-se ao pé de estradas íngremes, ouvindo a canção do postilhão repetir-se na montanha com os sinos das cabras e o barulho surdo da cascata. Quando o sol se põe, respira-se à beira dos golfos o perfume dos limoeiros; a seguir, à noite, nas sacadas dos casarões, a sós e com os dedos entrelaçados, olham-se as estrelas e fazem-se projetos. Parecia-lhe que alguns lugares sobre a terra deveriam produzir alegria, como uma planta em um determinado solo que cresce mal em qualquer outro lugar. Ah, se pudesse apoiar os cotovelos na sacada de chalés suíços ou conter sua tristeza em um *cottage* escocês, com um marido vestido com uma casaca de veludo preto de abas compridas, usando botas macias, um chapéu pontudo e punhos rendados!

Talvez tivesse desejado confiar todas aquelas coisas a alguém. Mas como contar um mal-estar inacessível, que muda de aspecto como as nuvens, que redemoinha como o vento? Faltavam-lhe as palavras, a ocasião e a ousadia.

Se Charles quisesse, no entanto, se tivesse desconfiado, se seu olhar, uma só vez, tivesse ido ao encontro do seu pensamento, parecia-lhe que uma abundância súbita teria se desprendido de seu coração, como a colheita cai de uma espaldeira assim que a tocamos. Mas, à medida que a intimidade de suas vidas estreitava-se, um desprendimento interior a desligava dele.

A conversa de Charles era plana como uma calçada, e as ideias de todo mundo nela desfilavam com trajes ordinários, sem excitar com emoção, riso ou devaneio. Jamais tivera a curiosidade, dizia ele, quando morara em Rouen, de ir ao teatro para assistir aos artistas de Paris. Não sabia nadar, nem esgrimir, nem usar uma pistola; certo dia, aconteceu até que não pôde explicar-lhe um termo de equitação que ela encontrara em um romance.

Um homem, afinal de contas, não devia conhecer tudo, sobressair-se em múltiplas atividades, iniciar a mulher nas energias da paixão, nos refinamentos da vida, em todos os mistérios? Mas aquele ali não lhe ensinava nada, não sabia nada, não desejava nada. Achava que era feliz; e ela o detestava por aquela calma tão assentada, por aquele peso sereno, pela própria alegria que ela lhe dava.

Às vezes ela desenhava; e, para Charles, era um grande divertimento ficar ali, de pé, olhando-a inclinada sobre a cartolina, pestanejando para melhor ver o seu trabalho, ou fazendo com o polegar bolinhas com o miolo do pão. No piano, quanto mais rápido corriam seus dedos, mais ele se maravilhava. Ela batia nas teclas com ousadia e percorria o teclado de cima a baixo sem se interromper. Sacudido por ela daquela maneira, o velho instrumento, cujas cordas arquejavam, era ouvido do outro lado do vilarejo, se a janela estivesse aberta, e muitas vezes o escrevente do oficial de justiça, ao passar pela estrada grande, de cabeça descoberta e de pantufas, parava para ouvi-la, com a sua folha de papel na mão.

Emma, por outro lado, sabia administrar a casa. Enviava aos doentes a fatura das visitas acompanhadas de cartas bem escritas, que não pareciam uma conta. Quando, nos domingos, recebiam alguém para jantar, arranjava um meio de servir um prato elegante, procurava colocar sobre as folhas de parreira pirâmides de rainhas-cláudias, entornava os potes de compotas em um prato para servi-los e falava inclusive em comprar serviços para enxaguar a boca para a sobremesa. Disso tudo, resultava muita consideração para Bovary.

A estima de Charles crescia por ter uma mulher como aquela. Exibia com orgulho, na sala, dois pequenos esboços dela, feitos com grafite, que mandara enquadrar em molduras largas e suspendera em longos fios verdes sobre o papel de parede. Quem saía da missa via-o à porta com suas belas pantufas de tapeçaria.

Voltava tarde, às dez horas, meia-noite, às vezes. Então queria comer, mas, como a criada já estivesse deitada, era Emma quem o servia. Ele tirava a sobrecasaca para jantar mais à vontade. Enumerava uma por uma todas as pessoas que encontrara, as cidades para onde fora, as receitas que prescrevera e, satisfeito consigo mesmo, comia o resto da carne com cebolas, descascava seu queijo, comia uma maçã, esvaziava a garrafa, depois ia para cama, deitava de barriga para cima e roncava.

Como usara durante muito tempo toucas de algodão, o lenço não lhe parava nas orelhas; assim, de manhã, seus cabelos encontravam-se caídos desordenadamente sobre o rosto e embranquecidos pela penas do travesseiro, cujos cordões desamarravam-se durante a noite. Usava sempre botas grossas, com duas rugas oblíquas no cano que iam do peito do pé até o tornozelo, enquanto que o restante da gáspea seguia em linha reta, como se fosse calçada por um pé de madeira. Ele dizia que, *para o campo, estava mais do que bom*.

Sua mãe aprovava essa economia, pois continuava a vir visitá-lo como antes, quando em sua casa se produzia alguma borrasca violenta; e, no entanto, a senhora Bovary mãe parecia ter má vontade com a nora. Achava que ela mantinha *uma pose muito elevada para suas posses*; a lenha, o açúcar e a vela *eram consumidos como em uma grande residência*, e a quantidade de brasa que se utilizava na cozinha seria suficiente para 25 pratos! Guardava as roupas dela no armário e ensinava-lhe a controlar o açougueiro quando ele trazia a carne. Emma recebia essas lições; madame Bovary as professava; e as palavras *minha filha* e *minha mãe* eram pronunciadas o dia inteiro, acompanhadas de um leve tremor dos lábios, cada uma lançando palavras doces com uma voz vibrante de raiva.

Nos tempos de senhora Dubuc, a velha ainda sentia-se a preferida; mas, agora, o amor de Charles por Emma parecia-lhe uma deserção de sua ternura, uma invasão de algo que lhe pertencia; e ela observava a alegria de seu filho com um silêncio triste, como alguém arruinado contempla através das grades as pessoas à mesa em sua antiga casa. Recordava-lhe, através de lembranças, todos seus desgostos e sacrifícios, e, comparando-os às negligências de Emma, concluía que não era sensato adorá-la de um modo tão exclusivo.

Charles não sabia o que responder; respeitava sua mãe e amava infinitamente sua mulher; considerava o julgamento de uma infalível, e, no entanto, achava a outra irrepreensível. Quando a senhora Bovary ia embora, arriscava timidamente, e nos mesmos termos, uma ou duas das mais inofensivas observações que ouvira sua mãe fazer; Emma, provando-lhe com uma palavra que ele estava errado, mandava-o de volta a seus pacientes.

No entanto, segundo teorias que ela estimava serem boas, quis entregar-se ao amor. Ao luar, no jardim, recitava rimas apaixonadas que sabia de cor e cantava-lhe suspirando adágios melancólicos; mas ela achava-se a seguir tão calma quanto antes, e Charles, por sua vez, não parecia nem mais apaixonado nem mais perturbado.

Depois de tentar pôr fogo no coração dele sem obter uma só faísca, incapaz, além disso, de entender o que não sentia e de acreditar em tudo que não se manifestava através de formas convencionais, ela se convenceu sem sacrifício que a paixão de Charles não tinha mais nada de exorbitante. Suas expansões se tornaram regulares; ele a beijava em horas determinadas. Era um hábito como tantos outros, como que uma sobremesa prevista com antecedência após a monotonia do jantar.

Um guarda florestal, que fora curado pelo marido de uma pneumonia, presenteara a esposa com uma pequena galga italiana; Emma levava-a junto quando ia passear, pois gostava de ficar a sós uns instantes e livrar-se da visão do eterno jardim com a estrada poeirenta.

Ia até o faial de Banneville, perto do pavilhão abandonado no canto do muro, ao lado da campina. No fosso, no meio do capim, há juncos compridos de folhas cortantes.

Ela começava olhando em volta, para ver se nada havia mudado desde a última vez que viera. Encontrava nos mesmos lugares as dedaleiras e rábanos-silvestres, moitas de urtigas cercando os pedregulhos e manchas de liquens ao longo das três janelas, cujos postigos, sempre fechados, descascavam sua sujeira sobre as barras enferrujadas. Seu pensamento, de início sem rumo, vagava ao acaso, como sua galga que andava em círculos no campo, latia para as borboletas amarelas, caçava os musaranhos ou mordiscava as papoulas sobre um seixo de trigo. Depois, pouco a pouco, suas ideias iam se fixando, e, sentada no gramado, que revirava com sua sombrinha, Emma repetia:

– Por que fui me casar, meu Deus?

Ela se perguntava se não haveria um meio, por outras combinações do acaso, de encontrar outro homem, e tentava imaginar quais seriam aqueles eventos que não aconteceram, aquele caminho diferente, aquele marido que ela não conhecia. Afinal, não eram todos como aquele. Poderia ter sido belo, espirituoso, distinto, atraente, como eram, sem dúvida, os que haviam casado com suas antigas colegas do convento. O que elas estariam fazendo agora? Na cidade, com o barulho das ruas, o burburinho dos teatros, as luzes do baile, elas tinham existências que dilatam o coração, desabrocham os sentidos. Mas sua vida era fria como um celeiro cuja lucarna é voltada para o norte, e o tédio, aranha silenciosa, tecia sua tela na sombra, em todos os cantos de seu coração. Lembrava-se então dos dias de distribuição de prêmios, em que subia no estrado para ir buscar suas coroazinhas. De cabelos trançados, vestido branco e sapatos de pano descobertos, seus modos eram delicados, e os homens, quando ela retornava para seu lugar, inclinavam-se para cumprimentá-la; o pátio estava repleto de caleches, todos se despediam pelas portinholas, o professor de música passava cumprimentando, com sua caixa de violino. Como aquilo tudo estava longe! Como estava longe!

Chamava Djali, pegava-a no colo e passava os dedos por sua cabecinha comprida e fina, dizendo-lhe:

– Vamos, você que não tem tristezas, beije sua dona.

Depois, considerando a expressão melancólica do esbelto animal, que bocejava com lentidão, enternecia-se, e, comparando-o consigo mesma, falava-lhe em voz alta, como se consola alguém que está aflito.

Ocorriam, por vezes, rajadas de vento; eram brisas do mar que, envolvendo de uma só vez todo o planalto da região de Caux, traziam, até os campos mais afastados, um frescor salgado. Os juncos sopravam rente ao chão, e as folhas das faias farfalhavam em um estremecimento rápido, enquanto que os cimos, ainda balançando, prosseguiam seu grande murmúrio. Emma apertava o xale contra seus ombros e levantava.

Na avenida, uma claridade esverdeada que passava pelas folhagens iluminava a grama rasa que crepitava debaixo de seus pés. O sol se punha; o céu avermelhava-se entre os galhos, e os troncos parelhos das árvores plantadas em linha reta pareciam uma colunata escura destacando-se sobre um fundo dourado; ela ficava com medo, chamava Djali, voltava rapidamente para Tostes pela estrada principal, prostrava-se em uma poltrona e não falava durante a noite toda.

Mas, lá por meados de setembro, alguma coisa extraordinária aconteceu em sua vida: ela foi convidada a Vaubyessard, propriedade do marquês d'Andervilliers.

Secretário de estado durante a Restauração[21], o marquês, buscando entrar novamente para a vida política, vinha preparando há muito tempo sua candidatura à Câmara dos Deputados. Realizava, durante o inverno, inúmeras distribuições de feixes de lenha, e, no Conselho Geral, sempre pedia com exaltação estradas para seu distrito. Tivera, durante a época dos grandes calores, um abscesso na boca, do qual Charles o curou como que por milagre, com uma lancetada certeira. O homem encarregado dos negócios, enviado a Tostes para pagar a operação, contou, à noite, que vira no jardinzinho do médico umas cerejas lindíssimas. Ora, as cerejeiras cresciam com dificuldade em Vaubyssard; o senhor marquês pediu alguns enxertos a Bovary, sentiu-se no dever de agradecer-lhe pessoalmente, notou Emma, achou que ela tinha um corpo benfeito e que não cumprimentava como uma camponesa; de modo que, no castelo, ninguém acreditava estar ultrapassando os limites da condescendência nem cometendo uma imperícia ao convidar o jovem casal.

Em uma quarta-feira, às três horas, o senhor e a senhora Bovary partiram em seu *boc* para Vaubyessard, com uma grande mala presa atrás e uma caixa de chapéu que estava colocada

---

21. O período da Restauração (1814-1830) caracteriza-se pela volta da monarquia, exercida pela dinastia dos Bourbon, por Luís XVII e Charles X. (N.T.)

diante do painel. Charles possuía, além do mais, uma caixa entre suas pernas.

Chegaram ao cair da noite, quando começavam a acender os lampiões no parque para iluminar as carruagens.

VIII

O castelo, de construção moderna, à italiana, com duas alas salientes e três escadarias, estendia-se sobre uma relva imensa, onde pastavam algumas vacas entre grupos espaçados de grandes árvores, enquanto que tufos de arbustos, rododendros, silindras e noveleiros erguiam-se em massas de diferentes tons de verde pela linha curva do caminho arenoso. Um riacho passava sob a ponte; através da névoa, distinguiam-se construções com telhados de sapê espalhadas pela pradaria, que era rodeada por duas encostas em leve declive, cobertas de bosques. Por trás, nos maciços, situavam-se, em duas linhas paralelas, as cocheiras e as estrebarias, restos conservados do antigo castelo demolido.

O *boc* de Charles parou diante da escadaria central; apareceram os criados; o marquês avançou e, oferecendo seu braço à mulher do médico, introduziu-a no vestíbulo.

Era pavimentado de lajes de mármore e tinha pé-direito muito alto. O barulho dos passos, misturado ao das vozes, ecoava como em uma igreja. À frente, subia uma escada reta, e, à esquerda, uma galeria que dava para o jardim conduzia à sala de bilhar, de onde o choque das bolas de marfim podia ser ouvido desde a porta. Ao atravessar aquela peça para chegar à sala, Emma viu, em torno do jogo, homens de aspecto grave, com o queixo apoiado em gravatas altas, todos condecorados e sorrindo silenciosamente ao darem suas tacadas. Sobre o revestimento escuro do lambri, grandes quadros dourados possuíam, na parte inferior da moldura, nomes escritos em letras pretas. Ela leu: "Jean-Antoine d'Andervilliers d'Yverbonville, conde de Vaubyessard e barão de Fresnaye, morto na batalha de Coutras, em 20 de outubro de 1587". Em outro: "Jean-Antoine-Henry-Guy d'Andervilliers de la Vaubyessard, almirante da França e cavaleiro da ordem de Saint-Michel, ferido no combate de Hougue-Saint-Vaast, no dia 29 de maio de 1692, morto em Vaubyessard em 23 de janeiro de 1693". Depois, quase não se podiam distinguir os quadros seguintes, pois a luz das lâmpadas, caindo sobre o tapete verde do bilhar, deixava planar uma sombra no recinto. Incidindo sobre as telas horizontais, quebrava-se contra elas em arestas finas, seguindo as fendas do verniz, e de todos aqueles grandes quadrados pretos bordejados de ouro saía, aqui e ali, uma porção mais clara da pintura, uma testa pálida, dois olhos fixos no espectador, perucas desenrolando-se sobre os ombros empoeirados de casacas vermelhas, ou então a fivela de uma jarreteira no alto de uma panturrilha roliça.

O marquês abriu a porta da sala; uma das senhoras levantou-se (a marquesa em pessoa), veio ao encontro de Emma e fez com que se sentasse perto dela, em uma conversadeira, onde se pôs a falar-lhe amigavelmente, como se a conhecesse há muito tempo. Era uma mulher de cerca de quarenta anos, com belos ombros, nariz aquilino, voz arrastada e usava, naquela noite, sobre os cabelos castanhos, um simples lenço de guipura que caía para trás em forma de triângulo. Uma jovem loura estava a seu lado, em uma cadeira de encosto longo; e alguns senhores, que usavam uma florzinha na botoeira das casacas, conversavam com as damas em torno da lareira.

Às sete horas, o jantar foi servido. Os homens, mais numerosos, sentaram-se à primeira mesa, no vestíbulo, e as damas, à segunda, na sala de jantar, com o marquês e a marquesa.

Ao entrar, Emma sentiu-se envolvida por um ar quente, mistura do perfume das flores e de roupa boa, da fumaça das carnes e do odor das trufas. As velas dos candelabros alongavam as chamas sobre as campânulas de prata; os cristais facetados, cobertos por um vapor opaco, trocavam raios pálidos; os buquês alinhavam-se ao longo de toda a mesa, e, nos pratos de bordas largas, os guardanapos arranjados em forma de mitra de bispo sustentavam, na abertura de suas duas dobras, um pãozinho de forma oval. As patas vermelhas das lagostas saíam das travessas; grandes frutas em cestos rendilhados empilhavam-se sobre o musgo; as codornas mantinham suas penas, a fumaça subia; usando meias de seda, calções curtos, gravata branca e jabô, grave como um juiz, o mordomo passava por entre os ombros dos convivas com os pratos já servidos, fazendo saltar para os convidados, com uma colherada, o pedaço escolhido. Sobre o grande aquecedor de porcelana, com varetas de cobre, uma estátua feminina drapejada até o queixo olhava imóvel a sala repleta.

A senhora Bovary observou que diversas senhoras não haviam colocado as luvas em seus copos.[22]

Enquanto isso, na outra ponta da mesa, só entre todas aquelas mulheres, curvado sobre o prato cheio e com o guardanapo amarrado no pescoço como uma criança, um velho comia, deixando cair da boca gotas de molho. Tinha os olhos congestionados e usava um rabo de cavalo preso com uma fita preta. Era o sogro do marquês, o velho duque de Laverdière, antigo favorito do conde d'Artois[23], no tempo das partidas de caça em Vaudreuil, na propriedade do marquês de Conflans[24], e que fora, dizem, o amante da rainha Maria Antonieta[25] entre os senhores de Coigny e de Lauzun. Levara uma vida ruidosa de devassidão, repleta de duelos, apostas e mulheres raptadas, devorara sua fortuna e assustara toda a família. Um criado, colocado atrás de sua cadeira, nomeava em voz alta os pratos que ele apontava com o dedo gaguejando; e com frequência os olhos de Emma voltavam-se involuntariamente para esse velho de lábios caídos como se fosse algo extraordinário e augusto. Havia vivido na Corte e dormira na cama de rainhas!

Serviram champanhe gelado. Emma estremeceu até a alma ao sentir aquele gelado em sua boca. Ela nunca havia visto uma romã nem comido abacaxi. Até o açúcar em pó pareceu-lhe mais branco e mais fino do que em outros lugares.

As senhoras, a seguir, subiram para os quartos de modo a se prepararem para o baile.

Emma arrumou-se com a consciência meticulosa de uma atriz em início de carreira. Prendeu seus cabelos segundo as recomendações do cabeleireiro e pôs seu vestido de barege, estendido na cama. As calças de Charles o apertavam na barriga.

---

22. Gesto que assinalaria que não beberiam vinho.

23. Irmão de Luís XVI, reinou de 1824 a 1830 sob o nome de Charles X. (N.T.)

24. Par da França e marechal de batalha. (N.T.)

25. Rainha da França de 1774 a 1792. (N.T.)

– As presilhas vão me atrapalhar para dançar – disse.

– Dançar? – perguntou Emma.

– É!

– Mas você perdeu a cabeça! Você seria motivo de zombarias, fique quieto em seu lugar. Aliás, é mais conveniente para um médico – acrescentou.

Charles calou-se. Caminhava de um lado para o outro, esperando que Emma ficasse pronta.

Via-a por trás, no espelho, entre os dois castiçais. Seus olhos negros pareciam mais negros. Seus bandós, ligeiramente abaulados nas orelhas, luziam de um brilho azul; uma rosa em seu coque tremia na haste móvel, com gotas d'água fictícias na ponta das folhas. Usava um vestido açafrão pálido, realçado por três buquês de rosas-pompom misturados com folhas verdes.

Charles veio beijá-la no ombro.

– Vá embora – ela disse –, você está me amassando.

Ouvia-se o ritornelo do violino e os sons de uma trombeta. Ela desceu a escada, contendo-se para não correr.

As quadrilhas haviam começado. Muita gente chegava. Todo mundo se empurrava. Emma colocou-se perto da porta, em um banco. Quando a contradança terminou, a pista ficou livre para grupos de homens que conversavam de pé e criados de libré que carregavam grandes bandejas. Na linha de mulheres sentadas, os leques pintados agitavam-se, os buquês escondiam pela metade o sorriso dos rostos e os frascos com rolhas de ouro passavam pelas mãos entreabertas em cujas luvas brancas se viam as marcas das unhas e a carne apertada no pulso. Os adornos de renda, os broches de diamantes, os braceletes com medalhões fremiam nos corpetes, cintilavam nos peitos, tiniam nos braços nus. As cabeleiras, bem coladas nas testas e retorcidas na nuca, tinham, em forma de coroa, cachos ou ramos, miosótis, jasmins, flores de romãzeira, espigas ou centáureas azuis. Pacíficas em seus lugares, mães de rostos carrancudos usavam turbantes vermelhos.

O coração de Emma palpitou quando, conduzida por seu cavalheiro, que a segurava pela ponta dos dedos, ela pôs-se em linha e esperou o sinal do arco do violino indicando a partida. Mas logo a emoção desapareceu, e, balançando-se ao ritmo da orquestra, ela deslizava para frente com movimentos leves de pescoço. Um sorriso subia-lhe aos lábios ao ouvir certas delicadezas do violino que de vez em quando tocava sozinho quando os outros instrumentos se calavam; ouvia-se o barulho claro dos luíses de ouro que eram despejados ao lado, sobre o tapete das mesas; a seguir tudo retomava ao mesmo tempo, o cornetim lançava uma explosão sonora, os pés retomavam o compasso, as saias armavam-se e roçavam-se, as mãos davam-se, largavam-se; os mesmos olhos que baixavam ao encontrar os de seu par voltavam a encará-los.

Alguns homens (cerca de quinze), de vinte e cinco a quarenta anos, disseminados por entre os dançarinos ou conversando perto das portas, distinguiam-se da multidão devido a um ar familiar, fossem quais fossem suas diferenças de idade, vestimentas ou fisionomia.

Suas casacas, mais bem cortadas do que as outras, pareciam de um tecido mais maleável, e seus cabelos, com cachos caídos sobre as têmporas, reluziam graças a pomadas mais finas. Tinham a tez da riqueza, aquela tez branca que é ressaltada pela palidez das porcelanas, pelos reflexos dos cetins, pelo verniz dos belos móveis e que mantém em sua saúde um regime discreto de alimentos requintados. Mexiam à vontade os pescoços sobre as gravatas baixas; suas suíças longas caíam sobre golas viradas; eles secavam os lábios em lenços bordados com grandes monogramas que exalavam um aroma suave. Os que começavam a envelhecer tinham uma aparência jovem, ao passo que algo de maduro aparecia no rosto dos jovens. Em seus olhares indiferentes flutuava a quietude das paixões diariamente satisfeitas; e, em seus gestos suaves, transparecia aquela brutalidade particular própria ao domínio das coisas relativamente fáceis em que a força atua ou a vaidade se diverte, como o manejo dos cavalos de raça e o convívio com mulheres perdidas.

Perto de Emma, um cavaleiro de casaca azul conversava sobre a Itália com uma moça pálida, que usava um colar de pérolas. Elogiavam o tamanho dos pilares de São Pedro, Tivoli, o Vesúvio, Castellmare e os Cassini, as rosas de Gênova e o Coliseu ao luar. Com o outro ouvido, Emma escutava uma conversa cheia de palavras que não entendia. Cercavam um rapaz bastante jovem que vencera, na semana anterior, Miss Arabelle e Romulus e ganhara dois mil luíses ao saltar um fosso, na Inglaterra. Um reclamava que seus animais de corrida engordavam; outro se queixava dos erros de impressão que haviam modificado o nome de seu cavalo.

O ar do baile era pesado; as lâmpadas empalideciam. Muitos se dirigiam à sala de bilhar. Um criado subiu em uma cadeira e quebrou dois vidros; com o barulho dos vidros quebrados, madame Bovary virou-se e viu, no jardim, junto às janelas, rostos de camponeses espiando o baile. Então lhe voltou a lembrança de Bertaux. Reviu a fazenda, o pântano lamacento, seu pai de avental debaixo das macieiras e reviu a si própria como antes, desnatando com os dedos as travessas de leite na leiteria. Mas, diante das fulgurações do momento, sua vida passada, tão clara até então, apagava-se inteiramente, e ela chegava a duvidar de tê-la vivido. Estava ali; além disso, em redor do baile, tudo o que restava era apenas sombra. Comia um sorvete de marasquino que segurava com a mão esquerda em uma concha de *vermeil*, e, com a colher entre os dentes, semicerrava os olhos.

Perto dela, uma senhora deixou cair o leque. Um homem que dançava passou.

– Será que o senhor poderia me fazer a gentileza – pediu-lhe a senhora – de juntar meu leque que caiu atrás do sofá?

O senhor inclinou-se, e, enquanto estendia o braço, Emma viu a mão da moça jogar em seu chapéu algo branco, dobrado em triângulo. O senhor, ao juntar o leque, devolveu-o à senhora, respeitosamente; ela agradeceu-o com um sinal de cabeça e pôs-se a cheirar seu buquê.

Depois da ceia, em que se serviram muitos vinhos da Espanha e do Reno, sopas de mariscos e de leite de amêndoas, pudins à Trafalgar e todo tipo de carnes frias com geleias em volta que balançavam nos pratos, as carruagens, uma a uma, começaram a partir. Afastando um pouco a cortina de musselina, via-se deslizar na sombra a luz das lanternas. Os bancos esvaziavam-se; alguns jogadores ainda permaneciam; os músicos molhavam a ponta dos dedos com a língua; Charles estava quase dormindo com as costas apoiadas em uma porta.

Às três horas da manhã, começou o cotilhão. Emma não sabia valsar. Todo mundo valsava, inclusive a senhorita d'Andervilliers e a marquesa; ficaram apenas os hóspedes do castelo, uma dúzia de pessoas mais ou menos.

Nesse momento, um dos que valsavam, chamado coloquialmente de visconde, e cujo colete, bastante aberto, parecia esculpido sobre o peito, veio pela segunda vez convidar a senhora Bovary para dançar, assegurando-lhe que a guiaria e que ela se sairia bem.

Começaram lentamente, depois aceleraram. Rodopiavam: tudo girava em torno deles, as lâmpadas, os móveis, os lambris e a pista, como se fosse um disco sobre um eixo. Ao passar perto das portas, a cauda do vestido de Emma roçava-se nas calças de seu par; as pernas de um e de outro se cruzavam; ele baixava seus olhos para ela, e ela levantava os seus para ele; quando um torpor tomou conta dela, parou. Recomeçaram; e, com um movimento mais rápido, o visconde, arrastando-a escondeu-se com ela no fundo da galeria, onde, ofegante, ela quase caiu, apoiando por um instante a cabeça contra o peito dele. Depois, rodopiando ainda, mas com mais suavidade, ele reconduziu-a ao seu lugar; ela voltou-se para a parede e pôs a mão diante dos olhos.

Quando os abriu outra vez, no meio do salão, uma senhora sentada em um banquinho tinha diante dela três pretendentes para a valsa ajoelhados. Escolheu o visconde, e o violino recomeçou.

Todos os olhavam. Iam e vinham, ela tinha o corpo imóvel e o queixo baixo, e ele mantinha sempre a mesma pose, a cintura arqueada, o cotovelo arredondado, a boca para frente. Aquela ali, sim, sabia valsar! Continuaram durante muito tempo e cansaram todo mundo.

Conversaram ainda alguns minutos e, depois das despedidas, ou melhor, dos bons-dias, os hóspedes do castelo foram deitar-se.

Charles arrastava-se no corrimão, seus joelhos não aguentavam mais o peso do corpo. Passara cinco horas seguidas de pé diante das mesas, vendo jogarem *whist* sem nada entender. Então soltou um grande suspiro de satisfação quando tirou as botas.

Emma pôs um xale sobre os ombros, abriu a janela e se apoiou nos cotovelos.

A noite estava escura. Chuviscava. Ela respirava a brisa úmida que refrescava suas pálpebras. A música do baile ainda ressoava em seus ouvidos, e ela esforçava-se para manter-se acordada, a fim de prolongar a ilusão daquela vida luxuosa que em breve teria de abandonar.

O dia clareava. Olhou as janelas do castelo, demoradamente, tentando adivinhar quais eram os quartos de todos que vira na véspera. Gostaria de saber mais de suas vidas, penetrá-las, confundir-se com elas.

Mas ela tremia de frio. Tirou a roupa e refugiou-se nos lençóis, encostando-se em Charles, que dormia.

Havia muita gente no almoço. A refeição durou dez minutos; não serviram nenhum licor, o que surpreendeu o médico. A seguir, a senhorita d'Andervilliers pôs uns pedaços de brioche em um cesto para levá-los aos cisnes no lago e eles foram passear na estufa, onde plantas estranhas, repletas de pelos, empilhavam-se em pirâmides sob vasos suspensos, que, semelhantes a ninhos de serpente cheios demais, deixavam cair, pelas bordas, longos cordões verdes entrelaçados. O pomar, que ficava no fundo, possuía uma passagem coberta para as dependências dos criados. O marquês, para divertir a moça, levou-a para ver as estrebarias. Acima das manjedouras em forma de cesto, placas de porcelana indicavam os nomes dos cavalos. Os animais agitavam-se nos seus compartimentos quando alguém passava por perto estalando a língua. O soalho da selaria brilhava como o parquê de um salão. Os arreios estavam colocados no centro sobre duas colunas giratórias, e os freios, os chicotes, os estribos, as barbelas, alinhados ao longo de toda a parede.

Charles, enquanto isso, foi pedir a um criado que atrelasse o seu *boc*, que lhe foi entregue na escadaria. Depois de carregá-lo com todos os embrulhos, o casal Bovary foi despedir-se do marquês e da marquesa e partiu para Tostes.

Emma, silenciosa, contemplava o girar das rodas. Charles, sentado no outro canto do banco, dirigia com os dois braços separados, e o garrano trotava a furta-passos no varal que era largo demais para ele. As guias moles batiam em sua garupa enchendo-se de suor, e a caixa amarrada atrás do *boc* batia regularmente contra a carroceria.

Estavam nas alturas de Thibourville quando, diante deles, de repente, alguns cavaleiros passaram rindo, com cigarros na boca. Emma pensou ter reconhecido o visconde: virou-se, mas percebeu no horizonte apenas o movimento das cabeças subindo e descendo, seguindo a cadência desigual do trote ou do galope.

Um quarto de légua depois, foi preciso parar para consertar, com a corda, a retranca da sela que se rompera.

Mas Charles, ao dar uma última conferida no arreio, viu algo no chão, entre as patas de seu cavalo; juntou um porta-charuto todo bordado de seda verde e com um brasão no centro como a porta de uma carruagem.

– Há até dois charutos dentro – disse –, e vão ser para hoje à noite, depois do jantar.

– Mas você fuma? – ela perguntou.

– Às vezes, quando a oportunidade aparece.

Pôs a sua descoberta no bolso e chicoteou o garrano.

Quando chegaram em casa, o jantar não estava pronto. A patroa exaltou-se. Nastasie respondeu com insolência.

– Vá embora! – Emma disse. – Isso é zombaria, está despedida.

Havia sopa de cebolas para o jantar com um pedaço de vitela com azedas. Charles, sentado diante de Emma, esfregando as mãos com um ar contente, exclamou:

– Como é bom estar em casa!

Dava para ouvir Nastasie chorando. Ele gostava um pouco daquela pobre moça. Fizera-lhe companhia, em outros tempos, durante tantas noites, na ociosidade de sua viuvez. Fora sua primeira paciente, a pessoa que conhecia há mais tempo na região.

– Você mandou-a embora para sempre? – finalmente perguntou.

– Mandei. Quem poderia me impedir? – respondeu.

Depois, esquentaram-se na cozinha, enquanto o quarto era arrumado. Charles pôs-se a fumar. Fumava avançando os lábios, cuspindo a toda hora, recuando a cada baforada.

– Isso vai lhe fazer mal – ela disse com desdém.

Pousou o charuto e correu à bomba para tomar um copo de água fria. Emma pegou o porta-charuto e jogou-o com força para o fundo do armário.

O dia seguinte foi longo! Ela passeou em seu jardinzinho, indo e vindo pelos mesmos caminhos, parando diante dos canteiros, das espaldeiras, do cura de gesso, considerando com espanto todas aquelas coisas que antes conhecia tão bem. Como o baile havia ficado para trás! O que separava, com tanta distância, a manhã de anteontem e a noite de hoje? A viagem a Vaubyessard fizera um buraco em sua vida, à maneira daquelas grandes fissuras que uma tempestade, em uma só noite, provoca nas montanhas. No entanto, resignou-se. Guardou piedosamente na cômoda seu belo traje, inclusive os sapatos de cetim, cuja sola ficara amarelada pela cera escorregadia do parquê. Seu coração estava como eles: ao ser esfregado pela riqueza, ficara marcado por algo que não se apagaria.

A lembrança daquele baile tornou-se então uma ocupação para Emma. Todas as quartas-feiras, ela pensava ao levantar-se: "Ah! Há oito dias... Há quinze dias... Há três semanas, eu estava lá!". E pouco a pouco as fisionomias se confundiram em sua memória, ela esqueceu-se das árias das contradanças, não via mais tão nitidamente as librés e as salas, alguns detalhes apagaram-se, mas o pesar permaneceu.

IX

Muitas vezes, quando Charles saía, ela pegava no armário, entre as pilhas de roupas, o porta-charuto de seda verde.

Ela olhava para ele, abria-o e até sentia o cheiro do forro, mistura de verbena e tabaco. A quem pertenceria? Ao visconde. Talvez fosse um presente de sua amante. Haviam bordado aquilo sobre um bastidor de jacarandá; objeto gracioso, abrigado de todos os olhares, preenchera muitas horas suas, e, sobre ele, debruçaram-se os cachos moles da trabalhadora pensativa. Um sopro de amor passara por entre os fios da tela; cada movimento da agulha fixara ali uma esperança ou uma lembrança, e todos aqueles fios de seda entrelaçados não eram outra coisa senão a continuidade da mesma paixão silenciosa. E, depois, uma dada manhã, o visconde o levara consigo. De que falavam quando ele ficava apoiado na guarnição larga das lareiras, entre os vasos de flores e os pêndulos Pompadour?[26] Ela estava em Tostes. Ele, por sua vez, estava em Paris, agora: lá longe! Como era a tal Paris? Que nome extraordinário! Repetia-o à meia voz para si mesma, para sentir prazer; soava a seus ouvidos como o sino de uma catedral, reluzia a seus olhos e até mesmo na etiqueta de seus potes de pomada.

De madrugada, quando vendedores de peixe passavam sob as janelas, em suas charretes, cantando a *Marjolaine*, ela despertava e escutava o barulho das rodas de ferro, que, à saída do vilarejo, logo era amortecido pela terra:

"Estarão lá amanhã!", pensava.

E seguia-os em seu pensamento, subindo e descendo o litoral, atravessando vilarejos, avançando pela grande estrada à luz das estrelas. Ao final de uma distância indeterminada, havia sempre um local confuso onde seu devaneio expirava.

Comprou um mapa de Paris, e, com a ponta dos dedos sobre a carta, fazia compras na Capital. Subia os bulevares, parando a cada esquina, no alinhamento das ruas, diante dos quadrados brancos que indicavam as casas. Com os olhos cansados ao final, fechava as pálpebras e via os bicos de gás retorcendo-se ao vento nas trevas com os estribos das caleches, que se deslocavam ruidosamente diante do peristilo dos teatros.

Fez assinatura do *Corbeille*, jornal feminino, e do *Sylphe des salons*. Devorava, sem nada deixar passar, todas as resenhas das estreias, das corridas e das festas, interessava-se pelo início de carreira de uma cantora, pela abertura de uma loja. Sabia das novas modas, conhecia o endereço dos bons costureiros, os dias de Bosque ou de Ópera. Estudou em Eugène Sue descrições de móveis; leu Balzac e Georges Sand, buscando neles satisfações imaginárias para suas cobiças pessoais. Mesmo à mesa levava um livro e virava as páginas enquanto Charles comia e falava-lhe. A lembrança do visconde sempre lhe vinha durante as leituras. Ela estabelecia paralelos entre ele e personagens inventados. Mas o círculo, cujo centro ele ocupava, pouco a pouco aumentava em torno dele, e aquela

26. Estilo bastante pesado, próprio de meados do século XVIII. Uma variante do rococó. (N.T.)

auréola que possuía, ao afastar-se de seu rosto, estendeu-se mais além, para iluminar outros sonhos.

Paris, mais vaga do que o oceano, resplandecia aos olhos de Emma em uma atmosfera avermelhada. A vida numerosa que se agitava naquele tumulto era, no entanto, dividida em partes, classificada em quadros distintos. Emma enxergava apenas dois ou três deles, que escondiam todos os outros, e representava neles a humanidade toda. O mundo dos embaixadores caminhava sobre parquês lustrosos, por salas revestidas de espelhos, em torno de mesas ovais cobertas de tapete de veludo com franjas douradas. Havia ali vestidos de cauda, grandes mistérios, angústias dissimuladas por sorrisos. A seguir, vinham as sociedades das duquesas: eram pálidas; levantavam-se às quatro horas; as mulheres, pobre anjos, usavam anáguas de bordado inglês, e os homens, notabilidades desconhecidas sob um exterior fútil, arrebentavam seus cavalos por pura diversão, passavam o verão em Bade, e, lá pelos quarenta anos, enfim casavam-se com herdeiras ricas. Nos salões reservados dos restaurantes, onde ceavam depois da meia-noite, ria, à luz de velas, a multidão heterogênea dos literatos e das atrizes. Esses eram pródigos como reis, repletos de ambições ideais e delírios fantásticos. Era uma existência acima das outras, entre o céu e a terra, nas tempestades, com algo de sublime. Quanto ao resto do mundo, estava perdido, sem lugar preciso, como se não existisse. Quanto mais próximas lhe fossem as coisas, mais seu pensamento se afastava delas. Tudo que a cercava imediatamente, o campo tedioso, os pequenos burgueses imbecis, a mediocridade da existência, parecia-lhe uma exceção no mundo, um acaso particular ao qual estava presa, ao passo que, para além disso tudo, estendia-se a perder de vista o imenso país das felicidades e das paixões. Confundia, em seu desejo, as sensualidades do luxo com as alegrias do coração, a elegância dos costumes com as delicadezas do sentimento. O amor não necessitava afinal, assim como as plantas indianas, de terrenos apropriados, de uma temperatura particular? Os suspiros ao luar, os longos abraços, as lágrimas que caem sobre mãos que se abandonam, todas as febres da carne e todos os langores da ternura não podiam ser dissociados das sacadas dos grandes castelos repletos de lazeres, de um toucador com cortinas de seda e com um tapete bem felpudo, jardineiras repletas de flores e uma cama montada sobre um estrado, nem do brilho das pedras preciosas, nem dos adornos da libré.

O rapaz da posta, que vinha todas as manhãs para cuidar da égua, atravessava o corredor com seus tamancos grosseiros, sua camisa furada e seus pés nus dentro dos calçados. Era esse o *groom* com calções com o qual ela deveria contentar-se! Quando terminava seu trabalho, ele não voltava mais o dia todo, pois o próprio Charles, ao voltar para casa, colocava o cavalo na estrebaria, retirava-lhe a sela e punha-lhe o cabresto, enquanto a criada trazia uma meda de palha e jogava-a como podia na manjedoura.

Para substituir Nastasie (que afinal partiu de Tostes, derramando rios de lágrimas), Emma empregou uma jovem de catorze anos, órfã e com uma fisionomia meiga. Proibiu as toucas de algodão, ensinou-lhe que era preciso dirigir-se a ela na terceira pessoa, trazer o copo d'água em um prato, bater à porta antes de entrar, além de passar roupa, engomar e vesti-la; quis fazer dela sua criada de quarto. A nova criada obedecia sem dizer nada para não ser despedida; e, como a patroa costumava deixar a chave no aparador, Félicité todas as noites servia-se de um punhado de açúcar que comia sozinha, em sua cama, depois de ter feito sua oração. À tarde, por vezes, ia à frente da casa conversar com os postilhões. A patroa ficava lá em cima, em seus aposentos.

Emma usava um roupão aberto, que deixava à vista, entre as dobras do corpete, um peitilho plissado com três botões dourados. Seu cinto era um cordão com borlas grandes, e suas pantufinhas de cor grená tinham um tufo de fitas largas, que se espalhavam sobre o peito do pé. Comprara um mata-borrão, papéis, um porta-penas e envelopes, embora não tivesse ninguém a quem escrever; tirava o pó de sua estante, olhava-se no espelho e pegava um livro, sonhando entre as linhas, deixando-o cair a seguir entre seus joelhos. Tinha vontade de fazer viagens ou de voltar a viver no convento. Desejava, ao mesmo tempo, morrer e morar em Paris.

Charles, sob a neve ou sob a chuva, cavalgava por atalhos. Comia omeletes à mesa das fazendas, metia seu braço em camas úmidas, recebia no rosto o jato morno das sangrias, ouvia os estertores, examinava bacias, estendia muita roupa suja; mas, todas as noites, encontrava o fogo aceso, a mesa posta, móveis confortáveis e uma mulher bem-vestida, adorável e tão cheirosa a ponto de não saber de onde vinha aquele aroma, ou se não era a própria pele dela que perfumava a sua camisa.

Ela o conquistava com inúmeras delicadezas: ora um novo feitio de arandelas de papel para as velas, um babado que mudava em seu vestido, ora o nome extraordinário que dava a uma iguaria bastante simples, cuja preparação a criada havia errado, mas que Charles engolia com prazer até o fim. Viu em Rouen mulheres que usavam berloques em seus relógios de pulso; comprou os tais berloques. Quis pôr sobre a lareira dois grandes vasos de vidro azul, e, algum tempo depois, um estojo de marfim, com um dedal de *vermeil*. Quanto menos Charles entendia aquelas elegâncias, mais era seduzido por elas. Acrescentavam algo ao prazer de seus sentidos e à doçura de seu lar. Era como ouro em pó que cobria em toda sua extensão o pequeno caminho de sua vida.

Ele ia bem, sua aparência era boa; sua reputação estava bem estabelecida. Os camponeses o prezavam porque não era orgulhoso. Acariciava as crianças, nunca punha os pés na taberna, e, aliás, inspirava a confiança por sua moralidade. Era particularmente bem sucedido nos catarros e nas doenças do peito. Temendo muito matar alguém, Charles, com efeito, receitava apenas poções calmantes, de vez em quando um vomitivo, um banho de pés ou sanguessugas. Não que tivesse medo de cirurgia; sangrava as pessoas com abundância, como se fossem cavalos, e tinha uma mão infernal para extrair dentes.

Enfim, *para ficar a par das novidades*, fez assinatura de *La Ruche Médicale*, novo jornal cujo prospecto recebera. Lia-o um pouco depois do jantar, mas o calor da sala aliado à digestão fazia com que, ao final de cinco minutos, ele adormecesse; e ficava ali, o queixo entre as mãos, e os cabelos espalhados como uma crina chegando ao pé do candeeiro. Emma contemplava-o encolhendo os ombros. Se ao menos tivesse tido como marido um daqueles homens de ardores taciturnos que trabalham à noite debruçados sobre os livros e que, aos sessenta anos, quando chega a idade dos reumatismos, exibem em sua casaca mal-cortada um broche de condecorações! Ela gostaria que aquele nome Bovary, que era o seu, fosse ilustre, queria vê-lo espalhado nas livrarias, repetido nos jornais, conhecido em toda a França. Mas Charles não tinha nenhuma ambição! Um médico de Yvetot, com quem se encontrara recentemente durante uma consulta, humilhara-o um bocado, no próprio leito do doente, diante dos pais reunidos. Quando Charles contou-lhe, à noite, aquela anedota, Emma exaltara-se bastante contra o colega. Charles ficou comovido. Beijou-a na testa com uma lágrima. Mas ela estava enfurecida de vergonha, tinha vontade de bater nele, foi no corredor abrir a janela e respirou o ar fresco para se acalmar.

– É um pobre coitado! Um pobre coitado! – dizia baixinho, mordendo os lábios.

Sentia-se, aliás, mais irritada com ele. Com a idade, tornava-se grosseiro; cortava, durante a sobremesa, a rolha das garrafas vazias; passava, depois de comer, a língua entre os dentes; fazia um barulho a cada gole ao tomar a sopa, e, como começava a engordar, seus olhos, já pequenos, pareciam ter subido às têmporas pelo inchaço de suas faces.

Emma algumas vezes ajeitava a borda vermelha de tricô para dentro de seu colete, ajustava sua gravata ou separava luvas desbotadas que ele estava disposto a vestir; e não era, como ele acreditava, por ele; era para ela própria, por expansão de egoísmo, irritação nervosa. Algumas vezes também ela falava-lhe das coisas que havia lido, como da passagem de um romance, de uma peça nova, ou da anedota da *alta sociedade* que contavam no folhetim; pois, afinal de contas, Charles estava sempre pronto para ouvir e para dar sua aprovação. Ela fazia também inúmeras confidências à sua cachorrinha! Fez também às lenhas da lareira e ao pêndulo do relógio.

No fundo de sua alma, no entanto, ela esperava um acontecimento. Como os marinheiros aflitos, passeava seus olhos desesperados pela solidão de sua vida, buscando ao longe algum véu branco nas brumas do horizonte. Não sabia qual seria aquele acaso, o vento que o arrastaria até ela, para qual margem ele a conduziria, se era uma chalupa ou um navio de três pontes, carregado de angústias ou repleto de alegrias até a escotilha. Mas, todas as manhãs, ao despertar, ela o esperava para o mesmo dia e ouvia todos os barulhos, levantava-se de sobressalto, surpreendia-se por ele não ter vindo; depois, quando o sol se punha, ainda mais triste, desejava já estar no dia seguinte.

A primavera voltou. Ela sufocou-se com os primeiros dias quentes, quando as pereiras floriram.

A partir de início de julho, começou a contar nos dedos quantas semanas restavam-lhe para chegar ao mês de outubro, pensando que o marquês d'Andervilliers talvez oferecesse ainda outro baile em Vaubyessard. Mas todo o mês de setembro passou sem cartas nem visitas.

Depois do aborrecimento daquela decepção, seu coração ficou novamente vazio, e então a mesma sequência de dias recomeçou.

Iriam, portanto, suceder-se assim, em fila, sempre iguais, inúmeros, e sem oferecer absolutamente nada! As outras existências, por mais enfadonhas que fossem, tinham ao menos a probabilidade de um acontecimento. Uma aventura provocava por vezes peripécias ao infinito, e o cenário mudava. Mas, com ela, nada acontecia, Deus quisera assim! O futuro era um corredor todo escuro, que possuía a porta bem fechada lá no fundo.

Abandonou a música. Para que tocar? Quem a ouviria? Já que jamais poderia, de vestido de veludo de mangas curtas, sobre um piano Érard, em um concerto, tocar com seus dedos ágeis as teclas de marfim, nem sentir circular em torno de si, como uma brisa, um murmúrio de êxtase, não valia a pena aborrecer-se estudando. Deixou no armário seus papéis de desenho e a tapeçaria. Para quê? Para quê? Costurar a irritava.

"Já li tudo", pensava.

E brincava com as pinças incandescentes da lareira, ou contemplava a chuva cair.

Como ficava triste no domingo, quando os sinos tocavam as vésperas! Ouvia com uma apatia atenta soar cada uma das badaladas do sino. Um gato sobre o telhado, caminhando lentamente, arredondava as costas aos raios pálidos de sol. O vento, na estrada principal, soprava rajadas de poeira. Ao longe, por vezes, um cão uivava: e o sino, em intervalos regulares, continuava seu toque monótono que se perdia no campo.

Enquanto isso, as pessoas saíam da igreja. As mulheres, de tamancos encerados, os camponeses de camisa nova, as crianças de cabeças descobertas saltitando diante deles, todos voltavam para casa. E, até o anoitecer, cinco ou seis homens, sempre os mesmos, jogavam malha diante da grande porta da estalagem.

O inverno foi rigoroso. Os vidros amanheciam sempre cobertos de geada, e a luz esbranquiçada que os atravessava, como se fossem foscos, às vezes não variava ao longo de todo o dia. A partir das quatro horas da tarde era preciso acender a lâmpada.

Nos dias de sol, ela descia até o jardim. O orvalho deixara sobre as couves guipuras prateadas com longos e claros fios que se estendiam de uma a outra. Não se ouvia um passarinho, tudo parecia dormir, a espaldeira coberta de palha e a videira como se fosse uma grande serpente doente sob o topo do muro, de onde se podia ver, chegando-se bem perto, bichos-de-conta com suas inúmeras patinhas. Debaixo dos abetos, perto da sebe, o cura de tricórnio que lia o breviário perdera o pé direito, e o próprio gesso, descascando devido ao frio, possuía agora manchas brancas sobre o rosto.

Depois, Emma subia, fechava a porta, espalhava os carvões e, diminuindo o calor do fogo, sentia o tédio mais pesado tomando conta de si. Bem que poderia ter descido para conversar com a criada, mas um pudor a retinha.

Todos os dias, à mesma hora, o professor da escola, de boina de seda preta, abria os guarda-ventos de sua casa, e o guarda-florestal passava com seu sabre debaixo da camisa. De manhã e de noite, os cavalos da posta, em grupos de três, atravessavam a rua para ir beber no charco. De tempos em tempos, ouvia-se a campainha da porta de alguma taberna e, quando ventava, ouvia-se também o ranger nas escápulas das baciazinhas de cobre que serviam de letreiro ao cabeleireiro. Tinha por decoração uma velha gravura de modas colada na vidraça e um busto de mulher de cera, cujos cabelos estavam amarelados. O cabeleireiro também se lamentava por sua vocação interrompida, seu futuro perdido e, sonhando com uma loja em uma cidade grande, como Rouen, por exemplo, no porto, perto do teatro, ele passava o dia caminhando da prefeitura até a igreja, sombrio, esperando a clientela. Quando madame Bovary erguia os olhos, sempre o via ali, como uma sentinela de ronda, com seu imenso barrete grego por cima da orelha e seu terno de alpaca.

À tarde, por vezes, uma cabeça de homem aparecia por trás das vidraças da sala, rosto trigueiro, suíças pretas, sorrindo lentamente com um grande sorriso dócil e dentes brancos. Uma valsa logo começava, e, sobre o realejo, em uma salinha, dançarinos da altura de um dedo, mulheres de turbantes rosa, tiroleses de fraque, macacos de casaca, senhores de calções curtos giravam, giravam entre as poltronas, os sofás e os consolos, refletindo-se nos pedaços de espelho fixados nas arestas por tiras de papel dourado. O homem girava a manivela, olhando para direta e para esquerda e para as janelas. De tempos em tempos, cuspia um longo jato de saliva escura na valeta enquanto erguia o instrumento do colo, pois a alça dura machucava-lhe os ombros; e, ora dolente e arrastada, ora alegre e precipitada, a música escapava da caixa, zunindo através de uma cortina de tafetá rosa, que pendia de uma grade de cobre em arabesco. Eram as árias que então se tocavam nos teatros, que se cantavam nos salões, que se dançavam à noite sob lustres iluminados, ecos do mundo que chegavam a Emma. Sarabandas sem fim sucediam-se em sua cabeça e, como uma dançarina sobre as flores de um tapete, seu pensamento saltava com as notas, balançava-se de sonho em sonho, de tristeza em tristeza. Quando o homem recebia a esmola em seu chapéu, baixava uma velha capa de lã azul, punha o realejo nas costas e afastava-se com um passo pesado. Ela olhava-o se afastar.

Mas eram principalmente as horas das refeições que Emma não podia mais suportar, naquela salinha térrea, com o fogão soltando fumaça, a porta chiando, as paredes escorrendo, as lajes úmidas; toda a amargura da existência parecia-lhe servida no prato e, à fumaça do cozido, juntavam-se outras exalações de insipidez que subiam do fundo de sua alma. Charles demorava para comer; ela beliscava algumas nozes ou então, apoiada sobre o cotovelo, brincava com a ponta de sua faca, fazendo listras na toalha de oleado.

Passou a deixar as coisas sem governo em sua casa, e a senhora Bovary mãe, quando veio passar em Tostes uma parte da quaresma, surpreendeu-se bastante com aquela mudança. Ela que, com efeito, antes fora tão cuidadosa e delicada, ficava agora dias inteiros sem vestir-se, usava meias de algodão cinza, iluminava a casa com velas. Repetia que era preciso economizar, afinal não eram ricos, acrescentando que estava muito contente, muito feliz, que Tostes agradava-lhe muito e outros discursos novos que calavam a boca da sogra.

No entanto, Emma não parecia mais disposta a seguir os conselhos dela; inclusive, uma vez, quando a senhora Bovary ousou sustentar que os patrões devem vigiar a religião de seus criados, ela respondeu-lhe com um olhar tão colérico e com um sorriso tão frio que a velha não tocou mais no assunto.

Emma tornava-se difícil, cheia de caprichos. Pedia um prato, não tocava nele, um dia tomava apenas leite puro e, no dia seguinte, dezenas de xícaras de chá. Frequentemente obstinava-se em não sair, depois se sentia sufocada, abria as janelas, punha um vestido leve. Quando havia maltratado bastante a criada, dava-lhe presentes ou mandava que fosse passear na casa das vizinhas, da mesma forma que jogava por vezes para os pobres todas as moedas de prata que tinha em sua bolsa, embora não fosse nada terna, nem facilmente tocada pela emoção dos outros, como é o caso da maioria das pessoas do campo, que mantinham na alma algo da calosidade das mãos paternas.

Lá pelo final de fevereiro, o velho Rouault, como recordação de sua cura, trouxe pessoalmente ao genro um peru enorme e ficou três dias em Tostes. Charles estava com seus doentes, e Emma fez-lhe companhia. Ele fumou no quarto, escarrou na lareira, falou de agricultura, vitelas, vacas, aves e conselho municipal; tanto fez que ela fechou a porta, quando ele foi embora, com um sentimento de satisfação que surpreendeu a si própria. Aliás, não escondia mais seu desprezo por nada nem por ninguém e se punha por vezes a dar opiniões singulares, criticando aquilo que os outros aprovavam e aprovando coisas perversas ou imorais, o que deixava seu marido de olhos arregalados.

Será que essa miséria vai durar para sempre? Será que não vamos sair dela? E, no entanto, ela valia tanto quanto aquelas que viviam felizes! Vira duquesas em Vaubyessard que tinham a cintura mais pesada e modos mais comuns, e ela execrava a injustiça de Deus; apoiava sua cabeça na parede para chorar; invejava as existências tumultuosas, as noites mascaradas, os prazeres insolentes com todos os desvarios que ela não conhecia e que eles deveriam provocar.

Emma empalidecia e tinha palpitações. Charles administrava-lhe valeriana e banhos de cânfora. Tudo que tentavam parecia irritá-la ainda mais.

Em alguns dias, conversava com uma abundância febril; a essas exaltações sucediam, de repente, torpores em que ela ficava sem falar, sem se mexer. O que a reanimava então era espalhar-se pelo braço um frasco de água-de-colônia.

Como reclamava de Tostes continuamente, Charles imaginou que a causa de sua doença era sem dúvida alguma influência local e, fixando-se nessa ideia, pensou seriamente em ir se estabelecer em outro lugar.

A partir de então, ela passou a beber vinagre para emagrecer, contraiu uma tossezinha seca e perdeu completamente o apetite.

Era custoso para Charles abandonar Tostes depois de quatro anos ali e justamente no momento em que começava a criar raízes. Como se uma coisa dessas fosse preciso! Ele a levou a Rouen para que consultasse com seu antigo mestre. Era uma doença nervosa: precisava mudar de ares.

Depois de muito procurar, Charles ficou sabendo que havia, no distrito de Neufchâtel, um burgo chamado Yonville-l'Abbaye, cujo médico, um refugiado polonês, acabara de deixar o posto na semana anterior. Então escreveu ao farmacêutico local para saber qual era a população, a distância que ficava do colega mais próximo, quanto ganhava por ano o seu predecessor etc., e, as respostas tendo sido satisfatórias, decidiu mudar-se por volta da primavera, se a saúde de Emma não melhorasse.

Certo dia em que, preparando a mudança, ela fazia arrumações em uma gaveta, espetou os dedos. Era um fio de ferro de seu buquê de casamento. Os botões de laranjeira estavam amarelos de tanta poeira, e as fitas de cetim, com um debruado prateado, desfiavam-se nas pontas. Jogou-o no fogo. Queimou mais rápido do que uma palha seca. Depois, parecia um arbusto vermelho sobre as cinzas que se consumia lentamente. Ela contemplava-o queimando. As bordas de papelão explodiam, os fios de arame entortavam-se, a franja fundia-se; e as corolas de papel, encarquilhadas, balançando-se ao longo da placa como borboletas negras, voavam, enfim, pela lareira.

Quando partiram de Tostes, no mês de março, a senhora Bovary estava grávida.

SEGUNDA PARTE

I

Yonville-l'Abbaye (assim chamada por causa de uma antiga abadia de capuchinhos cujas ruínas já nem existem) é um vilarejo que fica a oito léguas de Rouen, entre a estrada d'Abbeville e a de Beauvais, no fundo de um vale irrigado pelo Rieule, pequeno riacho que deságua no Andelle, depois fazer rodar três moinhos em sua embocadura, e no qual há algumas trutas que, nos domingos, os meninos gostam de pescar com anzóis.

Deixa-se a estrada grande em Boissière e continua-se em linha reta até o alto da encosta de Leux, de onde se descobre o vale. O riacho que o corta forma duas regiões de fisionomias distintas: tudo o que se encontra à esquerda dele é pastagem, tudo o que está à direita é lavoura. A campina se estende sob uma prega de colinas baixas para se ligar na parte trás às pastagens da região de Bray, ao passo que, a leste, a planície, subindo suavemente, vai alargando-se e espalha a perder de vista seus louros campos de trigo. A água que corre à beira da relva separa com uma risca branca a cor dos prados e a das plantações, e o campo assemelha-se assim a um grande manto estendido com uma gola de veludo verde, debruada com uma orla prateada.

Na extremidade do horizonte, quando se chega ali, veem-se os carvalhos da floresta de Argueil à frente com o escarpado da encosta Saint-Jean listrado de alto a baixo com longas tiras vermelhas irregulares; são as marcas das chuvas, e aqueles tons de tijolo, talhando em finos fios a cor cinzenta da montanha, são oriundos da grande quantidade de fontes ferruginosas que correm um pouco mais longe, na região vizinha.

Aqui se está nos confins da Normandia, da Picardia e de Île-de-France, região bastarda onde a linguagem não tem um acento particular e a paisagem é sem caráter. É lá que se fazem os piores queijos de Neufchâtel de todo o distrito e, fora isso, a agricultura é dispendiosa, pois é preciso muito estrume para adubar essas terras friáveis repletas de areia e de cascalhos.

Até 1835, não havia estradas transitáveis para chegar a Yonville, mas por essa época abriram um caminho de grande vicinalidade que liga a estrada de Abbeville à de Amiens e que serve por vezes a quem vai de Rouen a Flandres. No entanto, Yonville-l'Abbaye permaneceu estagnada, apesar das novas ligações. Em vez de melhorar a agricultura, insistem ainda na pastagem, por mais depreciada que seja, e o burgo preguiçoso, afastando-se da planície, continuou a crescer naturalmente rumo ao riacho. Pode-se enxergá-lo de longe, totalmente deitado ao longo da margem, como um guardador de vacas que faz a sesta à beira d'água.

Na base da encosta, depois da ponte, começa uma calçada plantada de álamos jovens, que segue em linha reta até as primeiras casas da região. Essas casas são cercadas por sebes, no centro de pátios repletos de construções esparsas, prensas, cocheiras e destilarias de aguardente, disseminadas sob as árvores espessas em cuja ramagem são enganchadas escadas, varas ou foices. Os telhados de palha, como gorros de pele caídos sobre os olhos, descem mais ou menos até um terço das janelas baixas, cujas espessas vidraças convexas possuem um nó no centro, como o fundo de uma garrafa. Sobre os muros de estuque atravessados em diagonal por vigas pretas, enrosca-se por vezes alguma pereira magra, e os térreos têm à porta uma pequena cancela giratória para defendê-los dos pintinhos que vêm ciscar na soleira migalhas de pão preto mergulhadas na sidra. À medida que se vai avançando, os pátios tornam-se mais estreitos, as habitações, mais próximas, e as sebes desaparecem; um feixe de samambaias balança debaixo de uma janela na ponta de um cabo de vassoura; há a forja de ferrador e depois um segeiro com duas ou três carretas novas, do lado de fora, que invadem a estrada. A seguir, através de um cercado, aparece uma casa branca por trás de um círculo relvado decorado com um Cupido com o dedo pousado na boca; dois vasos de ferro fundido estão colocados em cada uma das extremidades do patamar; tabuletas brilham à porta. É a casa do notário, a mais bela da região.

A igreja fica do outro lado da rua, vinte passos mais adiante, à entrada da praça. O pequeno cemitério que a cerca, protegido por um muro baixo, está tão repleto de túmulos que as velhas pedras rentes ao solo formam um lajeado contínuo, no qual a relva foi desenhando quadrados verdes regulares. A igreja foi totalmente reconstruída nos últimos anos do reinado de Charles X. A abóboda de madeira começa a apodrecer pela parte superior e, aqui e ali, apresenta depressões pretas em sua cor azul. Por cima da porta, onde deveria ficar o órgão, há uma tribuna para os homens, com uma escada em caracol que ressoa com os tamancos.

A luz do dia, ao entrar pelos vitrais lisos, ilumina obliquamente os bancos dispostos ao longo da parede, revestida, aqui e ali, por capachos pregados, donde constam as seguintes palavras em letras garrafais: "Banco do sr. Fulano de Tal". Mais longe, no lugar onde a nave se estreita, o confessionário está em simetria com uma estatueta da Virgem trajando um vestido de cetim, coberta com um véu de tule semeado de estrelas prateadas e com as faces coradas, como um ídolo das ilhas Sandwich; enfim uma cópia da *Sagrada Família, doada pelo ministro do Interior,* dominando o altar-mor entre quatro candelabros, encerra, ao fundo, a perspectiva. As estalas do coro, em madeira de pinho, permaneceram sem pintura.

O mercado, ou seja, um alpendre de telhas sustentado por uns vinte pilares, ocupa sozinho quase a metade da grande praça de Yonville. A prefeitura, *cuja construção foi baseada no projeto de um arquiteto de Paris*, tem um estilo de templo grego e faz esquina com a casa do farmacêutico. Possui, no térreo, três colunas jônicas e, no primeiro andar, uma galeria em arco de abóboda. O frontão é preenchido por um galo gaulês, com uma pata apoiada sobre a Carta e segurando com a outra as balanças da justiça.

Mas o que mais atrai os olhos é, em frente à estalagem Lion d'Or, a farmácia do sr. Homais! Sobretudo à noite, quando seu candeeiro está iluminado e os frascos vermelhos e verdes que enfeitam a vitrina projetam sobre o solo dois feixes luminosos coloridos; então, através deles, como nos fogos ornamentais, entrevê-se a sombra do farmacêutico, com os cotovelos apoiados sobre sua escravinha. A casa, de cima a baixo, é coberta de inscrições em letras inglesas, redondas e modeladas: Água de Vichy, de Seltz e de Barèges, arrobes depurativos, medicina Raspail, fécula alimentícia árabe, pastilhas Darcet, pasta Regnault, bandagens; banhos, chocolates de saúde etc. E no letreiro, que ocupa toda a largura da botica, está escrito: *Homais, farmacêutico*. A seguir, no fundo da botica, atrás das grandes balanças seladas no balcão, a palavra *laboratório* se destaca acima de uma porta envidraçada que, à meia altura, repete mais uma vez o nome *Homais*, em letras douradas sobre um fundo preto.

Não há, além disso, mais nada para ser visto em Yonville. A rua (a única), do tamanho de um tiro de fuzil e bordejada de algumas lojas, é interrompida repentinamente na curva da estrada. Deixando-a à direita e seguindo pela base da encosta Saint-Jean, logo se chega ao cemitério.

Nos tempos da epidemia de cólera, para aumentá-lo, destruiu-se um lance de muro e compraram-se três acres da terra ao lado, mas toda essa porção nova está praticamente deserta; os túmulos, como outrora, continuam a se amontoar em direção à entrada. O zelador, que é também coveiro e sacristão (obtendo assim um duplo lucro com os cadáveres da paróquia), aproveitou que parte do terreno estava vazia para plantar batatas. De ano em ano, no entanto, sua plantaçãozinha diminui e, quando aparece uma epidemia, não sabe se deve alegrar-se com as mortes ou afligir-se com as sepulturas.

– O senhor está alimentando-se dos mortos, Lestiboudois! – disse-lhe enfim um dia o padre.

Essas palavras sombrias fizeram-no refletir; paralisaram-no também por algum tempo, mas, até hoje, continua a cultura de seus tubérculos e inclusive sustenta com convicção que crescem naturalmente.

Depois dos acontecimentos que vamos narrar, nada, de fato, mudou em Yonville. A bandeira tricolor de folha-de-flandres ainda gira em torno do campanário da igreja; a loja de novidades ainda agita ao vento suas duas bandeirolas de chita; os fetos do farmacêutico, como maços de acendalha branca, apodrecem cada vez mais em seu álcool lodoso e, acima da grande porta da estalagem, o velho leão de ouro, desbotado pelas chuvas, mostra ainda aos transeuntes seu frisado de poodle.

Na noite em que o casal Bovary devia chegar a Yonville, a viúva Lefrançois, a patroa dessa estalagem, estava tão atarefada que transpirava grossas gotas enquanto mexia suas panelas. No dia seguinte havia mercado no vilarejo. Era preciso adiantar-se no corte da carne, limpar os frangos, fazer a sopa e o café. Tinha de preparar, ainda por cima, a refeição de seus pensionistas, do médico, de sua mulher e de sua empregada; na sala de bilhar repercutiam gargalhadas; três moleiros, na saleta, pediam aguardente; a lenha chamuscava, a brasa crepitava e, sobre a mesa comprida da cozinha, entre pedaços de carneiros crus, elevavam-se pilhas de pratos que tremiam com os abalos do cepo onde picavam o espinafre. Do galinheiro, ouviam-se as aves que a criada perseguia para cortar o pescoço.

Um homem de pantufas de pele verde, um tanto marcado por bexigas e usando um gorro de veludo com uma borla dourada, esquentava as costas contra a lareira. Seu rosto não expressava nada além da satisfação consigo mesmo, e tinha um ar tão calmo na vida quanto o do pintassilgo suspenso acima de sua casa em uma gaiola de vime: era o farmacêutico.

– Artémise! – gritava a patroa do albergue. – Vá cortar lenha, encha as garrafas, traga aguardente, rápido, rápido! Se ao menos eu tivesse alguma sobremesa para oferecer às pessoas que o senhor está esperando! Bondade divina! Os empregados da mudança recomeçaram a algazarra na sala de jogos! E a carroça deles, que ficou atravancando o portão! A *Hirondelle* é capaz de danificá-la ao chegar! Chame Polyte para que ele a recolha na cocheira... E quando penso que desde hoje de manhã, sr. Homais, eles já jogaram talvez quinze partidas e beberam oito canecas de sidra!... Vão acabar me rasgando o pano do bilhar – continuava ela, olhando-os de longe, com sua espumadeira na mão.

– O estrago não será grande – respondeu o senhor Homais –; assim a senhora comprará outra.

– Outra mesa de bilhar! – exclamou a viúva.

– Afinal essa aí já não se aguenta mais de pé, sra. Lefrançois; repito-lhe, a senhora está errada! Muito errada! E, além do mais, os jogadores, hoje em dia, querem ventanilhas estreitas e tacos pesados. Não se joga mais bilhar daquele jeito; tudo mudou! É preciso acompanhar o seu século! Veja Tellier, por exemplo...

A estalajadeira ficou vermelha de raiva. O farmacêutico acrescentou:

– O bilhar dele, diga a senhora o que disser, é melhor do que o seu; e tiveram a ideia, por exemplo, de organizar uma pula patriótica em favor da Polônia ou dos inundados de Lyon...

– Não são patifes como ele que vão nos amedrontar! – interrompeu a hospedeira, encolhendo seus grandes ombros. – Ora, ora, sr. Homais, enquanto o Lion d'Or viver, teremos fregueses. Temos recursos para isso! Mas, um belo dia, o senhor verá o Café Français fechado e com um belo cartaz pendurado nos guarda-ventos!... Substituir minha mesa de bilhar – continuou falando sozinha –, ela que é tão boa para arrumar a roupa lavada e sobre a qual, na época de caça, pus para dormir até seis viajantes!... Mas e esse Hivert molengão que não chega nunca!

– A senhora o está esperando para o jantar de seus hóspedes? – perguntou o farmacêutico.

– Esperá-lo? O senhor Binet? Às seis horas em ponto o senhor vai vê-lo chegar, pois não há ninguém mais pontual no mundo. Não dispensa o seu lugar na saleta! Seria mais fácil matá-lo do que obrigá-lo a jantar em outro lugar! Vive descontente! E como é exigente com a sidra! Não é como o senhor Léon que um dia chega às sete, outro às sete e meia; nem olha o que come. Que rapaz bom! Nunca levanta a voz.

– É que há muita diferença, veja a senhora, entre alguém que teve educação e um antigo carabineiro que é preceptor.

Soaram as seis horas. Binet entrou.

Viera com uma sobrecasaca azul, toda caída em seu corpo magro, e seu boné de couro, com as presilhas amarradas por cordões no alto da cabeça, deixava entrever, sob a viseira levantada, uma testa calva, marcada pelo hábito do boné. Usava um colete de tecido preto, uma gola de crinolina, calças cinza e, em qualquer estação, botas bem enceradas que tinham dois reforços paralelos por causa da saliência de seus dedos. Nem um pelo ultrapassava a linha de sua barba loura, que, contornando o queixo, enquadrava como a orla de um canteiro seu longo rosto apagado, cujos olhos eram pequenos e o nariz, aquilino. Bom em todos os jogos de carta, exímio caçador e dono de uma bela caligrafia, tinha um torno em casa, com o qual se divertia fazendo, com o ciúme de um artista e o egoísmo de um burguês, argolas para guardanapos que entulhavam sua morada.

Dirigiu-se para a saleta, mas foi preciso, em primeiro lugar, tirarem de lá os três moleiros; e, durante todo o tempo que levaram para pôr a mesa, Binet permaneceu silencioso em seu lugar perto do aquecedor; a seguir, fechou a porta e tirou seu boné, como de costume.

– Ele não é do tipo que vai gastar saliva com saudações! – disse o farmacêutico assim que ficou a sós com a hospedeira.

– Ele jamais conversa mais do que isso – ela respondeu. – Na semana passada, além dele estavam aqui dois representantes de tecidos, rapazes espirituosos que contavam à noite um monte de histórias que me faziam chorar de tanto rir; pois bem, ele ficou ali, como uma porta, sem dizer uma palavra.

– É – fez o farmacêutico –, nenhuma imaginação, nada de ditos espirituosos, nada do que constitui um homem da sociedade!

– E, no entanto, dizem que tem meios para isso – objetou a estalajadeira.

– Meios? – replicou o sr. Homais. – Ele, ter meios? Para seu ramo é possível – acrescentou com um tom mais calmo.

Ele continuou:

– Ah, até entendo que um negociante que tenha relações consideráveis, um jurisconsulto, um médico, um farmacêutico sejam tão absorvidos por suas atividades que se tornem excêntricos e inclusive rudes. A história está cheia deles! Mas, ao menos, é porque pensam em alguma coisa. Eu, por exemplo, quantas vezes me aconteceu de procurar minha pena em minha escrivaninha para escrever uma etiqueta e descobrir que, finalmente, eu a havia deixado em minha orelha!

Enquanto isso, a sra. Lefrançois ia até a porta para ver se a *Hirondelle* não estava chegando. Estremeceu. Um homem vestido de preto entrou de repente na cozinha. Via-se, pelos últimos clarões do crepúsculo, que possuía o rosto rubicundo e o corpo atlético.

– Em que posso servi-lo, senhor padre? – perguntou a estalajadeira, enquanto alcançava na lareira um dos candelabros de cobre que estavam alinhados com suas respectivas velas. – Quer tomar algo, um pouco de licor de cassis, um cálice de vinho?

O eclesiástico recusou muito civilizadamente. Vinha buscar o seu guarda-chuva, que esquecera outro dia no convento de Ernemont, e, depois de pedir à senhora Lefrançois que o entregasse no presbitério à noite, saiu em direção à igreja que soava o *Ângelus*.

Quando o farmacêutico deixou de ouvir o barulho dos sapatos dele na praça, afirmou ter achado bastante inconveniente sua postura na ocasião. Aquela recusa de beber um refresco parecia-lhe uma hipocrisia das mais odiosas; os padres bebiam quando não eram vistos e queriam que o tempo do dízimo voltasse.

A hospedeira tomou a defesa de seu padre:

– Aliás, ele seria capaz de dobrar com o joelho quatro homens como o senhor. É tão forte que, no ano passado, ajudou nossa gente a guardar a palha; carregava até seis feixes de uma só vez!

– Bravo! – disse o farmacêutico. – Então mande suas filhas se confessarem com galhofeiros com um temperamento desses! Eu, se fosse do governo, mandaria sangrar os padres uma vez por mês. Sim, sra. Lefrançois, todos os meses, uma boa flebotomia no interesse da polícia e dos bons costumes!

– Ora, cale-se, sr. Homais! O senhor é um ímpio! Não tem religião!

O farmacêutico respondeu:

– Tenho uma religião, minha religião, e, inclusive, tenho mais do que os outros, com suas criancices e seus malabarismos! Muito pelo contrário, eu adoro Deus! Creio no Ser supremo, em um Criador, seja ele quem for, pouco importa, que nos colocou aqui embaixo para preencher nossos deveres de cidadãos e de pais de família; mas não preciso ir a uma igreja, beijar travessas de prata e engordar com meu dinheiro um monte de farsantes que comem melhor do que nós! Afinal, podemos muito bem honrá-lo no bosque, no campo, ou inclusive contemplando a abóboda etérea, como faziam os antigos. Meu Deus, o meu, é o Deus de Sócrates, de Franklin[27], de Voltaire e de Béranger![28] Sou pela *Profissão de fé do vigário*

27. Benjamin Franklin (1706-1790): filósofo norte-americano influenciado pelo Iluminismo francês. (N.T.)

28. Ver nota 5. (N.T.)

saboiano[29] e pelos imortais princípios de 1789! Também não admito o bom Deus como sendo um indivíduo que passeie por seu jardim de bengala na mão, que aloje seus amigos no ventre das baleias, que morra soltando um grito e que ressuscite depois de três dias: coisas absurdas por si só e completamente opostas, aliás, a todas as leis da física; o que nos demonstra, de passagem, que os padres sempre se estagnaram em uma ignorância infame, na qual se esforçam para atolar consigo as populações.

Calou-se, buscando com os olhos um público a seu redor, pois, em sua empolgação, o farmacêutico, por um momento, viu-se em pleno conselho municipal. Porém, a dona da estalagem já não prestava mais atenção no que dizia, mas em um rumor longínquo. Distinguia-se o barulho de uma carruagem misturado a um estalo de ferros soltos batendo no chão, e a *Hirondelle* parou enfim em frente à porta.

Era uma carroceria amarela carregada por duas grandes rodas que, subindo até a altura do toldo, impediam os viajantes de verem a estrada e sujava seus ombros. Os vidros das janelas estreitas tremiam em seus caixilhos quando o veículo movia-se fechado e conservavam, aqui e ali, manchas de lama em meio à velha camada de poeira que nem as chuvas nem as tempestades conseguiam lavar totalmente. De seus três cavalos, o primeiro era atrelado em sota, e, nas descidas, a carruagem encostava ao chão, aos solavancos.

Alguns burgueses de Yonville chegaram à praça; todos falavam ao mesmo tempo, pedindo notícias, explicações e encomendas; Hivert não sabia a quem responder primeiro. Era ele quem cumpria na cidade as incumbências de toda a região. Ia às lojas, trazia rolos de couro para o sapateiro, ferragem para o ferrador, um barril de arenque para a patroa, toucas da modista, mechas de cabelos postiços do cabeleireiro; e, quando voltava, pela estrada ia distribuindo seus pacotes, de pé no assento, jogando-os por cima das cercas dos pátios, gritando com toda força enquanto seus cavalos avançavam sozinhos.

Um acidente o atrasara: a galga da sra. Bovary fugira pelos campos. Assobiaram-lhe durante quinze minutos. Hivert

29. Referência à quarta parte de *Emílio*, de Jean-Jacques Rousseau, em que o autor expõe seu pensamento religioso. (N.T.)

retornara pessoalmente meia légua, acreditando vê-la a cada minuto; mas foi preciso seguir pela estrada. Emma chorara, enfurecera-se; acusara Charles por aquela desgraça. O sr. Lheureux, vendedor de tecidos que estava com eles na carruagem, tentara consolá-la dando inúmeros exemplos de cães perdidos que reconhecem seus donos depois de longos anos. Citavam um, dizia ele, que voltara de Constantinopla a Paris. Outro fizera cinquenta léguas em linha reta e atravessara a nado quatro riachos; e seu próprio pai possuíra um poodle que, depois de doze anos de ausência, saltara-lhe às costas de repente, certa noite, na rua, quando saía para jantar na cidade.

II

Emma foi a primeira a descer, depois Félicité, o sr. Lheureux, uma criada, e tiveram de acordar Charles em seu canto, pois adormecera totalmente desde o cair da noite.

Homais apresentou-se; ofereceu suas homenagens à senhora, seus cumprimentos ao doutor, disse que estava encantado por ter podido ajudar-lhes e acrescentou, com um ar cordial, que tivera a ousadia de convidar a si próprio, tanto mais que sua mulher estava ausente.

A sra. Bovary, quando entrou na cozinha, aproximou-se do fogo. Com a ponta dos dedos, segurou seu vestido na altura dos joelhos e, tendo assim levantado-o até os tornozelos, estendeu em direção à chama, por cima do pernil que girava, seu pé, calçado com uma botina preta. O fogo a iluminava toda, atravessando com uma luz crua a trama de seu vestido, os poros regulares de sua pele branca e, inclusive, as pálpebras de seus olhos, que ela piscava de vez em quando. Uma cor vermelha intensa a atravessava, de acordo com o vento que entrava pela porta entreaberta.

Do outro lado da lareira, um rapaz de cabelos louros a olhava silenciosamente.

Como se aborrecia muito em Yonville, onde era escrevente do sr. Guillaumin, o senhor Léon Dupuis (era ele o segundo freguês do Lion d'Or) adiava com frequência o momento de sua refeição, esperando que chegasse algum viajante à estalagem com quem pudesse conversar ao longo da noite. Nos dias em que concluía o serviço, precisava, na falta de outra coisa para fazer, chegar à hora exata e aguentar, desde a sopa até o queijo, estar a sós com o sr. Binet. Então, foi com alegria que aceitou a proposição da estalajadeira de jantar em companhia dos recém-chegados, e passaram à sala grande, onde a sra. Lefrançois, por pompa, mandara pôr a mesa para quatro.

Homais pediu permissão de manter seu barrete grego, por medo de pegar um resfriado.

Depois, voltou-se para sua vizinha:

– A senhora está, sem dúvida, um pouco cansada. Somos medonhamente sacudidos na *Hirondelle*!

– É verdade – respondeu Emma –, mas o transtorno sempre me diverte; gosto de mudar de lugar.

– É tão enfadonho – suspirou o escrevente – viver preso sempre aos mesmos lugares!

– Se o senhor fosse como eu – disse Charles –, sempre obrigado a estar a cavalo...

– Mas – prosseguiu Léon, dirigindo-se à sra. Bovary – nada me parece mais agradável, quando se pode fazê-lo – acrescentou.

– De resto – dizia o boticário –, o exercício da medicina não é muito penoso por esses lados; pois o estado de nossas estradas permite o uso do cabriolé e, geralmente, é muito bem pago, já que os agricultores têm uma posição confortável. Temos, nos relatórios médicos, além dos casos ordinários de enterite, bronquite, doenças da bile etc., de vez em quando, alguma febre intermitente durante a colheita, mas, em suma, poucas coisas graves, nada de especial a notar, a não ser escrófulas, causadas sem dúvida pelas deploráveis condições de higiene nas casas dos camponeses. Ah, sr. Bovary, encontrará inúmeros preconceitos a serem combatidos; diversas teimosias da rotina, com as quais esbarrarão cotidianamente todos os esforços de sua ciência; pois as pessoas aqui ainda apelam às novenas, às relíquias, ao padre, antes de irem naturalmente ao médico ou ao farmacêutico. No entanto, o clima, para dizer a verdade, não é mau e inclusive temos no município alguns nonagenários. O termômetro (eu mesmo fiz as verificações) desce no inverno até 4 graus e, no verão, atinge 25, 30 graus centígrados no máximo, o que significa 24 graus Réaumour no máximo, ou então 54 Fahrenheit (medida inglesa), não mais do que isso! E, de fato, estamos ao abrigo dos ventos do norte graças à floresta de Argueil, por um lado, e, por outro, graças aos ventos do oeste e à encosta Saint-Jean, e aquele calor, no entanto, que devido ao vapor d'água liberado pelo riacho e à presença considerável de animais no prado, que exalam, por sua vez, como o senhor sabe, muito amoníaco, ou seja, azoto, hidrogênio e oxigênio (não, apenas azoto e hidrogênio), e que, incorporando o húmus da terra, confundindo todas essas emanações diferentes e reunindo-as em um feixe, por assim dizer, e combinando-se com a eletricidade espalhada pela atmosfera, poderia, em longo prazo, como nos países tropicais, causar miasmas insalubres; esse calor, afirmo, encontra-se justamente temperado no lado de onde vem, ou melhor, de onde viria, quer dizer, do sul, pelos ventos de sudeste que, tendo esfriado por sua vez ao passarem pelo Sena, chegam a nós de repente, como brisas vindas da Rússia.

– Ao menos existem alguns passeios a serem feitos nas vizinhanças? – perguntou a sra. Bovary, conversando com o rapaz.

– Oh, muito pouco – respondeu. – Há um lugar chamado Pâture, no alto da encosta, no limite com a floresta. Às vezes, nos domingos, vou para lá com um livro e fico olhando o sol se pôr.

– Não há nada mais admirável do que um pôr do sol – ela continuou –, sobretudo à beira do mar.

– Oh, adoro o mar! – disse o sr. Léon.

– E, além do mais, não lhe parece – replicou a sra. Bovary – que o espírito voga mais livremente naquela extensão sem limites, cuja contemplação eleva a alma e evoca ideias de infinito, de ideal?

– O mesmo vale para as paisagens de montanha – prosseguiu Léon. – Tenho um primo que viajou à Suíça no ano passado e que me dizia que não podemos imaginar a poesia dos lagos, o charme das cascatas, o efeito gigantesco das geleiras. Veem-se pinheiros de alturas inacreditáveis transversais às torrentes, cabanas suspensas sobre precipícios e, a mil pés abaixo, veem-se vales inteiros quando as nuvens se entreabrem. Esses espetáculos devem entusiasmar, dispor à oração, ao êxtase! Dessa forma, não me surpreende aquele músico célebre que, para melhor excitar sua imaginação, tinha o hábito de ir tocar piano em algum lugar imponente.

– Você toca algum instrumento? – perguntou ela.

– Não, mas gosto muito – ele respondeu.

– Não lhe dê ouvidos, sra. Bovary – interrompeu Homais debruçando-se sobre seu prato –, é pura modéstia. Como, meu caro! Ora, esses dias, em seu quarto, cantava *L'Ange gardien*[30] admiravelmente. Eu o ouvia do laboratório; o senhor se saía como um ator.

Léon, de fato, morava na casa do farmacêutico, onde ocupava uma pequena peça no segundo andar, que dava para a praça. Ele enrubesceu com o cumprimento de seu proprietário, que já havia se voltado para o médico e enumerava-lhe, um atrás do outro, todos os principais habitantes de Yonville. Contava anedotas, dava informações; não se sabia ao certo a fortuna do notário e *havia também a casa Tuvache*, que causava muitos problemas.

Emma continuou:

– E que tipo de música o senhor prefere?

– Oh, música alemã, a que faz sonhar.

– Conhece os italianos?

– Ainda não. Mas vou assisti-los no ano que vem, quando for morar em Paris para terminar o curso de Direito.

– É como eu tinha a honra – disse o farmacêutico – de exprimi-lo ao senhor seu esposo, a respeito daquele pobre Yanoda que fugiu daqui; os senhores poderão, graças às loucuras que ele fez, usufruir de uma das casas mais confortáveis de Yonville. O que ela tem de mais cômodo para um médico é uma porta que dá para *Alameda*, que permite entrar e sair sem ser visto. Aliás, ela possui tudo o que é agradável em um lar: lavanderia, cozinha com copa, sala de estar, pomar etc. Era um galhofeiro que não contava o dinheiro! Mandou construir, no final do jardim, ao lado do riacho, um caramanchão especialmente para beber cerveja no verão e, se a senhora gosta de jardinagem, poderá...

– Minha mulher não gosta de se ocupar; ela prefere, apesar de terem lhe recomendado exercícios, passar o tempo todo lendo no quarto.

---

30. Canção de Pierre Jean de Béranger. (N.T.)

– É como eu – replicou Léon. – Há coisa melhor do que ficar à noite ao pé do fogo com um livro, enquanto o vento bate na janela, à luz de um candeeiro?...

– Não é mesmo? – concordou, fixando nele seus grandes olhos negros totalmente abertos.

– Não pensamos em nada – continuou –, as horas passam. Passeamos imóveis por regiões que acreditamos estar vendo e o pensamento, enlaçando-se à ficção, entra nos detalhes ou persegue o contorno das aventuras. Mistura-se às personagens; parece que somos nós quem palpitamos sob as vestimentas deles.

– É verdade! É verdade! – dizia ela.

– Já lhe aconteceu alguma vez – prosseguiu Léon – de encontrar em um livro uma ideia vaga que já tivera, alguma imagem obscurecida que retorna de longe, como se fosse a exposição perfeita de seu sentimento mais sutil?

– Já senti isso – respondeu ela.

– É por isso – ele disse – que gosto principalmente dos poetas. Acho que os versos são mais ternos do que a prosa e que fazem chorar muito mais.

– No entanto, eles vão cansando com o tempo – prosseguiu Emma –, e agora, ao contrário, prefiro as histórias que se leem de um só fôlego, que nos deixam angustiados. Detesto as protagonistas comuns e os sentimentos temperados como são na realidade.

– De fato – observou o escrevente – as obras que não tocam o coração afastam-se, a meu ver, do verdadeiro objetivo da arte. É tão agradável, em meio aos desencantamentos da vida, poder reportar-se em pensamento aos caracteres nobres, às afeições puras e às cenas de alegria. Quanto a mim, vivendo aqui, longe do mundo, é minha única distração; mas Yonville oferece tão poucos recursos!

– Como Tostes, sem dúvida – continuou Emma. – Por isso sempre estive inscrita em um gabinete de leitura.

– Se a senhora quer me dar a honra – disse o farmacêutico, que acabara de ouvir as últimas palavras de Emma –, eu mesmo ponho à sua disposição uma biblioteca composta pelos melhores autores: Voltaire, Rousseau, Delille, Walter

Scott, *L'Écho des feuilletons*[31] etc... E recebo, além disso, diferentes folhas periódicas entre as quais o *Fanal de Rouen*, cotidianamente, tendo a vantagem de ser seu correspondente para as circunscrições de Buchy, Forges, Neufchâtel, Yonville e arredores.

Depois de duas horas e meia, ainda estavam à mesa; pois a criada Artémise, arrastando indolentemente pelo chão seus chinelos de ourelo, trazia os pratos um atrás do outro, esquecia tudo, não prestava atenção em nada e deixava constantemente entreaberta a porta do bilhar, fazendo com que a ponta da maçaneta batesse contra a parede do fundo.

Sem o notar, enquanto conversava, Léon havia posto seu pé sobre uma das barras da cadeira em que a sra. Bovary estava sentada. Emma usava uma pequena gravata de seda azul, que se mantinha reta no lugar como um colarinho de pregas, uma gola de cambraia de linho encanudada; e, de acordo com os movimentos de cabeça que ela fazia, a parte inferior de seu rosto afundava-se no tecido ou saía dele com delicadeza. Foi assim, um depois do outro, enquanto que Charles e o farmacêutico cavaqueavam, que eles entraram em uma daquelas conversas vagas em que o acaso das frases levava sempre ao centro fixo de uma simpatia comum. Espetáculos de Paris, títulos de romance, quadrilhas novas, e o mundo que eles não conheciam, Tostes onde ela vivera, Yonville onde estavam, examinaram tudo, falaram de tudo até o fim do jantar.

Quando o café foi servido, Félicité foi embora para preparar o quarto na nova casa, e os convivas logo se levantaram. A sra. Lefrançois dormia perto das cinzas, ao passo que o cavalariço, com uma lanterna na mão, esperava o sr. e a sra. Bovary para conduzi-los até sua casa. Sua cabeleira ruiva estava misturada a fios de palha, e ele mancava da perna esquerda. Quando pegou com sua outra mão o guarda-chuva do sr. pároco, todos se puseram a andar.

A vila estava adormecida. Os pilares do mercado projetavam sombras compridas. A terra estava toda cinzenta, como em uma noite de verão.

---

31. Jornal que publicava romances-folhetins já veiculados em diversos jornais. (N.T.)

Porém, como a casa do médico encontrava-se a cinquenta passos da estalagem, foi preciso que desejassem boa noite quase que imediatamente, e o grupo dispersou-se.

Emma, desde o vestíbulo, sentiu cair sobre seus ombros o frio do gesso, como um tecido úmido. As paredes eram novas e os degraus de madeira estalaram. No quarto, no primeiro andar, uma luz esbranquiçada passava pelas janelas sem cortinas. Entreviam-se os cimos das árvores e, mais longe, a pradaria, semi-imersa no nevoeiro que fumegava ao luar, de acordo com o curso do riacho. No meio do quarto, desordenadamente, havia gavetas de uma cômoda, garrafas, varas de cortina, bastões dourados e colchões por cima de cadeiras e bacias sobre o assoalho; os dois homens que transportaram os móveis haviam deixado tudo ali, com negligência.

Era a quarta vez que Emma dormia em um lugar desconhecido. A primeira fora o dia em que entrou para o convento; a segunda vez, a de sua chegada a Tostes; a terceira, em Vaubyessard; a quarta, aquela ali; e cada uma delas era como a inauguração de uma nova fase em sua vida. Não acreditava que as coisas pudessem acontecer da mesma forma em lugares diferentes, e, já que a porção vivida fora ruim, sem dúvida que o que restava a ser consumido seria melhor.

III

No dia seguinte, ao levantar-se, percebeu o escrevente na praça. Ela estava de penhoar. Ele ergueu a cabeça e saudou-a. Ela fez uma inclinação rápida e fechou a janela.

Léon esperou todo o dia pelas seis da tarde, mas, ao chegar à estalagem, encontrou apenas o sr. Binet, à mesa.

Aquele jantar da véspera havia sido para ele um evento considerável; jamais, até então, conversara durante duas horas seguidas com uma *dama*. Como pudera expor-lhe, e com tal linguagem, tantas coisas que nunca verbalizara tão bem? Habitualmente, era tímido e mantinha aquela reserva que faz parte ao mesmo tempo do pudor e da dissimulação. Achavam, em Yonville, que ele tinha *boas maneiras*. Sabia ouvir as pessoas maduras e não parecia nada exaltado em política, algo notável para um rapaz. Além disso, possuía talentos, pintava aquarela, sabia ler a clave de sol e ocupava-se com prazer com a literatura depois do jantar, quando não jogava cartas. O sr. Homais tinha-lhe consideração por sua instrução; a sra. Homais tinha-lhe afeição por sua complacência, pois ele frequentemente acompanhava os filhos dos Homais ao jardim – crianças sempre sujas, bastante mal-educadas e um pouco apáticas, como a mãe. Para cuidar delas, além da criada, havia Justin, estudante de farmácia, primo distante do sr. Homais que haviam abrigado por caridade e que também servia de criado.

O boticário mostrou-se o melhor dos vizinhos. Informou a sra. Bovary sobre os fornecedores, mandou vir seu vendedor de sidra especialmente para ela, experimentou ele mesmo a bebida e cuidou para que o vasilhame fosse bem disposto na adega; indicou-lhe ainda como fazer para ter uma provisão barata de manteiga e concluiu um acordo com Lestiboudois, o sacristão, que, além de suas funções sacerdotais e mortuárias, cuidava dos principais jardins de Yonville à hora ou ao ano, de acordo com a preferência das pessoas.

A necessidade de se ocupar do próximo não era a única razão que levava o farmacêutico a ser tão cordial e obsequioso. Por trás de tudo aquilo, havia um plano.

Infringira a lei do 19 de ventoso[32] do ano XI, artigo primeiro, que proíbe a qualquer indivíduo não portador de diploma o exercício da medicina; de tal forma que, devido a denúncias tenebrosas, Homais fora convocado a Rouen pelo sr. Procurador do Rei, a seu gabinete particular. O magistrado o recebera de pé, de toga, faixa de arminho no ombro e borla na cabeça. Era de manhã, antes da audiência. Do corredor, ouviam-se passar as pesadas botas dos guardas e o barulho distante de grandes fechaduras sendo trancadas. Os ouvidos zumbiam-lhe tanto que chegou a acreditar que estava tendo uma congestão; entreviu masmorras, sua família em prantos, a farmácia vendida, todos os frascos disseminados; foi obrigado a entrar em um café para tomar um copo de rum com água de Seltz para poder recuperar-se.

Pouco a pouco, a lembrança daquela admoestação enfraqueceu-se, e ele continuou, como em outros tempos, a

32. Ventoso (*ventôse*), no calendário republicano instituído pela Revolução Francesa (1789), corresponde ao sexto mês do ano, que vai de 19 de fevereiro a 20 de março. (N.T.)

dar consultas anódinas nos fundos da loja. Mas o prefeito atacava-o, os colegas tinham inveja, era preciso temer tudo; unindo-se ao sr. Bovary através de cortesias, ganhava sua gratidão e impedia assim que, mais tarde, ele viesse a falar caso notasse alguma coisa. Dessa forma, todas as manhãs, Homais trazia-lhe o jornal e, à tarde, frequentemente, deixava por um instante a farmácia para ir à casa do oficial de saúde para conversar um pouco.

Charles estava triste: a clientela não aparecia. Ficava sentado durante longas horas, sem falar; dormia em seu consultório ou ficava olhando sua mulher costurar. Para se distrair, empregou-se em sua própria casa como carregador e inclusive tentou pintar o celeiro com um resto de tinta que os pintores haviam deixado. Mas as questões financeiras o preocupavam. Havia gastado tanto com os consertos de Tostes, com os banheiros da esposa e com a mudança, que todo o dote, mais de três mil escudos, esgotara-se em dois anos. Além disso, tantas coisas haviam sido danificadas ou perdidas no transporte de Tostes a Yonville, sem contar o cura de gesso, que, caindo da carroça em um solavanco, desfizera-se em mil pedaços sobre a calçada de Quincampoix!

Uma preocupação ainda maior veio distraí-lo: a gravidez de sua mulher. À medida que o termo se aproximava, mais carinhoso se tornava. Era outro vínculo da carne que se estabelecia e como que o sentimento contínuo de uma união mais complexa. Quando via de longe a atitude preguiçosa de Emma e sua cintura a dobrar-se molemente sobre os quadris sem espartilho, ou quando estavam de frente um para o outro e ele a contemplava bem à vontade, sentada, fazendo poses cansadas na poltrona, então não podia mais conter sua felicidade; levantava-se, beijava-a, passava a mão no rosto dela, chamava-a de mamãezinha, queria fazê-la dançar e lançava-lhe, meio rindo, meio chorando, todo tipo de brincadeiras amorosas que lhe vinham ao espírito. Deleitava-se com a ideia de que engendrara uma criatura. Nada mais lhe faltava naquele momento. Conhecia a existência humana em toda sua extensão, e podia repousar sobre ela com toda serenidade.

Primeiramente, Emma sentiu um grande espanto; a seguir, teve vontade de libertar-se para saber o que era ser mãe.

Mas, não podendo fazer as despesas que gostaria, ter um berço de armação com cortinas de seda rosa e touquinhas bordadas, renunciou ao enxoval em um acesso de amargura e encomendou tudo de uma vez a uma costureira do vilarejo, sem nada escolher nem discutir. Ela não se divertiu com esses preparativos nos quais a delicadeza das mães enche-se de apetite, e sua afeição, desde a origem, foi, talvez, atenuada.

No entanto, como Charles, em todas as refeições, falava da criança, ela logo começou a pensar nela de maneira mais contínua.

Desejava um filho; seria forte e moreno, se chamaria Georges; e essa ideia de ter um filho homem era como a revanche de todas suas impotências passadas. Um homem ao menos é livre; pode percorrer as paixões e os países, atravessar os obstáculos, ir atrás das alegrias mais distintas. Mas uma mulher é constantemente impedida. Ao mesmo tempo inerte e flexível, a mulher tem a seu desfavor as fraquezas da carne e as dependências da lei. Sua vontade, como o véu do chapéu retido por uma fita, palpita ao sabor de todos os ventos; sempre há algum desejo que arrasta, alguma conveniência que retém.

Ela deu à luz em um domingo, por volta das seis horas, ao nascer do sol.

– É uma menina! – disse Charles.

Ela virou a cabeça e desmaiou.

Quase imediatamente, a sra. Homais correu e a beijou, bem como a velha Lefrançois do Lion d'Or. O farmacêutico, fazendo-se discreto, dirigiu-lhe apenas algumas felicitações provisórias pela porta entreaberta. Quis ver a criança, achou-a bem constituída.

Durante sua convalescença, ocupou-se muito em buscar um nome para sua filha. Primeiro, passou em revista todos aqueles que possuíam terminações italianas, como Clara, Louisa, Amanda, Atala; gostava bastante de Galsuinde, mais ainda de Isolde ou Léocadie. Charles desejava que dessem à criança o nome de sua mãe; Emma se opôs. Percorreram o calendário de ponta a ponta e consultaram os estrangeiros.

– O sr. Léon – dizia o farmacêutico –, com quem eu conversava um dia desses, surpreende-se que a senhora não escolha Madeleine, que está muito na moda hoje em dia.

Mas a velha sra. Bovary protestou com bastante veemência contra esse nome de pecadora. O sr. Homais, por sua vez, tinha por predileção todos aqueles que evocam um grande homem, um fato ilustre ou uma concepção generosa, e foi por esse sistema que batizou seus quatro filhos. Dessa forma, Napoléon representava a glória e Franklin, a liberdade; Irma talvez fosse uma concessão ao romantismo; mas Athalie era uma homenagem à obra-prima mais imortal dos palcos franceses. Afinal, suas convicções filosóficas não impediam suas admirações artísticas, o pensador que era não sufocava o homem sensível que tinha dentro de si; sabia estabelecer as diferenças, levar em conta o que era imaginação e o que era fanatismo. Dessa tragédia, por exemplo, criticava as ideias, mas admirava o estilo; amaldiçoava a concepção, mas aplaudia todos os detalhes e irritava-se com os personagens, entusiasmando-se com seus discursos. Quando lia as passagens mais conhecidas, sentia-se arrebatado; mas, quando pensava que os eclesiásticos tiravam dali proveito para a sacristia, ficava aborrecido e, em meio a essa confusão de sentimentos em que se embaraçava, gostaria, ao mesmo tempo, de coroar Racine com suas duas mãos e discutir com ele durante longos quinze minutos.

Enfim, Emma lembrou-se que no castelo Vaubyessard ouvira a marquesa chamar uma moça de Berthe; imediatamente, esse nome foi escolhido e, como o velho Rouault não podia vir, pediram ao sr. Homais que fosse o padrinho. Deu-lhes de presente todos os produtos de seu estabelecimento, a saber: seis caixas de jujubas, um bocal inteiro de fécula alimentícia, três tubos de pasta de alteia e, por fim, seis bastões de açúcar cristalizado que encontrara em um armário. Na noite da cerimônia, houve um grande jantar; o padre compareceu; houve animação. O sr. Homais, na hora dos licores, entoou *Le Dieu des bonnes gens*. O sr. Léon cantou uma barcarola e a sra. Bovary mãe, que era a madrinha, uma romança do tempo do Império; enfim, o sr. Bovary pai exigiu que trouxessem a criança e pôs-se a batizá-la com um cálice de champanhe que lhe derramou sobre a cabeça. Essa zombaria do primeiro dos sacramentos indignou o sr. pároco Bournisien; o velho Bovary respondeu com uma citação de *La guerre des dieux*, o padre quis partir; as damas suplicaram que ficasse; Homais interveio; conseguiram fazer com que o eclesiástico voltasse a sentar-se, e então ele retomou tranquilamente do pires a meia xícara de café que deixara pela metade.

O sr. Bovary pai ficou ainda um mês em Yonville, cujos habitantes ele fascinou com seu soberbo boné de polícia com galões prateados, que usava de manhã quando ia fumar cachimbo na praça. Tendo também o hábito de beber muita aguardente, frequentemente mandava a criada ao Lion d'Or para comprar-lhe uma garrafa, que colocava na conta de seu filho; e usou, para perfumar seus lenços, toda provisão de água-de-colônia de sua nora.

Essa não achava sua companhia desagradável. Ele havia percorrido o mundo; falava de Berlim, Viena, Estrasburgo, de seus tempos de oficial, das amantes que teve, dos grandes almoços de que tinha participado; além disso, mostrava-se amável e, por vezes, na escada ou no jardim, chegava a apanhar a cintura dela e exclamava:

– Charles, tome cuidado!

A velha sra. Bovary amedrontou-se então pela felicidade de seu filho e, temendo que seu esposo, com o tempo, tivesse uma influência imoral sobre as ideias da moça, precipitou-se em apressar a partida. Talvez tivesse preocupações mais sérias. O sr. Bovary era o tipo de homem que não respeitava nada.

Um dia, de repente, Emma foi tomada pelo desejo de ver sua filhinha, que ficava com a ama de leite, a mulher do marceneiro, e, sem verificar no almanaque se as seis semanas da Virgem[33] já haviam transcorrido, dirigiu-se à casa de Rolet, que se encontrava na extremidade do vilarejo, na parte inferior da encosta, entre a estrada grande e as pradarias.

Era meio-dia; as casas estavam com suas venezianas fechadas, e os telhados de ardósias que reluziam sob as luzes rudes do céu azul pareciam faiscar no cume das empenas. Um vento pesado soprava. Emma se sentia fraca ao caminhar; os seixos da calçada a machucavam; hesitava entre voltar para casa ou entrar em algum lugar para sentar-se.

Naquele momento, o sr. Léon saiu de uma porta vizinha com um maço de papéis debaixo do braço. Veio saudá-la e pôsse à sombra diante da loja de Lheureux, sob o toldo cinza.

---

33. As semanas de resguardo após um parto.

A sra. Bovary disse-lhe que queria ver sua filha, mas que começava a cansar-se.

– Se... – replicou Léon, não ousando continuar.

– O senhor está ocupado? – ela perguntou.

E, diante da resposta do escrevente, pediu-lhe que a acompanhasse. Na mesma noite, o fato já era conhecido em Yonville, e a sra. Tuvache, a mulher do prefeito, declarou diante de sua criada que a sra. Bovary estava *expondo-se*.

Para chegar à casa da ama de leite, foi preciso, ao final da rua, virar à esquerda, como se fossem ao cemitério, e seguir, por entre casinhas e o riacho, um pequeno caminho ladeado de alfenas. Essas estavam floridas, assim como as verônicas, as roseiras-bravas, as urtigas e as silveiras que saíam das moitas. Pelo buraco das sebes dos casebres, viam-se suínos no chiqueiro, ou vacas amarradas esfregando os cornos contra o tronco das árvores. Ambos caminhavam devagar, lado a lado, ela apoiando-se nele e ele retendo seu passo para acompanhar os dela; diante deles, um enxame de moscas volteava, zumbindo no ar quente.

Reconheceram a casa graças a uma velha nogueira que lhe fazia sombra. Baixa e coberta de telhas escuras, possuía, do lado de fora, sob a lucarna do sótão, uma réstia de cebolas suspensa. Alguns feixes de lenha, de pé contra a cerca de espinhos, cercavam um canteiro de alface, alguns pés de lavanda e potes de flores cravados em estacas. Uma água suja corria, espalhando-se pela relva e, à sua volta, havia vários farrapos indistintos, meias de tricô, uma camisola de chita vermelha e um grande pano de lona espessa estendido atravessado sobre a sebe. Com o barulho da cancela, a ama de leite apareceu, segurando no colo um bebê que mamava. Com a outra mão ela arrastava uma pobre criança toda enfezada, coberta de escrófulas no rosto; era o filho do dono de uma malharia de Rouen, cujos pais, ocupados demais com os negócios, o deixavam no campo.

– Entre – ela disse –, a sua filhinha está ali dormindo.

O quarto, no térreo, o único da casa, tinha no fundo, encostada contra a parede, uma cama larga sem cortinas, ao passo que a masseira ocupava o lado da janela, cujo vidro estava remendado com uma rodela de papel azul. No canto, atrás da porta, borzeguins com pregos reluzentes estavam colocados sob a laje do tanque, perto de uma garrafa cheia de óleo que continha uma pluma no gargalo; um *Mathieu Laensberg*[34] estava sobre a lareira empoeirada, entre pederneiras, pontas de vela e pedaços de acendalha. Enfim, a última superfluidade daquela casa era uma *Fama* soprando clarins, imagem com certeza recortada diretamente de um prospecto de perfumaria, pregada à parede por seis pregos de tamancos.

A filha de Emma dormia no chão, em um berço de vime. Ela pegou-a com o cobertor que a envolvia e pôs-se a cantar suavemente enquanto se balançava.

Léon andava pelo quarto; parecia-lhe estranho ver aquela bela senhora com vestido de nanquim no meio daquela miséria toda. A sra. Bovary enrubesceu; ele afastou-se, suspeitando que seus olhos talvez tivessem cometido alguma impertinência. A seguir, ela pôs a pequena de volta no berço. Ela acabara de vomitar em seu babeiro. A ama de leite veio logo secá-la, garantindo que não dava para ver.

– Ela apronta muitas dessas – disse –, e não posso passar o meu tempo lavando-a! A senhora poderia me fazer o favor de pedir a Camus, o merceeiro, que me deixe pegar um pouco de sabão com ele quando eu precisar? Seria até mais cômodo para a senhora, pois não a atrapalharia.

– Está bem, está bem! – disse Emma. – Até logo, dona Rolet!

E ela saiu, limpando os pés na soleira.

A mulher acompanhou-a até o final do pátio, enquanto falava-lhe da dificuldade que tinha em levantar-se à noite.

– Às vezes, estou tão acabada que adormeço sentada na cadeira; a senhora devia dar-me também pelo menos uma boa libra de café moído, que me duraria um mês inteiro, para que eu tome com leite, de manhã.

Depois de ter suportado seus agradecimentos, a sra. Bovary foi embora; já estava um pouco avançada pelo caminho quando, ao ouvir um barulho de tamancos, virou-se: era a ama de leite!

– O que foi?

---

34. Popular almanaque publicado anualmente a partir de 1636. Divulgava receitas, efemérides, curiosidades. (N.T.)

Então a camponesa, puxando-a para trás de um olmo, pôs-se a falar-lhe de seu marido, que, com seu ofício e seis francos por ano que o capitão...

– Vamos, termine – disse Emma.

– Pois bem – prosseguiu a ama de leite soltando suspiros entre cada palavra –, tenho medo que ele fique triste vendo-me tomar café sozinha; a senhora sabe, os homens...

– Mas a senhora terá o seu café – repetia Emma –, eu vou lhe dar!... Está me aborrecendo!

– Sinto muito! Minha pobre senhora, é que ele tem, devido a suas feridas, câimbras terríveis no peito. Ele diz inclusive que a sidra ajuda a diminuí-las.

– Ora, apresse-se, dona Rolet!

– Então – ela prosseguiu, fazendo uma reverência – se não é pedir demais... – fez mais uma saudação – quando quiser – e seu olhar suplicava –, dê-me uma bilha de aguardente – disse afinal – e assim eu esfregarei os pés de sua pequena, que são macios como a língua.

Livre da ama de leite, Emma segurou novamente o braço do sr. Léon. Caminhou rapidamente durante um tempo; depois, diminuiu a velocidade, e seu olhar que passeava diante dela encontrou o ombro do rapaz, cuja sobrecasaca tinha uma gola de veludo preto. Seus cabelos castanhos caíam por cima dela, lisos e bem penteados. Notou as unhas dele, mais longas do que se costumava usar em Yonville. Cuidar bem delas era uma das grandes ocupações do escrevente, e, para esse fim, ele tinha um canivete todo especial em seu estojo.

Voltaram a Yonville acompanhando o curso da água. Na estação de calor, a margem tornava-se mais larga, descobrindo até a base os muros dos jardins que possuíam escadinhas que desciam até o riacho. Ele corria sem fazer barulho, rápido e parecendo frio; ervas finas e compridas dobravam-se juntas na direção da corrente que as empurrava e, como cabeleiras verdes, soltas, estendiam-se em sua limpidez. Algumas vezes, na ponta dos juncos ou na folha dos nenúfares, um inseto com patinhas finas caminhava ou pousava. Um raio de sol atravessava as gotas azuis formadas pelas ondas que se sucediam e arrebentavam; os velhos salgueiros desramados refletiam na água sua casca cinza; mais longe, ao redor, a pradaria parecia vazia.

Era hora do jantar nas fazendas, e a moça e seu companheiro ouviam ao caminhar apenas a cadência de seus passos sobre a terra do caminho, as palavras que trocavam e o roçar do vestido de Emma, que frufrulhava em torno dela.

Os muros dos jardins, guarnecidos nos espigões por pedaços de garrafas, estavam quentes como os vidros de uma estufa. Rábanos silvestres haviam crescido por entre os tijolos; e, com a ponta de sua sombrinha aberta, a sra. Bovary, ao passar, cutucava transformando em poeira as flores murchas, ou então algum galho de madressilva e de clematite pendente para fora arrastava-se um pouco pela seda, prendendo-se às franjas.

Conversavam sobre um grupo de música espanhol, que em breve se apresentaria no teatro de Rouen.

– Vai assistir? – ela perguntou.

– Se puder – respondeu ele.

Não tinham mais nada para dizer? Seus olhos, no entanto, estavam repletos de uma conversa mais séria; e, enquanto esforçavam-se para encontrar frases banais, ambos sentiam um mesmo langor invadir-lhes; era como um murmúrio da alma, profundo, contínuo, que dominava o das vozes. Tomados de espanto por aquela nova suavidade, não pensavam em narrar ao outro aquela sensação ou em descobrir sua causa. As alegrias futuras, assim como as costas dos trópicos, projetam suas indolências natais sobre a imensidão que as precede, uma espécie de brisa perfumada, e adormece-se naquela embriaguez sem nem mesmo preocupar-se com o horizonte, o qual não se pode avistar.

A terra, em certo local, encontrava-se afundada pelo gado; foi preciso caminhar sobre grandes pedras verdes, espaçadas na lama. De vez em quando, ela parava um minuto para ver onde pisar com sua botina e, vacilando sobre a pedra que tremia, os cotovelos no ar, a cintura inclinada, o olhar indeciso, ela ria de seu medo de cair nas poças d'água.

Quando chegaram diante de seu jardim, a sra. Bovary empurrou a cancela, subiu os degraus correndo e desapareceu.

Léon voltou para o cartório. O patrão estava ausente; ele olhou para os dossiês, depois aparou uma pena e, finalmente, pegou o chapéu e se foi.

Foi até Pâture, no alto da encosta de Argueil, na entrada da floresta; deitou-se no chão debaixo dos pinheiros e olhou para o céu por entre seus dedos.

"Que tédio!", pensava. "Que tédio!"

Achava-se digno de pena por viver naquele vilarejo, tendo Homais como amigo e o sr. Guillaumin por patrão.

Este último, muito ocupado com os negócios, usando óculos com hastes de ouro e suíças ruivas que caíam sobre a gravata branca, não entendia nada das delicadezas do espírito, embora fingisse ter um gênero rígido e inglês que deslumbrara o escrevente nos primeiros tempos. Quanto à mulher do farmacêutico, era a melhor esposa da Normandia, dócil como um cordeiro, próxima dos filhos, do pai, da mãe, dos primos, lamentava os males alheios, no lar, deixava as coisas resolverem-se sozinhas, detestava os espartilhos – mas era tão lenta ao mover-se, suas histórias tão enfadonhas de se escutar, tinha um aspecto tão comum e uma conversa tão restrita que ele jamais imaginara, embora ela tivesse trinta anos e ele vinte, embora dormissem em quartos contíguos e embora se falassem todas os dias, que ela pudesse ser uma mulher para alguém, nem que de seu sexo ela possuísse outra coisa além do vestido.

A seguir, havia o quê? Binet, alguns vendedores, dois ou três donos de tabernas, o padre e enfim o sr. Tuvache, o prefeito, com suas duas filhas, gente abastada, rude, obtusa, que cultivava sua terra com as próprias mãos, fazendo rega-bofes em família; gente devota cuja convivência era totalmente insuportável.

Mas, sobre o fundo comum de todos aqueles rostos humanos, a figura de Emma destacava-se isolada e, no entanto, mais longínqua; pois sentia, entre ela e ele, abismos vagos.

No início, ele viera à casa dela várias vezes na companhia do farmacêutico; Charles não parecera extremamente curioso em recebê-lo, e Léon não sabia como agir entre o medo de ser indiscreto e o desejo de uma intimidade que considerava quase impossível.

IV

Desde os primeiros frios, Emma trocou o quarto pela sala, longa peça de teto baixo onde havia, sobre a lareira, um polipeiro denso, que se espalhava contra o vidro. Sentada na sua poltrona perto da janela, via passar na calçada as pessoas do vilarejo.

Léon, duas vezes por dia, caminhava do cartório até o Lion d'Or. Emma, de longe, ouvia-o vindo; ela inclinava-se para ouvir, e o rapaz deslizava por trás da cortina, sempre vestido da mesma maneira e sem virar a cabeça. Mas, ao crepúsculo, quando, com o queixo apoiado sobre a mão esquerda, ela abandonava no colo a tapeçaria começada, frequentemente estremecia com a aparição repentina daquela sombra. Levantava-se e mandava que pusessem a mesa.

O sr. Homais chegava durante o jantar. Barrete grego à mão, entrava com passos mudos para não incomodar ninguém e sempre repetia a mesma frase:

– Boa noite a todos!

A seguir, quando já estava em seu lugar, junto à mesa, entre os dois esposos, perguntava ao médico notícias de seus doentes, e este o consultava sobre a probabilidade dos honorários. A seguir, discutiam sobre o que fora publicado no jornal. Homais, àquela hora, já o sabia quase inteiro de cor, e relatava-lhe tudo integralmente, com os comentários do jornalista e todas as histórias de catástrofes individuais ocorridas na França ou no exterior. Mas o assunto encerrava-se, e ele não demorava a lançar observações sobre os manjares que via. Por vezes, levantando-se ligeiramente, indicava delicadamente à senhora o pedaço mais macio, ou, voltando-se para a criada, dava-lhe conselhos sobre a manipulação do guisado e sobre a higiene dos temperos; falava do aroma, de osmazoma, de sucos e gelatina de maneira impressionante. Com a cabeça sempre mais repleta de receitas do que sua farmácia de frascos, Homais distinguia-se com suas geleias, seus vinagres e seus licores suaves, conhecendo também todas as invenções novas de calefatores econômicos e a arte de conservar os queijos e de tratar os vinhos deteriorados.

Às oito horas, Justin vinha buscá-lo para fecharem a farmácia. Então o sr. Homais olhava-o maliciosamente, sobretudo se Félicité estivesse ali, tendo notado que seu aluno afeiçoava-se à casa do médico.

– O rapaz – dizia – está começando a ter ideias, estou achando, que o diabo me carregue, que ele está apaixonado por sua criada!

Mas um defeito mais grave, pelo qual Homais o censurava, era ouvir continuamente as conversas. No domingo, por exemplo, não havia jeito de fazê-lo sair da sala, para onde a sra. Homais o chamara apenas para pegar as crianças que haviam adormecido nas poltronas, tirando do lugar com as costas as capas de percalina que eram grandes demais.

Nunca vinha muita gente aos serões do farmacêutico, pois sua maledicência e suas opiniões políticas haviam afastado sucessivamente diferentes pessoas respeitáveis. O escrevente não deixava de comparecer. Assim que ouvia a campainha, corria ao encontro da sra. Bovary, pegava o xale dela e, a seguir, guardava em local mais afastado, na mesa da farmácia, as galochas espessas que ela usava sobre os sapatos quando nevava.

Faziam, primeiro, algumas partidas de trinta e um; a seguir, o sr. Homais jogava *écarté* com Emma; Léon, atrás dela, dava-lhe conselhos. De pé, com as mãos sobre o encosto da cadeira dela, ele olhava para os dentes do pente que prendia seu coque. A cada movimento que ela fazia para jogar as cartas fora, seu vestido subia do lado direito. De seus cabelos presos descia uma cor castanha ao longo de suas costas que, empalidecendo gradualmente, pouco a pouco se perdia na sombra. Seu vestido caía de ambos os lados da cadeira, franzindo-se, cheio de pregas, e estendendo-se até o chão. Quando Léon, por vezes, sentia a sola de sua bota pisar no vestido dela, afastava-se como se houvesse caminhado por cima de alguém.

Quando a partida de cartas chegava ao fim, o boticário e o médico jogavam dominó, e Emma, mudando de lugar, acotovelava-se sobre a mesa, folheando *L'Illustration*. Trazia com ela seu jornal de modas. Léon punha-se perto dela; olhavam juntos as gravuras e esperavam um pelo outro no final das páginas. Muitas vezes, ela pedia-lhe que lesse uns versos; Léon os declamava com uma voz arrastada e expirava cuidadosamente nas passagens de amor. Mas o barulho dos dominós o irritava; o sr. Homais era bom, ganhava de Charles com folga. Quando chegavam aos trezentos pontos, deitavam-se ambos diante da lareira e não demoravam a adormecer. O fogo morria nas cinzas; a chaleira estava vazia; Léon continuava a ler. Emma ouvia-o, fazendo girar maquinalmente o abajur da lâmpada, cuja gaze fora pintada com pierrôs em carruagens e dançarinas de corda com suas varas. Léon parava, designando com um gesto seu auditório adormecido enquanto falava em voz baixa, e a conversa que eles mantinham parecia-lhes mais doce, pois não estava sendo ouvida.

Assim, estabeleceu-se entre eles uma espécie de associação, um comércio contínuo de livros e romances. O sr. Bovary, pouco ciumento, não se admirava.

Ele ganhou de aniversário uma bela cabeça frenológica, toda marcada com números até o tórax e pintada de azul. Era uma gentileza do escrevente. Fazia muitas outras, inclusive ir a Rouen cumprir-lhe certas tarefas; e, depois que o livro de um romancista pôs na moda a mania dos cactos, Léon comprou-os para a senhora, trazendo-os em seu colo, na *Hirondelle*, espetando seus dedos nos espinhos.

Ela mandou construir um suporte para segurar os potinhos no parapeito da janela. O escrevente também montou seu jardinzinho suspenso; viam-se à janela, cuidando de suas flores.

Entre as janelas do vilarejo, havia uma ainda mais ocupada, pois, nos domingos, de manhã à noite, e todas as tardes, se o tempo estava bom, via-se, na lucarna do sótão, o perfil magro do sr. Binet debruçado sobre seu torno, cujo ronco melancólico ouvia-se até do Lion d'Or.

Uma noite, ao voltar para casa, Léon deparou-se em seu quarto com um tapete de veludo e de lã com folhagens sobre um fundo pálido. Chamou a sra. Homais, o sr. Homais, Justin, as crianças e a cozinheira e falou sobre aquilo com seu patrão; todo mundo desejava conhecer o tal tapete; e por que a mulher do médico fazia tais generosidades ao escrevente? Aquilo pareceu estranho e pensaram definitivamente que ela devia ser mais do que uma *boa amiga*.

Ele fazia com que acreditassem nisso, de tanto que mencionava sem parar seus charmes, seu espírito, de tal modo que Binet respondeu-lhe uma vez de forma bastante brutal:

– Que me importa! Afinal, não faço parte de seu mundo!

Torturava-se em descobrir como se declarar; e, sempre hesitando entre o medo de desagradá-la e a vergonha de ser tímido, chorava de desalento e de desejos. A seguir, tomava decisões enérgicas; escrevia cartas que rasgava, deixava para depois e voltava a adiar. Muitas vezes, punha-se a caminho com o objetivo de tudo ousar, mas essa resolução abandonava-o muito rapidamente em presença de Emma e, quando Charles, aparecendo de repente, convidava-o para embarcar em seu *boc* e irem juntos visitar algum doente das redondezas, aceitava logo, saudava a sra. Bovary e partia. Afinal, seu marido também não era algo dela?

Quanto a Emma, ela não se interrogava para saber se o amava. O amor, conforme acreditava, devia chegar de repente, com grandes tumultos e fulgurações – furacão dos céus que desaba sobre a vida, transtorna-a, arranca as vontades como folhas e arrasta o coração inteiro para o abismo. Ela não sabia que, nas sacadas das casas, a chuva forma poças quando as pingadeiras estão entupidas, e assim ela permaneceu em segurança, até que descobriu, subitamente, uma rachadura na parede.

V

Foi em um domingo de fevereiro, em uma tarde em que nevava.

Todos, o sr. e a sra. Bovary, Homais e o sr. Léon, haviam ido ver, a meia légua de Yonville, no vale, uma fiação de linho que estava se estabelecendo. O boticário trouxera consigo Napoléon e Athalie para que fizessem exercícios, e Justin os acompanhava carregando os guarda-chuvas nos ombros.

Nada, todavia, era menos curioso do que aquela curiosidade. Um vasto terreno vazio – onde se encontravam aqui e ali, entre montes de areia e de pedregulhos, algumas engrenagens já enferrujadas – cercava um prédio comprido e quadrangular trespassado por inúmeras janelinhas. A construção não estava concluída, e via-se o céu através das vigas da armação do telhado. Uma meda de palha com espigas, presa na viga da empena, deixava tremular ao vento suas fitas tricolores.

Homais falava. Explicava a todos a importância futura daquele estabelecimento, avaliava a força do assoalho, a espessura das paredes e lamentava muito não ter uma vara métrica como a que possuía o sr. Binet para seu uso particular.

Emma, que dava o braço a Léon, apoiava-se um pouco sobre seu ombro e olhava para o disco formado pelo sol irradiando ao longe, na bruma, sua palidez ofuscante; mas, quando ela virava a cabeça, Charles estava ali. Seu boné estava afundado nas sobrancelhas e seus lábios carnudos tremiam, o que conferia a seu rosto algo de estúpido; até mesmo suas costas, suas costas tranquilas, eram irritantes de serem vistas, e ela via nelas, exposta sobre a sobrecasaca, toda a mediocridade do personagem.

Enquanto ela o contemplava, experimentando assim em sua irritação uma espécie de volúpia depravada, Léon avançava um passo. O frio que o empalidecia parecia depositar sobre seu rosto um langor mais suave; entre a gravata e o pescoço, o colarinho da camisa, um pouco solto, deixava ver a pele; um pedaço da orelha despontava sob uma mecha de cabelo, e seus grandes olhos azuis, erguidos em direção às nuvens, pareceram à Emma mais límpidos e mais belos do que aqueles lagos de montanhas onde o céu se reflete.

– Infeliz! – exclamou de repente o boticário.

E correu em direção a seu filho, que acabara de precipitar-se sobre um monte de cal para pintar seus sapatos de branco. Ao ser criticado, Napoléon pôs-se a soltar urros, enquanto Justin secava seus calçados com um punhado de palha. Mas foi preciso uma faca; Charles ofereceu a sua.

"Ah!", pensou ela, "ele carrega uma faca no bolso, como um camponês!"

Começou a cair granizo; voltaram então para Yonville.

A sra. Bovary, à noite, não foi à casa dos vizinhos e, quando Charles saiu, assim que se sentiu sozinha, recomeçou o paralelo com a clareza de uma sensação quase imediata e com aquele alongamento de perspectiva que a lembrança dá aos objetos. Olhando de sua cama o fogo claro que queimava, ainda via, como se estivesse no passeio, Léon de pé, dobrando com uma mão seu chicote e com a outra segurando Athalie, que chupava tranquilamente um pedaço de gelo. Achava-o adorável; ela não podia se desprender; lembrou-se de suas atitudes em outros dias, das frases que havia dito, do som de sua voz, de toda sua pessoa; e ela repetia, avançando os lábios, como que para beijar:

– Sim, encantador! Encantador!... Ele não está amando? – perguntava-se ela. – Mas quem será? Ora, sou eu!

Todas as provas se apresentaram ao mesmo tempo, seu coração saltou. A chama da lareira fazia tremer no teto uma claridade alegre; ela virou de costas e esticou os braços.

Então começou o eterno lamento:

– Oh! Se o céu o quisesse! Por que não fora assim? Mas quem impedia?...

Quando Charles voltou, à meia-noite, ela fingiu acordar e, como ele fez barulho ao tirar a roupa, ela reclamou que estava com enxaqueca; a seguir, perguntou, como quem não quer nada, como havia sido o serão.

– O sr. Léon – disse – subiu cedo.

Ela não pôde evitar um sorriso e adormeceu com a alma cheia de um novo encantamento.

No dia seguinte, ao cair da noite, ela recebeu a visita do sr. Lheureux, vendedor de novidades. Era um homem hábil aquele comerciante.

Gascão de nascimento, mas tendo virado normando, acrescentava à sua eloquência meridional a cautela de Caux. Seu rosto gordo, flácido e sem barba, parecia tingido por uma decocção de alcaçuz claro, e sua cabeleira branca tornava ainda mais vivo o brilho rude de seus olhinhos pretos. Ignoravam o que fizera outrora: bufarinheiro, diziam uns, banqueiro em Routot, segundo outros. Certo era que fazia, de cabeça, cálculos complicados que surpreendiam o próprio Binet. Educado até a obsequiosidade, mantinha sempre as costas meio curvadas, na posição de alguém que cumprimenta ou faz um convite.

Depois de ter deixado à porta seu chapéu com crepe, pôs sobre a mesa uma caixa verde de papelão e começou a queixar-se à senhora, com muita civilidade, por não ter conseguido obter até então a confiança dela. Uma pobre loja como a sua não era feita para atrair uma mulher *elegante*; insistiu na palavra. No entanto, bastava-lhe encomendar que ele se encarregaria de conseguir o que ela quisesse – miudezas, roupas de cama, mesa e banho, malhas ou novidades; pois ia à cidade quatro vezes por mês, regularmente. Estava em contato com as casas mais importantes. Podia-se falar dele no Trois Frères, no Barbe d'or ou no Grand Sauvage, que todos aqueles senhores o conheciam como a seus dedos! Hoje, pois, de passagem, ele vinha mostrar à senhora diferentes artigos que, graças a uma ocasião das mais raras, ele pudera obter. Retirou da caixa uma meia dúzia de golas bordadas.

A sra. Bovary as examinou.

– Não, não preciso de nada – respondeu.

Então o sr. Lheureux exibiu delicadamente três echarpes argelinas, vários pacotes de agulhas inglesas, um par de pantufas de palha e, finalmente, quatro oveiros feitos de coco, com entalhes feitos por forçados. A seguir, com as duas mãos sobre a mesa, o pescoço tenso, a cintura curvada, acompanhava com a boca aberta o olhar de Emma, que vagava indeciso por entre aquelas mercadorias. De tempos em tempos, como que para espantar a poeira, dava um piparote sobre a seda das echarpes, desdobradas em todo seu comprimento, e elas frufrulhavam com um barulho leve, fazendo cintilar as lantejoulas douradas do tecido à luz esverdeada do crepúsculo, como se fossem estrelinhas.

– Quanto custam?

– Uma miséria – respondeu –, uma miséria. Mas não há pressa; é para quando quiser; não sou nenhum judeu!

Ela pensou alguns instantes e acabou por agradecer mais uma vez ao sr. Lheureux, que respondeu sem emocionar-se.

– Pois, veremos depois. Com as mulheres sempre me entendi bem, a não ser com a minha!

Emma sorriu.

– Era apenas para dizer-lhe – prosseguiu com um ar bonachão depois de sua brincadeira – que não é o dinheiro que me preocupa... Se fosse preciso, eu lhe daria de presente.

Ela fez um gesto de surpresa.

– Ora! – exclamou vivamente e em voz baixa. – Não precisaria ir muito longe para arranjá-lo; pode contar com isso!

E pôs-se a pedir notícias do velho Tellier, o patrão do Café Français, paciente do sr. Bovary.

– Afinal o que o velho Tellier tem?... Quando tosse, sacode a casa toda, e tenho bastante medo que em breve precise mais de um paletó de pinho do que de uma camisola de flanela! Aprontou poucas e boas quando era jovem! Essas pessoas aí, minha senhora, não tinham a menor disciplina! Ele queimou-se com aguardente! Mas é lastimável mesmo assim ver um conhecido partir.

E, enquanto fechava novamente a caixa, discorria sobre a clientela do médico.

– É o tempo, sem dúvida – disse, olhando para o chão e com uma cara rabugenta –, a causa dessas doenças aí! Eu também não ando nos meus dias; seria até bom que eu viesse consultar com seu marido a propósito de uma dor que tenho nas costas. Bem, até logo, sra. Bovary. Fico à sua disposição. Sou seu humilde criado!

E ele fechou a porta suavemente.

Emma mandou que servissem o jantar em seu quarto, ao pé do fogo, em uma bandeja; comeu devagar; tudo lhe pareceu bom.

– Como me comportei bem! – dizia-se, pensando nas estolas.

Ouviu passos na escada: era Léon. Levantou-se e pegou na cômoda, entre os panos ao serem debruados, o primeiro da pilha. Parecia bastante ocupada quando ele apareceu.

A conversa foi desinteressante, a sra. Bovary abandonando-a a cada minuto, ao passo que ele próprio permanecia todo embaraçado. Sentado em uma cadeira baixa, perto da lareira, girava entre seus dedos o estojo de marfim; ela empurrava sua agulha, ou, de vez em quando, com sua unha, franzia as dobras do tecido. Não falava; ele calava-se, cativado por seu silêncio, como teria sido cativado por suas palavras.

"Pobre rapaz!", ela pensava.

"Em que a desagrado?", perguntou-se ele.

Léon, nesse meio tempo, disse que devia, num dia desses, ir a Rouen para tratar de um caso de seu cartório...

– Sua assinatura de música terminou, devo renová-la?

– Não – ela respondeu.

– Por quê?

– Porque...

E, beliscando os lábios, puxou lentamente um longo fio cinza que enfiara na agulha.

Aquele trabalho irritava Léon. As pontas dos dedos de Emma pareciam ferir-se; veio-lhe à cabeça uma frase galante, mas não a arriscou.

– Então vai abandoná-la? – prosseguiu.

– O quê? – ela perguntou vivamente. – A música? Ah! Meu Deus! Por acaso não tenho minha casa para manter, meu marido para cuidar, enfim, mil coisas mais importantes?

Ela olhou para o relógio. Charles estava atrasado. Ela fingiu, então, estar preocupada. Repetiu inclusive duas ou três vezes:

– Ele é tão bom!

O escrevente gostava do sr. Bovary. Mas aquela ternura em relação a ele o surpreendia de maneira desagradável; no entanto, ela continuava a elogiá-lo, o que achava dever fazer a toda gente, dizia, e, sobretudo, ao farmacêutico.

– Ah! É um homem de bem.

– É verdade – continuou o escrevente.

E ele pôs-se a falar da sra. Homais, cujo trajar bastante negligente geralmente os fazia rir.

– O que tem isso? – interrompeu Emma. – Uma boa mãe de família não se preocupa com sua aparência.

Depois, ela caiu novamente em seu silêncio.

O mesmo ocorreu nos dias seguintes; seus discursos, suas maneiras, tudo mudou. Tomou a peito as tarefas da casa, voltou a frequentar a igreja regularmente e manteve com mais rigor sua criada.

Tirou Berthe da casa da ama de leite. Félicité levava-a quando havia visitas, e a sra. Bovary tirava as roupinhas dela para mostrar seus bracinhos e suas perninhas. Declarava adorar as crianças; era seu consolo, sua alegria, sua loucura, e ela acompanhava seus carinhos de expansões lírica, que, para quem não era de Yonville, teriam lembrado Sachette, de *O corcunda de Notre-Dame*.

Quando Charles voltava, encontrava suas pantufas esquentando perto da lareira. Seus coletes agora não ficavam mais sem forro nem suas camisas sem botão, e ele tinha inclusive prazer em contemplar no armário todos os gorros de algodão dispostos em pilhas iguais. Ela não resmungava mais, como antes, saindo depois para dar voltas no jardim; o que ele propunha sempre era consentido, embora não adivinhasse suas vontades, às quais se submetia sem um murmúrio – e, quando Léon o via ao pé do fogo, depois do jantar, com as duas mãos sobre o ventre, os dois pés apoiados sobre o suporte da lareira, as faces rosadas pela digestão, os olhos úmidos de alegria, com a criança que gatinhava no tapete e aquela mulher de cintura delgada que vinha beijá-lo na testa por cima do encosto da poltrona, pensava:

"Que loucura! Como alcançá-la?"

Ela pareceu-lhe então tão virtuosa e inacessível que qualquer esperança, mesmo a mais vaga, abandonou-o.

No entanto, com aquela renúncia, ele a punha em condições extraordinárias. Ela se desligou, para ele, das qualidades carnais que ele não poderia obter; e ela foi, em seu coração, subindo sem parar e desprendendo-se dele, à maneira magnífica de uma apoteose que levanta voo. Era um daqueles sentimentos puros que não atrapalham o exercício da vida, que são cultivados porque raros, cuja perda afligiria mais do que a posse alegraria.

Emma emagreceu, suas faces tornaram-se pálidas, seu rosto alongou-se. Com seus bandós negros, seus olhos grandes, seu nariz reto, suas maneiras delicadas e agora sempre silenciosa, não parecia que ela atravessava a existência quase sem tocá-la e carregando à testa uma vaga marca de alguma predestinação sublime? Estava tão triste e tão calma, tão dócil e, ao mesmo tempo, tão reservada, que, perto dela, sentia-se tomado por um charme glacial, o mesmo que se sente nas igrejas sob o perfume das flores misturado à frieza dos mármores. Nem os outros escapavam à sua sedução. O farmacêutico dizia:

– É uma mulher de grandes qualidades e que não ficaria deslocada em uma capital regional.

Os burgueses admiravam sua economia; os clientes, sua educação; os pobres, sua caridade.

Mas ela estava repleta de cobiça, de raiva, de ódio. Aquele vestido com pregas retas escondia um coração transtornado, e seus lábios tão pudicos não contavam sua tormenta. Estava apaixonada por Léon e buscava a solidão a fim de poder ficar mais à vontade para deleitar-se com sua imagem. A vista de sua pessoa turvava a volúpia daquela meditação. Emma palpitava com o barulho dos passos dele; depois, em sua presença, a emoção caía e restava-lhe apenas uma imensa surpresa que terminava em tristeza.

Léon não sabia, mas, quando ele saía da casa dela desesperado, ela levantava-se para vê-lo na rua. Preocupava-se com seu andar, espiava seu rosto; inventou toda uma história de modo a encontrar um pretexto para visitar o quarto dele. A mulher do farmacêutico parecia-lhe privilegiada por poder dormir sob o mesmo teto que ele; e seus pensamentos abatiam-se continuamente sobre aquela casa, como os pombos do Lion d'Or que vinham mergulhar suas patas rosadas e suas asas brancas lá nas calhas. Mas, quanto mais Emma dava-se conta de seu amor, mais ela o recalcava para que não aparecesse e para diminuí-lo. Gostaria que Léon o suspeitasse, e imaginava acasos, catástrofes que o tivessem facilitado. O que a retinha, sem dúvida, era a preguiça ou o medo; e o pudor também. Pensava que o afastara demais, que já não havia mais tempo, que tudo estava perdido. Além disso, o orgulho, a alegria de poder-se dizer: "Sou virtuosa" e de olhar-se no espelho em poses resignadas, isso tudo a consolava um pouco do sacrifício que acreditava estar fazendo.

Então, os apetites da carne, as cobiças de dinheiro e as melancolias da paixão, tudo se confundia em um mesmo sofrimento – e, em vez de mudar o curso de seu pensamento, ela agarrava-se a ele, excitando-se com a dor e sempre buscando oportunidades de excitá-lo. Irritava-se com um prato mal servido, com uma porta entreaberta, gemia pelo veludo que não possuía, pela felicidade que lhe faltava, pelos sonhos altos demais, por sua casa estreita demais.

O que a irritava é que Charles não parecia ter a menor ideia de seu suplício. A convicção que tinha de fazê-la feliz parecia-lhe um insulto imbecil, e sua segurança quanto a isso, ingratidão. Para quem ela era tão comportada? Não era ele o obstáculo para qualquer felicidade, a causa de todas suas misérias, uma espécie de fuzilhão pontudo da fivela complexa que a prendia por todos os lados?

Ela transferiu então para ele todo o ódio intenso resultante de seus dissabores, e cada esforço feito para diminuí-lo só servia para aumentá-lo; pois aquele desgosto inútil acrescentava-se aos outros motivos de desespero e contribuía ainda mais para o afastamento. Sua própria docilidade causava-lhe rebeliões. A mediocridade doméstica a conduzia a fantasias luxuosas, a ternura matrimonial, a desejos adúlteros. Teria desejado que Charles lhe batesse para poder detestá-lo mais justamente, vingar-se dele. Surpreendia-se por vezes com as conjecturas atrozes que lhe vinham ao pensamento, e era preciso continuar a sorrir, ouvir-se repetindo que era feliz, fingir sê-lo, deixá-lo acreditar!

Sentia, no entanto, desgosto por aquela hipocrisia. Era tomada de tentações de fugir com Léon para algum lugar, bem longe, para tentar um destino novo; mas, a seguir, abria-se em sua alma um abismo vago, cheio de obscuridade.

"Além de tudo, ele não me ama mais", pensava. "Que socorro posso esperar, que consolação, que alívio?"

Ela permanecia derrotada, ofegante, inerte, soluçando em voz baixa e com lágrimas correndo.

– Por que não contar ao patrão? – perguntava-lhe a criada, quando entrava durante aquelas crises.

– São os nervos – Emma respondia. – Não lhe diga nada, você o deixaria aflito.

– É isso mesmo! – respondia Félicité. – A senhora está exatamente como Guérine, a filha do velho Guérin, o pescador de Pollet, que conheci em Dieppe, antes de vir para a sua casa. Ela estava tão triste, tão triste que, estando de pé, na soleira da casa, ela parecia um lençol de enterro estendido diante da porta. Seu mal, ao que parece, era uma espécie de bruma que ela tinha na cabeça, e os médicos nada podiam fazer, nem o padre. Quando a coisa piorava, ela ia sozinha até a beira da praia, de modo que o tenente da alfândega, ao fazer sua ronda, frequentemente a encontrava estendida de bruços, chorando sobre os seixos. Mais tarde, depois de seu casamento, aquilo passou, dizem.

– Mas comigo – replicou Emma – aconteceu depois do casamento.

VI

Uma noite em que janela estava aberta e que, sentada à beirada, acabava de olhar Lestiboudois, o sacristão, que talhava um buxo, ela ouviu de repente soar o *Ângelus*.

Estavam no começo de abril, quando as primaveras desabrocham; um vento morno passava sobre os canteiros trabalhados, e os jardins, como mulheres, pareciam preparar-se para as festas de verão. Através dos barrotes do caramanchão e por toda volta, via-se o rio na pradaria, que desenhava na relva sinuosidades vagabundas. O vapor da noite passava por entre os álamos sem folhas, esbatendo seus contornos com uma tinta violeta, mais pálida e mais transparente do que uma gaze sutil pousada em seus galhos. Ao longe, o gado andava; não se ouvia nem seu passo nem seu mugido; e o sino, ainda tocando, continuava sua lamentação pacífica nos ares.

Àquele badalar repetido, o pensamento da moça perdia-se em suas velhas lembranças de juventude e de pensionato. Lembrava-se dos grandes candelabros que, no altar, ultrapassavam os vasos cheios de flores e o sacrário de colunetas. Teria gostado de estar, como outrora, perdida na longa linha de véus brancos, marcados aqui e ali de preto pelos capuzes rígidos das freiras inclinadas sobre o genuflexório; no domingo, na missa, quando levantava a cabeça, percebia o rosto dócil da Virgem entre os turbilhões azulados de incenso que subiam. Então um enternecimento tomou conta dela; sentiu-se mole e toda abandonada, como uma penugem de pássaro que rodopia na tempestade; e foi inconscientemente que ela se dirigiu à igreja, disposta a qualquer devoção, desde que pudesse mergulhar sua alma e que a existência inteira desaparecesse.

Na praça, encontrou Lestiboudois, que vinha da igreja; pois, para não prejudicar o trabalho do dia, preferia interromper sua tarefa e depois retomá-la, de modo que tocava o *Ângelus* como lhe ficasse mais cômodo. Aliás, o toque, feito mais cedo, advertia as crianças da hora da catequese.

Algumas que já haviam chegado jogavam bolinhas de gude sobre as lajes do cemitério. Outras, escarranchadas em cima do muro, agitavam suas pernas, cortando com seus tamancos as grandes urtigas crescidas entre a pequena cerca e os últimos túmulos. Era o único lugar verde; todo o resto não passava de pedras cobertas continuamente por um pó fino, apesar da vassoura da sacristia.

As crianças corriam ali de chinelos como se estivessem em casa, e ouvia-se a gritaria por trás do som do sino. Esse diminuía com as oscilações da grossa corda que, caindo das alturas do campanário, arrastava sua ponta pelo chão. As andorinhas passavam soltando gritinhos, cortavam o ar com seu voo veloz e voltavam rápido a seus ninhos amarelos, sob as telhas da cornija. No fundo da igreja, uma lâmpada ardia, ou seja, era um pavio de lamparina em um vidro suspenso. A luz, de longe, parecia uma mancha esbranquiçada tremendo sobre o óleo. Um longo raio de sol atravessava toda a nave e tornava ainda mais escuras as naves laterais e os cantos.

– Onde está o padre? – perguntou a sra. Bovary a um menino que se divertia sacudindo o torniquete em seu encaixe demasiado largo.

– Vai chegar – ele respondeu.

De fato, a porta do presbitério rangeu, o padre Bournisien apareceu e as crianças refugiaram-se desordenadamente na igreja.

– Esses travessos! – murmurou o eclesiástico. – São sempre os mesmos!

E juntou um livro de catecismo em pedaços que acabara de atingir seu pé:

– Não respeitam nada!

Mas assim que viu a sra. Bovary:

– Desculpe, não a reconheci.

Pôs o catecismo no bolso e parou, continuando a balançar a pesada chave da sacristia entre dois dedos.

A claridade do sol poente que lhe batia em cheio no rosto empalidecia a sarja de sua batina, reluzente nos cotovelos e esgarçada na barra. Manchas de gordura e de tabaco seguiam sobre seu peito largo a linha dos botõezinhos, tornando-se mais numerosas quando se afastavam da gola, onde repousavam as dobras abundantes de sua pele vermelha repleta de manchas amarelas que desapareciam nos pelos rudes de sua barba grisalha. Acabara de jantar e respirava ruidosamente.

– Como vai a senhora? – acrescentou.

– Mal – Emma respondeu. – Estou sofrendo.

– Pois bem, eu também – prosseguiu o eclesiástico. – Esses primeiros calores amolecem a gente de forma surpreendente, não é? Enfim, o que a senhora quer? Nascemos para sofrer, como diz São Paulo. Mas o sr. Bovary, o que acha disso?

– Ele? – perguntou ela com um gesto de desprezo.

– O quê? – replicou o velhote todo surpreso. – Ele não lhe receita medicamento algum?

– Ah! – exclamou Emma. – Não é dos remédios da terra que preciso.

Mas o padre, de tempos em tempos, olhava para a igreja, onde os garotos ajoelhados empurravam-se com os ombros e caíam como cartas de um baralho.

– Gostaria de saber... – ela prosseguiu.

– Espere, espere, Riboudet! – gritou o eclesiástico com uma voz de cólera. – Estou indo aí esquentar suas orelhas, seu moleque!

A seguir, voltando-se para Emma:

– É o filho de Boudet, o carpinteiro. Os pais dele estão bem de vida e deixam-no fazer o quer. Ele bem que poderia aprender rápido, se quisesse, pois é muito espirituoso. E eu, às vezes, de brincadeira, chamo-o de Riboudet (como a encosta que pegamos para ir a Maromme) e penso comigo: "*Mon* Riboudet. Ah! Ah! Mont-Riboudet!".[35] Outro dia, disse o trocadilho ao monsenhor, ele achou graça... Chegou a rir. E o sr. Bovary, como vai?

Pareceu não escutar. Continuou:

– Sempre bastante ocupado, sem dúvida! Somos certamente, ele e eu, as duas pessoas mais ocupadas da paróquia. Mas ele é médico dos corpos – acrescentou com uma gargalhada –, e eu, das almas!

Ela fixou no padre dois olhos suplicantes.

– Sim... – ela disse. – O senhor alivia todas as misérias.

– Ah! Nem me fale, sra. Bovary! Hoje mesmo, de manhã, foi preciso que eu fosse a Bas-Diauville por causa de uma vaca que estava com inchaço. Achavam que era um sortilégio. Todas aquelas vacas, não sei como... Mas, perdão! Longuermarre e Boudet! Puxa vida! Querem acabar com isso?

E, com um pulo, precipitou-se igreja adentro.

Os meninos estavam correndo em torno do púlpito, trepavam no banquinho do chantre, abriam o missal; e outros, na ponta dos pés, logo iriam aventurar-se no confessionário. Mas o padre, de repente, distribuiu sopapos a todos. Segurando-os pelo colarinho do casaco, erguia-os do chão e punha-os de joelhos sobre as lajes do coro, com força, como se quisesse plantá-los ali.

– Vamos – disse, ao voltar para perto de Emma, e, desdobrando seu longo lenço de chita, colocou uma das pontas dele entre os dentes –, os agricultores são dignos de pena!

– Há outros que também são – ela respondeu.

– Certamente! Os operários das cidades, por exemplo.

– Não são eles os...

---

35. Trocadilho com *Mon* (meu) Riboudet e Mont (monte) Riboudet que, em francês, pronunciam-se da mesma forma. (N.T.)

– Desculpe-me! Mas lá conheci pobres mães de família, mulheres virtuosas, asseguro-lhe, verdadeiras santas, que nem pão tinham.

– Mas e aquelas – prosseguiu Emma (e os cantos de sua boca torciam-se quando ela falava) –, aquelas, senhor padre, que têm pão, mas que não têm...

– Fogo no inverno? – perguntou o padre.

– E daí?

– Como assim, e daí? Parece-me que quando estamos bem aquecidos, bem alimentados... Pois, enfim...

– Meu Deus! Meu Deus! – suspirou ela.

– Está se sentindo mal? – perguntou ele, aproximando-se com um ar preocupado. – É a digestão, sem dúvida! É preciso que vá para casa, sra. Bovary, e beba um chá; isso deve fortificá-la, ou então um copo d'água fresca com açúcar.

– Por quê?

E ela parecia ter despertado de um sonho.

– É que a senhora estava passando a mão na testa. Achei que estava com tortura.

Depois, mudando de ideia:

– Mas a senhora estava me perguntando alguma coisa? O que era? Já não sei mais.

– Eu? Nada... Nada... – repetiu Emma.

E seu olhar, que errava em torno de si, abaixava-se lentamente em direção ao velho de batina. Contemplaram-se face a face, sem pronunciarem uma palavra.

– Então, sra. Bovary – disse ele enfim –, peço-lhe desculpas, mas, a senhora sabe: o dever em primeiro lugar. Preciso despachar meus moleques. Já está quase na hora das primeiras comunhões. Não quero que sejamos pegos de surpresa! Além disso, a partir da Ascensão, vou mantê-los em todas as quartas-feiras rigidamente uma hora a mais. Essas pobres crianças! Nunca é muito cedo para orientá-las no caminho do Senhor, como, aliás, Ele próprio nos recomendou pela boca de seu Filho divino... Boa saúde, senhora. Meus respeitos ao senhor seu marido!

E ele entrou na igreja, fazendo, já à porta, uma genuflexão.

Emma o viu desaparecer entre a fila dupla de bancos, caminhando a passos pesados, a cabeça um pouco inclinada sobre o ombro e com as duas mãos entreabertas, fora dos bolsos.

Depois ela virou-se de uma vez só, como uma estátua sobre um pivô, e tomou o caminho de casa. Mas a voz grossa do padre, a voz clara das crianças ainda chegavam-lhe aos ouvidos e continuavam atrás dela:

– Vocês são cristãos?

– Sim, somos cristãos.

– O que é um cristão?

– É aquele que, sendo batizado... batizado... batizado.

Ela subiu os degraus da escada segurando-se no corrimão e, assim que entrou no quarto, deixou-se cair sobre a poltrona.

A claridade esbranquiçada das vidraças diminuía suavemente em ondulações. Parecia que os móveis em seus lugares haviam se tornado mais imóveis e que se perdiam na sombra como em um oceano tenebroso. A lareira estava apagada, o pêndulo ainda batia, e Emma se surpreendia vagamente com aquela calma das coisas, ao passo que dentro dela havia tantas perturbações. Mas a pequena Berthe estava ali, entre a janela e a mesa de costura, cambaleando com seus sapatinhos de tricô e tentando aproximar-se de sua mãe para pegar as pontas das fitas de seu avental.

– Deixe-me! – exclamou, afastando-a com mão.

A menininha logo voltou, aproximando-se ainda mais de seu colo e, apoiando-se com os braços, levantava em sua direção seus grandes olhos azuis, enquanto que um fio de saliva pura escorria de sua boca até a seda do avental.

– Deixe-me! – repetiu a mãe bastante irritada.

Sua expressão assustou a criança, que se pôs a gritar.

– Ei! Deixe-me em paz! – disse ela, empurrando-a com o cotovelo.

Berthe caiu ao pé da cômoda, contra a patera de cobre; ela cortou a face, saiu sangue. A sra. Bovary precipitou-se para levantá-la, rebentou o cordão da campainha, chamou a criada com todas as suas forças, e ia começar a maldizer-se, quando Charles apareceu. Era hora do jantar, ele estava chegando em casa.

– Veja só, meu caro – disse-lhe Emma com uma voz tranquila. – Brincando, a pequena acaba de cair no chão e machucar-se.

Charles tranquilizou-a, o caso não era grave e ele foi buscar um emplastro.

A sra. Bovary não desceu à sala; quis ficar cuidando de sua filha. Então, contemplando-a em seu sono, a inquietação que ainda conservava dissipou-se aos poucos e ela sentiu-se muito tola e muito boa por ter se perturbado por tão pouco. Berthe, de fato, não soluçava mais. Sua respiração, agora, levantava quase imperceptivelmente a cobertura de algodão. Grossas lágrimas haviam parado no canto de suas pálpebras semicerradas, deixando ver entre os cílios duas pupilas pálidas, cavadas; o esparadrapo, colado à sua face, puxava obliquamente a pele esticada.

"É estranho", pensava Emma. "Como essa criança é feia!"

Quando Charles, às onze horas da noite, voltou da farmácia (havia ido devolver depois do jantar o que sobrara do emplastro), encontrou sua mulher em pé, ao lado do berço.

– Asseguro que não há de ser nada – disse, beijando-a na testa. – Não vá se atormentar, minha pobre querida, você vai acabar ficando doente!

Ficara muito tempo na casa do farmacêutico. Embora não tivesse se mostrado muito emocionado, o sr. Homais mesmo assim esforçou-se para tranquilizá-lo e *levantar-lhe o moral*. Então falaram das diversas causas que ameaçavam a infância e da leviandade dos empregados domésticos. A sra. Homais sabia muito bem o que era aquilo, tendo ainda no peito as marcas de uma tigelada em brasa que uma cozinheira, outrora, deixara cair sobre seu babadouro. Assim, aqueles bons pais tomavam inúmeras precauções. As facas jamais eram afiadas, nem os aposentos encerados. Havia nas janelas grades de ferro, e nos batentes das portas, barras fortes. Os pequenos Homais, apesar de sua independência, não podiam se mexer sem um vigia atrás deles; ao menor resfriado, o pai enchia-os de expectorantes e até mais de quatro anos todos usavam, impiedosamente, barretes acolchoados. Era, é verdade, uma mania da sra. Homais; seu esposo, interiormente, ficava aflito, temendo danificar os órgãos intelectuais com tal compressão, e escapava-lhe:

– Então você quer fazer deles caraíbas ou botocudos?

Charles, nesse meio tempo, tentara diversas vezes interromper a conversa.

– Gostaria de conversar com o senhor – soprara no ouvido do escrevente, que se pôs a caminhar diante dele na escada.

“Será que desconfia de alguma coisa?”, perguntava-se Léon. Seu coração acelerava e ele se perdia em conjunturas.

Enfim, Charles, tendo fechado a porta, pediu-lhe que fosse ver pessoalmente em Rouen quais poderiam ser os preços de um belo daguerreótipo; era uma surpresa sentimental que estava reservando à mulher, uma atenção fina, seu retrato de casaca. Mas queria antes *ter uma ideia de preço*; essas tarefas não deveriam incomodar o sr. Léon, já que ele ia à cidade mais ou menos todas as semanas.

Com que objetivo? Homais desconfiou que houvesse ali alguma história de rapaz, uma intriga. Mas ele se enganava; Léon não estava atrás de nenhuma aventura. Mais do que nunca estava triste, e a sra. Lefrançois percebia-o bem pela quantidade de comida que ele agora deixava em seu prato. Para saber mais, ela interrogava o preceptor; Binet respondeu, com um tom arrogante, que *não era pago pela polícia*.

Seu camarada, no entanto, pareceu-lhe bastante singular, pois frequentemente Léon reclinava-se na cadeira afastando os braços e reclamando vagamente da existência.

– É que o senhor nunca se diverte o suficiente – dizia o preceptor.

– Com o quê?

– Eu, em seu lugar, teria um torno!

– Mas não sei tornear – respondia o escrevente.

– Oh! É verdade! – dizia o outro, acariciando o queixo, com um ar de desprezo misturado a satisfação.

Léon estava cansado de amar sem retorno; depois, começou a sentir aquela opressão causada pela repetição da mesma vida, quando nenhum interesse a dirige e nenhuma esperança a sustenta. Estava tão aborrecido com Yonville e com os yonvilenses que o simples fato de ver certas pessoas, certas casas, irritava-o até não poder mais; e o farmacêutico, por mais bondoso que fosse, tornava-se completamente insuportável para ele. No entanto, a perspectiva de uma situação nova assustava-o tanto quanto o seduzia.

Aquela apreensão transformou-se rapidamente em impaciência, e, então, Paris acenou-lhe, de longe, a fanfarra dos seus bailes mascarados com o riso das costureirinhas. Já que ele deveria terminar lá seu curso de direito, por que não partia? O que o impedia? E se pôs a fazer preparativos internos: acertou antecipadamente suas ocupações. Mobiliou em sua cabeça um apartamento. Levaria uma vida de artista! Faria aulas de violão! Teria um roupão, uma boina, pantufas de veludo azul! E até já admirava sobre sua lareira dois floretes cruzados, com um crânio e o violão por cima.

O problema era o consentimento de sua mãe; nada, no entanto, parecia-lhe mais sensato. Seu próprio patrão o encorajou a visitar outro cartório, onde pudesse aprender mais coisas. Escolhendo então uma situação intermediária, Léon buscou algum posto de segundo escrevente em Rouen; não encontrou, e escreveu enfim à sua mãe uma longa carta detalhada, em que expunha suas razões para ir morar em Paris imediatamente. Ela consentiu.

Ele não se apressou. A cada dia, durante um mês inteiro, Hivert transportou para ele de Yonville a Rouen, de Rouen a Yonville arcas, malas, pacotes; e quando Léon havia enviado todo seu guarda-roupa, mandado estofar suas três poltronas, comprado uma provisão de lenços, tomado mais disposições do que as necessárias para uma viagem de volta ao mundo, adiou a cada semana, até que recebeu uma segunda carta da mãe em que ela o apressava a partir para prestar o exame, já que assim o desejava, antes das férias.

Quando chegou o momento das despedidas, a sra. Homais chorou; Justin soluçava; Homais, posando de homem forte, dissimulou sua emoção; quis levar pessoalmente o paletó de seu amigo até a porta do notário, que levava Léon a Rouen em sua carruagem. Este último tinha o tempo contado para despedir-se do sr. Bovary.

Quando chegou ao alto da escada, parou, de tão sem fôlego que estava. Quando entrou, a sra. Bovary levantou-se com vivacidade.

– Sou eu de novo! – disse Léon.

– Tinha certeza!

Ela mordeu os lábios e um fluxo de sangue correu-lhe sob a pele, que se coloriu de rosa, desde a raiz dos cabelos até a borda da gola. Permaneceu de pé, apoiando-se com o ombro no lambri.

– Ele não está em casa? – perguntou.

– Está ausente.

Ela repetiu:

– Está ausente.

Então houve um silêncio. Olharam-se; e seus pensamentos, confundidos na mesma angústia, abraçaram-se com força, como dois peitos palpitantes.

– Gostaria muito de beijar Berthe – disse Léon.

Emma desceu alguns degraus e chamou Félicité.

Lançou rapidamente um grande olhar em torno de si que se espalhou pelas paredes, pelas prateleiras, pela lareira, como que para penetrar em tudo, levar tudo.

Mas Emma voltou, e a criada trouxe Berthe, que sacudia na extremidade de uma fita um cata-vento de cabeça para baixo.

Léon beijou-a no pescoço diversas vezes.

– Adeus, pobre criança! Adeus, querida, adeus! – e colocou-a de volta no colo de sua mãe.

– Leve-a – disse ela.

Ficaram a sós.

A sra. Bovary, de costas, estava com o rosto encostado contra a vidraça; Léon segurava seu chapéu na mão e batia suavemente ao longo de sua coxa.

– Vai chover – disse Emma.

– Tenho um casaco – respondeu.

– Ah!

Ela virou-se, o queixo baixo e a testa inclinada para frente. A luz deslizava nela como sobre o mármore até a curva das sobrancelhas, sem que se pudesse saber o que Emma olhava no horizonte nem o que ela pensava no fundo de si mesma.

– Vamos, adeus! – suspirou.

Ela levantou a cabeça com um movimento brusco:

– Sim, adeus... Vá embora!

Avançaram-se um em direção ao outro; ele estendeu a mão, ela hesitou.

– À inglesa, então – ela disse, abandonando a sua mão, esforçando-se para rir.

Léon a sentia entre seus dedos, e a própria substância de todo seu ser parecia descer àquela palma úmida.

Depois ele abriu a mão; seus olhos se reencontraram, e ele desapareceu.

Quando chegou ao mercado, parou, e se escondeu atrás de um pilar, a fim de contemplar pela última vez aquela casa branca com suas quatro gelosias verdes. Acreditou ver uma sombra atrás da janela, no quarto, mas a cortina, desenganchando-se da patera sem que ninguém parecesse tocá-la, mexeu lentamente suas longas dobras oblíquas, que de uma só vez desdobraram-se, e ficou reta, mais imóvel do que uma parede de gesso. Léon pôs-se a correr.

Viu de longe, na estrada, o cabriolé de seu patrão e, ao lado, um homem de avental que segurava o cavalo. Homais e o sr. Guillaumin conversavam enquanto o esperavam.

– Dê-me um abraço – disse o farmacêutico com lágrimas nos olhos. – Aqui está seu paletó, meu bom amigo; tome cuidado com o frio! Cuide-se! Preste atenção!

– Vamos, Léon, na carruagem! – disse o notário.

Homais inclinou-se sobre o para-lama e, com uma voz entrecortada por soluços, deixou cair estas duas palavras tristes:

– Boa viagem!

– Boa noite – respondeu o sr. Guillaumin. – Solte as rédeas! – Foram-se embora, e Homais voltou.

A sra. Bovary abrira sua janela sobre o jardim e contemplava as nuvens.

Elas se amontoavam no poente, pelos lados de Rouen, e suas volutas negras moviam-se rapidamente, trespassadas por grandes linhas do sol, como flechas de ouro de um troféu suspenso, ao passo que o resto do céu vazio tinha uma brancura de porcelana. Mas uma rajada de vento fez com que os álamos se curvassem e, de repente, a chuva caiu, crepitando sobre as folhas verdes. Depois, o sol reapareceu, as galinhas cantaram, os pardais bateram as asas nas moitas úmidas, e poças d'água na areia arrastaram consigo, ao escoarem, as flores rosa de uma acácia.

"Ah, como ele já deve estar longe!", pensava ela.

O sr. Homais, como de costume, veio às seis e meia, durante o jantar.

– Pois bem – disse sentando-se –, então despachamos nosso rapaz?

– Parece que sim! – respondeu o médico.

E depois, virando-se em sua cadeira:

– E o que há de novo em sua casa?

– Nada demais. Apenas minha mulher que se emocionou um pouco hoje à tarde. O senhor sabe como as mulheres são, um nada as perturba! A minha, sobretudo! E não podemos nos revoltar contra isso, pois a organização nervosa delas é muito mais maleável do que a nossa.

– O pobre Léon! – exclamava Charles. – Como ele vai viver em Paris?... Será que vai conseguir se acostumar?

A sra. Bovary suspirou.

– Ora, vamos! – disse o farmacêutico, estalando a língua. – As refeições finas, os bailes de máscaras, o champanhe! Tudo isso vai rolar, asseguro-lhe.

– Não creio que ele vá se perverter – objetou Bovary.

– Nem eu! – respondeu vivamente o sr. Homais. – Mas será preciso que siga um pouco os outros, senão passará por um jesuíta. E o senhor não sabe a vida que levam esses farsantes aí, no Quartier Latin, com as atrizes! De resto, os estudantes são bastante bem vistos em Paris. Basta que tenham certo charme e são recebidos nas melhores sociedades; há inclusive damas do Faubourg Saint-Germain que se apaixonam por eles, o que lhes garante, a seguir, a ocasião de fazer excelentes casamentos.

– Mas – disse o médico – tenho medo que... lá...

– Tem razão – interrompeu o farmacêutico –, há o reverso da medalha! Em Paris, somos sempre obrigados a ficar com um pé atrás. Desse modo, suponhamos: o senhor está em um jardim público; um sujeito apresenta-se, bem vestido, condecorado até, poderia ser tomado por um diplomata. Ele aborda-o, os senhores conversam; ele se insinua, oferece-lhe uma pitada ou junta seu chapéu. Vocês se aproximam cada vez mais. Ele o leva a um café, convida-o para vir à sua casa de campo, apresenta-lhe, entre dois vinhos, todo tipo de gente, e, na maior parte do tempo, tudo o que ele quer é apenas arrancar dinheiro de sua carteira ou arrastá-lo para atitudes perniciosas.

– É verdade – respondeu Charles. – Mas eu estava pensando principalmente em doenças, na febre tifoide, por exemplo, que ataca os estudantes do interior.

Emma estremeceu.

– Por causa da mudança de regime alimentar – continuou o farmacêutico – e da perturbação que isso provoca no equilíbrio geral. E, além disso, o senhor sabe, tem a água de Paris! As comidas de restaurantes, todos aqueles alimentos condimentados acabam por esquentar o sangue e não valem, digam o que disserem, um bom cozido. Quanto a mim, sempre preferi a cozinha caseira: é mais saudável! A tal ponto que, quando eu estudava farmácia em Rouen, inscrevi-me para comer em uma pensão com os professores.

E continuou a expor suas opiniões gerais e suas simpatias pessoais, até o momento em que Justin veio buscá-lo para que fizesse uma gemada.

– Nem um instante de pausa! – exclamou. – Vivo acorrentado! Não posso sair nem um minuto! É preciso, como um burro de carga, suar sangue e água! Que vida miserável!

Depois, quando já estava à porta:

– Aliás – disse –, estão sabendo da novidade?

– Qual?

– E bem provável – continuou Homais, erguendo as sobrancelhas e fazendo uma cara das mais sérias – que os comícios agrícolas da Seine-Inférieure ocorram em Yonville-l'Abbaye este ano. Ao menos são os rumores que circulam. Hoje de manhã, o jornal evocava a questão. Para nosso distrito, seria da maior importância! Mas discutiremos isso em outro momento. Estou enxergando, obrigado; Justin trouxe a lanterna.

VII

O dia seguinte foi fúnebre para Emma. Tudo lhe pareceu envolvido em uma atmosfera negra que flutuava confusamente sobre o exterior das coisas, e o desgosto engolfava-se em sua alma com doces urros, como o vento de inverno faz nos castelos abandonados. Era como aqueles devaneios que temos em relação às coisas que não voltarão mais, a lassidão que toma conta de nós depois de cada fato realizado, aquela dor, enfim, que provoca a interrupção de qualquer movimento habitual, o cessar brusco de uma vibração prolongada.

Como na volta de Vaubyessard, quando as quadrilhas giravam em sua cabeça, ela sentia uma melancolia sombria, um desespero entorpecido. Léon reaparecia maior, mais belo, mais suave, mais vago; embora estivesse distante dela, não a abandonara, estava ali, e as paredes da casa pareciam guardar a sombra dele. Ela não podia tirar os olhos daquele tapete sobre o qual ele caminhara, dos móveis vazios em que se sentara. O riacho ainda corria, empurrando lentamente suas pequenas torrentes ao longo da margem escorregadia. Haviam passeado ali muitas vezes ao som do mesmo murmúrio das ondas, sobre as pedras cobertas de musgo. Que belos dias haviam tido! Que belas tardes, a sós, à sombra, no fundo do jardim! Ele lia em voz alta, cabeça descoberta, pousado sobre um banco de varas secas... Ah! O único charme de sua vida, a única esperança possível de felicidade havia partido! Como é que ela não agarrara aquela alegria quando ela se apresentara! Por que não a reter com as duas mãos, os dois joelhos, quando quis fugir-lhe? Amaldiçoou-se por não ter amado Léon; teve sede de seus lábios. Foi tomada pela vontade de ir encontrar-se com ele, jogar-se nos seus braços, dizer-lhe:

– Sou eu, sou sua!

Mas Emma enfrentava por antecipação as dificuldades de tal empresa, e seus desejos, aumentando com o pesar, tornavam-se cada vez mais ativos.

A partir de então, a lembrança de Léon foi como o centro de seu aborrecimento; ele crepitava mais forte do que um fogo abandonado por viajantes sobre a neve de uma estepe russa. Precipitava-se para ele, aconchegava-se contra ele, revolvia aquela fogueira que estava quase se apagando, buscava em torno de si o que poderia avivá-la mais; juntava tanto suas reminiscências mais distantes como as ocasiões mais imediatas, o que sentia com o que imaginava, seus desejos de volúpia que se dispersavam, seus projetos de alegria que rebentavam ao vento como ramagens mortas, sua virtude estéril, suas esperanças decaídas, a negligência doméstica, ela recolhia tudo, pegava tudo e usava tudo para aquecer sua tristeza.

Entretanto, as chamas acalmaram-se, seja porque a própria provisão tivesse chegado ao fim, seja porque a acumulação fosse considerável. O amor, pouco a pouco, apagou-se com a ausência, o arrependimento sufocou-se sob o hábito; aquele clarão de incêndio que purpureava seu céu pálido cobriu-se de mais sombra e apagou-se gradualmente. Na letargia de sua consciência, chegou a tomar a repugnância que sentia pelo marido por aspirações pelo amante; tomou as queimaduras do ódio por eflúvios de ternura; mas, como o furacão continuava a soprar e como a paixão consumava-se até as cinzas sem que nenhum socorro chegasse, sem que nenhum sol aparecesse, fez-se alta noite por todos os lados, e ela permanecia perdida em um frio terrível que a atravessava.

Então os maus dias de Tostes recomeçaram. Ela, agora, considerava-se muito mais infeliz, pois tinha a experiência da dor com a certeza de que não acabaria.

Uma mulher que se impusera tamanhos sacrifícios podia muito bem ter suas fantasias. Ela comprou um genuflexório gótico, gastou em um mês catorze francos em limões para limpar suas unhas; escreveu a Rouen para comprar um vestido de casimira azul; escolheu na butique de Lheureux a mais bela estola, a qual amarrava na cintura por cima de seu roupão e, com as venezianas fechadas, um livro à mão, ficava estendida no sofá com esses trajes.

Frequentemente, ela variava seu penteado: penteava-se à chinesa, fazia cachos moles, tranças; fez uma risca no lado da cabeça e enrolou seus cabelos por baixo, como um homem.

Quis aprender italiano: comprou dicionários, uma gramática, uma provisão de papel branco. Tentou leituras sérias, história e filosofia. À noite, por vezes, Charles acordava-se sobressaltado, pensando que vinham buscá-lo para ir ver um paciente:

– Estou indo – balbuciava.

Era o barulho de um fósforo que Emma riscava para acender uma lâmpada. Mas fazia com as leituras o mesmo que fazia com as tapeçarias: mal começadas, iam atulhar-se em seu armário; pegava-as, largava-as, passava para outras.

Tinha acessos que poderiam levá-la facilmente a extravagâncias. Garantiu um dia ao marido que seria bem capaz de beber um meio copo de aguardente e, como Charles fez a bobagem de desafiá-la, ela bebeu a aguardente até o fim.

Apesar de seus ares levianos (eram as palavras das burguesas de Yonville), Emma, no entanto, não parecia alegre e, de hábito, mantinha nos cantos da boca aquela contração imóvel que franze os rostos das solteironas e o dos ambiciosos fracassados. Estava pálida, branca como a cal; a pele do nariz tornou-se repuxada em direção às narinas, seus olhos encaravam as pessoas de maneira vaga. Depois de ter descoberto três cabelos brancos nas têmporas, falou muito de sua velhice.

Desmaiava com frequência. Um dia, chegou a cuspir sangue, e, como Charles desdobrou-se em atenções, ela mostrou sua inquietação:

– Ora, que importância isso tem? – respondeu ela.

Charles refugiou-se em seu gabinete e chorou, com os dois cotovelos apoiados na mesa, sentado em sua cadeira de escritório, sob a cabeça frenológica.

Então escreveu à sua mãe pedindo que viesse e, juntos, tiveram longas conversas a respeito de Emma.

O que resolver? O que fazer, já que ela recusava qualquer tratamento?

– Sabe do que sua mulher está precisando? – perguntou a sra. Bovary. – De ocupações forçadas, trabalhos manuais. Se ela fosse como tantas outras, obrigada a ganhar seu pão, não teria esses vapores aí, que lhe vêm de um monte de ideias que ela coloca em sua cabeça e da ociosidade em que vive.

– Mas ela se ocupa.

– Ah, é? Ela se ocupa? Com o quê? Lendo romances, maus livros, obras que são contra a religião e que zombam dos padres através de discursos tirados de Voltaire. Mas tudo isso foi muito longe, meu pobre menino, e alguém que não tem religião sempre acaba mal.

Então, ficou resolvido que impediriam Emma de ler romances. A empresa não parecia nada fácil. A empregada encarregou-se: devia, quando passasse por Rouen, ir pessoalmente ver o senhor que alugava livros e comunicar-lhe que Emma cessaria suas assinaturas. Não teriam o direito de advertir a polícia, caso o livreiro ainda persistisse com seu ofício de envenenador?

As despedidas da sogra e da nora foram secas. Durante as três semanas que ficaram juntas, elas não trocaram quatro palavras, além de informações e cumprimentos quando se encontravam à mesa e à noite, antes de irem para cama.

A sra. Bovary mãe foi embora em uma quarta-feira, dia de mercado em Yonville.

A praça, desde a manhã, ficava obstruída por uma fila de carroças, todas elas colocadas de costas e com os varais no ar, estendendo-se ao longo das casas desde a igreja até o albergue. Do outro lado, havia barracas de pano que vendiam tecidos de algodão, cobertas e meias de lã, além de cabrestos para cavalos e pacotes de fitas azuis, cujas pontas esvoaçavam ao vento. Artigos de ferragem espalhavam-se pelo chão, entre as pirâmides de ovos e os cestinhos de queijo, de onde saíam palhas grudentas; perto das máquinas de moer trigo, galinhas cacarejando em suas gaiolas achatadas passavam os pescoços por entre as grades. A multidão, atravancando-se no mesmo lugar sem querer se mexer, ameaçava às vezes romper a vitrina da farmácia. Às quartas-feiras, ela nunca ficava vazia e as pessoas empurravam-se, menos para comprar medicamentos do que para fazer consultas, tão famosa era a reputação do sr. Homais nas cidades das redondezas. Seu aprumo robusto fascinara os camponeses. Eles o olhavam como o maior médico de todos os médicos.

Emma estava com os cotovelos apoiados na janela (ela fazia isso com frequência: a janela, na província, substitui os teatros e o passeio), e se divertia contemplando a multidão de toscos quando notou um senhor usando uma sobrecasaca de veludo verde. Vestia luvas amarelas, embora usasse polainas grosseiras; dirigia-se à casa do médico, seguido por um camponês caminhando de cabeça baixa, com um ar bastante pensativo.

– Posso ver o doutor? – perguntou a Justin, que conversava na porta com Félicité.

E, tomando-o pelo criado da casa:

– Diga-lhe que o sr. Rodolphe Boulanger de la Huchette está aqui.

Não foi por vaidade territorial que o recém-chegado acrescentou a seu nome a partícula *de*, mas para melhor ser reconhecido. La Huchette, de fato, era um domínio perto de Yonville, cujo castelo acabara de comprar, com duas fazendas cultivadas por ele próprio, sem, no entanto, desgastar-se demais. Vivia sozinho e diziam que tinha *pelo menos quinze mil libras de renda*!

Charles entrou na sala. O sr. Boulanger apresentou-lhe seu homem, que desejava ser sangrado porque sentia *formigas por todo corpo*.

– Isso vai me purgar – objetava diante de todos os argumentos.

Bovary pediu então que trouxessem uma faixa e uma bacia, e pediu a Justin que a segurasse. Depois, dirigindo-se ao aldeão, já pálido:

– Não tenha medo, meu bravo.

– Não, não – respondeu o outro –, continue!

E, com um ar fanfarrão, estendeu seu braço grosso. Com a picada da lanceta, o sangue jorrou e foi respingar no espelho.

– Traga a bacia mais perto! – exclamou Charles.

– Espie! – dizia o camponês. – Parece uma fonte jorrando! Como meu sangue é vermelho! Deve ser bom sinal, não é?

– Por vezes – explicou o oficial de saúde –, de início não se sente nada, depois a síncope declara-se, principalmente nas pessoas bem constituídas, como é o caso aqui.

O camponês, a essas palavras, largou o estojo que segurava em seus dedos. Com um safanão de seus ombros fez com que o encosto da cadeira rebentasse. Seu chapéu caiu.

– Eu desconfiava – disse Bovary, colocando seu dedo na veia.

A bacia começou a tremer nas mãos de Justin; seus joelhos vacilaram, tornou-se pálido.

– Mulher! Mulher! – chamou Charles.

De um salto, Emma desceu as escadas.

– Vinagre! – gritou. – Ah, meu Deus, dois ao mesmo tempo!

E, em meio à emoção, teve dificuldade em pôr a compressa.

– Não é nada – dizia muito tranquilamente o sr. Boulanger, enquanto segurava Justin.

E sentou-o à mesa, apoiando-o contra a parede.

A sra. Bovary pôs-se a retirar a gravata dele. Havia um nó nos cordões da camisa; ela permaneceu alguns minutos mexendo seus dedos leves no pescoço do rapaz; a seguir, derramou vinagre sobre o lenço de cambraia; molhava-lhe as têmporas com toques suaves e assoprava delicadamente.

O carreteiro voltou a si, mas a síncope de Justin durou mais um pouco, e suas pupilas desapareciam em sua esclera pálida, como flores azuis no leite.

– É melhor – disse Charles – esconder isso.

A sra. Bovary pegou a bacia. Para colocá-la sob a mesa, no movimento que fez ao se inclinar, seu vestido (era um vestido de verão com quatro babados amarelos, de cintura longa e saia rodada) espalhou-se em torno dela sobre as lajes da sala; e, como Emma, abaixada, cambaleasse um pouco, afastando os braços, o tecido inflado enrugava-se em certos lugares, de acordo com as inflexões de seu corpete. Depois, foi buscar uma garrafa d'água e estava derretendo pedaços de açúcar quando o farmacêutico chegou. A criada fora buscá-lo em meio à algazarra; vendo seu aluno de olhos abertos, retomou o fôlego. Depois, girando em torno dele, olhava-o de alto a baixo.

– Estúpido! – gritava. – Seu estúpido, francamente! Estúpido com todas as letras! Grande coisa, afinal de contas, uma flebotomia! E um valentão que não tem medo de nada! Um esquilo desses que sobe para buscar nozes de alturas vertiginosas! Ah, sim, fale, vanglorie-se! Eis as belas aptidões a serem exercidas mais tarde enquanto farmacêutico; pois você pode ser chamado diante dos tribunais em circunstâncias graves, com o objetivo de esclarecer a consciência dos magistrados; e, em uma ocasião dessas, seria preciso manter o sangue-frio, refletir, mostrar-se homem, ou então passaria por um imbecil!

Justin não respondeu mais. O farmacêutico continuou:

– Quem lhe pediu que viesse? Você continua importunando o senhor e a senhora! Nas quartas-feiras, aliás, sua presença na farmácia é indispensável. Agora mesmo há vinte pessoas na loja. Deixei todo mundo lá, pois me preocupo com você. Vamos, vá embora! Corra! Espere lá por mim! E vigie bem os frascos!

Quando Justin, que estava se vestindo, foi embora, discutiram um pouco sobre desmaios. A sra. Bovary nunca tinha tido.

– É extraordinário para uma dama! – disse o sr. Boulanger. – De resto, há pessoas bem delicadas. Já vi, num duelo, uma testemunha perder os conhecimentos apenas com o barulho das pistolas sendo carregadas.

– Quanto a mim – disse o farmacêutico –, a vista do sangue dos outros não me causa efeito algum, mas a simples ideia de meu sangue escorrendo bastaria para causar-me desfalecimentos, se pensasse demais na questão.

Nesse meio tempo, o sr. Boulanger dispensou seu criado, exortando-o a tranquilizar-se, já que seu capricho passara.

– O que me proporcionou a oportunidade de conhecê-lo – acrescentou.

E olhou para Emma durante essa frase.

Depois, depositou três francos sobre o canto da mesa, fez uma saudação negligente e foi embora.

Logo chegou do outro lado do riacho (era seu caminho para voltar a Huchette); Emma viu-o na pradaria, caminhando sob os álamos, diminuindo a velocidade de tempos em tempos, como se estivesse pensando.

– Ela é muito interessante! – dizia consigo mesmo. – Muito interessante, essa mulher do médico! Belos dentes, olhos negros, pés elegantes, e os modos de uma parisiense. De onde ela saiu, diabos? Onde esse camponês foi encontrá-la?

O sr. Rodolphe Boulanger tinha 34 anos; era de temperamento brutal e inteligência perspicaz, tendo convivido com muitas mulheres, assunto do qual, aliás, era um grande entendedor. Aquela ali lhe parecera bela; pensava nela e em seu marido.

– Acho que é muito tolo. Está sem dúvida cansada. As unhas dele são sujas, a barba é de três dias. Enquanto ele trota para visitar seus doentes, ela fica remendando suas meias. E queria tanto morar na cidade, dançar a polca todas as noites! Pobre mulherzinha! Deve ansiar pelo amor como uma carpa na mesa da cozinha pela água. Com três galanteios, essa aí me adoraria; tenho certeza disso! Seria afetuoso! Adorável... Sim, mas como livrar-me dela depois?

Assim, os obstáculos ao prazer, entrevistos em perspectiva, acabaram fazendo com que pensasse em sua amante. Era uma atriz de Rouen que ele sustentava; e, quando se deteve naquela imagem, a simples lembrança dela deixou-o farto:

"Ah, a sra. Bovary!", pensou. "É muito mais bela do que ela, mais fresca, sobretudo. Virginie, definitivamente, está começando a ficar gorda demais. E é tão enfadonha com suas alegrias. E, aliás, que mania de camarões!"

O campo estava deserto, e Rodolphe não ouvia nada ao redor de si além do batimento regular da relva que chicoteava seu sapato e o grito dos grilos escondidos ao longe sob os campos de aveia; revia a sra. Bovary em sua sala, vestida como acabara de vê-la, e a despia.

– Oh, eu a terei! – exclamou, esmagando, com uma vara, um pedaço de terra.

E logo passou a examinar a parte política da empresa. Perguntou-se:

– Onde encontrá-la? Com que meios? Teremos sempre a criança nas costas, e a criada, e os vizinhos, o marido, todo tipo de aborrecimentos consideráveis. Ah! Perde-se muito tempo com isso!

Depois recomeçou:

– É que ela tem olhos penetrantes que atravessam o coração como uma flecha. E aquela tez pálida!...

No alto da encosta de Argueil, havia tomado uma resolução.

– Basta buscar as ocasiões. Pois bem, passarei algumas vezes, vou enviar-lhes carne de caça, aves; irei fazer uma sangria, se preciso for; vamos tornar-nos amigos, vou convidá-los para virem à minha casa... Ah! Puxa vida! – acrescentou. – Em breve haverá os comícios; ela estará presente, eu a verei. Começaremos, e audaciosamente, pois é a maneira mais garantida.

VIII

Chegaram, de fato, os famosos comícios! Desde a manhã da solenidade, todos os habitantes, a postos em suas portas, ocupavam-se com os preparativos. O frontão da prefeitura estava enfeitado com heras; uma barraca fora instalada na pradaria para o festim, e, no meio da praça, diante da igreja, uma espécie de bombarda devia assinalar a chegada do sr. governador e o nome dos cultivadores laureados. A guarda nacional de Buchy (não havia guarda nacional em Yonville) viera juntar-se ao corpo de bombeiros, cujo capitão era o sr. Binet. Este usava naquele dia um colarinho ainda mais alto do que de costume; e, apertado em sua túnica, tinha o busto tão rígido e imóvel que toda a parte vital de sua pessoa parecia ter descido a suas pernas, que levantavam cadenciadamente, com passos marcados, em um só movimento. Como subsistia uma rivalidade entre o preceptor e o coronel, um e outro, para mostrar seus talentos, faziam com que seus homens manobrassem em separado. Viam-se alternativamente passar e repassar as dragonas vermelhas e os plastrões pretos. Aquilo nunca terminava, e recomeçava sem parar! Jamais houvera uma demonstração de pompas como aquela! Diversos burgueses, desde a véspera, haviam limpado suas casas; bandeiras tricolores pendiam das janelas entreabertas; todas as tabernas estavam lotadas e, devido ao bom tempo, os gorros engomados, as cruzes de ouro e os lenços coloridos pareciam mais brancos do que a neve, cintilando no sol claro e salientando com sua miscelânea de cores disseminadas a monotonia escura das sobrecasacas e das camisas de trabalho azuis. As caipiras das redondezas retiravam, ao descerem do cavalo, os grandes alfinetes que usavam para segurar o vestido que haviam arregaçado com medo de manchá-lo; e os maridos, ao contrário, a fim de preservarem os chapéus, colocavam por cima deles lenços de bolso, mantendo-os presos segurando uma ponta entre os dentes.

A multidão chegava à grande rua pelas duas extremidades do vilarejo. Transbordava das ruelas, das aleias, das casas; ouvia-se, de tempos em tempos, caírem as aldravas das portas, por detrás das mulheres com luvas de linha, que saíam para assistir à festa. O que se admirava, sobretudo, eram dois teixos compridos, cobertos de lampiões, que ladeavam o palanque destinado às autoridades; e havia ainda, contra as quatro colunas da prefeitura, quatro tipos de varas, comportando, cada uma delas, um pequeno estandarte de tela esverdeada, enriquecido de inscrições em letras douradas. Lia-se em uma delas: "Ao comércio"; na outra: "À agricultura"; na terceira: "À indústria"; e na quarta: "Às belas artes".

Mas o júbilo que alegrava todos os rostos parecia tornar sombria a sra. Lefrançois, a dona da estalagem. De pé sobre os degraus de sua cozinha, murmurava consigo mesma:

– Que bobagem! Que bobagem com sua barraca de tecido! Será que eles acham que o governador ficará bem instalado para jantar ali, debaixo de uma barraca, como um saltimbanco? Chamam esses estorvos de fazer o bem da região! Se é assim, não vale a pena ir buscar um taberneiro em Neufchâtel? E para quem? Para os vaqueiros? Maltrapilhos!...

O boticário passou. Usava uma casaca, um calça de nanquim, sapatos de castor e, coisa extraordinária, um chapéu – um chapéu baixo.

– Criado! – exclamou. – Desculpe-me, estou apressado.

E, como a gorda viúva perguntou-lhe aonde ia, respondeu-lhe:

– Isso lhe parece estranho, não é? Logo eu, que permaneço mais confinado em meu laboratório do que o rato de La Fontaine em seu queijo.[36]

– Que queijo? – perguntou a dona da estalagem.

– Não, nada! Não é nada! – respondeu Homais. – Queria exprimir-lhe apenas, sra. Lefrançois, que costumo permanecer completamente recluso em minha casa. Hoje, no entanto, tendo em vista as circunstâncias, é preciso que...

– Ah! O senhor vai lá? – perguntou com um ar de desprezo.

– Vou sim – respondeu o boticário, surpreso. – Afinal, não faço parte da comissão consultiva?

A velha Lefrançois contemplou-o por alguns minutos e acabou por responder sorrindo:

– Isso é outra coisa! Mas o que o senhor entende de agricultura? É um especialista?

– Certamente entendo, pois sou farmacêutico, ou seja, químico! E a química, sra. Lefrançois, tem por objeto o conhecimento da ação recíproca e molecular de todos os corpos da natureza; decorre daí que a agricultura se encontra incluída em seus domínios! E, de fato, a composição do adubo, a fermentação de líquidos, a análise dos gases e a influência dos miasmas, o que é tudo isso, pergunto-lhe, senão química pura e simples?

A dona da estalagem não respondeu nada. Homais continuou:

– A senhora acha que é preciso, para ser agrônomo, ter trabalhado pessoalmente na terra ou engordado aves? O mais importante, no entanto, é conhecer a constituição das substâncias em questão, as jazidas geológicas, as ações atmosféricas, a qualidade das terras, dos minerais, das águas, a densidade dos diferentes corpos e a sua capilaridade! Que sei eu? E é

---

36. Referência à fábula de La Fontaine *Le Rat qui s'est retiré du monde* (*O rato que se retirou do mundo*), que narra a história de um rato que se retira na solidão de um queijo holandês para meditar. Trata-se de uma crítica à avareza, à gula e à hipocrisia dos monges. (N.T.)

preciso conhecer profundamente todos os princípios de higiene para dirigir, criticar a construção de prédios, o regime dos animais, a alimentação dos criados! É preciso, ainda, sra. Lefrançois, conhecer botânica; poder discernir as plantas, a senhora está entendendo? Quais são saudáveis e quais são nocivas? Quais são improdutivas e quais são nutritivas? É bom arrancá-las daqui e replantá-las ali? Propagar umas, destruir as outras; enfim, é preciso manter-se informado da ciência através das brochuras e dos documentos públicos, estar sempre alerta para indicar melhorias...

A estalajadeira não tirava os olhos do Café Français, e o farmacêutico continuava:

– Quisera Deus que nossos agricultores fossem químicos ou que ao menos escutassem mais os conselhos da ciência! Assim, eu, de minha parte, escrevi ultimamente um opúsculo, um memorial de mais de 72 páginas intitulado: *A sidra, sua fabricação e seus efeitos; seguido de algumas reflexões novas sobre o assunto*. Enviei-o à Sociedade Agronômica de Rouen, o que me valeu inclusive a honra de ser recebido entre seus membros, na seção de agricultura, classe de pomologia. Pois bem, se minha obra tivesse sido entregue à publicidade...

Mas o boticário interrompeu-se, de tão preocupada que lhe pareceu a sra. Lefrançois.

– Veja só! – dizia ela. – Não dá para entender! Uma taberna dessas!

E, levantando os ombros de modo a esticar no peito os fios de malha de sua blusa, indicava com as duas mãos o cabaré de seu rival, de onde saíam canções.

– De qualquer forma, não vai durar muito – ela acrescentou. – Em oito dias, tudo estará acabado.

Homais afastou-se, estupefato. Ela desceu seus três degraus e falou-lhe no ouvido:

– Como assim? O senhor não está sabendo? Vai ser embargado esta semana. Foi Lheureux que fez com que tivesse de vendê-lo. Assassinou-o com promissórias.

– Que catástrofe horrível! – exclamou o boticário, que sempre tinha expressões congruentes para todas as circunstâncias imagináveis.

A hospedeira pôs-se a contar-lhe aquela história, que ela soubera por Théodore, o criado de sr. Guillaumin, e, embora execrasse Tellier, ela desaprovava Lheureux. Era um sedutor, um réptil...

– Ah! Veja! – disse ela. – Lá está ele, no mercado; está cumprimentando a sra. Bovary, que está de chapéu verde. Ela está de braços com o sr. Boulanger.

– A sra. Bovary! – exclamou Homais. – Vou correr para apresentar-lhe minhas homenagens. Talvez ela fique satisfeita de ter um lugar no recinto, sob o peristilo.

E, sem ouvir a velha Lefrançois, que o chamava para continuar contando os detalhes de sua história, o farmacêutico afastou-se com um passo rápido, sorriso nos lábios e pernas esticadas, distribuindo para todos os lados quantidades de saudações e preenchendo muito espaço com as grandes abas de sua sobrecasaca, que flutuavam ao vento atrás dele.

Rodolphe, tendo-o avistado de longe, apertou o passo, mas a sra. Bovary perdeu o fôlego; ele diminuiu a velocidade e disse-lhe sorrindo, mas com um tom brutal:

– Era para evitar aquele homem, o boticário.

Ela deu-lhe uma cotovelada.

"O que significa isso?", perguntou-se ele.

E contemplou-a com o canto dos olhos, enquanto continuava a andar.

Seu perfil estava tão calmo que não deixava transparecer nada. Destacava-se em plena luz, no oval de sua capota[37], com fitas pálidas semelhantes a folhas de junco. Seus olhos com longos cílios curvos olhavam para frente e, embora abertos, pareciam um pouco repuxados pelas faces, devido ao sangue que corria suavemente sob a pele fina. Uma cor rosada atravessava o septo do nariz. Tinha a cabeça inclinada sobre o ombro e via-se entre seus lábios um pedaço nacarado de seus dentes brancos.

"Será que está zombando de mim?", pensava Rodolphe.

– Eis um dia magnífico! Todos estão na rua! Os ventos vêm do leste.

E a sra. Bovary, não mais do que Rodolphe, respondia o que quer que fosse, ao passo que, ao menor movimento que faziam, ele aproximava-se dizendo:

---

37. Chapéu de abas largas.

– Como é? – e levava a mão ao chapéu.

Quando chegaram em frente à casa do marechal, em vez de continuar na estrada até a barreira, Rodolphe bruscamente tomou outro caminho, levando consigo a sra. Bovary, e gritou:

– Boa noite, sr. Lheureux! Até a próxima!

– Como o senhor o dispensou! – ela disse rindo.

– Para que – replicou – deixar-se invadir pelos outros? E, além do mais, hoje tenho a alegria de estar com a senhora...

Emma enrubesceu. Ele não terminou sua frase. Então falou do belo dia e do prazer de caminhar sobre a relva. Algumas margaridas haviam crescido.

– Eis aqui belas flores do campo – ele disse –, o bastante para fornecer oráculos a todas as apaixonadas da região.

Acrescentou:

– E se eu colhesse algumas? O que acha?

– Está apaixonado? – perguntou tossindo um pouco.

– Hum... Quem sabe? – respondeu Rodolphe.

A pradaria começava a encher-se de gente, e as donas de casa esbarravam nas pessoas com suas sombrinhas imensas, seus cestos e seus filhos. Frequentemente, era preciso desviar diante de uma longa fila de camponesas, criadas de meias azuis, sapatos baixos, anéis de prata que exalavam odor de leite. Caminhavam de mãos dadas e espalhavam-se assim por toda a pradaria, desde a linha de álamos até a barraca do banquete. Mas chegara a hora da exposição, e os agricultores, alinhados, entravam em uma espécie de hipódromo formado por uma longa corda erguida sobre duas estacas.

Os animais estavam ali, focinho virado para o cordão, alinhando confusamente as garupas desiguais. Porcos adormecidos enfiavam na terra o focinho; bezerros mugiam; ovelhas baliam; as vacas, com uma pata dobrada, espalhavam sua barriga sobre o gramado e, ruminando lentamente, piscavam as pálpebras pesadas devido aos mosquitos que zumbiam ao redor. Carroceiros com braços nus seguravam pelo cabresto garanhões empinados que relinchavam com força ao lado das éguas. Elas permaneciam tranquilas, esticando a cabeça e com a crina pendente, enquanto seus potros descansavam à sombra ou, por vezes, vinham mamar; e, sobre a longa ondulação de todos aqueles corpos amontoados, viam-se levantar ao vento, como uma onda, crinas brancas ou então sobressaíam-se cornos agudos e cabeças de homens que corriam. Afastado, fora da liça, a cem passos dali, havia um grande touro negro amordaçado, usando uma argola de ferro na narina, tão estático quanto um animal de bronze. Uma criança esfarrapada segurava-o com uma corda.

Enquanto isso, entre as duas fileiras, alguns senhores avançavam a passos pesados, examinando cada animal, consultando-se depois entre si, em voz baixa. Um deles, que parecia mais importante, tomava notas em um álbum ao caminhar. Era o presidente do júri: o sr. Derozerays, de Panville. Assim que ele reconheceu Rodolphe, avançou com vivacidade e disse-lhe, sorrindo com um ar amável:

– Como é, sr. Boulanger, está nos abandonando?

Rodolphe protestou que já estava indo, mas quando o presidente desapareceu, disse:

– Para dizer a verdade, não irei. Prefiro a sua companhia.

E, enquanto zombava dos comícios, Rodolphe mostrava ao guarda seu documento azul para circular mais à vontade e parava de vez em quando diante de algum belo *exemplar*, que a sra. Bovary não admirava. Notando isso, pôs-se a fazer brincadeiras sobre os trajes das damas de Yonville; depois, desculpou-se pela negligência de seus próprios. Suas roupas tinham aquela incoerência das coisas comuns e rebuscadas nas quais o vulgo, habitualmente, acredita entrever a revelação de uma existência excêntrica, as desordens do sentimento, as tiranias da arte e sempre certo desprezo pelas convenções sociais, o que o seduz ou o irrita. Desse modo, sua camisa de cambraia com punhos plissados inflava de acordo com o vento na abertura de seu colete de cotim cinza, e suas calças com listras largas descobriam nos tornozelos suas botinas de nanquim envernizadas. Eram tão envernizadas que a relva refletia-se nelas. Ele pisava com elas nos excrementos dos cavalos, com uma mão no bolso de seu terno e seu chapéu de palha virado.

– Aliás – acrescentou –, quando se mora no campo...

– Nada compensa – disse Emma.

– É verdade! – Rodolphe replicou. – E pensar que nenhuma dessas valorosas pessoas é capaz de compreender nem mesmo o corte de uma casaca!

Então falaram da mediocridade provincial, das existências que nela sufocavam, das ilusões que se perdiam.

– Do mesmo modo – dizia Rodolphe –, estou me afundando em uma tristeza...

– O senhor? – exclamou com surpresa. – Mas eu achava que o senhor fosse tão alegre!

– Ah, sim, de aparência! Pois no meio das pessoas sei usar uma máscara zombeteira, e, no entanto, quantas vezes, ao ver um cemitério, ao luar, perguntei-me se não seria melhor juntar-me àqueles que estão dormindo...

– Oh! E seus amigos? – ela perguntou. – Não pensa neles?

– Meus amigos? Quais? Tenho algum? Quem se preocupa comigo?

E acompanhou essas últimas palavras com uma espécie de assobio entre os lábios.

Mas foram obrigados a se afastar um do outro por causa de um monte de cadeiras que um homem carregava atrás deles. Estava tão sobrecarregado que apenas podia-se ver a ponta de seus tamancos e a extremidade de seus braços, afastados. Era Lestiboudois, o coveiro, que transportava por entre a multidão as cadeiras da igreja. Cheio de imaginação para tudo que dizia respeito a seus interesses, descobrira aquele meio de tirar partido dos comícios; e sua ideia dera certo, pois não sabia a quem atender primeiro. De fato, os aldeões que sentiam calor brigavam por aquelas cadeiras, cuja palha cheirava a incenso, e apoiavam-se com certa veneração contra os grossos encostos sujos pela cera das velas.

A sra. Bovary retomou o braço de Rodolphe; ele continuou como se falasse sozinho:

– Sim! Tantas coisas faltaram-me! Sempre sozinho! Ah! Se eu tivesse um objetivo na vida, se tivesse encontrado uma afeição, se tivesse encontrado alguém... Oh! Como teria gastado toda a energia de que sou capaz, teria ultrapassado tudo, quebrado tudo!

– Não me parece, no entanto – disse Emma –, que o senhor seja digno de pena.

– Ah! Acha mesmo? – perguntou Rodolphe.

– Pois afinal... – prosseguiu ela – o senhor é livre.

Ela hesitou:

– Rico.

– Não zombe de mim – respondeu.

E ela jurava que não estava zombando, quando um tiro de canhão retumbou; imediatamente, as pessoas empurraram-se desordenadamente em direção ao vilarejo.

Era um alarme falso. O sr. Governador não havia chegado; e os membros do júri viram-se bastante embaraçados, não sabendo se era preciso começar a cerimônia ou então esperar mais.

Enfim, no fundo da praça apareceu um grande landau de aluguel, arrastado por dois cavalos magros, chicoteados sem parar por um cocheiro de chapéu branco. Binet teve apenas tempo para gritar: "Às armas!", e o coronel, de imitá-lo. Correram em direção aos fuzis ensarilhados. Todos se precipitaram. Alguns até mesmo esqueceram-se de pôr os colarinhos. Mas a equipagem do governador parecia adivinhar aquele embaraço, e os dois sendeiros acoplados, bamboleando em seus arreios, chegaram trotando diante do peristilo da prefeitura, bem no momento em que a guarda nacional e os bombeiros desfilavam, rufando os tambores e marcando o passo.

– Um passo à frente! – gritou Binet.

– Alto! – gritou o coronel. – Em fila, à esquerda!

E, depois da apresentação das armas, em que o tinido das braçadeiras soou como um caldeirão de cobre rolando escada abaixo, todos os fuzis abaixaram-se.

Então, viram descer do coche um senhor vestido com uma casaca curta com bordado prateado, com a testa calva, usando um topete na parte posterior da cabeça, tendo uma tez baça e aparência das mais benignas. Seus olhos, bastante grandes e cobertos por pálpebras espessas, fechavam-se pela metade para contemplar a multidão, ao mesmo tempo em que ele levantava o nariz pontudo e abria um sorriso com sua boca encovada. Reconheceu o prefeito pela faixa e explicou-lhe que o sr. Governador não pudera vir. Ele, por sua vez, era um conselheiro do governador; depois, acrescentou algumas desculpas. Tuvache respondeu com cortesias, o outro confessou estar confuso; e permaneceram assim, face a face, suas testas quase se tocando, com os membros do júri todos em volta, o conselho municipal, os notáveis, a guarda nacional e a multidão. O sr. Conselheiro, apoiando contra o peito seu pequeno tricórnio preto, reiterava suas saudações, ao passo que Tuvache, curvado como um arco, sorria-lhe de volta, gaguejava, rebuscava as frases, garantia sua devoção à monarquia e a honra que tudo aquilo representava para Yonville.

Hippolyte, o menino da estalagem, veio prender pelas rédeas os cavalos do cocheiro e, mancando com seu pé aleijado, conduziu-os até o pórtico do Lion d'Or, onde muitos camponeses amontoavam-se para ver a carruagem. O tambor tocou, o obus foi detonado, e os senhores enfileirados subiram para sentarem-se no palanque, nas poltronas de veludo de Utrecht vermelho que a sra. Tuvache emprestara.

Todas aquelas pessoas pareciam-se umas com as outras. Seus rostos flácidos e louros, um pouco bronzeados pelo sol, tinham a cor da sidra doce, e suas suíças franzidas escapavam dos grandes colarinhos rígidos, cingidos por gravatas brancas de laços pomposos. Todos os coletes eram de veludo e transpassados; todos os relógios tinham na extremidade de uma longa fita um sinete oval em cornalina; apoiavam as duas mãos sobre as coxas, afastando com cuidado as pernas, mostrando as calças cujo tecido reluzia mais do que o próprio couro de suas botas fortes.

As senhoras da sociedade ficavam atrás, sob o vestíbulo, entre as colunas, ao passo que o resto da multidão estava na frente, de pé, ou então sentado nas cadeiras. De fato, Lestiboudois levara até lá todas as cadeiras que transportara até a pradaria e corria ainda a cada minuto para ir buscar outras na igreja, causando assim tamanho estorvo com seu comércio que as pessoas tinham grande dificuldade em conseguir chegar junto à escadinha do palanque.

– Eu acho – disse o sr. Lheureux (dirigindo-se ao farmacêutico, que passava para chegar ao seu lugar) – que deviam ter posto dois mastros venezianos com algum ornamento levemente severo e rico. Teria causado um ótimo efeito.

– É verdade – respondeu Homais. – Mas o que o senhor quer? É o prefeito que se encarregou de tudo. Não tem muito gosto, esse pobre Tuvache, e é inclusive completamente desprovido daquilo que se chama gênio das artes.

Enquanto isso, Rodolphe e a sra. Bovary haviam se instalado no primeiro andar da prefeitura, na sala das deliberações e, como ela estava vazia, ele declarara que ficariam bem ali para aproveitar o espetáculo mais à vontade. Pegou três dos banquinhos que ficavam em torno da mesa oval, sob o busto do monarca e, tendo-os aproximado de uma das janelas, sentaram-se lado a lado.

Houve uma agitação no palanque, longos cochichos, negociações. Enfim, o sr. conselheiro levantou-se. Sabia-se agora que se chamava Lieuvain e seu nome circulava de boca em boca na multidão. Quando terminou de verificar algumas folhas e de fixar os olhos nelas para ver melhor, começou:

"Senhores,

Seja-me permitido, em primeiro lugar (antes de abordar o assunto que aqui nos reúne hoje, e estou certo de que esse sentimento será partilhado por todos os presentes), que me seja permitido fazer justiça à administração superior, ao governo, ao monarca, meus senhores, a nosso soberano, a esse rei bem-amado, a quem nenhum ramo da prosperidade pública ou particular é indiferente e que dirige com mão tão firme e, ao mesmo tempo, de forma tão sábia o tanque do Estado por entre os perigos incessantes de um mar tempestuoso, sabendo, aliás, fazer respeitar tanto a paz quanto a guerra, a indústria, o comércio, a agricultura e as belas artes."

– Eu deveria – Rodolphe disse – recuar um pouco.

– Por quê? – perguntou Emma.

Mas, naquele momento, a voz do conselheiro elevou-se em um tom extraordinário. Declamou:

"Foi-se o tempo, meus senhores, em que a discórdia civil ensanguentava nossas praças públicas, em que o proprietário, o negociante, o próprio operário, dormindo à noite um sono pacífico, tremiam ao verem-se acordados, de repente, pelo som dos alarmes de incêndio, em que as máximas mais subversivas minavam audaciosamente as bases..."

– É que poderiam – prosseguiu Rodolphe – ver-me lá de baixo; então eu passaria quinze dias dando desculpas e, com a minha má reputação...

– Oh! O senhor está se caluniando – disse Emma.

– Não, não, ela é execrável, juro à senhora.

"Mas senhores", prosseguia o conselheiro, "se afasto de minha lembrança aqueles quadros sombrios e transporto meus olhos para a situação atual de nossa bela pátria, o que vejo? O comércio e as artes florescem por toda parte; novas vias de comunicação, como artérias novas no corpo do Estado, estabelecem novas relações; nossos grandes centros manufatureiros retomaram suas atividades; a religião, mais consolidada, sorri a todos os corações; nossos portos estão cheios, a confiança reina, e, enfim, a França respira!..."

– Aliás – acrescentou Rodolphe –, talvez do ponto de vista da sociedade eles tenham razão.

– Como assim? – ela perguntou.

– Ora! – disse. – A senhora não sabe que há almas que vivem atormentadas? Precisam sucessivamente do sonho e da ação, das paixões mais puras, dos gozos mais furiosos, e jogam-se assim em todo tipo de fantasias, de loucuras.

Então ela o olhou, como se contemplasse um viajante que passou por países extraordinários, e disse:

– Nós, mulheres, não temos nem essa distração!

– Triste distração, pois nela não encontramos a felicidade.

– Mas não a encontramos nunca? – ela perguntou.

– Sim, um dia a encontramos – respondeu.

"E, vós já o entendestes", dizia o conselheiro, "vós, agricultores e trabalhadores dos campos; vós, pioneiros pacíficos de toda uma obra de civilização! Vós, homens de progresso e de moralidade! Vós entendestes, eu repito, que as tempestades políticas são ainda mais temíveis do que as desordens atmosféricas..."

– Ela chega um dia – repetiu Rodolphe –, um dia, de repente, quando já estamos ficando desesperados. Então os horizontes se entreabrem, é como se uma voz gritasse: "Ei-la!". Sentimos nossa a necessidade de fazer a essa pessoa a confidência de nossa vida; de dar-lhe tudo, de sacrificar-lhe tudo! Isso não se explica, mas o adivinhamos. Já avistamos isso em sonhos. (E ele a olha;) Enfim, ele está ali, o tesouro que tanto buscamos; ele brilha, faísca. No entanto, ainda duvidamos, não ousamos acreditar; ficamos deslumbrados, como se saíssemos das trevas à luz.

E, terminando essas palavras, Rodolphe acrescentou uma pantomima à sua frase. Passou a mão no rosto, como um homem tomado por uma tontura; a seguir, deixou-a cair sobre a de Emma. Ela retirou a sua. Mas o conselheiro ainda lia:

"E quem se surpreenderia, senhores? Apenas aquele que tivesse permanecido cego, bastante mergulhado (e não temo dizê-lo), bastante mergulhado em preconceitos de outro tempo para desconhecer ainda o espírito das populações agrícolas. Onde encontrar, de fato, mais patriotismo do que no campo, mais devoção pela causa pública, em uma palavra, mais inteligência? E não estou falando, senhores, daquela inteligência superficial, ornamento vão dos espíritos ociosos, mas da inteligência profunda e moderada, que se esforça, acima de tudo, para perseguir objetivos úteis, contribuindo assim para o bem de cada um, para as melhorias comuns e para a defesa dos Estados, fruto do respeito das leis e da prática dos deveres..."

– Ah! De novo – disse Rodolphe. – Sempre os deveres, estou cansado dessas palavras aí. Não passam de um bando de velhos palermas de colete de flanela e de beatas de escalfeta e rosário, que cantam sem parar em nossos ouvidos: "O dever! O dever!". Pelo amor de Deus! O dever é sentir que somos grandes, é amar o que é belo e não aceitar todas as convenções da sociedade com as infâmias que ela nos impõe.

– No entanto... no entanto... – objetava a sra. Bovary.

– Essa não! Por que declamar contra as paixões? Não são elas a única beleza que há sobre a terra, a fonte do heroísmo, do entusiasmo, da poesia, da música, das artes, enfim, de tudo?

– Mas é preciso – disse Emma – seguir um pouco a opinião da sociedade e obedecer à sua moral.

– Ah! Mas existem duas! – replicou ele. – A pequena, a convencional, a dos homens, que varia sem parar e que tão alto brada, agita-se por baixo, comum, como esse ajuntamento de imbecis que a senhora está vendo. Mas a outra, a eterna, ela está em volta e acima de tudo, como a paisagem que nos cerca e o céu azul que nos ilumina.

O sr. Lieuvain acabara de secar a boca com seu lenço de bolso. Continuou:

"Seria preciso, meus senhores, demonstrar aqui a utilidade da agricultura? Quem providencia nossas necessidades? Quem fornece nossa subsistência? Não é a agricultura? O agricultor, meus senhores, que, semeando com uma mão laboriosa os sulcos fecundos do campo, faz com que nasça o trigo, que, triturado, é transformado em pó através de aparelhos engenhosos, dos quais sai com o nome de farinha. Esta é então transportada às cidades e logo transformada pelo padeiro, que confecciona um alimento consumido tanto pelo pobre quanto pelo rico. Não é também o agricultor que engorda, para as nossas vestimentas, seus rebanhos abundantes nos pastos? Pois então como nos vestiríamos, como nos alimentaríamos sem o agricultor? E será preciso ir tão longe para buscar exemplos? Quem não pensou com frequência na importância que retiramos desse modesto animal, ornamento de nossos galinheiros, que fornece ao mesmo tempo o travesseiro para nossas camas, a carne suculenta de nossas mesas e os ovos? Mas não acabaria, se necessário fosse enumerar, um após o outro, os diferentes produtos que a terra bem cultivada, tal qual uma mãe generosa, oferece a seus filhos. Aqui, é o vinho; ali, as macieiras para a sidra; lá, o colza; mais longe, os queijos; e o linho; senhores, não nos esqueçamos do linho, que, nos últimos anos, teve um aumento considerável e sobre o qual chamarei mais particularmente a atenção dos senhores."

Não precisava chamar: pois todas as bocas da multidão permaneciam abertas, como que para beber suas palavras. Tuvache, ao lado dele, escutava-o arregalando os olhos; o sr. Derozerays, de tempos em tempos, fechava suavemente as pálpebras e, mais longe, o farmacêutico, com seu filho Napoléon colocado entre suas pernas, punha a mão em forma de concha sobre a orelha para não perder uma só sílaba. Os outros membros do júri balançavam lentamente o queixo em seus coletes, em sinal de aprovação. Os bombeiros, embaixo do palanque, apoiavam-se sobre suas baionetas, e Binet, imóvel, permanecia com os cotovelos para fora, com a ponta do sabre no ar. Talvez até ouvisse alguma coisa, mas certamente não via nada por causa da viseira de seu capacete que lhe descia até o nariz. Seu tenente, o filho mais moço do sr. Tuvache, exagerara mais uma vez: usava um capacete enorme e que lhe sobrava na cabeça, deixando o seu lenço de chita para fora. Sorria ali em cima com uma doçura infantil, e seu rostinho pálido, do qual pingavam gotas de suor, tinha uma expressão de prazer, de opressão e de sono.

A praça, até as casas, estava coberta de gente. Viam-se pessoas acotoveladas em todas as janelas, outras de pé em todas as portas e Justin, diante da vitrina da farmácia, parecia totalmente fixado na contemplação daquilo que olhava. Apesar do silêncio, a voz do sr. Lieuvain perdia-se no ar. Ela chegava aos espectadores aos pedaços, interrompida aqui e ali pelo barulho das cadeiras na multidão; a seguir, ouvia-se, de repente, um longo mugido de boi que vinha de trás, ou então os balidos dos cordeiros que respondiam na esquina das ruas. De fato, os vaqueiros e os pastores haviam trazido seus animais até ali, e eles mugiam de vez em quando, enquanto arrancavam com a língua algum resto de folhagem dependurado em seu focinho.

Rodolphe aproximou-se de Emma e disse em voz baixa, falando rapidamente:

– Essa conspiração do mundo não a revolta? Existe um só sentimento que ele não condena? Os instintos mais nobres, as simpatias mais puras são perseguidas, caluniadas, e, se duas pobres almas, enfim, encontram-se, tudo é organizado para que não possam se unir. Elas, no entanto, tentarão, baterão suas asas, se chamarão. Oh! Não importa, mais cedo ou mais tarde, em seis meses, dez anos, elas se reunirão, se amarão, pois a fatalidade o exige, porque nasceram uma para a outra.

Ele estava de braços cruzados sobre os joelhos e, então, levantando o rosto em direção a Emma, olhava-a de perto, fixamente. Ela distinguia nos olhos dele pequenos raios dourados irradiando-se em torno de suas pupilas negras, e sentia inclusive o perfume da pomada que lustrava sua cabeleira. Então uma moleza tomou conta dela: lembrou-se daquele visconde que a fizera valsar em Vaubyessard, cuja barba exalava, como esses cabelos aí, um odor de baunilha e limão, e, maquinalmente, fechou as pálpebras para melhor respirar, mas, no gesto que fez ao curvar-se em sua cadeira, percebeu de longe, bem no fundo do horizonte, a velha diligência *Hirondelle*, que descia lentamente a encosta de Leux, arrastando consigo uma nuvem de poeira. Era naquela carruagem amarela que Léon, tão frequentemente, voltara para ela, e por aquela mesma estrada que partira para sempre! Ela acreditou vê-lo de frente, à janela; depois tudo se confundiu, as nuvens passaram; parecia-lhe que ainda rodopiava na valsa, sob o fogo dos lustres, nos braços do visconde, e que Léon não estava longe, que viria... No entanto, continuava a sentir a cabeça de Rodolphe ao lado dela. Assim, a doçura daquela sensação penetrava seus desejos de outrora que turbilhonavam, como grãos de areia ao vento, na exalação sutil do perfume que se espalhava em sua alma. Ela abriu as narinas diversas vezes, fortemente, para aspirar o frescor das heras em torno dos capitéis. Retirou suas luvas, secou as mãos; a seguir, com o lenço, arejou o rosto, enquanto que, através do batimento de suas têmporas, ela ouvia o rumor da multidão e a voz do conselheiro que salmodiava suas frases.

Ele dizia:

"Continuai! Perseverai! Não ouvi nem as sugestões da rotina nem os conselhos demasiado apressados de um empirismo temerário! Aplicai-vos, sobretudo, na melhoria do solo, nos bons adubos, no desenvolvimento das raças de cavalos, de bovinos, ovinos e suínos! Que esses comícios sejam para vós como a arena pacífica em que o vencedor, ao deixá-la, estenderá a mão ao vencido e confraternizará com ele, na esperança de um sucesso melhor! E vós, veneráveis servidores, humildes domésticos, cujos labores penosos nenhum governo até hoje levou em consideração, vinde receber as recompensas de suas virtudes silenciosas e ficai convencidos de que o Estado, doravante, tem os olhos fixados em vós, que ele vos encoraja, vos protege, que satisfará vossas justas reclamações e aliviará, o tanto que puder, o fardo de vossos dolorosos sacrifícios!"

O sr. Lieuvain sentou-se novamente; o sr. Derozerays levantou-se, começando outro discurso. O seu, talvez, não tivesse sido tão florido quanto o do conselheiro, mas seu mérito residia em seu estilo mais positivo, isto é, pelos conhecimentos mais especializados e considerações de maior relevo. Assim, o elogio do governo ocupava nele um espaço menor, enquanto que o da religião e o da agricultura eram maiores. Via-se em seu discurso a relação de uma e outra e como elas sempre contribuíram com a civilização. Rodolphe falava com a sra. Bovary de sonhos, pressentimentos, magnetismo. Remontando ao berço das sociedades, o orador pintava-lhes aqueles tempos selvagens em que os homens viviam de bolotas, no meio dos bosques. Depois deixaram as peles dos animais, passaram a vestir-se com tecidos, abriram caminhos, plantaram vinha. Isso era um bem, e não haveria mais inconvenientes do que vantagens naquela descoberta? O sr. Derozerays fazia-se essa pergunta. Do magnetismo, pouco a pouco, Rodolphe chegou às afinidades, e, enquanto que o senhor presidente citava Cincinato com seu arado, Diocleciano plantando seus repolhos e os imperadores da China inaugurando o ano com as semeaduras, o rapaz explicava à moça que aquelas atrações irresistíveis se explicavam por alguma existência anterior.

– Dessa forma, nós dois – ele dizia –, por que é que nos conhecemos? Por que o acaso assim o desejou? É que, afastados, sem dúvida, como dois rios que correm para se encontrarem, nossas inclinações particulares nos impeliram um em direção ao outro.

E ele segurou sua mão; ela não a retirou.

– Conjunto de boas culturas! – gritou o presidente.

– Há pouco, quando estive em sua casa...

– Ao sr. Bizet, de Quincampoix.

– Podia eu saber que a acompanharia?

– Setenta francos!

– Cem vezes pensei em ir embora, mas acabei por segui-la, fiquei.

– Adubos.

– Assim como ficaria esta noite, amanhã, nos próximos dias, toda a minha vida!

– Ao sr. Caron, d'Argueil, uma medalha de ouro!

– Pois jamais encontrei no mundo uma pessoa com tanto charme.

– Ao sr. Bain, de Givry-Saint-Martin!

– Também levarei sua lembrança.

– Carneiros merinos...

– Mas a senhora me esquecerá, terei passado como uma sombra.

– Ao sr. Belot, de Notre-Dame...

– Oh, não! Não será assim, não é? Serei algo em seu pensamento, em sua vida?

– Raça suína, prêmio *ex aequeo:* aos sr. Lehérissé e Cullembourg; sessenta francos!

Rodolphe apertou-lhe a mão e sentiu-a toda quente e trêmula como uma rolinha cativa que quer retomar seu voo; mas, porque ela tentasse desprender-se ou então porque respondesse àquela pressão, fez um movimento com os dedos, e ele exclamou:

– Oh! Obrigado! A senhora não me repele! Como é boa! Entendeu que sou seu! Deixe-me vê-la, deixe-me contemplá-la!

Uma rajada de vento que entrou pelas janelas franziu o tapete de mesa e, na praça, lá embaixo, todos os grandes chapéus dos camponeses levantaram-se como asas de borboletas brancas que se agitavam.

– Uso de adubo de grãos oleaginosos – prosseguiu o presidente.

E apressou-se:

– Adubo flamengo – cultura do linho – drenagem – arrendamentos de longo prazo – serviços domésticos.

Rodolphe parou de falar. Eles olharam-se. Um desejo supremo fazia tremer seus lábios secos, e, molemente, sem esforços, seus dedos se confundiram.

– Catherine-Nicaise-Élisabeth Leroux, de Sassetot-la-Guerrière, por 54 anos de serviços na mesma fazenda, uma medalha de prata e um prêmio de 25 francos!

– Onde está Catherine Leroux? – repetiu o conselheiro.

Ela não se apresentava, e ouviam-se vozes cochichando:

– Vá lá!

– Não.
– À esquerda!
– Não tenha medo!
– Ah, como ela é boba!
– Afinal, ela está aí? – exclamou Tuvache.
– Está! Ali está ela!
– Que ela se aproxime, então!

Uma velhinha de aspecto medroso foi então vista avançando em direção ao palanque; ela parecia encarquilhar-se em seus pobres trajes. Calçava grossos tamancos de madeira e, nos quadris, levava um grande avental azul. Seu rosto magro, cercado de uma touca sem orla, era mais franzido de rugas do que uma maçã-reineta murcha, e das mangas de sua camisa vermelha saíam duas mãos compridas, com articulações nodosas. A poeira das granjas, a potassa das barrelas e a suarda das lãs as tinham tão profundamente encrostado, escoriado e endurecido que pareciam sujas embora tivessem sido lavadas com água limpa e, de tanto terem servido, permaneciam entreabertas, como que para prestar por si mesmas o humilde testemunho de tantos sofrimentos. Havia algo da rigidez monacal esguia na expressão de seu rosto. Nada de triste ou de enternecido amolecia aquele olhar pálido. Do contato com os animais, ela adotara seu mutismo e sua placidez. Era a primeira vez que se via no meio de um grupo tão numeroso e, interiormente espantada com as bandeiras, os tambores, os senhores de casaca e a cruz de honra do conselheiro, ela permanecia totalmente imóvel, não sabendo se era preciso avançar ou fugir, nem por que a multidão a empurrava e por que os examinadores sorriam-lhe. Era assim que se mantinha, diante daqueles burgueses alegres, meio século de servidão.

– Aproxime-se, venerável Catherine-Nicaise-Élisabeth Leroux! – disse o sr. Conselheiro, que tomara das mãos do presidente a lista dos laureados.

E, alternadamente, examinando a folha de papel e a velha mulher, repetiu com um tom paterno:

– Aproxime-se, aproxime-se!

– A senhora é surda? – perguntou Tuvache, saltando de sua poltrona.

E pôs-se a gritar em sua orelha:

– Cinquenta e quatro anos de serviço! Uma medalha de prata! Vinte cinco francos! São seus!

A seguir, ao receber a medalha, contemplou-a. Um sorriso de beatitude espalhou-se então em seu rosto, e ouviram-na resmungando quando voltava para o seu lugar:

– Vou dá-la ao padre do vilarejo para que reze algumas missas para mim.

– Que fanatismo! – exclamou o farmacêutico, inclinando-se em direção ao notário.

A cerimônia estava terminada, a multidão dispersou-se, e, agora que os discursos haviam sido lidos, cada um retomava sua posição e tudo voltava a ser como era antes: os mestres maltratando os domésticos, estes batendo nos animais, triunfadores indolentes que retornavam aos estábulos com uma coroa verde entre os cornos.

Enquanto isso, os guardas nacionais haviam subido ao primeiro andar da prefeitura, com brioches espetados em suas baionetas, e o tambor do batalhão transportava um cesto de garrafas. A sra. Bovary tomou o braço de Rodolphe; ele acompanhou-a até em casa; separaram-se diante da porta.

O festim foi longo, barulhento, mal servido; as pessoas estavam tão amontoadas que mal podiam mexer os cotovelos, e as tábuas estreitas que serviam de bancos quase se romperam com o peso dos convivas. Comeram abundantemente. Cada um ia atrás de sua quota. O suor escorria de todos os rostos, e uma névoa esbranquiçada, como o vapor de um rio em uma manhã de outono, flutuava sobre a mesa, entre os candeeiros suspensos. Rodolphe, com as costas apoiadas contra a percalina da barraca, pensava tão forte em Emma que não ouvia nada. Atrás dele, no gramado, criados empilhavam pratos sujos, seus vizinhos falavam-lhe, mas ele não lhes respondia, enchiam-lhe o copo e um silêncio tomou conta de seu pensamento, apesar de o barulho ser cada vez maior. Sonhava com o que ela havia dito e com a forma de seus lábios. Seu rosto, como um espelho mágico, brilhava sobre a chapa das barretinas; as pregas de seu vestido desciam pelas paredes e dias de amor desenrolavam-se ao infinito nas perspectivas do futuro.

Voltou a vê-la à noite, durante os fogos de artifício, mas ela estava com seu marido, a sra. Homais e o farmacêutico, o qual se atormentava muito com os perigos dos foguetes perdidos: a cada momento, ele deixava a companhia para fazer recomendações a Binet.

As peças pirotécnicas enviadas ao endereço do sr. Tuvache haviam sido guardadas, por excesso de precaução, em sua cave; desse modo, a pólvora, úmida, não se inflamou e o número principal, que deveria representar um dragão mordendo o próprio rabo, falhou completamente. De tempos em tempos, um foguete partia; a multidão boquiaberta então soltava um clamor que se misturava ao grito das mulheres que recebiam cócegas na cintura no escuro. Emma, silenciosa, encolhia-se suavemente contra os ombros de Charles; depois, com o queixo levantado, seguia no céu escuro o lançamento luminoso dos fogos. Rodolphe a contemplava sob o clarão dos lampiões que queimavam.

Esses foram apagando-se aos poucos. As estrelas iluminaram-se. Algumas gotas de chuva caíram. Ela amarrou seu lenço sobre a cabeça nua.

Naquele momento, o fiacre do conselheiro deixou a estalagem. O cocheiro, que estava embriagado, adormeceu de repente; e via-se de longe, por cima da capota, entre as duas lanternas, a massa de seu corpo que se balançava da direita para esquerda, de acordo com movimento do fiacre.

– Na verdade – disse o boticário –, a embriaguez deveria ser punida! Gostaria que escrevessem, semanalmente, à porta da prefeitura, em um quadro *ad hoc*, os nomes de todos aqueles que, durante a semana, intoxicaram-se com álcool. Aliás, do ponto de vista da estatística, teríamos aí dados completos que serviriam em caso de necessidade... Mas, queiram desculpar-me.

E correu para ver o capitão.

Esse voltava para casa para retornar a seu torno.

– Talvez fosse mesmo bom – disse-lhe Homais – que o senhor enviasse um de seus homens ou que o senhor mesmo fosse...

– Deixe-me em paz – respondeu o preceptor –, não há perigo algum!

– Podem ficar tranquilos – disse o boticário, quando voltou, a seus amigos. – O sr. Binet certificou-me de que todas as medidas de segurança haviam sido tomadas. Nenhuma faísca caiu. As bombas estão cheias. Vamos dormir.

– Pois estou mesmo precisando, palavra de honra! – exclamou a sra. Homais, que bocejava consideravelmente. – Mas não importa, pois tivemos um belo dia para nossa festa.

Rodolphe repetiu com uma voz baixa e um olhar terno:

– Oh! Sim, lindíssimo!

E, depois de terem se despedido, cada um foi para o seu lado.

Dois dias depois, no *Fanal de Rouen*, havia um grande artigo sobre os comícios. Homais escrevera-o sob grande inspiração, logo no dia seguinte:

"Por que tantos festões, tantas flores, tantas guirlandas? Por onde corria aquela multidão como ondas de um mar em fúria, sob as torrentes de um sol tropical que espalhava seu calor sobre nossas searas?"

A seguir, falou das condições dos camponeses. Era verdade, o governo fazia muito, mas não o suficiente! "Coragem!" – gritava-lhes – "Mil reformas são indispensáveis, vamos fazê-las". Depois, abordando a entrada do conselheiro, não esquecia "do ar marcial de nossa milícia", nem "das nossas mais buliçosas aldeãs", nem "dos velhos de cabeça calva, espécie de patriarcas que ali estavam e alguns dos quais, relíquias de nossas imortais falanges, ainda sentiam bater seus corações ao som grave dos tambores". Citava seu próprio nome em primeiro lugar, ao mencionar os membros do júri, e inclusive lembrava, em uma nota, que o sr. Homais, farmacêutico, havia enviado um memorial sobre a sidra à Sociedade de Agricultura. Quando chegou a vez da distribuição das recompensas, descreveu a alegria dos laureados em traços ditirâmbicos. O pai beijava o filho, o irmão, o irmão, o esposo, a esposa. Mais de um mostrava com orgulho sua humilde medalha e, sem dúvida, ao voltar para casa, ao lado de sua boa senhora, iria pendurá-la, chorando, nas paredes discretas de sua choupana.

"Por volta da seis horas, um banquete, servido na pastagem do sr. Liégeard, reuniu os principais participantes da festa. A maior cordialidade não deixou de reinar. Diversos brindes foram feitos: do sr. Lieuvain, ao monarca! Do sr. Tuvache, ao prefeito! Do sr. Derozerays, à agricultura! Do sr. Homais, à indústria e às belas artes, duas irmãs! Do sr. Leplichey, às melhorias! À noite, uma brilhante apresentação de fogos de artifício iluminou de repente os ares. Dir-se-ia um verdadeiro caleidoscópio, um verdadeiro cenário de ópera e, por um momento, nossa pequena localidade pôde julgar-se transportada a um sonho das *Mil e uma noites.*"

"Constatemos que nenhum acontecimento desagradável veio atrapalhar aquela reunião de família."

E acrescentou: "Apenas notamos a ausência do clero. Sem dúvida, as sacristias veem o progresso de outra maneira. Os senhores têm liberdade para isso, senhores de Loyola!".

IX

Seis semanas se passaram. Rodolphe não voltou. Uma noite, enfim, apareceu.

Pensou consigo no dia seguinte aos comícios:

– Não voltemos tão cedo, seria um erro.

E, ao final da semana, saiu para caçar. Depois da caça, pensou que era tarde demais, depois fez o seguinte raciocínio:

– Mas, se no primeiro dia ela me amou, ela deve, pela impaciência de rever-me, amar-me ainda mais. Continuemos, então!

E percebeu que seu cálculo estava correto quando, ao entrar na sala, viu Emma empalidecer.

Ela estava sozinha. O dia caía. As cortinas de musselina, ao longo dos vidros, tornavam o crepúsculo mais escuro, e os dourados do barômetro, onde vinha bater um raio de sol, refletiam clarões no espelho, entre as sinuosidades do polipeiro.

Rodolphe permaneceu de pé, e Emma mal respondeu às suas primeiras frases de cortesia.

– Tive negócios – disse. – Também estive doente.

– Gravemente? – perguntou ela.

– Ora – disse Rodolphe, sentando-se no banquinho a seu lado. – Não!... Na verdade, não quis vir.

– Por quê?

– Não adivinha?

Ele a olhou mais uma vez, mas de forma tão violenta que ela baixou a cabeça, enrubescendo. Ele continuou:

– Emma...

– Senhor! – exclamou ela, afastando-se um pouco.

– Ah! A senhora está vendo! – replicou com uma voz melancólica. – Eu tinha razão de não querer vir, pois esse nome, esse nome que enche minha alma e que me escapou, a senhora proíbe-me de pronunciá-lo! Senhora Bovary!... Ora, todo mundo a chama assim!... Aliás, não é seu nome. É o nome de outro!

Ele repetiu:

– De outro!

E escondeu seu rosto entre as mãos.

– Sim, penso na senhora sem parar!... Sua lembrança me desespera! Ah! Perdão!... Vou deixá-la... Adeus!... Irei para bem longe... Tão longe que não mais ouvirá falar de mim!... E, no entanto... hoje... ainda não sei que força me empurrou para a senhora! Pois não se pode lutar contra o céu, não se resiste ao sorriso dos anjos! Deixamo-nos levar pelo que é belo, encantador, adorável!

Era a primeira vez que Emma ouvia dizerem-lhe aquelas coisas, e seu orgulho, como alguém que relaxa em uma estufa, espreguiçava-se languidamente ao calor daquela linguagem.

– Mas, embora não tenha vindo – continuou –, se não pude contemplá-la, pelo menos contemplei bastante o que a cerca. À noite, todas as noites, levantava-me, vinha até aqui, olhava sua casa, o teto que brilhava sob a lua, as árvores do jardim que se balançavam em sua janela e uma pequena lâmpada que brilhava através das vidraças, à sombra. Ah! A senhora nem sabia que havia ali, tão perto e tão longe, um pobre miserável...

Ela voltou-se para ele com um soluço.

– Oh! O senhor é bom! – ela disse.

– Não, é que eu a amo, é isso! A senhora não duvida! Diga-me uma palavra! Uma única palavra.

E Rodolphe, insensivelmente, deixou-se escorregar do banquinho até o chão, mas ouviu um barulho de tamancos na cozinha e deu-se conta de que a porta da sala não estava fechada.

– A senhora teria a caridade – prosseguiu, levantando-se – de satisfazer uma fantasia?

Era visitar a casa. Ele desejava conhecê-la; e como a sra. Bovary não viu naquilo nenhum inconveniente, ambos levantaram-se, quando Charles chegou.

– Bom dia, doutor – disse-lhe Rodolphe.

O médico, lisonjeado com aquele título inesperado, derramou-se em obsequiosidades, e o outro aproveitou para recompor-se um pouco.

– A senhora me contava – disse finalmente – sobre sua saúde...

Charles interrompeu-o de fato tinha mil preocupações; as opressões de sua mulher recomeçavam. Então, Rodolphe perguntou se exercícios a cavalo não lhe fariam bem.

– Claro! Excelente! Perfeito!... Eis aí uma boa ideia! Você deveria aceitá-la.

E, como ela objetou, dizendo que não tinha cavalo, o sr. Rodolphe ofereceu-lhe um; ela recusou suas ofertas; ele não insistiu; depois, a fim de motivar sua visita, contou que seu carroceiro, o homem da sangria, continuava sentindo tonturas.

– Darei uma passada para vê-lo – disse o sr. Bovary.

– Não, não, eu é que vou mandá-lo ao senhor; viremos os dois, será mais cômodo para o senhor.

– Ah! Muito bem. Agradeço-lhe.

E, assim que ficaram a sós:

– Por que você não aceita a proposta de sr. Boulanger, que é tão amável?

Ela fez cara de amuada, buscou mil desculpas e, finalmente, declarou que talvez aquilo fosse parecer estranho.

– Ah! Nada disso me importa! – disse Charles, fazendo uma pirueta. – A sua saúde em primeiro lugar! Você está enganada!

– E como você quer que eu monte a cavalo se não tenho um traje de amazona?

– Basta encomendar-lhe um! – respondeu.

O traje de amazona acabou por decidi-la.

Quando ficou pronto, Charles escreveu ao sr. Boulanger que sua mulher estava à sua disposição e que contavam com sua complacência.

No dia seguinte, ao meio-dia, Rodolphe chegou diante da porta de Charles com dois belos cavalos. Um deles usava pompons rosa nas orelhas e uma sela de mulher de camurça.

Rodolphe havia calçado botas moles de cano alto, pensando que sem dúvida ela nunca tinha visto botas como aquelas; de fato, Emma ficou encantada com seu porte quando ele apareceu no patamar com sua grande casaca de veludo e sua calça branca de tricô. Ela estava pronta, esperava-o.

Justin escapou da farmácia para vê-la, e o boticário também interrompeu seu trabalho. Fez recomendações ao sr. Boulanger:

– Um acidente ocorre quando menos se espera! Tome cuidado! Seus cavalos podem ser impetuosos!

Ela ouviu um barulho acima de sua cabeça: era Félicité, que tamborilava os dedos contra a vidraça para divertir a pequena Berthe. A criança mandou um beijo de longe; sua mãe respondeu-lhe com um sinal com o castão de seu chicote.

– Bom passeio! – gritou o sr. Homais. – Seja prudente, sobretudo! Sejam prudentes!

E agitou seu jornal vendo-os afastarem-se.

Assim que sentiu a terra, o cavalo de Emma pôs-se a galopar. Rodolphe galopava ao lado dela. Por vezes, trocavam algumas palavras. Com o rosto um pouco inclinado, a mão erguida e o braço direito esticado, ela deixava-se abandonar à cadência do movimento que a embalava sob a sela.

Na base da encosta, Rodolphe soltou as rédeas; partiram juntos, em um salto só; a seguir, lá em cima, os cavalos pararam de repente e o grande véu azul de Emma caiu.

Estavam nos primeiros dias de outubro. Havia névoa no campo. Algumas brumas espalhavam-se pelo horizonte, entre o contorno das colinas; outras, rasgando-se, subiam, perdiam-se. Às vezes, quando as nuvens afastavam-se, sob um raio de sol percebia-se ao longe os telhados de Yonville, com os jardins à beira do riacho, os pátios, os muros e o campanário da igreja. Emma semicerrava as pálpebras para reconhecer sua casa, e aquele pobre vilarejo onde morava jamais lhe pareceu tão pequeno. Da altura onde estavam, todo o vale parecia um imenso lago pálido, evaporando-se no ar. Os maciços de árvores, aqui e ali, salientavam-se como rochedos negros, e as linhas elevadas de álamos que ultrapassavam a bruma pareciam areais mexidos pelo vento.

Ao lado do gramado, entre os pinheiros, uma luz sombria circulava pela atmosfera tépida. A terra, avermelhada como o pó de tabaco, amortecia o barulho dos passos, e os cavalos arrastavam com a ponta das ferraduras, ao andar, as pinhas caídas pelo chão.

Rodolphe e Emma seguiram pela orla do bosque. Ela virava o rosto de vez em quando para evitar seu olhar, e então não enxergava senão os troncos dos pinhos alinhados, cuja sucessão contínua a aturdia um pouco. Os cavalos arfavam. O couro das selas crepitava.

No momento em que entraram na floresta, o sol apareceu.

– Deus está nos protegendo! – exclamou Rodolphe.

– Acha? – ela perguntou.

– Vamos, vamos! – prosseguiu.

Estalou a língua. Os dois animais corriam.

Samambaias compridas que bordejavam o caminho agarravam-se ao estribo de Emma. Rodolphe, enquanto avançava, inclinava-se para retirá-las à medida que iam se prendendo. Outras vezes, para afastar os galhos, ele passava perto dela, e Emma sentia seu joelho roçar em suas pernas. O céu estava azul. As folhas não se mexiam. Havia grandes espaços repletos de urzes floridas; camadas de violetas alternavam-se com a mistura de árvores cinzentas, avermelhadas ou douradas, de acordo com a diversidade das folhagens. Frequentemente ouvia-se, sob as moitas, um bater de asas ou então o grito rouco e suave dos corvos que levantavam voo nos carvalhos.

Desceram. Rodolphe amarrou os cavalos. Ela andava à frente, sobre o musgo, entre os sulcos das rodas.

Mas o vestido longo demais a atrapalhava, embora andasse levantando-o pela cauda, e Rodolphe, andando atrás dela, contemplava, entre o tecido negro e a botina negra, a delicadeza de suas meias brancas, que lhe pareciam algo de sua nudez.

Ela parou.

– Estou cansada – disse.

– Vamos, tente mais um pouco! – retorquiu. – Coragem!

A seguir, cem passos adiante, ela parou novamente; e, através de seu véu, que descia do chapéu masculino de modo oblíquo até os quadris, distinguia-se seu rosto por trás de uma transparência azulada, como se ela houvesse nadado sob ondas azuis.

– Para onde vamos?

Ele nada respondeu. Ela respirava de forma irregular. Rodolphe olhava ao seu redor e mordia o bigode.

Chegaram a um lugar mais largo, onde haviam cortado algumas árvores. Sentaram-se sobre um tronco de árvore derrubada e Rodolphe pôs-se a falar-lhe de seu amor.

Ele não a assustou, a princípio, com galanteios. Estava calmo, sério, melancólico.

Emma ouvia-o com a cabeça baixa enquanto mexia com a ponta dos pés nos gravetos do chão.

Mas a esta frase:

– Será que agora nossos destinos não são comuns?

Ela respondeu:

– Não, o senhor bem o sabe. É impossível.

Ela levantou-se para ir embora. Ele a segurou pelo punho. Ela o impediu. A seguir, depois de contemplá-lo com um olhar apaixonado e úmido, disse-lhe vivamente:

– Ah! Deixemos isso de lado... Onde estão os cavalos? Precisamos voltar.

Ele teve um gesto de cólera e aborrecimento. Ela repetiu:

– Onde estão os cavalos? Onde estão os cavalos?

Então, sorrindo de forma estranha e com as pupilas fixas, os dentes apertados, ele avançou afastando os braços. Ela recuou tremendo. Balbuciou:

– O senhor está me deixando com medo! Está me machucando! Vamos embora.

– Já que é preciso – retorquiu, mudando de expressão.

E tornou-se imediatamente respeitoso, carinhoso, tímido. Ela deu-lhe o braço. Eles voltaram. Ele disse:

– O que a senhora tem? Por quê? Não estou entendendo! Deve estar, sem dúvida, enganada a meu respeito. A senhora habita em minha alma como uma madona em um pedestal, em um local elevado, sólido e imaculado. Porém, preciso da senhora para viver! Preciso de seus olhos, de sua voz, de seu pensamento. Seja minha amiga, minha irmã, meu anjo!

E ele estendeu o braço, segurando-a pela cintura. Ela tentou escapar languidamente. Mas ele a mantinha assim ao caminhar.

Ouviram os dois cavalos que pastavam na folhagem.

– Oh, só mais um momento – disse Rodolphe. – Não vamos embora! Fique!

Ele a levou para mais longe, perto de um laguinho, onde lentilhas d'água formavam uma camada verde sobre as ondas. Nenúfares murchos permaneciam imóveis entre os juncos. Ao barulho de seus passos na relva, rãs saltavam para se esconder.

– Estou errada, estou errada – dizia ela. – Sou louca de dar-lhe ouvidos.

– Por quê?... Emma! Emma!

– Oh! Rodolphe!... – disse a jovem lentamente enquanto curvava-se sobre seu ombro.

O tecido de seu vestido prendia-se no veludo da casaca dele. Ela jogou para trás o pescoço branco, que se inchou com um suspiro, e, enfraquecida, chorando, com um longo estremecimento e escondendo seu rosto, abandonou-se.

As sombras da noite desciam; o sol horizontal, passando por entre os galhos, ofuscava-lhe os olhos. Em torno dela, aqui e ali, nas folhas ou no chão, tremiam manchas luminosas, como se colibris tivessem espalhado suas plumas ao voarem. O silêncio estava por toda parte; algo de suave parecia exalar das árvores; ela sentia o coração bater com força, e o sangue circulava em sua carne como um rio de leite. Ouviu então ao longe, para além do bosque, nas outras colinas, um grito vago e prolongado, uma voz que se arrastava e escutava silenciosamente, misturando-se como uma música às últimas vibrações de seus nervos emocionados. Rodolphe, cigarro nos dentes, consertava com seu canivete uma das rédeas quebradas.

Voltaram a Yonville pelo mesmo caminho. Viram, na lama, os traços de seus cavalos, lado a lado, e as mesmas moitas, e os mesmos seixos sobre a relva. Nada em torno deles havia mudado; para ela, no entanto, ocorrera algo mais considerável do que se as montanhas houvessem se movido de lugar. Rodolphe, de tempos em tempos, inclinava-se e pegava sua mão para beijar.

Ela estava adorável, montada a cavalo, reta, com sua cintura fina, o joelho dobrado sobre a crina do animal e levemente corada pelo passeio ao ar livre, na vermelhidão da noite.

Ao chegar a Yonville, ela corcoveou sobre as pedras da rua. Olhavam-na das janelas.

Seu marido, ao jantar, achou que ela estava com uma aparência saudável, mas Emma fingiu não ouvir quando ele quis saber como havia sido o passeio; permanecia com o cotovelo na beira do prato, entre as duas velas que queimavam.

– Emma! – ele disse.

– O quê?

– Pois então, passei hoje à tarde na casa do sr. Alexandre; ele tem uma velha poldra ainda bastante bela, apenas com um pouco de joelheiras. Poderíamos, com certeza, comprá-la por uma centena de escudos...

Acrescentou:

– Pensando que lhe agradaria, eu a reservei... comprei-a... Fiz bem? Diga-me.

Ela mexeu a cabeça em sinal de assentimento; quinze minutos depois:

– Vai sair hoje à noite? – perguntou.

– Vou. Por quê?

– Oh! Nada, nada, meu amigo.

E assim que se viu livre de Charles, subiu para fechar-se no quarto.

Primeiro, foi como um atordoamento; via as árvores, os caminhos, as fossas, Rodolphe, e ainda sentia o abraço dele, enquanto as folhagens estremeciam e os juncos assobiavam.

Mas, ao ver-se no espelho, surpreendeu-se com seu rosto. Jamais tivera os olhos tão grandes, tão negros, nem com tão profundos. Algo de sutil disseminado em sua pessoa a transfigurou.

Ela repetia para si: "Tenho um amante! Um amante!", deleitando-se com essa ideia, como se fosse uma nova puberdade que estivesse lhe acontecendo. Possuiria enfim aqueles prazeres de amor, aquela febre de alegria pela qual sempre se desesperara? Começava algo maravilhoso em que tudo seria paixão, êxtase, delírio; uma imensidão azulada a cercava, os cumes do sentimento cintilavam sob seu pensamento e a existência ordinária não aparecia senão ao longe, lá embaixo, na sombra, entre os intervalos daquelas alturas.

Então, lembrou-se das heroínas dos livros que havia lido, e a legião lírica daquelas mulheres adúlteras pôs-se a cantar em sua memória com vozes de freiras que a encantavam. Ela própria tornava-se uma parte verdadeira daquelas imaginações e realizava o longo sonho de sua juventude, considerando-se naquele tipo amoroso que tanto invejara. Aliás, Emma experimentava uma satisfação de vingança. Já não sofrera o suficiente? Pois agora triunfava, e o amor, tanto tempo contido, jorrava inteiro com efervescências de alegria. Saboreava-o sem remorsos, sem inquietação, sem tumulto.

O dia seguinte transcorreu numa doçura nova. Fizeram-se juras de amor. Ela contou-lhe suas tristezas. Rodolphe interrompeu-a com beijos; e ela pedia-lhe, contemplando com suas pálpebras semicerradas, que a chamasse mais uma vez pelo seu nome e que dissesse que a amava. Estavam na floresta, como na véspera, sob uma cabana de tamanqueiro. As paredes eram de palha e o teto descia tão baixo que era preciso manter-se curvado. Estavam sentados um contra o outro, sobre um leito de folhas secas.

A partir daquele dia, escreviam-se regularmente todas as noites. Emma levava sua carta à extremidade do jardim, perto do riacho, deixando-a em uma fissura da varanda. Rodolphe vinha buscá-la e ali colocava outra, que ela sempre achava curta demais.

Em uma manhã quando Charles saíra antes da alvorada, ela foi tomada pela fantasia de ver Rodolphe de imediato. Poderia partir rapidamente a La Huchette, ficar ali uma hora e voltar a Yonville quando todos ainda estivessem dormindo. Aquela ideia fez com que ofegasse de desejo, e logo já estava na pradaria, onde caminhava a passos rápidos, sem olhar para trás.

O dia começava a nascer. Emma, de longe, reconheceu a casa de seu amante, na qual dois gigantescos cata-ventos em forma de cauda de andorinha recortavam-se em negro sobre o crepúsculo pálido.

Depois do pátio da propriedade, havia uma habitação que devia ser o castelo. Ela entrou como se, com sua presença, as paredes fossem afastar-se sozinhas. Uma grande escada reta subia em direção a um corredor. Emma girou a maçaneta de uma porta e, de repente, no fundo do quarto, percebeu um homem que dormia. Era Rodolphe. Ela soltou um grito.

– Você está aqui! Você está aqui – repetia. – Como fez para vir?... Ah, seu vestido está molhado!

– Eu te amo! – respondeu ela, passando-lhe os braços em torno do pescoço.

Já que essa primeira audácia fora bem-sucedida, cada vez que Charles saía cedo Emma vestia-se imediatamente e descia, pé ante pé, o patamar que conduzia à beira do riacho.

Mas, quando a prancha de passagem das vacas estava levantada, era preciso seguir ao longo dos muros que acompanhavam o riacho; a margem era escorregadia; ela se segurava com a mão nos goiveiros murchos para não cair. A seguir, passava pelos campos lavrados, onde afundava, tropeçava e atolava suas botinas finas. Seu lenço, amarrado sobre a cabeça, agitava-se ao vento nas pastagens; tinha medo dos bois, punha-se a correr; chegava esbaforida, com as faces rosadas e exalando de todo seu corpo um perfume de seiva, de verdura e de ar livre. Rodolphe, àquela hora, ainda dormia. Era como uma manhã de primavera que entrava em seu quarto.

As cortinas amarelas nas janelas deixavam passar suavemente uma pesada luz dourada. Emma tateava pestanejando, ao passo que gotas de orvalho suspensas em seus bandós formavam uma espécie de auréola de topázios em torno de seu rosto. Rodolphe, rindo, puxava-a para si e pegava-a pelo pescoço.

A seguir, ela examinava os aposentos, abria as gavetas dos móveis, penteava-se com o pente dele e olhava-se no espelho de fazer a barba. Muitas vezes, chegava a colocar entre seus dentes o tubo de um grosso cachimbo que ficava sobre a mesa de cabeceira, entre os limões e pedaços de açúcar, perto de uma garrafa d'água.

Era preciso um bom quarto de hora para as despedidas. Então Emma chorava; gostaria de nunca mais abandonar Rodolphe. Algo mais forte do que ela a empurrava em direção a ele, apesar de que, um dia, vendo-a chegar de imprevisto, ele franziu o rosto como se estivesse contrariado.

– O que você tem? – ela perguntou. – Está mal? Fale comigo!

Enfim, ele declarou, com um ar bastante sério, que suas visitas tornavam-se imprudentes e que ela estava se comprometendo.

X

Pouco a pouco, aqueles medos de Rodolphe também tomaram conta dela. O amor primeiro a embriagou, e ela não pensava em nada além dele. Mas agora que ele era indispensável à sua vida, ela temia vê-lo diminuir, ou mesmo perturbá-lo. Quando voltava da casa dele, jogava à sua volta olhares inquietos, espiando cada forma que passava no horizonte e cada lucarna do vilarejo de onde podiam observá-la. Ouvia os passos, os gritos, o barulho dos arados e parava mais lívida e trêmula do que as folhas dos álamos que balançavam sobre sua cabeça.

Uma manhã, ao voltar dessa forma, acreditou distinguir, de repente, o cano comprido de uma carabina que parecia apontada para ela. O cano ultrapassava obliquamente a borda de um pequeno tonel, um pouco escondido na relva, na margem de um fosso. Emma, prestes a desfalecer de terror, continuou avançando até que um homem saiu do tonel, como aqueles diabos de mola que saltam do fundo das caixas. Usava polainas afiveladas até os joelhos, boné enfiado até os olhos, os lábios tiritantes e o nariz vermelho. Era o capitão Binet, à espreita de patos selvagens.

– A senhora deveria ter gritado de longe! – exclamou. – Quando se vê um fuzil, é preciso sempre avisar.

Era a maneira pela qual o preceptor tentava dissimular o medo que sentira, pois uma portaria do governador proibia a caça aos patos que não fosse feita de barco. Apesar de seu respeito pelas leis, o sr. Binet encontrava-se então em contravenção. Dessa forma, a cada minuto, achava ouvir chegar o guarda campestre. Mas aquela preocupação excitava seu prazer e, sozinho em seu tonel, ele se gabava de sua alegria e de sua malícia.

Ao ver Emma, pareceu aliviado de um peso enorme e logo puxou conversa.

– Não está nada quente, muito pelo contrário!

Emma não respondeu nada. Ele continuou:

– Então, a senhora saiu cedo hoje?

– Pois é – balbuciou –, acabo de voltar da casa da ama de leite onde está minha filha.

– Ah! Muito bem! Quanto a mim, como a senhora pode ver, desde o nascer do sol estou aqui, mas o tempo está tão nojento que a não ser que as penas venham até a mim...

– Até logo, sr. Binet – ela interrompeu, virando-lhe as costas.

– Seu criado, senhora – respondeu ele com um tom seco.

E voltou para seu tonel.

Emma arrependeu-se de ter deixado o preceptor de maneira tão brusca. Faria, sem dúvida, conjecturas desfavoráveis. A história da ama de leite era a pior desculpa; todo mundo sabia muito bem em Yonville que a pequena Bovary havia voltado, há um ano, para a casa dos pais. Aliás, ninguém morava por aqueles lados; aquele caminho conduzia apenas a La Huchette; Binet adivinhara de onde ela vinha e não se calaria, iria bisbilhotar, era certo! Ela permaneceu o dia inteiro se torturando com todos os projetos de mentiras imagináveis e vendo aquele imbecil com sua bolsa de caça o tempo todo diante dos olhos.

Charles, depois do jantar, achando-a preocupada, quis, por distração, conduzi-la à casa do farmacêutico; e a primeira pessoa que ela viu na farmácia foi mais uma vez o preceptor! Estava de pé diante do balcão, iluminado pela luz do bocal vermelho e pedia:

– Dê-me, por favor, meia onça de vitríolo.

– Justin – gritou o farmacêutico –, traga o ácido sulfúrico.

Depois, dirigindo-se a Emma, que queria subir aos aposentos da sra. Homais:

– Não, fique aqui, não vale a pena subir, ela já vai descer. Esquente-se um pouco enquanto a espera... Desculpe... Bom dia, doutor (pois o farmacêutico gostava muito de pronunciar a palavra *doutor*, como se, dirigindo-a a outro, fizesse repercutir em si mesmo algo da pompa que nela via)... Mas preste atenção ao emborcar o pilão! Acho melhor você buscar as cadeiras na saleta; você sabe muito bem que não gostamos de tirar do lugar as poltronas da sala.

E, para arrumar novamente a poltrona, Homais precipitou-se para fora do balcão, e Binet lhe pediu meia onça de ácido de açúcar.

– Ácido de açúcar? – perguntou o farmacêutico desdenhosamente. – Não conheço isso, nunca ouvi falar! Talvez queira dizer ácido oxálico? É oxálico, não é?

Binet explicou que precisava de um corrosivo para compor ele mesmo uma água de cobre que desenferrujasse diversas guarnições de caça. Emma estremeceu. O farmacêutico pôs-se a dizer:

– De fato, o tempo não está propício por causa da umidade.

– Mesmo assim – prosseguiu o preceptor com um ar finório –, há pessoas que se viram.

Ela sufocava.

– Dê-me também...

"Ele não vai embora nunca!", pensava ela.

– Meia onça de breu e de terebintina, quatro onças de cera amarela e três meias onças de negro-animal, por favor, para limpar os couros de meu equipamento.

O farmacêutico começava a talhar a cera quando a sra. Homais apareceu com Irma em seus braços, Napoléon a seu lado e Athalie que a seguia. Foi sentar-se no banco de veludo contra a janela, e o menino agachou-se sobre um banquinho, enquanto sua irmã mais velha rodava em torno da caixa de jujuba, perto de seu paizinho. Este enchia funis e tampava frascos, colava etiquetas, confeccionava pacotes. Calavam-se em torno dele; ouvia-se apenas, de tempos em tempos, o peso tinir nas balanças e algumas palavras em voz baixa do farmacêutico, dando conselhos a seu aluno.

– Como vai a sua menininha? – perguntou de repente a sra. Homais.

– Silêncio! – exclamou seu marido, que estava escrevendo números no caderno de rascunho.

– Por que não a trouxe? – perguntou à meia-voz.

– Psiu! Psiu! – fez Emma apontando com o dedo o farmacêutico.

Mas Binet, completamente absorto na leitura da conta, provavelmente não ouvira nada. Enfim, ele foi embora. Então Emma, livre, soltou um grande suspiro.

– Como está respirando forte! – disse a sra. Homais.

– Ah, é que está um pouco quente – respondeu.

A partir do dia seguinte, trataram de organizar seus encontros. Emma pensou em subornar sua criada com presentes, mas seria preferível encontrar em Yonville alguma casa discreta. Rodolphe prometeu encontrar uma.

Durante o inverno, três ou quatro vezes por semana, durante a noite, ele entrava no jardim. Emma, propositalmente, havia retirado a chave da barreira, a qual Charles acreditava ter perdido.

Para adverti-la, Rodolphe jogava contra as persianas um punhado de areia. Ela levantava-se de sobressalto, mas, às vezes, era preciso esperar, pois Charles tinha a mania de jogar conversa fora ao pé do fogo e não terminava nunca. Ela devorava-se de impaciência; se seus olhos pudessem, fariam com que ele saltasse pelas janelas. Enfim, ela começava a preparar-se para dormir; depois, pegava um livro e continuava lendo bastante tranquilamente, como se a leitura a divertisse. Mas Charles, que estava na cama, chamava-a para vir deitar-se.

– Venha logo, Emma – dizia –, está na hora.

– Sim, estou indo! – respondia.

No entanto, como as velas a ofuscavam, ele virava-se para a parede e adormecia. Ela escapava retendo a respiração, sorrindo, palpitante, nua.

Rodolphe tinha um casaco amplo com o qual a envolvia inteiramente e, passando o braço em torno de sua cintura, ele a arrastava sem dizer nada até o fundo do jardim.

Iam para o caramanchão, ao mesmo banco de varas carcomidas, onde outrora Léon a olhava tão apaixonadamente durante as noites de verão. Ela não pensava mais nele.

As estrelas brilhavam através dos galhos do jasmineiro sem folhas. Ouviam atrás de si o riacho correndo e, de tempos em tempos, na margem, o estalo dos juncos secos. Maciços de sombra, aqui e ali, abaulavam-se na escuridão e, por vezes, estremeciam em um só movimento, erguiam-se e curvavam-se como imensas ondas negras que avançavam para cobri-los. O frio da noite fazia com que se comprimissem ainda mais; os suspiros de seus lábios pareciam-lhe mais fortes; seus olhos, que mal conseguiam ver, pareciam-lhes maiores e, em meio ao silêncio, havia palavras pronunciadas em voz baixa, que caíam em suas almas com uma sonoridade cristalina que repercutia em vibrações múltiplas.

Quando a noite estava chuvosa, refugiavam-se no consultório de Charles, entre o alpendre e a estrebaria. Ela acendia um dos candelabros da cozinha, que havia escondido por trás dos livros. Rodolphe instalava-se ali como se estivesse em sua casa. A visão da biblioteca e do escritório, de todo aposento enfim, excitava sua alegria e ele não conseguia deixar de fazer inúmeras brincadeiras a respeito de Charles que embaraçavam Emma. Teria preferido vê-lo mais sério e mesmo mais dramático naquelas ocasiões, como da vez em que ela acreditou ouvir na alameda um barulho de passos aproximando-se.

– Alguém está aí! – ela disse.

Ele assoprou a vela.

– Você tem as pistolas?

– Por quê?

– Ora... Para que você se defenda – respondeu Emma.

– De seu marido? Ah, pobre rapaz!

E Rodolphe terminou sua frase com gestos que significavam: "Eu o esmagaria com um piparote".

Ela ficou impressionada com sua bravura, embora sentisse uma espécie de indelicadeza e de grosseria ingênua que a escandalizou.

Rodolphe refletiu muito sobre a história das pistolas. Se ela tivesse falado realmente sério, era algo bastante ridículo, pensava, odioso até, pois ele, pessoalmente, não tinha razão alguma para detestar aquele bom Charles, não sendo aquilo que se chama devorado pelo ciúme – e, a esse respeito, Emma fizera-lhe um grande sermão que também não era dos melhores gostos.

Aliás, ela tornava-se bastante sentimental. Fora preciso trocar fotografias, cortar madeixas de cabelos, e ela pedia agora um anel, uma verdadeira aliança de casamento, em sinal de uma aliança eterna. Frequentemente, ela falava-lhe dos sinos da tarde ou das *vozes da natureza*; depois, falava-lhe da mãe dela, da mãe dele. Rodolphe perdera a sua havia vinte anos. Emma, no entanto, consolava-o com uma linguagem melosa, como se ele fosse um garoto abandonado, e mesmo dizia-lhe por vezes contemplando a lua:

– Estou certa de que, lá em cima, juntas, elas aprovam nosso amor.

Mas era tão bonita! Ele possuíra poucas mulheres com uma candura daquelas! Aquele amor sem libertinagem era para ele algo novo e que, ao mesmo tempo, o tirava de seus hábitos fáceis, acariciava seu orgulho e sua sensualidade. A exaltação de Emma, que seu bom-senso burguês desdenhava, parecia-lhe, no fundo do coração, adorável, já que se dirigia à sua pessoa. Então, na certeza de ser amado, não se incomodou, e suas maneiras mudaram insensivelmente.

Não tinha mais, como outrora, aquelas palavras tão doces que a faziam chorar, nem aquelas carícias veementes que a enlouqueciam; de modo que seu grande amor, no qual ela vivia mergulhada, pareceu diminuir sob ela, como se fosse a água de um rio absorvida em seu próprio leito, e Emma viu o fundo lamacento desse rio. Não quis acreditar; redobrou a ternura; e Rodolphe cada vez menos escondia sua indiferença.

Emma não sabia se devia arrepender-se por ter cedido, ou se, ao contrário, não desejava amá-lo ainda mais. A humilhação de sentir-se fraca transformava-se em rancor que as volúpias temperavam. Não era apego, mas uma sedução permanente. Ele a subjugava. Ela quase tinha medo.

As aparências, apesar disso, eram mais calmas do que nunca; Rodolphe conseguira conduzir o adultério segundo sua fantasia; e, ao final de seis meses, quando a primavera chegou, eles sentiam-se, um em relação ao outro, como marido e mulher que mantêm tranquilamente um amor doméstico.

Era a época em que o velho Rouault mandava seu peru, em recordação de sua perna curada. O presente chegava sempre com uma carta. Emma cortou a corda que a segurava ao cesto e leu as seguintes linhas:

"Meus caros filhos,

Espero que a presente os encontre em boa saúde e que o peru seja tão bom quanto os anteriores, pois me parece um pouco mais macio e, se me permitem, mais maciço. Mas da próxima vez, para variar, vou dar-lhes um galo, a menos que vocês prefiram mesmo um peru; e mandem-me de volta a canastra, por favor, junto com as duas antigas. Tive um problema com a minha cocheira, cujo telhado, numa noite de vento forte, voou para cima das árvores. A colheita também não foi das melhores. Enfim, não sei quando irei vê-los. É tão difícil para mim deixar a casa desde que estou sozinho, minha pobre Emma!"

E havia aqui um intervalo entre as linhas, como se o velhote tivesse deixado cair sua pena para pensar um pouco.

"Quanto a mim, vou bem, a não ser por um resfriado que peguei no outro dia na feira de Yvetot, onde fui para tentar conseguir um pastor, pois pus na rua o meu anterior devido à sua má-língua. Somos dignos de pena com esses bandidos que andam por aí! Esse aí ainda por cima era desonesto.

Fiquei sabendo por um vendedor ambulante que viajou no inverno pela região de vocês e que teve de arrancar um dente, que Bovary continua trabalhando duro. Isso não me surpreende, e ele até me mostrou seu dente; tomamos um café juntos. Perguntei-lhe se ele a havia visto, disse-me que não, mas contou que vira dois animais na estrebaria, pelo que concluo que o trabalho vai bem. Que bom, meus queridos filhos, e que Deus mande-lhes toda a felicidade imaginável.

Fico triste por ainda não ter conhecido a minha neta Berthe Bovary. Plantei para ela, no jardim, debaixo de seu quarto, Emma, uma ameixeira de ameixas de aveia e não quero que ninguém toque nela, a não ser que seja para fazer compotas mais tarde, as quais guardarei no armário, para ela, quando vier.

Adeus, queridos filhos. Um beijo, minha filha; para você também, meu genro, bem como nas duas faces da pequena.

Com muito carinho de seu afetuoso pai,

Théodore Rouault"

Ela permaneceu alguns minutos segurando entre seus dedos aquele papel grosseiro. Os erros de ortografia emendavam-se uns nos outros, e Emma acompanhava o sentido afetuoso que cacarejava por trás deles, como uma galinha semiescondida em uma sebe de espinhos. Provavelmente, havia secado a tinta com as cinzas do fogo, pois um pouco de poeira cinza escorregou da carta, caindo-lhe sobre o vestido, e era como se pudesse ver seu pai curvando-se em direção à lareira para pegar as pinças. Fazia muito tempo que não ficava perto dele, no banco, na lareira, quando ela queimava a ponta de uma vara na grande chama dos juncos marinhos que crepitavam!...

Lembrou-se das noites de verão cheias de sol. Os potros relinchavam quando alguém passava e galopavam, galopavam... Havia debaixo da janela uma colmeia e algumas abelhas giravam na luz, batendo-se contra a vidraça, como bolas douradas ricocheteando. Que alegria aqueles tempos! Que liberdade! Que esperança! Que abundância de ilusões! Não restava mais nada agora! Gastara-as em todas as aventuras de sua alma, em suas situações sucessivas, na virgindade, no casamento e no amor, perdendo-as dessa forma continuamente ao longo de sua vida, como um viajante que vai deixando algo de sua riqueza em cada estalagem da estrada.

Mas quem a tornava tão infeliz? Onde estava a catástrofe extraordinária que a havia perturbado? E ela ergueu a cabeça, olhando em torno, como se buscasse a causa do que a fazia sofrer.

Um raio de abril reluzia nas porcelanas da prateleira; o fogo queimava; sentia sob as pantufas a suavidade do tapete; o dia estava branco, a atmosfera tépida, e ela podia ouvir sua filha soltando gargalhadas.

De fato, a menina rolava no gramado, no meio da relva que estava para secar. Estava deitada de barriga para baixo, no alto de uma meda. A empregada a segurava pela saia. Lestiboudois roçava ao lado, e, cada vez que ele se aproximava, inclinava-se batendo com os dois braços no ar.

– Tragam-na aqui! – disse a mãe precipitando-se para beijá-la. – Como eu te amo, minha pobre criança! Como eu te amo!

Depois, notando que ela tinha a ponta da orelha um pouco suja, tocou rápido a campainha para que trouxessem água quente e limpou-a, trocou sua roupa, suas meias, seu sapatos, fez mil perguntas sobre sua saúde, como na volta de uma viagem e, enfim, continuando a beijá-la e chorando um pouco, devolveu-a à criada, que ficou bastante surpresa diante daquele excesso de ternura.

Rodolphe, à noite, achou-a mais séria do que de costume.

“Vai passar”, pensou, “é um capricho.”

Faltou consecutivamente a três encontros. Quando voltou, ela mostrou-se fria e quase desdenhosa.

– Ah! Está perdendo seu tempo, minha bela...

E tinha ares de não notar os suspiros melancólicos, nem o lenço que ela carregava.

Foi então que Emma se arrependeu!

Perguntou-se inclusive por que execrava Charles e se não teria sido melhor poder amá-lo. Mas ele não oferecia mais ensejos para o renascimento dos sentimentos, de modo que ela permanecia bastante embaraçada em sua veleidade de sacrifício. Foi quando o boticário veio oferecer-lhe uma ocasião para isso.

XI

Homais lera ultimamente o elogio de um novo método para curar pés tortos; e, como era a favor do progresso, concebeu a ideia patriótica segundo a qual Yonville, para *estar à altura*, deveria fazer operações de estrefopodia.

– Pois – dizia a Emma – o que vamos arriscar? Examine (e ele enumerava em seus dedos as vantagens da tentativa). Sucesso quase certo, alívio e embelezamento do doente, celebridade rápida adquirida pelo cirurgião. Por que seu marido, por exemplo, não iria querer curar o pobre Hippolyte, do Lion d'Or? Note que ele não deixaria de contar sua cura a todos os viajantes e depois (Homais baixava a voz e olhava ao seu redor) quem é que me impediria de enviar ao jornal uma notinha a respeito? E aí... Meu Deus! Um artigo circulando... As pessoas falando... Isso acaba por virar uma bola de neve! E quem sabe? Quem sabe?

De fato, Bovary poderia ter sucesso; nada indicava a Emma que ele não fosse hábil. E que satisfação para ela de tê-lo incitado em uma iniciativa pela qual sua reputação e sua fortuna cresceriam? Tudo o que ela queria era poder apoiar-se em algo mais sólido do que o amor.

Charles, solicitado pelo boticário e por ela, deixou-se convencer. Mandou vir de Rouen o volume do doutor Duval e, todas as noites, com a cabeça entre as mãos, mergulhava naquela leitura.

Enquanto estudava os equinos, os varos e os valgos, ou seja, a estrefocatopodia, a estrefendopodia e a estrefexopodia (ou, para ser mais claro, os diferentes desvios do pé, ou seja, para baixo, para dentro ou para fora), com a estrefipopodia e a estrefanopodia (dito de outra forma, torção para baixo e correção em cima), o sr. Homais, com todo tipo de raciocínios, exortava o menino da estalagem a operar-se.

– Você mal vai sentir, talvez, uma leve dor; é apenas uma picada como a uma sangriazinha, menor do que a da extirpação de certos calos.

Hippolyte, pensando, revirava os olhos estúpidos.

– De resto – prosseguia o farmacêutico –, não tenho nada com isso! É por você! Por pura humanidade! Gostaria de vê-lo, meu amigo, livre desse coxear medonho, desse balanço da região lombar, que, embora você diga o contrário, deve prejudicá-lo muito no exercício de sua profissão.

Então, Homais mostrava-lhe o quanto se sentiria mais vigoroso e mais ágil, e dava-lhe mesmo a entender que seria mais fácil agradar às mulheres; e o criado de estrebaria punha-se a rir grosseiramente. Depois, atacava-o pela vaidade:

– Então você não é homem, diabos? Que seria de você se tivesse que servir no exército, ir combater para defender o país?... Ah, Hippolyte!

E Homais afastava-se, declarando que não entendia aquela teimosia, aquela cegueira de recusar os benefícios da ciência.

O infeliz acabou por ceder, pois aquilo foi uma verdadeira conjuração. Binet, que nunca se metia nos negócios dos outros, a sra. Lefrançois, Artémise, os vizinhos e até o prefeito, o sr. Tuvache, todos o estimularam, fizeram-lhe sermões, envergonharam-no; mas o que terminou por convencê-lo foi que o procedimento nada lhe custaria. Bovary se encarregaria até de fornecer a máquina para a operação. Foi Emma quem tivera a ideia dessa generosidade, e Charles consentiu, dizendo-se no fundo do coração que sua mulher era um anjo.

Com os conselhos do farmacêutico, e recomeçando tudo três vezes, encomendou ao marceneiro, ajudado pelo serralheiro, uma espécie de caixa pesando cerca de oito libras e na qual ferro, madeira, chapa metálica, couro, parafusos e porcas não foram economizados.

No entanto, para saber qual tendão de Hippolyte cortar, era preciso primeiro saber que tipo de pé aleijado ele tinha.

Seu pé formava quase que uma linha reta com a perna, o que não o impedia de ser virado para dentro, de modo que era um equino com um pouco de varo, ou então um leve varo com o equino bastante acentuado. Mas, com aquele equino – que de fato tinha o comprimento de um pé de cavalo, com pele rugosa, tendões duros, dedos grossos, nos quais as unhas pretas pareciam-se com os pregos de uma ferradura –, o estrefópode, da manhã até a noite, galopava como um cervo. Era sempre visto na praça, saltitando em volta das carroças, projetando para frente seu suporte desigual. Aquela perna parecia realmente vigorosa, mais vigorosa do que a outra. De tanto ser usada, ela havia adquirido como que qualidades morais de paciência e energia e, quando davam a ele algum trabalho pesado, ele apoiava-se preferencialmente nela.

Ora, já que era um equino, era preciso cortar o tendão de Aquiles, nem que para isso depois fosse preciso atacar o músculo tibial anterior para livrar-se do varo; o médico não ousava arriscar de uma só vez duas operações, e, mesmo assim, já tremia com medo de atacar alguma região importante que não conhecia.

Nem Ambroise Paré[38], aplicando pela primeira vez desde Celsus[39], com quinze séculos de intervalo, a ligadura imediata de uma artéria; nem Dupuytren[40], ao abrir um abscesso através de uma camada espessa do encéfalo; nem Gensoul[41], quando fez a primeira ablação de maxilar superior, tinham o coração tão palpitante, a mão tão trêmula, o intelecto tão tenso quanto o sr. Bovary ao aproximar-se de Hippolyte, com seu *bisturi* entre os dedos. E, como nos hospitais, viam-se ao lado, sobre uma mesa, um monte de fios de linho, fios encerados, faixas, uma pirâmide de faixas, todas as faixas existentes na farmácia. Era o sr. Homais que havia organizado desde a manhã todos os preparativos, tanto para deslumbrar a multidão quanto para iludir a si próprio. Charles picou a pele, ouviu-se um estalo

---

38. Ambroise Paré (1510-1590): famoso cirurgião francês. (N.T.)

39. Aulus Cornelius Celsus: médico romano, que viveu no século I a.C. (N.T.)

40. Guillaume de Dupuytren (1777-1835): grande cirurgião francês do século XIX. (N.T.)

41. Joseph Gensoul (1797-1868): cirurgião francês que realizou em 1827 a primeira ablação de maxilar superior. (N.T.)

seco. O tendão estava cortado, a operação estava terminada. Hippolyte custava a acreditar; inclinou-se sobre as mãos de Bovary para cobri-la de beijos.

– Vamos, acalme-se – dizia o boticário, você vai testemunhar mais tarde o reconhecimento a seu benfeitor!

E desceu para contar o resultado a cinco ou seis curiosos que esperavam no pátio e que imaginavam que Hippolyte iria reaparecer caminhando direito. A seguir, Charles, tendo encaixado a perna de seu doente no aparelho mecânico, voltou para casa, onde Emma, toda ansiosa, esperava-o à porta. Ela saltou-lhe ao pescoço; puseram-se a mesa; ele comeu muito e inclusive quis, na sobremesa, tomar uma taça de café, excesso que se permitia apenas aos domingos, quando tinham convidados.

A noite foi encantadora, cheia de conversas, de sonhos comuns. Falaram de sua fortuna futura, das melhorias que fariam na casa; Charles via sua consideração espalhando-se, seu bem-estar crescendo, sua mulher continuando a amá-lo; e ela sentia-se feliz por refrescar-se em um sentimento novo, mais saudável, melhor, por sentir, enfim, um pouco de ternura por aquele pobre rapaz que a adorava. Por um momento, Rodolphe passou-lhe pela cabeça, mas seus olhos voltaram-se para Charles: ela chegou a notar com surpresa que seus dentes não eram feios.

Estavam na cama quando o sr. Homais, vencendo a resistência da cozinheira, entrou de repente no quarto, segurando na mão uma folha de papel recém-escrita. Era a propaganda que se destinava ao *Fanal de Rouen*. Ele a trouxera para que lessem.

– Leia o senhor mesmo – disse Bovary.

Ele leu:

– "Apesar dos problemas que ainda recobrem uma parte da face da Europa como uma rede, a luz, no entanto, começa a penetrar em nossos campos. Foi assim que, na terça-feira, nossa pequena cidade de Yonville tornou-se o palco de uma experiência cirúrgica que é também um ato de alta filantropia. O sr. Bovary, um dos nossos médicos mais distintos..."

– Ah, está exagerado, exagerado! – dizia Charles, sufocado pela emoção.

– Mas de forma alguma! Como assim? "Ele operou um pé aleijado..." Não pus o termo científico, pois, como o senhor sabe, em um jornal... nem todo mundo entenderia. É preciso que as massas...

– De fato – disse Bovary. – Continue.

– Então – disse o farmacêutico. – "O sr. Bovary, um dos nossos médicos mais distintos, operou um pé do aleijado Hippolyte Tautain, criado de estrebaria há 25 anos no hotel Lion d'Or, propriedade da sra. Lefrançois, na Place des Armes. A novidade da tentativa e o interesse atribuído ao assunto atraíram de tal forma a população que chegou a haver aglomeração na entrada do estabelecimento. No mais, a operação foi praticada como que por magia, e praticamente não houve sangue, apenas algumas gotas sobre a pele como que para dizer que o tendão rebelde acabava de ceder ao esforço da arte. O doente, estranhamente (afirmamos o que assistimos), não acusou dor alguma. Seu estado, até o presente, não deixa nada a desejar. Tudo leva a crer que a convalescença será breve; e quem sabe até se, na próxima festa do vilarejo, não veremos nosso bravo Hippolyte tomar parte nas danças báquicas, em meio a um coro de bons companheiros, provando assim a todos os olhos, por sua boa disposição e por seus saltos, sua cura completa? Honra, portanto, aos sábios generosos! Honra àqueles espíritos generosos que consagram suas noites à melhora ou então ao alívio de sua espécie! Honra! Três vezes honra! É o caso de exclamar que os cegos verão, os surdos ouvirão e os coxos caminharão! Mas aquilo que o fanatismo outrora prometia a seus eleitos a ciência agora cumpre para todos os homens! Manteremos nossos leitores informados das fases sucessivas dessa cura tão notável."

O que não impediu que, cinco dias depois, a velha Lefrançois chegasse toda espantada, exclamando:

– Socorro! Ele está morrendo!... Não sei mais o que fazer!

Charles precipitou-se ao Lion d'Or, e o farmacêutico, que o viu passando pela praça sem chapéu, abandonou a farmácia. Ele próprio apareceu ofegante, vermelho, inquieto, perguntando a todos que subiam a escada:

– O que tem então nosso interessante estrefópode?

O estrefópode se contorcia em convulsões atrozes, de tal sorte que o aparelho mecânico em que sua perna estava encerrada batia contra a parede a ponto de demoli-la.

Com muitas precauções para não atrapalhar a posição da membrana, retiraram então a caixa e viram um espetáculo horrível. As formas do pé desapareciam em um tal inchaço, a pele inteira parecia prestes a romper-se e estava coberta de equimoses causadas pelo famoso aparelho. Hippolyte já havia reclamado da dor; não haviam prestado atenção; foi preciso reconhecer que ele não estava completamente errado, e deixaram-no sem o aparelho algumas horas. No entanto, mal o edema começou a desaparecer, os dois sábios deliberaram sobre o restabelecimento do membro no aparelho e apertaram-no com mais força para acelerar as coisas. Enfim, três dias depois, Hippolyte não podia mais aguentar, retiraram então mais uma vez o aparelho, surpreendendo-se muito com o resultado que encontraram. Uma tumefação lívida se estendia sobre a perna com algumas flictenas por onde escorria um líquido preto. A coisa estava tornando-se séria. Hippolyte começava a desesperar-se e a velha Lefrançois instalou-o na saleta, perto da cozinha, para que tivesse pelo menos alguma distração.

Mas o preceptor, que todos os dias ali jantava, reclamava amargamente daquela vizinhança. Então transportaram Hippolyte para o salão de bilhar.

Ali ficava ele, choramingando sob suas cobertas espessas, pálido, a barba longa, os olhos cavados e, de tempos em tempos, virando a cabeça suada no travesseiro sujo onde pousavam moscas.

– Como vai você? – perguntavam-lhe batendo em seu ombro. – Ah, pelo jeito não está confiante! Mas a culpa é sua. Era preciso fazer isso, fazer aquilo.

E contaram-lhe histórias de pessoas que haviam sido curadas por outros remédios que não os seus; depois, à guisa de consolo, acrescentavam:

– É que você obedece demais! Levante um pouco! Você tem sido mimado como um rei! Ah, velho farsante! Você não cheira bem!

A gangrena, de fato, subia cada vez mais. O próprio Bovary estava preocupadíssimo. Vinha a toda hora, a todo momento. Hippolyte o olhava com olhos cheios de pavor e balbuciava soluçando:

– Quando é que ficarei curado?... Ah, salve-me!... Como sou infeliz! Como sou infeliz!

E o médico ia embora, sempre lhe recomendando a dieta.

– Não o escute, meu garoto – dizia-lhe a velha Lefrançois. – Eles já não o martirizaram o suficiente? Você vai ficar ainda mais fraco. Tome, engula isso!

E ela apresentava uma boa sopa, uma fatia de pernil, um pedaço de toucinho e por vezes copinhos de aguardente que ele não tinha coragem de levar aos lábios.

O padre Bournisien, ao ficar sabendo que ele piorava, pediu para vê-lo. Começou lamentando seu mal ao mesmo tempo em que declarava que era preciso alegrar-se, já que aquela era a vontade do Senhor, e aproveitar rapidamente a ocasião para reconciliar-se com o céu.

– Pois a verdade – dizia o eclesiástico com um tom paterno – é que você vinha sendo um pouco negligente com seus deveres; era raramente visto na missa. Quantos anos fazia que você não comungava? Entendo que as ocupações, que o turbilhão da vida tenham-no afastado dos cuidados de sua salvação. Essa é a hora de pensar nisso. Mas não se desespere. Conheci grandes culpados que, perto do momento de comparecerem diante de Deus (você não chegou a tanto, sei disso), imploraram misericórdia e certamente morreram nas melhores disposições. Esperemos que, assim como eles, você nos dê bons exemplos! Assim, por precaução, quem o impediria de recitar de manhã e à noite uma "Ave Maria, cheia de graça" e um "Pai nosso que estais nos céus?" Sim, faça isso! Faça-o por mim. O que custa?... Você me promete?

O pobre-diabo prometeu. O padre voltou nos dias seguintes. Conversava com a dona da estalagem e contava inclusive anedotas misturadas com brincadeiras, trocadilhos que Hippolyte não entendia. Depois, assim que a circunstância permitia, ele voltava às matérias de religião, adquirindo uma expressão conveniente.

Seu zelo pareceu dar certo, pois logo o estrefópode testemunhou a vontade de fazer a peregrinação a Bon-Secours, caso ficasse curado: ao que o sr. Bournisien respondeu que ele não via inconveniente; duas precauções valiam mais do que uma. *Afinal de contas, não custava nada.*

O boticário indignou-se com o que chamava de *manobras do padre*; elas prejudicavam, assegurava, a convalescença de Hippolyte, e ele repetia à sra. Lefrançois:

– Deixe-o! Deixe-o! A senhora está perturbando o moral dele com seu misticismo!

Mas a boa mulher não lhe dava ouvidos. Ele era a causa de tudo. Por espírito de oposição, inclusive pendurou na cabeceira do doente uma pia de água benta cheia, com um ramo de buxo.

No entanto, a religião não parecia socorrê-lo mais do que a cirurgia, e a inevitável putrefação continuava a subir das extremidades em direção ao ventre. Por mais que variassem as poções e trocassem os cataplasmas, os músculos a cada dia se descolavam mais, e enfim Charles respondeu com um sinal de cabeça afirmativo quando a velha Lefrançois perguntou-lhe se não poderia, em desespero de causa, mandar vir o sr. Canivet, de Neufchâtel, que era uma celebridade.

Doutor em medicina, com cinquenta anos de idade, gozava de uma boa posição e, seguro de si, o colega não se constrangeu em rir de forma desdenhosa quando descobriu aquela perna gangrenada até o joelho. Depois, tendo declarado claramente que era preciso amputá-la, foi à casa do farmacêutico deblaterar contra os estúpidos que puderam reduzir um infeliz àquele estado. Sacudindo o sr. Homais pelo botão de sua sobrecasaca, vociferou na farmácia:

– As invenções de Paris dão nisso aí! Eis as ideias daqueles senhores da Capital! É como o estrabismo, o clorofórmio e a litotrícia, um monte de monstruosidades que o governo deveria proibir! Mas querem dar uma de espertos e empurram-nos remédios sem se preocuparem com as consequências. Não somos tão bons assim; não somos sábios, janotas, galanteadores; somos médicos, devemos curar e não ficar imaginando operar alguém que está bem! Pôr no lugar pés tortos! Será que se pode pôr no lugar pés tortos? É como querer, por exemplo, fazer com que um corcunda fique reto!

Homais sofria ao ouvir aquele discurso e dissimulava seu desconforto com um sorriso cortês, tendo necessidade de suportar o sr. Canivet, cujas receitas por vezes chegavam até Yonville. Dessa forma, não tomou a defesa de Bovary, não fez qualquer observação e, abandonando seus princípios, sacrificou sua dignidade aos interesses mais sérios de seu negócio!

Aquela amputação da coxa pelo doutor Canivet foi um fato considerável no vilarejo! Todos os habitantes, naquele dia, levantaram-se mais cedo, e a Grande-Rue, embora cheia de gente, tinha algo de lúgubre como fosse ocorrer uma execução capital. Discutiam no armazém sobre a doença de Hippolyte; as lojas não vendiam nada, e a sra. Tuvache, a mulher do prefeito, não saía de sua janela, de tão impaciente que estava para ver o cirurgião.

Chegou em seu cabriolé que ele próprio dirigia. Tendo a mola do lado direito se vergado devido à sua corpulência, o carro se inclinava um pouco ao avançar, e dava para ver, na almofada a seu lado, uma vasta caixa recoberta de uma carneira vermelha cujos três fechos de cobre brilhavam magistralmente.

Ao atravessar como um turbilhão o pórtico do Lion d'Or, o doutor, em altos brados, ordenava que desatrelassem seu cavalo; depois foi à estrebaria verificar se este estava mesmo comendo aveia. É que, ao chegar à casa dos doentes, costumava ocupar-se primeiro de sua égua e de seu cabriolé. Chegavam a dizer com relação a isso: "Ah! O sr. Canivet é autêntico!". E estimavam-no mais por aquele atrevimento inabalável. O universo podia arrebentar-se até o último homem que ele não mudaria um único hábito.

Homais apresentou-se.

– Conto com o senhor – fez o doutor. – Estamos prontos? Em marcha!

Mas o boticário, enrubescendo, confessou que era muito sensível para assistir a tal operação.

– Quando somos simples espectadores – dizia –, a imaginação comove-se, o senhor sabe como é! E depois tenho o sistema nervoso tão...

– Ora! – interrompeu Canivet. – O senhor parece-me, pelo contrário, propenso à apoplexia. E, aliás, isso não me surpreende, pois os senhores farmacêuticos ficam continuamente enfurnados em suas cozinhas, o que deve acabar por alterar seu temperamento. Veja o meu caso: todos os dias, levanto-me às quatro horas, faço minha barba com água fria (nunca sinto frio), nunca visto roupas de flanela e não pego resfriados, a carcaça é boa! Vivo ora de uma maneira, ora de outra, de forma otimista, ao acaso. É por isso que tenho os nervos delicados como o senhor e sou completamente indiferente para cortar um cristão ou uma galinha. Depois disso, dirá o senhor, o hábito, o hábito!...

Então, sem nenhuma consideração por Hippolyte, que suava de angústia em seus lençóis, aqueles senhores iniciaram uma conversa em que o boticário comparava o sangue-frio de um cirurgião com o de um general; e aquela aproximação foi agradável para Canivet, que se desfez em palavras sobre as exigências de sua arte. Considerava-a como um sacerdócio, embora os oficiais de saúde o desonrassem. Enfim, voltando ao doente, examinou as faixas trazidas por Homais, as mesmas que haviam comparecido quando da operação do pé aleijado, e pediu que alguém segurasse o membro. Mandaram buscar Lestiboudois, e o sr. Canivet, tendo arregaçado as mangas, passou para a sala de bilhar, enquanto o boticário permaneceu com Artémise e a dona da estalagem, ambas mais pálidas do que seus aventais, com suas orelhas coladas na porta.

Bovary, por sua vez, não ousava sair de casa. Permanecia embaixo, na sala, sentado ao pé da lareira sem fogo, com o queixo sobre o peito, as mãos juntas, os olhos fixos. "Que infortúnio!" pensava, "que desapontamento!" E, no entanto, tomara todas as precauções imagináveis. A fatalidade fizera das suas. Não importa! Se Hippolyte mais tarde viesse a morrer, era ele quem o teria assassinado. E, além do mais, que explicação daria aos pacientes durante as visitas, quando lhe perguntassem a respeito? Talvez tivesse se enganado em alguma coisa? Tentava descobrir, mas não conseguia. Mas os cirurgiões mais famosos também se enganam. Eis no que nunca acreditariam! Iriam rir, pelo contrário, iriam maldizê-lo! Essa história se espalharia até Forges! Até Neufchâtel! Até Rouen! Por todo lado! Quem sabe se seus colegas não escreveriam contra ele? Uma polêmica se seguiria, seria preciso responder nos jornais. O próprio Hippolyte poderia abrir um processo. Via-se desonrado, arruinado, perdido! E sua imaginação, assaltada por inúmeras hipóteses, agitava-se entre elas como um tonel vazio arrastado até o mar e que rola sobre as ondas.

Emma, à sua frente, olhava-o; ela não compartilhava de sua humilhação, a que sentia era outra: era a de ter imaginado que um homem daqueles poderia valer alguma coisa, como se já não tivesse, em vinte vezes, percebido suficientemente sua mediocridade.

Charles caminhava de um lado para outro no quarto. Suas botas estalavam sobre o parquê.

– Sente-se – ela disse –, você esta me irritando!

Ele sentou-se.

Como pudera (logo ela que era tão inteligente!) se enganar mais uma vez? E, afinal, que mania deplorável a teria levado a estragar daquele jeito sua existência com sacrifícios contínuos? Lembrou-se de todos seus instintos de luxo, de todas as privações de sua alma, das baixezas do casamento, do lar, seus sonhos caindo na lama como andorinhas feridas, tudo o que desejara para si, tudo o que recusara a si própria, tudo o que ela teria podido ter! E por quê? Por quê?

Em meio ao silêncio que enchia o vilarejo, um grito cortante atravessou os ares. Bovary tornou-se pálido como se fosse desmaiar. Ela franziu as sobrancelhas com um gesto nervoso, depois continuou. Era por ele, no entanto, por aquele homem que não compreendia nada, que não sentia nada! Pois ele estava ali, muito tranquilamente, e sem nem mesmo desconfiar que o ridículo do nome dele iria sujá-la tanto quanto a ele. Havia feito esforços para amá-lo e arrependera-se, aos prantos, por ter cedido a outro.

– Mas talvez fosse um valgo! – exclamou de repente Bovary, que meditava.

Ao choque daquela frase imprevista, que caiu sobre seu pensamento como uma bala de chumbo em uma travessa de prata, Emma, sobressaltada levantou a cabeça para adivinhar o que ele estava querendo dizer, e olharam-se silenciosamente, quase estupefatos de verem-se, de tão afastados que estavam por suas consciências. Charles a considerava com o olhar turvo de um homem ébrio, enquanto escutava, imóvel, os últimos gritos do amputado que se seguiam em modulações arrastadas, entrecortados por berros agudos, como o grito distante de algum animal sendo degolado. Emma mordia seus lábios lívidos e, enrolando entre os dedos as hastes do polipeiro que quebrara, fixava em Charles a ponta ardente de suas pupilas, como duas flechas de fogo prestes a serem lançadas. Tudo nele a irritava agora: seu rosto, sua roupa, o que ele não dizia, sua pessoa inteira, sua existência, enfim. Arrependia-se de sua virtude passada como de um crime, e o que ficara desmoronara sob os golpes furiosos de seu orgulho. Deleitava-se com todas as perversas ironias do adultério triunfante. A lembrança de seu amante voltava-lhe com atrações vertiginosas: entregava-lhe a alma, conduzida àquela imagem por um entusiasmo novo; e Charles parecia-lhe desligado de sua vida, ausente para sempre, impossível e aniquilado, como se fosse morrer e tivesse agonizado diante de seus olhos.

Houve um barulho de passos na calçada. Charles olhou e, através da gelosia fechada, enxergou, à beira do mercado, em pleno sol, o doutor Canivet que secava a testa com seu lenço. Homais, atrás dele, trazia à mão uma grande caixa vermelha, e ambos dirigiam-se à farmácia.

Então, por ternura súbita e estando desencorajado, Charles voltou-se para sua mulher dizendo-lhe:

– Dê-me um beijo, minha querida!

– Deixe-me! – ela fez, toda vermelha de raiva.

– O que você tem? O que você tem? – repetia estupefato. – Acalme-se! Volte a si!... Você sabe que eu a amo!... Venha!

– Chega! – exclamou ela com um ar terrível.

E, escapando da sala, Emma fechou a porta tão forte que o barômetro saltou da parede e esborrachou-se no chão.

Charles afundou-se na poltrona, transtornado, procurando saber o que ela podia ter, imaginando uma doença nervosa, chorando e sentindo circular vagamente em torno de si algo de funesto e incompreensível.

Quando Rodolphe, à noite, chegou ao jardim, encontrou sua amante, que o esperava embaixo do patamar, no primeiro degrau. Abraçaram-se, e todo rancor deles derreteu-se como a neve sob o calor daquele beijo.

XII

Recomeçaram a amar-se. Muitas vezes, inclusive, Emma passou a escrever-lhe, repentinamente, no meio do dia; depois, pela vidraça, fazia um sinal a Justin, que, tirando com rapidez seu avental, voava para La Huchette. Rodolphe chegava; era para dizer-lhe que se aborrecia, que seu marido era odioso e sua existência terrível!

– Posso fazer alguma coisa? – exclamou ele um dia, impaciente.

– Ah! Se você quisesse!...

Estava sentada no chão, entre os joelhos dele, os bandós desfeitos, o olhar perdido.

– O quê? – perguntou Rodolphe.

Ela suspirou.

– Vamos viver em outro lugar... Em algum lugar...

– Você é louca, com certeza! – disse ele, rindo. – Isso seria possível.

Ela voltou ao assunto; ele fez-se de desentendido e mudou de conversa.

O que ele não entendia era toda aquela complicação para uma coisa tão simples quanto o amor. Emma tinha um motivo, uma razão, uma espécie de auxiliar em sua afeição.

Aquela ternura, de fato, cada dia crescia mais sob a repulsa de seu marido. Quanto mais ela se entregava a um, mais execrava o outro; jamais Charles lhe parecera tão desagradável, com dedos tão quadrados, o espírito tão pesado, os modos tão comuns quanto depois dos encontros com Rodolphe, quando eles ficavam a sós. Então, embora continuasse fingindo-se de boa esposa e virtuosa, inflamava-se com a lembrança daquela cabeça, cujos cabelos negros formavam cachos que caíam na testa morena, daquela cintura ao mesmo tempo tão robusta e tão elegante, daquele homem, enfim, que possuía tanta experiência na razão, tanto arrebatamento no desejo! Era para ele que lixava suas unhas com um cuidado de cinzelador e que não deixava faltar *cold cream* para sua pele nem patchuli em seus lenços. Carregava-se de braceletes, de anéis, de colares. Quando ele estava para vir, ela enchia de rosas seus dois grandes vasos de vidro azul e dispunha seus aposentos e a si mesma como uma cortesã que espera um príncipe. Era preciso que a criada lavasse roupa sem parar; e, durante o dia todo, Félicité não tirava o pé da cozinha, onde o pequeno Justin, que frequentemente lhe fazia companhia, olhava-a trabalhar.

Com cotovelo apoiado sobre a longa tábua onde ela passava roupa, contemplava avidamente todos aquelas coisas de mulher espalhadas em torno dele: os saiotes de basim, os xales, os colarinhos e as calças debruadas, vastas nos quadris e que se estreitavam na parte de baixo.

– Para que serve isso? – perguntava o rapaz, passando a mão sobre a crinolina ou sobre as fivelas.

– Nunca viu nada disso? – respondia, rindo, Félicité. – Como se a sua patroa, a sra. Homais, não usasse as mesmas coisas.

– Ora, a sra. Homais!

E acrescentava com um tom meditativo:

– Será que ela é uma dama como esta senhora?

Mas Félicité perdeu a paciência de vê-lo assim em volta dela. Ela tinha seis anos a mais do que ele, e Théodore, o criado do sr. Guillaumin, começava a fazer-lhe a corte.

– Deixe-me em paz! – ela dizia, mudando de lugar seu pote de goma de amido. – Vá pilar amêndoas. Você está sempre ciscando do lado das mulheres; espere que sua barba cresça para meter-se com essas coisas, seu fedelho.

– Vamos, não se zangue, vou limpar as botinas dela para você.

E logo apanhou os sapatos de Emma na prateleira, cheios de lama – a lama dos encontros –, que se transformava em pó em seus dedos e que ele via subir suavemente em um raio de sol.

– Como você tem medo de estragá-los! – dizia a cozinheira, que não fazia tanta cerimônia quando era ela mesma quem os limpava, pois assim que o tecido não estava mais em perfeito estado, a patroa dava-os para ela.

Emma tinha uma grande quantidade de pares em seu armário, que desperdiçava sem que Charles se permitisse fazer a menor observação.

Foi assim que ele gastou trezentos francos com uma perna de madeira que ela julgou conveniente presentear a Hippolyte. O pilão era guarnecido de cortiça e tinha articulações com molas, uma mecânica complicada recoberta de uma calça preta que terminava com uma bota envernizada. Mas Hippolyte, não ousando usar todos os dia uma perna tão bela, suplicou à sra. Bovary que ela conseguisse uma outra mais confortável. O médico, obviamente, arcou ainda com os custos daquela outra aquisição.

Portanto, o criado de estrebaria aos poucos recomeçou a trabalhar. Era visto, como outrora, a percorrer o vilarejo, e, quando Charles ouvia de longe, na calçada, o barulho seco de sua vara, pegava rapidamente outro caminho.

Fora o sr. Lheureux, o comerciante, que se encarregara da encomenda, o que lhe deu a ocasião para frequentar a casa de Emma. Conversava com ela das novidades chegadas de Paris, de mil curiosidades femininas, mostrava-se bastante complacente e jamais pediu dinheiro algum. Emma abandonava-se àquela facilidade de satisfazer a todos seus caprichos. Desse modo, quis adquirir, para dá-lo a Rodolphe, um belíssimo chicote que estava em Rouen, em uma loja de guarda-chuvas. O sr. Lheureux, na semana seguinte, colocou-o sobre a mesa.

Mas, no dia seguinte, apresentou-se na casa dela com uma fatura de 270 francos, sem contar os centavos. Emma ficou bastante embaraçada; todas as gavetas da escrivaninha estavam vazias; deviam mais de quinze dias a Lestiboudois, dois trimestres à criada e ainda muitas outras coisas, e Bovary esperava com impaciência o envio do sr. Derozerays, que tinha o costume de pagá-lo, todos os anos, por volta do dia de São Pedro.

De início, ela conseguiu dispensar Lheureux; por fim, ele acabou por perder a paciência; estavam perseguindo-o, estava sem capital e, se ela não lhe pagasse uma parte, ele seria forçado a recuperar todas as mercadorias que ela tinha.

– Então as recupere! – Emma disse.

– Estou brincando! – replicou. – Lamento apenas pelo chicote. Palavra de honra, eu bem que o pediria de volta a seu marido!

– Não, não! – ela respondeu.

"Ah, peguei você!", pensou Lheureux.

E, certo de sua descoberta, saiu repetindo à meia-voz e com seu pequeno assobio habitual:

– Vamos ver! Vamos ver!

Emma pensava em como sair daquela situação, quando a cozinheira, ao entrar, depositou sobre a lareira um rolinho de papel azul, da parte do sr. Derozerays. Emma saltou sobre ele, abriu-o. Havia quinze napoleões. Era o dinheiro. Ela ouviu

Charles na escada; jogou o ouro no fundo de sua gaveta e pegou a chave.

Três dias depois, Lheureux voltou.

– Tenho um arranjo para propor-lhe – dizia. – Se, em vez da soma devida, a senhora quiser...

– Aqui está – fez ela, pondo em sua mãe catorze napoleões.

O comerciante ficou estupefato. Então, para dissimular seu desapontamento, desdobrou-se em desculpas e ofertas de serviço que Emma recusou; depois, ela ficou alguns minutos apalpando no bolso de seu avental as duas moedas de cem soldos que ele lhe dera. Ela prometia-se economizar, a fim de devolver mais tarde...

"Ora!", ela pensou, "ele não pensará mais nisso."

Além do chicote com castão de *vermeil*, Rodolphe recebera um sinete com a seguinte máxima: *Amor nel cor*; além disso, uma estola para servir de cachecol e, enfim, um porta-cigarros idêntico ao do visconde que Charles outrora juntara na estrada e que Emma conservara. Todavia, esses presentes humilhavam-no. Recusou vários; ela insistiu, e Rodolphe acabou por obedecer, achando-a tirânica e invasiva demais.

Além disso, ela tinha ideias estranhas:

– Quando soar meia-noite – ela dizia –, você pensará em mim!

E, se ele confessasse não ter se lembrado, eram censuras abundantes e que sempre terminavam pelas eternas palavras:

– Você me ama?

– Claro que a amo! – respondia ele.

– Muito?

– Certamente!

– Você não amou outras, amou?

– Acha que me pegou virgem? – exclamava, rindo.

Emma chorava, e ele esforçava-se para consolá-la, enfeitando com trocadilhos seus protestos.

– Oh! Como eu o amo! – ela prosseguiu. – Amo-o a ponto de não poder viver sem você, sabia? Às vezes tenho tanto desejo de vê-lo que todas as iras de amor dilaceram-me. Pergunto-me: "Onde ele está? Talvez esteja falando com outras mulheres? Elas lhe sorriem, ele se aproxima...". Oh! Não, nenhuma outra o agrada, não é? Há outras mais belas, mas eu sei amar melhor! Sou sua criada e sua concubina! Você é meu rei, meu ídolo! Você é bom! Você é belo! Você é inteligente, você é forte!

Ele a escutara tantas vezes dizer essas coisas que elas já não tinham para ele nada de original. Emma parecia-se com todas as amantes; e o charme da novidade caía pouco a pouco, como uma vestimenta, deixando ver nua a eterna monotonia da paixão, que sempre tem as mesmas formas e a mesma linguagem. Ele, aquele homem tão prático, não distinguia a dessemelhança dos sentimentos sob a igualdade das expressões. Porque outros lábios libertinos ou venais murmuraram-lhe frases semelhantes, desconfiava de sua candura; delas deveriam ser descontados os discursos exagerados que escondiam as afeições medíocres; como se a plenitude da alma não transbordasse, às vezes, pelas metáforas mais vazias, já que ninguém, jamais, pode fornecer a exata medida de suas necessidades, nem de suas concepções, nem de suas dores, e que a palavra humana é como um caldeirão rachado no qual batemos melodias para fazer os ursos dançarem, quando, na realidade, gostaríamos de enternecer as estrelas.

Mas, com aquela superioridade crítica própria àquele que, em qualquer compromisso, mantém-se na retaguarda, Rodolphe percebeu naquele amor outros gozos a serem explorados. Julgou todo pudor incômodo. Tratava-a sem modos. Fez dela algo maleável e depravado. Era uma espécie de afeição idiota e cheia de admiração para ele, de volúpias para ela, uma beatitude que a entorpecia; e sua alma afundava-se naquela embriaguez e submergia dela murcha, como o duque de Clarence[42] em seu tonel de malvasia.

Devido a seus hábitos amorosos, a sra. Bovary mudou de aspecto. Seus olhares tornaram-se mais ousados, seus discursos, mais livres; ela teve inclusive a inconveniência de passear com o sr. Rodolphe, com um cigarro na boca, *como se quisesse desafiar a sociedade*; enfim, aqueles que ainda duvidavam deixaram de duvidar quando a viram descer um dia da *Hirondelle* com o

42. George Plantageneta, conde de Salisbury e duque de Clarence (1449-1478): foi preso na Torre de Londres acusado de complô contra seu irmão Eduardo IV e executado por afogamento em um barril de malvasia. (N.T.)

busto apertado em um colete à moda masculina; e a sra. Bovary mãe, que, depois de uma cena medonha com seu marido, viera refugiar-se na casa do filho, não foi a burguesa menos escandalizada. Muitas outras coisas a desagradaram: primeiramente, Charles não havia escutado seus conselhos quanto à proibição dos romances; depois, o modo de dirigir a casa a desagradava; permitiu-se algumas observações e trocaram ofensas, sobretudo uma vez, a propósito de Félicité.

A sra. Bovary mãe, na noite da véspera, ao atravessar o corredor, a surpreendera na companhia de um homem de barba escura, de cerca de quarenta anos e que, com o barulho de seus passos, escapou rapidamente da cozinha. Emma pusera-se a rir, mas a boa senhora exaltou-se, declarando que, a não ser que quisesse zombar dos bons costumes, devia vigiar os hábitos da criada.

– De que mundo a senhora é? – perguntou a nora, com um olhar tão impertinente que a sra. Bovary perguntou-lhe se ela não estava defendendo sua própria causa.

– Vá embora! – fez a jovem, levantando-se em um pulo.

– Emma!... Mamãe!... – exclamou Charles para reconciliá-las.

Mas ambas refugiaram-se em suas exasperações. Emma batia os pés repetindo:

– Ah, quanta civilidade! Que camponesa!

Ele correu para sua mãe; ela perdera as estribeiras, balbuciava:

– É uma insolente! Uma leviana! Talvez até pior!

E ela queria ir embora imediatamente, se a outra não viesse pedir-lhe desculpas. Charles voltou então em direção à sua mulher e conjurou-a ceder; pôs-se de joelhos; ela terminou por responder:

– Que seja! Vou.

De fato, estendeu a mão à sogra com uma dignidade de marquesa, dizendo-lhe:

– Desculpe-me, minha senhora.

Depois, tendo subido a seu quarto, Emma jogou-se de barriga na cama e chorou como uma criança, com a cabeça enterrada no travesseiro.

Eles haviam combinado, ela e Rodolphe, que, em caso de fato extraordinário, ela penduraria na persiana um paninho branco, para que, se por acaso ele se encontrasse em Yonville, corresse para a ruela atrás da casa. Emma fez o sinal; ela esperava há três quartos de hora quando, de repente, viu Rodolphe no canto do mercado. Ficou tentada a abrir a janela, a chamá-lo, mas ele já desaparecera. Ela caiu em desespero.

Logo, no entanto, pareceu-lhe que alguém caminhava na calçada. Era ele, sem dúvida; ela desceu a escada, atravessou o pátio. Rodolphe estava ali, do lado de fora. Emma jogou-se em seus braços.

– Tome cuidado – ele disse.

– Ah, se você soubesse! – ela continuou.

E ela se pôs a contar-lhe tudo, com pressa, sem continuação, exagerando alguns fatos, inventando outros e esbanjando tantos parênteses que ele não entendia nada.

– Vamos, meu pobre anjo, coragem, console-se, paciência!

– Mas lá se vão quatro anos que estou esperando e sofrendo!... Um amor como o nosso deveria revelar sua face ao céu! Eles estão me torturando. Não aguento mais! Salve-me!

Ela abraçou Rodolphe. Seus olhos, cheios de lágrimas, faiscavam como chamas sob a onda de lágrimas; sua garganta arfava em respirações rápidas; ele nunca a amara como agora; chegou a perder a cabeça e disse-lhe:

– O que é preciso fazer?

– Leve-me daqui! – ela exclamou. – Rapte-me!... Oh, eu suplico!

E precipitou-se sobre sua boca, como se quisesse arrancar dela o consentimento inesperado que se exalaria através de um beijo.

– Mas... – respondeu Rodolphe.

– Mas o quê?

– E a sua filha?

Ela pensou alguns minutos e depois respondeu:

– Azar, vamos levá-la conosco!

“Que mulher!”, pensou, vendo-a se afastar.

Pois ela acabava de escapar para o jardim. Alguém a chamava.

A velha sra. Bovary, nos dias seguintes, ficou bastante impressionada com a metamorfose da sua nora. De fato, Emma mostrou-se mais dócil e inclusive levou sua boa vontade ao ponto de pedir-lhe uma receita para marinar pepinos.

Seria para melhor enganá-los? Ou então queria, por uma espécie de estoicismo voluptuoso, sentir mais profundamente a amargura das coisas que iria abandonar? Mas Emma não prestava atenção nisso, pelo contrário: vivia como que perdida na degustação antecipada de sua felicidade próxima. Era com Rodolphe um eterno assunto de conversas. Apoiava-se em seus ombros e murmurava:

– Hein? Quando estivermos na diligência!... Você imagina? Será possível? Parece-me que no momento em que eu sentir a carruagem arremessando-se, será como se subíssemos em um balão, como se partíssemos rumo às nuvens. Sabe que estou contando os dias?... E você?

Nunca a sra. Bovary fora tão bela quanto nessa época; ela tinha aquela beleza indefinível que resulta da alegria, do entusiasmo, do sucesso e que é apenas a harmonia do temperamento com as circunstâncias. Suas cobiças, seus desgostos, a experiência do prazer e suas ilusões ainda jovens, como ocorre com as flores com o adubo, a chuva, os ventos e o sol, haviam-na gradativamente desenvolvido, e ela desabrochava enfim na plenitude de sua natureza. Suas pálpebras pareciam esculpidas especialmente para seus longos olhares apaixonados, em que a pupila se perdia, ao passo que uma respiração forte afastava suas narinas finas e realçava o canto carnudo de seus lábios, sombreados na claridade por uma penugem negra. Dir-se-ia que um artista hábil em corrupções dispusera sobre sua nuca a espiral de seus cabelos: os fios enrolavam-se em uma massa pesada, negligentemente, e, segundo os acasos do adultério, soltavam-se todos os dias. Sua voz agora adquiria inflexões mais moles, sua cintura também; algo de sutil e penetrante desprendia-se inclusive dos tecidos de seu vestido e da curva de seu pé. Charles, como nos primeiros tempos de seu casamento, achava-a deliciosa e totalmente irresistível.

Quando voltava no meio da noite, não ousava acordá-la. A lamparina de porcelana projetava no teto uma claridade trêmula, e as cortinas fechadas do bercinho formavam uma espécie de cabana branca que se abaulava na sombra, à beira da cama. Charles as contemplava. Acreditava ouvir a respiração leve de sua filha. Ela iria começar a crescer; cada estação, rapidamente, traria um progresso. Já a imaginava vindo da escola ao cair do dia, toda sorridente, com sua roupa manchada de tinta, segurando no braço seu cesto; depois, seria preciso colocá-la em um internato, custaria caro; como faria? Então se punha a refletir. Pensava em alugar uma fazendinha nas redondezas, da qual ele próprio tomaria conta, todas as manhãs, ao ir ver seus doentes. Faria economias, colocaria uma parte delas na caderneta de poupança; a seguir, compraria ações, em algum lugar, qualquer um; aliás, a clientela continuava a aumentar; contava com isso, pois queria que Berthe tivesse uma boa educação, que tivesse talentos, que aprendesse a tocar piano. Ah! Como ela seria linda, mais tarde, aos quinze anos, quando, parecendo-se com sua mãe, usaria no verão, como ela, chapéus de palha! Passariam, de longe, por duas irmãs. Imaginava-a estudando à noite junto deles, sob a luz do candeeiro; bordaria pantufas para ele; cuidaria da casa, enchendo-a com sua gentileza e sua alegria. Enfim, pensariam em seu estabelecimento: encontrariam um bom rapaz para ela, que tivesse uma situação sólida; ele a faria feliz; duraria para sempre.

Emma não dormia, fingia, e, quando ele adormecia ao seu lado, ela despertava para outros sonhos.

Ao galope de quatro cavalos seriam conduzidos, durante oito dias, para um país novo, de onde não mais voltariam. Avançavam, avançavam, com os braços enlaçados, sem falar. Muitas vezes, do lado da montanha, percebiam de repente alguma cidadela esplêndida com cúpulas, pontes, navios, florestas de limoeiros e catedrais de mármore branco, cujos campanários pontudos abrigavam ninhos de cegonha. Caminhavam devagar devido às grandes lajes e, no chão, havia buquês de flores oferecidos pelas mulheres vestidas de corpetes vermelhos. Ouviam tocar os sinos, relincharem as mulas, com o murmúrio das guitarras e o barulho das fontes, cujo vapor refrescava os montes de frutas dispostas em pirâmides ao pé das estátuas pálidas, que sorriam sob os jatos d'água. E, depois, em uma bela tarde, chegavam a uma aldeia de pescadores, onde as redes escuras secavam ao vento, ao longo da falésia e das cabanas. Era ali que parariam para viver; morariam em uma casinha baixa, com o telhado achatado, sombreada por uma palmeira, no fundo de um golfo, à beira-mar. Passeariam de gôndola, se balançariam na rede; a existência deles seria fácil e confortável, como as vestimentas de seda que usavam, toda quente e estrelada como as noites doces que contemplariam. No entanto, na imensidão desse futuro que ela projetava para si, nada de particular surgia; os dias, todos magníficos, se pareceriam como ondas: balançavam-se no horizonte, infinito, harmonioso, azulado e coberto de sol. Mas a criança se punha a tossir em seu berço, ou então Bovary roncava mais forte, e Emma adormecia apenas de manhã, quando a aurora esbranquiçava a vidraça e o pequeno Justin, na praça, já abria os postigos da farmácia.

Mandara vir o sr. Lheureux e disse-lhe:

– Precisarei de uma capa, uma capa comprida, com gola grande, forrada.

– A senhora vai viajar? – perguntou.

– Não, mas... Não importa, posso contar com o senhor, não é? E rapidamente!

Ele inclinou-se.

– Precisarei ainda – ela continuou – de uma caixa... não muito pesada... cômoda.

– Sim, sim, entendo, de 92 centímetros, mais ou menos, por 50, como se faz hoje em dia.

– Com uma sacola de viagem.

"Decididamente", pensou Lheureux, "aí tem coisa."

– E tome – disse a sra. Bovary, tirando seu relógio da cintura –, tome isso; será seu pagamento.

Mas o comerciante exclamou que não era necessário, eles se conheciam; por acaso ele duvidava dela? Que criancice! Insistiu, no entanto, para que pegasse ao menos a corrente, e Lheureux já a havia colocado em seu bolso e ido embora quando ela o chamou.

– O senhor deixará tudo em sua casa. Quanto ao casaco – pareceu refletir – também não o traga; dê-me apenas o endereço do alfaiate e diga que deixou à minha disposição.

Era no mês seguinte que deviam fugir. Ela partiria de Yonville como se fosse fazer compras em Rouen. Rodolphe teria reservado lugares para dormir, feito os passaportes e mesmo escrito a Paris, para terem a diligência direta até Marseille, onde comprariam uma caleche e, de lá, continuariam sem parar pela estrada de Gênova. Ela teria tido o cuidado de enviar à casa de Lheureux sua bagagem, que seria levada diretamente à *Hirondelle*, de modo que ninguém suspeitaria; e, em tudo isso, jamais mencionavam sua filha. Rodolphe evitava falar nisso; Emma, talvez, não pensasse no assunto.

Ele quis ter ainda duas semanas para terminar algumas disposições; depois, ao final de oito dias, pediu mais quinze; depois, disse estar doente; a seguir, fez uma viagem; o mês de agosto passou e, depois daqueles atrasos, eles fixaram que seria irrevogavelmente no dia 4 de setembro, uma segunda-feira.

Enfim, o sábado, a antevéspera da partida, chegou.

Rodolphe veio à noite mais cedo do que de costume.

– Tudo está pronto? – ela perguntou.

– Sim.

Então deram uma volta pelo jardim e foram sentar-se perto da varanda, na beira do muro.

– Você está triste – Emma disse.

– Não, por quê?

E, enquanto isso, ela o olhava singularmente, de maneira carinhosa.

– É pelo fato de ir embora? – perguntou. – De deixar suas afeições, sua vida? Ah! Entendo... Mas, eu, não tenho nada no mundo! Você é tudo para mim. Eu também serei tudo para você, serei sua família, sua pátria; cuidarei de você, o amarei.

– Você é adorável! – ele disse, abraçando-a.

– É verdade? – perguntou ela com um riso de volúpia. – Você me ama? Então jure!

– Se eu a amo? Se a amo? Mas eu adoro-a, meu amor!

A lua, muito redonda e cor púrpura, subia do horizonte, no fundo da pradaria. Subia rapidamente por entre os galhos dos álamos, que a escondiam, aqui e ali, como uma cortina negra, furada. Depois apareceu, resplandecente de brancura, no céu vazio que ela clareava; e então, abrandando-se, deixou cair sobre o riacho uma grande mancha, formada por uma infinidade de estrelas; aquele clarão prateado parecia retorcer-se até o fundo, à maneira de uma serpente sem cabeça, coberta de escamas luminosas. Parecia-se também com um candelabro monstruoso ao longo do qual escorriam gotas de diamante em fusão. A noite suave espalhava-se em torno deles; nuvens de sombra enchiam as folhagens. Emma, com os olhos semicerrados, aspirava com grandes suspiros o vento fresco que soprava. Eles não se falavam, de tão perdidos que estavam na invasão de seus próprios devaneios. A ternura dos antigos dias vinha-lhes ao coração, abundante e silenciosa como o rio que corria, com a mesma languidez produzida pelo perfume dos lilases, e projetava em suas lembranças sombras maiores e mais melancólicas do que as de salgueiros imóveis deitadas sobre a relva. Frequentemente, algum animal noturno, ouriço ou doninha, pondo-se à caça, mexia as folhas, ou então se ouvia, de vez em quando, um pêssego maduro cair sozinho da árvore.

– Ah, que bela noite! – exclamou Rodolphe.

– Teremos muitas outras como esta! – respondeu Emma.

E, como se falasse sozinha:

– Sim, será bom viajar... Mas então por que tenho o coração triste? Será a apreensão do desconhecido... o efeito dos hábitos deixados... ou então...? Não, é excesso de felicidade! Como sou fraca, não é? Perdoe-me!

– Ainda é tempo! – ele exclamou. – Pense bem, talvez você se arrependa.

– Nunca! – ela disse impetuosamente.

E, aproximando-se dele:

– Que desgraça então poderia me acontecer? Não há desertos, precipícios nem oceanos que eu não atravessaria com você. À medida que vivermos juntos, será como um abraço, cada dia mais apertado, mais completo. Nada nos perturbará, não haverá preocupações nem obstáculos! Estaremos a sós, apenas nós, eternamente... Fale, responda-me.

Ele respondeu com intervalos regulares: "Sim... sim!...". Ela passara-lhe as mãos nos cabelos e repetia com uma voz infantil, apesar das enormes lágrimas que lhe corriam:

– Rodolphe! Rodolphe!... Ah, Rodolphe, Rodolphe querido!

Soou meia-noite.

– É meia-noite! – ela disse. – Vamos, amanhã é o grande dia! Só falta um!

Ele levantou-se para ir embora; e, como se aquele gesto que fazia fosse o sinal da fuga, Emma, de repente, ganhou uma expressão alegre:

– Você está com os passaportes?

– Estou.

– Não está se esquecendo de nada?

– Não.

– Tem certeza?

– Tenho.

– É no *Hotel de Provence* que você vai estar me esperando?... Ao meio-dia?

Ele assentiu com a cabeça.

– Até amanhã, então! – disse Emma, com uma última carícia.

E ela o viu afastar-se.

Ele não se virou. Ela correu atrás dele e, inclinando-se para a beira d'água, entre as moitas, exclamou:

– Até amanhã!

Ele já estava do outro lado do riacho e atravessava rapidamente a pradaria.

Ao fim de alguns minutos, Rodolphe parou e, quando a viu com suas roupas brancas pouco a pouco desaparecer na escuridão como um fantasma, foi tomado de tal pulsação cardíaca que se apoiou contra uma árvore para não cair.

– Que imbecil eu sou! – exclamou, blasfemando pavorosamente. – Não tem importância, era uma bela amante!

E, imediatamente, a beleza de Emma, com todos os prazeres daquele amor, voltou-lhe à lembrança. A princípio, enterneceu-se, mas, depois, revoltou-se contra ela.

– Ora! – exclamou. – Não posso expatriar-me, ter as despesas com uma criança.

Pensava nessas coisas para melhor se convencer.

– E, além disso, as dificuldades, a despesa... Ah! Não, não, mil vezes não! Seria uma grande besteira!

XIII

Mal chegou em casa, Rodolphe sentou-se bruscamente em sua escrivaninha, sob a cabeça de cervo pendurada na parede à guisa de troféu. Mas, quando pegou a pena entre os dedos, não conseguiu escrever o que quer que fosse, de modo que, apoiando-se sobre os dois cotovelos, pôs-se a refletir. Emma pareceu-lhe estar recuada em um passado longínquo, como se a resolução que tivesse tomado acabasse de estabelecer entre os dois, de repente, um intervalo imenso.

Para reapoderar-se de algo dela, foi buscar no armário, na cabeceira de sua cama, uma velha caixa de biscoito de Reims, onde costumava guardava cartas de mulheres, e dela escapou um odor de poeira úmida e de rosas murchas. Primeiro, viu um lenço de bolso, coberto de gotículas pálidas. Era um lenço dela, de uma vez que lhe saíra sangue do nariz durante um passeio; ele nem lembrava mais daquilo. Ao lado, havia, com os cantos todos amassados, um retrato oferecido por Emma; seu traje pareceu-lhe pretensioso e seu olhar afetado, do mais deplorável efeito; depois, de tanto contemplar aquela imagem e de evocar a lembrança da modelo, os traços de Emma, pouco a pouco, confundiram-se em sua memória, como se a figura viva e a figura pintada, esfregando-se uma na outra, fossem apagar-se mutuamente. Enfim, leu as cartas dela; eram cheias de explicações relativas à viagem, curtas, técnicas e apressadas, como bilhetes de negócios. Quis reler as longas, as mais antigas; para encontrá-las ao fundo da caixa, Rodolphe tirou todas as outras do lugar e, maquinalmente, pôs-se a revirar naquele monte de papéis e de coisas, encontrando desordenadamente buquês, uma liga, uma máscara preta, alfinetes e mechas de cabelo – e mechas de cabelo! Morenas, louras; algumas delas, tendo se enganchado na fechadura de ferro da caixa, arrebentavam-se quando esta era aberta.

Assim, flanando por suas lembranças, examinava as letras e o estilo das cartas, tão variados quanto as caligrafias. Eram carinhosas ou joviais, divertidas, melancólicas; algumas pediam amor e outras pediam dinheiro. Através de uma palavra, ele lembrava-se de rostos, de certos gestos, do som de uma voz; algumas vezes, no entanto, não se lembrava de nada.

De fato, aquelas mulheres, ao acorrerem ao mesmo tempo a seu pensamento, constrangiam-se e diminuíam-se mutuamente, como se estivessem em um mesmo nível de amor que as igualasse. Pegando então aos punhados as cartas misturadas, divertiu-se durante alguns minutos a fazê-las cair em cascata de sua mão direita para sua mão esquerda. Enfim, aborrecido, adormecido, Rodolphe foi colocar a caixa no armário, dizendo-se:

– Que monte de piadas!...

O que resumia sua opinião; pois os prazeres, como fazem os alunos no pátio do colégio, haviam calcado de tal forma seu coração que nada de verde poderia ali brotar, e o que passava por ele, mais atordoadamente do que as crianças, não deixava nem mesmo, como elas o faziam, seu nome gravado no muro.

– Vamos, comecemos!

E escreveu:

"Coragem, Emma! Coragem! Não quero causar sua desgraça."

"Afinal de contas, é verdade", pensou Rodolphe, "estou agindo no interesse dela, estou sendo honesto."

"A senhora pesou com maturidade sua escolha? Conhece o abismo para o qual eu a arrastava, pobre anjo? Não, não conhece! A senhora ia seguir-me, confiante e louca, acreditando na felicidade e no futuro... Ah! Como somos infelizes! Insensatos!"

Rodolphe parou nesse momento para encontrar uma boa desculpa.

– E se eu dissesse para ela que toda a minha fortuna está perdida?... Ah! Isso não, e, aliás, não mudaria nada. Seria para começar tudo de novo depois. Será que podemos fazer com que mulheres como essa ouçam a voz da razão?

"Não a esquecerei, pode crer, e continuarei a ter pela senhora uma dedicação profunda; mas, um dia, mais cedo ou mais tarde, esse ardor (esse é afinal o destino das coisas humanas) diminuiria, sem dúvida! Sofreríamos lassidões, e, quem sabe, eu não teria experimentado a dor atroz de assistir a seus remorsos e até de participar deles, já que seria eu o seu causador. A simples ideia de seu desgosto me tortura, Emma! Esqueça-me! Por que a conheci? Por que é tão bela? É culpa minha? Oh, meu Deus, não, não, acuse apenas a fatalidade!"

"Eis uma palavra que sempre surte efeito", pensou.

"Se a senhora fosse apenas uma daquelas mulheres de coração frívolo, como se vê por aí, certamente eu poderia, por egoísmo, tentar uma experiência que então seria sem perigo para a senhora. Mas essa exaltação deliciosa, que participa simultaneamente de seu charme e de seu tormento, impediu-a de entender, adorável mulher, que a senhora é a falsidade de nossa posição futura. Eu também não pensei antes, e descansava à sombra daquela felicidade ideal, como à de uma mancenilheira, sem prever as consequências."

– Ela vai acreditar provavelmente que é por avareza que renuncio... Ah! Não importa! Azar, é preciso terminar!

"O mundo é cruel, Emma. Para qualquer lugar que fôssemos, ele nos perseguiria. Seria preciso que a senhora fosse submetida a questões indiscretas, à calúnia, ao desdém, ao ultraje, talvez. Um ultraje contra a senhora! Oh!... E eu que queria fazê-la sentar em um trono! Eu que a carrego comigo no pensamento como um talismã! Pois estou me punindo com o exílio por todo mal que lhe fiz. Estou partindo. Para onde? Não sei, estou louco! Adeus! Seja bondosa! Conserve a lembrança do infeliz que a perdeu. Ensine meu nome à sua filha, que ela o repita em suas orações."

O pavio das duas velas tremia. Rodolphe levantou-se para ir fechar a janela e, quando se sentou de volta:

– Parece-me ser tudo. Ah! Mais isto, por medo de que ela venha a insistir:

"Estarei longe quando a senhora estiver lendo estas tristes linhas, pois quis fugir o mais rápido possível a fim de evitar a tentação de revê-la. Nada de fraquezas! Voltarei; e talvez, mais tarde, conversaremos juntos muito friamente sobre nossos antigos amores. Adeus!"

E havia um último adeus, separado em duas palavras: "A Deus!", o que ele julgou de excelente gosto.

– Como é que vou assinar agora? – perguntou-se. – Seu devotado?... Não. Seu amigo?... Sim, é isso.

"Seu amigo."

Releu sua carta. Pareceu-lhe boa.

"Pobre mulherzinha!", pensava com ternura. "Ela vai me achar mais insensível do que uma pedra; seria preciso algumas lágrimas aqui por cima, mas não consigo chorar; não é culpa minha." Então, tendo enchido um copo d'água, Rodolphe mergulhou seu dedo e deixou cair do alto uma grande gota, que formou uma mancha pálida sobre a tinta; depois, buscando selar a carta, encontrou o sinete *Amor nel cor*.

– Não vai nada bem com a circunstância... Ah, não importa!

Depois disso, fumou três cachimbos e foi dormir.

No dia seguinte, quando se levantou (por volta das duas horas, pois fora dormir tarde), Rodolphe mandou que colhessem para ele um cesto de damascos. Pôs a carta no fundo, sob folhas de videira, e ordenou, a seguir, que Girard, seu criado de lavoura, fosse levar aquilo delicadamente à casa da sra. Bovary. Servia-se desse meio para corresponder-se com ela, enviando-lhe, de acordo com a estação, frutas ou carnes de caça.

– Se ela perguntar por mim, diga-lhe que fui viajar. É preciso entregar o cesto diretamente a ela... Vá, tome cuidado!

Girard pôs o avental novo, amarrou um lenço em torno dos damascos e, caminhando com passos pesados em suas grossas galochas ferradas, pegou tranquilamente o caminho de Yonville.

Quando chegou à casa da sra. Bovary, ela dobrava com Félicité, sobre a mesa da cozinha, uma trouxa de roupas.

– Aqui está o que o nosso patrão lhe envia.

Ela foi tomada por uma apreensão e, enquanto buscava alguma moeda em seu bolso, contemplava o camponês com um olhar esgazeado, enquanto ele próprio a olhava com assombro, sem compreender que um presente daqueles pudesse emocionar alguém a tal ponto. Enfim, ele saiu. Félicité continuava ali. Ela não aguentava mais, correu para sala como se fosse para levar os damascos, virou o cesto, arrancou as folhas, encontrou a carta, abriu-a e, como se atrás dela houvesse um incêndio terrível, Emma pôs-se a fugir em direção ao seu quarto, toda assustada.

Charles estava ali, ela o viu; ele falou com ela, ela não ouviu nada e continuou a subir vivamente as escadas; ofegante, desvairada, ébria e ainda segurando aquela folha de papel terrível, que estava entre seus dedos como uma chapa metálica. No segundo andar, ela parou diante da porta do sótão, que estava fechada.

Tentou então acalmar-se; lembrou da carta; era preciso terminá-la, mas não tinha coragem. Em outro lugar, mas onde? Como? Com certeza a veriam.

– Ah, não, aqui ficarei bem.

Emma empurrou a porta e entrou.

As ardósias deixavam cair a prumo um calor pesado, que lhe apertava as têmporas e a sufocava; ela se arrastou até a mansarda fechada, cujo ferrolho tirou, fazendo entrar a luz ofuscante de uma só vez.

De frente, acima dos telhados, o campo estendia-se a perder de vista. Embaixo, sob seus pés, a praça do vilarejo estava vazia; os seixos da calçada cintilavam, os cata-ventos das casas permaneciam imóveis; na esquina, partia de um andar inferior uma espécie de ronco com modulações estridentes. Era Binet que girava o torno.

Ela apoiou-se contra o vão da mansarda e releu a carta com risadas de cólera. Mas quanto mais fixava nela sua atenção, mais suas ideias confundiam-se. Ela revia-o, ouvia-o, envolvia-o com os dois braços; e os batimentos cardíacos, que ela sentia sob o peito como grandes golpes bruscos, aceleravam-se um depois do outro, com intermitências desiguais. Olhava para todos os lados, com o desejo de que a terra ruísse. Por que não pôr um fim nisso tudo? O que a retinha? Estava livre. Avançou, olhou para o piso, dizendo-se:

– Vamos, vamos!

O raio luminoso que vinha diretamente ali de baixo atraía em direção ao abismo o peso de seu corpo. Parecia-lhe que o solo da praça, oscilando, elevava-se ao longo das paredes, e que o soalho inclinava-se para a ponta, à maneira de um navio que balança. Ela estava bem na borda, quase suspensa, cercada por um grande espaço. O azul do céu a invadia, o ar circulava em sua cabeça oca; bastava ceder, deixar-se levar; e o ronco do torno não cessava, como uma voz furiosa chamando-a.

– Mulher! Mulher! – gritou Charles.

Ela parou.

– Onde você está? Venha cá.

Ela parou.

A ideia de escapar para a morte quase a fez desmaiar de terror; ela fechou os olhos; depois, estremeceu ao contato de uma mão sobre sua manga: era Félicité.

– O patrão está esperando, senhora; a sopa está servida.

Foi preciso descer! Foi preciso sentar à mesa!

Ela tentou comer. A comida a sufocava. Então ela desdobrou o guardanapo como se quisesse examinar a sua cerzidura e quis realmente aplicar-se nesse trabalho, contar os fios do pano. De repente, a lembrança da carta voltou-lhe. Será que a perdera? Onde encontrá-la? Mas sentia uma tal lassidão no espírito que jamais poderia inventar um pretexto para sair da mesa. Depois, tornou-se covarde; estava com medo de Charles; ele sabia de tudo, era certo! De fato, ele pronunciou as seguintes palavras de forma particular:

– Ao que parece, não veremos Rodolphe tão cedo.

– Quem lhe disse isso? – disse ela, estremecendo.

– Quem me disse? – replicou ele, um pouco surpreso com aquele tom brusco. – Foi Girard, encontrei-o há pouco à porta do Café Français. Ele viajou, ou deve viajar.

Ela soluçou.

– O que a surpreende? Ele ausenta-se assim de tempos em tempos para distrair-se, e, palavra de honra, eu aprovo. Quando alguém tem fortuna e é novo!... De resto, ele se diverte bastante, nosso amigo! É um farsante. O sr. Langois contou-me que...

Ele calou-se por conveniência em virtude da criada, que entrava.

Esta pôs de volta no cesto os damascos espalhados pela prateleira; Charles, sem notar o rubor de sua mulher, mandou trazê-los, pegou um e deu-lhe uma dentada.

– Oh! Está perfeito! – disse. – Tome, prove.

E ele estendeu o cesto, que ela afastou suavemente.

– Cheire: que aroma! – disse, passando-o debaixo do seu nariz diversas vezes.

– Estou sufocando! – exclamou ela, levantando-se de um salto.

Mas, com um esforço, aquele espasmo desapareceu, e depois:

– Não é nada! – disse. – Não é nada! É nervoso! Sente-se, termine de comer!

Charles, para obedecer, sentou-se de volta e cuspia na mão os caroços de damasco para depois depositá-los no prato.

De repente, um tílburi azul passou trotando pela praça. Emma soltou um grito e caiu dura no chão, para trás.

De fato, Rodolphe, depois muitas reflexões, decidiu ir embora para Rouen. Ora, como não há, de La Huchette a Buchy, outro caminho senão o de Yonville, foi preciso atravessar o vilarejo, e Emma reconhecera-o pelo clarão das lanternas que cortavam o crepúsculo como um raio.

O farmacêutico, com o tumulto que se fazia na casa, precipitou-se. A mesa, com todos os pratos, havia virado; o molho, a carne, as facas, o saleiro e o óleo cobriam a sala; Charles pedia socorro; Berthe, espantada, gritava; Félicité, cujas mãos tremiam, soltava o espartilho de sua patroa, que fazia movimentos convulsivos ao longo do corpo.

– Vou correndo buscar em meu laboratório um pouco de vinagre aromático! – disse o farmacêutico.

A seguir, quando ela abriu os olhos ao respirar o frasco:

– Eu tinha certeza – ele disse –, pois isso acordaria até um defunto.

– Fale conosco! – dizia Charles. – Fale conosco! Recomponha-se! Sou eu, seu Charles que a ama! Está me reconhecendo? Veja, aqui está sua filha: beije-a!

A criança avançou em direção aos braços de sua mãe para dependurar-se em seu pescoço. Mas, virando a cabeça, Emma disse com uma voz brusca:

– Não, não... ninguém...!

E desmaiou outra vez. Levaram-na para sua cama.

Permaneceu estendida, com a boca aberta, as pálpebras fechadas, as mãos esticadas, imóvel e branca como uma estátua de cera. Saíam de seus olhos dois fios de lágrimas que corriam lentamente sobre o travesseiro.

Charles, de pé, permanecia ao lado da alcova, e o farmacêutico, perto dele, mantinha aquele silêncio meditativo que é conveniente nas ocasiões sérias da vida.

– Tranquilize-se – disse, tocando-lhe o cotovelo –, creio que o espasmo passou.

– Sim, ela está descansando um pouco agora! – respondeu Charles, que a olhava dormir. – Pobre mulher!... Pobre mulher!... Mais uma recaída!

Então Homais perguntou como o acidente ocorrera. Charles respondeu que foi de repente, quando ela estava comendo damascos.

– Extraordinário!... – respondeu o farmacêutico. – Mas será possível que os damascos tenham ocasionado a síncope? Há naturezas tão impressionáveis ao encontro de certos odores! E seria inclusive uma bela questão a ser estudada, tanto do ponto de vista patológico quanto fisiológico. Até os padres reconhecem a sua importância, afinal sempre misturaram aromas em suas cerimônias. É para entorpecer o entendimento e provocar êxtases, coisa, aliás, fácil de ser obtida com as pessoas do sexo feminino, que são mais delicadas do que as do sexo masculino. Citam-se inclusive casos de mulheres que desmaiam com o cheiro de chifre queimado, de pão fresco...

– Tome cuidado para não acordá-la – disse Bovary baixinho.

– E não é só isso – continuou o boticário –; os humanos são alvos dessas anomalias, mas os animais também. Dessa forma, o senhor conhece o efeito singularmente afrodisíaco que produz o *nepta cataria*, vulgarmente chamado de erva do gato, nos felinos; e, além disso, para citar um exemplo que garanto ser autêntico, Bridoux (um de meus antigos camaradas, atualmente estabelecido na Rue Malpalu) possui um cão que tem convulsões a cada vez que lhe mostram uma tabaqueira. Frequentemente, inclusive, ele faz a experiência diante de amigos, em sua casa de campo de Bois-Guillaume. Você acredita que um simples esternutatório pode causar tais estragos no organismo quadrúpede? É extremamente curioso, não é?

– É – disse Charles, que nem estava ouvindo.

– Isso nos prova – continuou o outro, sorrindo com um ar de suficiência benigna – as irregularidades sem-fim do sistema nervoso. No que diz respeito à sua esposa, ela sempre me pareceu, eu confesso, uma verdadeira sensitiva. Eu não o aconselharei, meu bom amigo, nenhum daqueles remédios que, sob pretexto de atacar os sintomas, atacam o temperamento. Não, nada de medicamentos inúteis. Regime, e basta! Sedativos, emolientes, dulcificantes! Além disso, o senhor não acha que talvez fosse necessário tocar a imaginação?

– Como assim? – perguntou Charles.

– Ah, eis a questão! Efetivamente, eis a questão: *That is the question!* Como eu lia um dia desses no jornal.

Mas Emma, levantando-se, gritou:

– E a carta? E a carta?

Acharam que estava delirando; passou a delirar de fato a partir da meia-noite: uma febre cerebral foi declarada.

Durante 43 dias, Charles não a deixou. Abandonou todos os seus doentes; não mais se deitava, estava sempre a tatear seu pulso, a pôr-lhe sinapismos, compressas de água fria. Mandava Justin até Neufchâtel para buscar gelo; o gelo derretia-se no caminho; ele mandava-o de volta. Chamou o sr. Canivet para uma consulta; fez vir de Rouen o doutor Larivière, seu antigo professor; estava desesperado. O que mais o assustava era o abatimento de Emma, pois ela não falava, não ouvia nada e parecia inclusive não estar sofrendo – como se seu corpo e sua alma estivessem descansando juntos de todas suas agitações.

Em meados de outubro, ela pôde sentar-se em sua cama, com travesseiros nas costas. Charles chorou quando a viu comer seu primeiro pão com geleia. As forças voltaram-lhe; ela levantou-se por algumas horas durante a tarde e, um dia em que se sentia melhor, ele tentou que fizesse, segurando-a pelo braço, um passeio pelo jardim. A areia da alameda desaparecia sob as folhas mortas; ela caminhava dando um passo atrás do outro, arrastando suas pantufas e, com os ombros apoiados contra Charles, continuava a sorrir.

Caminharam assim até o fundo, perto do terraço. Ela endireitou-se lentamente, pôs as mãos na frente dos olhos, para enxergar; olhava ao longe, bem ao longe, mas não havia nada no horizonte a não ser grandes fogueiras de folhas que fumegavam sobre as colinas.

– Você vai se cansar, minha querida – disse Bovary.

E, conduzindo-a suavemente para fazê-la entrar debaixo do caramanchão:

– Sente-se nesse banco: você ficará bem aqui.

– Oh! Não, aqui não! – exclamou com uma voz desfalecida.

Ela sentiu uma tontura e naquela mesma noite a doença voltou, com um aspecto mais incerto, é verdade, e caracteres mais complexos. Ora sofria do coração, ora do peito, do cérebro, dos membros; sobrevieram-lhe vômitos nos quais Charles acreditou ver os primeiro sintomas de um câncer.

E o pobre rapaz, ainda por cima, tinha problemas financeiros!

XIV

Primeiramente, não sabia como fazer para pagar ao sr. Homais todos os medicamentos que utilizara de sua farmácia, e embora, como médico, pudesse não pagá-los, ficava embaraçado com esses favores. Além disso, os gastos da casa, agora que a cozinheira tornara-se patroa, tornavam-se assustadores; as contas choviam; os fornecedores murmuravam; o sr. Lheureux, principalmente, perseguia-o. De fato, na pior fase da doença de Emma, este último, aproveitando-se das circunstâncias para exagerar na fatura, rapidamente trouxera o casaco, a sacola, duas caixas em vez de uma e inúmeras outras coisas. De nada adiantava Charles dizer-lhe que não precisava daquilo, o comerciante respondia-lhe de forma arrogante que aqueles artigos todos haviam sido encomendados e que ele não os aceitaria de volta; aliás, seria contrariar a esposa em sua convalescença; o marido pensou; de qualquer modo, Lheureux estava resolvido a antes persegui-los na justiça do que abandonar seus direitos e levar de volta suas mercadorias. Mais tarde, Charles mandou que fossem levados de volta à loja; Félicité esqueceu; ele tinha outras preocupações; não pensaram mais no assunto; o sr. Lheureux voltou a insistir e, alternadamente ameaçando e gemendo, manobrou tudo de tal modo que Bovary acabou por assinar uma nota promissória com prazo de seis meses. Mas, mal assinara a nota, teve uma ideia audaciosa: pedir emprestados mil francos ao sr. Lheureux. Então, perguntou, com um ar embaraçado, se não havia meio de obter aquela quantia, acrescentando que seria por um ano e com o juro que ele quisesse. Lheureux correu à loja, trouxe os escudos e estipulou outra promissória, através da qual Bovary declarava que pagaria, no dia 1º de setembro próximo, a importância de 1.070 francos; o que, com os 180 já estipulados, somava apenas 1.250. Dessa forma, emprestando a seis por cento, acrescentados de um quarto de comissão, mais os artigos fornecidos que lhe renderiam pelo menos um terço, tudo aquilo deveria, em doze meses, trazer trezentos por cento de lucro; e ele esperava que o negócio não terminasse por aí. Contava com o fato de que o sr. Bovary não conseguiria pagar as promissórias, que essas seriam renovadas e que seu pobre dinheiro, tendo se alimentado na casa do médico como se estivesse em uma casa de saúde, voltaria, um dia, consideravelmente mais rechonchudo e gordo, a ponto de arrebentar o saco.

Aliás, tinha êxito em tudo. Era adjudicatário de um fornecimento de sidra para o hospital de Neufchâtel; o sr. Guillaumin prometera-lhe ações das turfeiras de Grumesnil, e ele sonhava em estabelecer um novo serviço de diligências entre Argueil e Rouen que não tardaria, sem dúvida, a arruinar a lata velha do Lion d'Or e que, deslocando-se mais rápido, a preços mais baixos e levando mais bagagens, colocaria em suas mãos todo o comércio de Yonville.

Charles perguntou-se várias vezes como iria, no ano seguinte, reembolsar tanto dinheiro; e refletia, imaginava expedientes, como recorrer a seu pai ou vender alguma coisa. Mas seu pai seria insensível, e ele não possuía nada que pudesse vender. Então encontrava tantas complicações que afastava rapidamente de sua consciência um assunto de meditação tão desagradável. Censurava-se por esquecer Emma; era como se, pelo fato de não pensar nela continuamente, tivesse lhe roubado algo, já que todos seus pensamentos pertenciam a ela.

O inverno foi rude. A convalescença de Emma foi longa. Quando o tempo estava bom, conduziam-na em sua cadeira até a janela que dava para a praça, pois agora tinha antipatia pelo jardim, e a persiana desse lado permanecia constantemente fechada. Quis que vendessem seu cavalo; o que antes ela amava, agora a desagradava. Todas suas ideias pareciam limitar-se ao cuidado de si mesma. Permanecia em sua cama fazendo pequenas refeições, tocava a campainha da criada para saber dos chás ou para conversar com ela. Enquanto isso, a neve sobre o telhado do mercado projetava no quarto um reflexo branco, imóvel; a seguir, era a chuva que caía. E Emma, cotidianamente, esperava, com uma espécie de ansiedade, o infalível retorno de acontecimentos mínimos que, todavia, não lhe importavam. O mais considerável era, à noite, a chegada da *Hirondelle*. Então a dona da estalagem gritava e outras vozes respondiam, ao passo que o lampião de Hippolyte, que procurava as malas sobre o toldo, parecia uma estrela na escuridão. Ao meio-dia, Charles vinha, depois saía; então ela tomava um caldo e, lá pelas cinco horas, ao cair da tarde, as crianças voltavam da escola, arrastando seus tamancos pela calçada, e batiam, umas atrás das outras, com suas réguas nos postigos.

Era a essa hora que o sr. Bournisien vinha vê-la. Inquiria sobre sua saúde, trazia-lhe notícias e a exortava à religião com uma tagarelice carinhosa que não deixava de ser divertida. A simples visão de seu hábito a confortava.

Um dia, no auge de sua doença, quando acreditara estar agonizante, pedira a comunhão; e à medida que faziam no seu quarto os preparativos para o sacramento, que dispunham em altar a cômoda atulhada de xaropes e que Félicité semeava dálias no chão, Emma sentia algo forte passando sobre si, que a livrava das dores, de toda a percepção, de todo o sentimento. Sua carne aliviada não pesava mais, outra vida começava; parecia-lhe que seu ser, subindo a Deus, ia aniquilar-se naquele amor como um incenso aceso que se dissipa em vapor. Borrifavam água benta nos lençóis da cama; o padre retirou do santo cibório a hóstia branca; e foi desfalecendo em uma alegria celestial que ela avançou seus lábios para aceitar o corpo do Salvador que se apresentava. Em torno dela, as cortinas da alcova dilatavam-se molemente em forma de nuvens e os reflexos dos dois círios queimando sobre a cômoda pareciam-lhe auréolas ofuscantes. Então deixou pender a cabeça, julgando ouvir nos espaços o canto das harpas seráficas e ver no azul do céu, sobre um trono de ouro, em meio aos santos segurando palmas verdes, o Deus pai, todo resplandecente de majestade e que, com um simples gesto, fazia descer à terra anjos com asas de chamas para carregá-la em seus braços.

Aquela visão esplêndida permaneceu em sua memória como a coisa mais bela com a qual se pudesse sonhar; a tal ponto que, atualmente, ela se esforçava para recuperar a sensação, que ainda permanecia, embora de uma forma menos exclusiva, mas com a mesma doçura profunda. Sua alma, cansada de orgulho, repousou enfim na humildade cristã; e, saboreando o prazer de ser frágil, Emma contemplava em si mesma a destruição de sua vontade, que devia proporcionar uma grande abertura às invasões da graça. Havia, portanto, no lugar da alegria, felicidades maiores, outro amor acima de todos os amores, sem intermitência nem fim, e que cresceria eternamente! Ela entrevia, entre as ilusões de sua esperança, um estado de pureza flutuando acima da terra, confundindo-se com o céu, onde ela aspirava estar. Queria tornar-se uma santa. Comprou terços, usava amuletos; desejava ter em seu quarto, ao pé da cama, um relicário engastado de esmeraldas, para beijá-lo todas as noites.

O padre ficou maravilhado com aquelas disposições, embora achasse que a religião de Emma poderia acabar beirando a heresia e mesmo a extravagância. Mas, não sendo muito versado nessas matérias assim que elas ultrapassavam certa medida, ele escreveu ao sr. Boulard, homem cheio de espírito, para que lhe enviasse *qualquer coisa de famoso para uma pessoa do sexo feminino que era muito inteligente*. O livreiro, com a mesma indiferença com que teria expedido quinquilharias aos negros, empacotou-lhe confusamente tudo que havia no momento no negócio dos livros religiosos. Eram pequenos manuais de perguntas e respostas, panfletos de um tom arrogante à maneira do sr. de Maistre[43] e romances com encadernação rosa e estilo afetado, fabricados por seminaristas trovadores ou literatas pedantes arrependidas. Havia *Pensez-y bien*; *L'Homme du monde aux pieds de Marie*, pelo sr. de... condecorado com diversas ordens; *Erreurs de Voltaire à l'usage des jeunes gens* etc.

A sra. Bovary não tinha ainda a inteligência bastante clara para se aplicar seriamente no que quer que fosse; aliás, ela empreendeu essas leituras com muita precipitação. Irritou-se

43. Trata-se de Joseph de Maistre (1753-1821), escritor, político e filósofo francês. (N.T.)

com as prescrições do culto; a arrogância dos escritos polêmicos a desagradaram por sua obstinação em perseguir pessoas que ela não conhecia, e os contos profanos mesclados com religião pareceram-lhe escritos com uma tal ignorância do mundo que a afastaram insensivelmente das verdades cuja prova ela esperava. No entanto, ela persistiu e, quando o volume caiu-lhe das mãos, acreditou-se tomada pela mais fina melancolia católica que uma alma etérea pudesse conceber.

Quanto à lembrança de Rodolphe, ela a pusera lá no fundo de seu coração e ali ficava, mais solene e mais imóvel do que múmia de rei no subterrâneo. Daquele grande amor embalsamado emanava uma exalação que, passando através de tudo, perfumava de ternura a atmosfera imaculada em que queria viver. Quando se ajoelhava no genuflexório gótico, ela dirigia ao Senhor as mesmas palavras de suavidade que murmurara antes a seu amante, nas efusões do adultério. Era para atrair a fé, mas nenhum deleite vinha dos céus, e ela levantava-se, os membros cansados, com o sentimento vago de um imenso logro. Aquela busca, pensava ela, não passava de um mérito a mais; e, no orgulho de sua devoção, Emma comparava-se àquelas grandes damas de outros tempos com cuja glória ela sonhara diante do retrato de La Vallière e que, arrastando com tanta majestade a cauda ornamentada de seus longos vestidos, retiravam-se à solidão para verter aos pés do Cristo todas as lágrimas de um coração machucado pela existência.

Então, ela entregou-se a caridades excessivas. Costurava roupas para os pobres, enviava madeira a parturientes, e um dia, ao chegar em casa, Charles encontrou três vadios sentados à mesa da cozinha tomando uma sopa. Fez com que sua filhinha, que Charles durante sua doença mandara à casa da ama de leite, voltasse para casa. Quis ensinar-lhe a ler; Berthe podia chorar, ela não se irritava mais. Tomara partido da resignação, de uma indulgência universal. Sua linguagem, a propósito de tudo, era plena de expressões ideais. Dizia à sua filha:

– A cólica passou, meu anjo?

A sra. Bovary mãe não encontrou nada para blasfemar, a não ser talvez aquela mania de tricotar roupas para os órfãos em vez de remendar panos. Mas, cansada de querelas domésticas, a boa mulher se sentia bem naquela casa tranquila, e inclusive permaneceu ali até depois da Páscoa, a fim de evitar os sarcasmos do velho Bovary, que não deixava de encomendar um chouriço todas as sextas-feiras santas.

Além da companhia da sogra, que a endurecia um pouco por sua retidão de julgamento e seus modos graves, Emma quase todos os dias possuía outras companhias. Eram a sra. Langlois, a sra. Caron, a sra. Dubreuil, a sra. Tuvache e, regularmente, das duas às cinco horas, a excelente sra. Homais, a única que nunca quis acreditar em nenhum dos mexericos que corriam a respeito dela na vizinhança. Os pequenos Homais também vinham vê-la; Justin os acompanhava. Ele subia com eles até o quarto e ficava de pé perto da porta, imóvel, sem falar. Frequentemente, a sra. Bovary, sem dar-se conta, punha-se a fazer sua toalete. Começava por retirar seu pente, sacudia a cabeça com um movimento brusco; e, quando viu pela primeira vez aquela cabeleira desenrolando-se inteira até os joelhos, em cachos negros, ele sentiu algo extraordinário e novo, cujo esplendor o assustou.

Emma, por certo, não notava suas solicitudes silenciosas nem sua timidez. Não suspeitava que o amor, desaparecido de sua vida, palpitasse ali, perto dela, sob aquela camisa de tecido grosseiro, no coração de adolescente aberto às emanações de sua beleza. De resto, ela envolvia agora tudo em uma tal indiferença, tinha palavras tão afetuosas e olhares tão altivos, maneiras tão diferentes, que não se distinguia mais o egoísmo da caridade nem a corrupção da virtude. Uma noite, por exemplo, exaltou-se contra sua doméstica, que pedia para sair e balbuciava, buscando um pretexto; depois, inesperadamente, perguntou:

– Você o ama então? – perguntou.

E sem esperar a resposta de Félicité, que enrubescia, acrescentou com um ar triste:

– Então, vá, corra, vá divertir-se!

Mandou, no começo da primavera, que revolvessem o jardim de ponta a ponta, apesar das observações de Bovary; ele, no entanto, ficou contente ao vê-la enfim manifestar uma vontade qualquer. E ela foi manifestando outras mais à medida que se restabelecia. Primeiro, encontrou um meio de expulsar dona Rolet, a ama de leite, que havia adquirido o hábito, durante sua convalescença, de vir com demasiada frequência à cozinha com seus dois bebês e seu pensionista, mais faminta do que um canibal. Depois, desfez-se da família Homais, dispensou sucessivamente todas as outras visitas e, inclusive, passou a frequentar a igreja com menos assiduidade, com a grande aprovação do boticário, que lhe disse então, amigavelmente:

– A senhora estava ficando carola demais!

O sr. Bournisien, como antes, vinha todos os dias ao sair da catequese. Preferia ficar de fora, tomando ar em meio ao "arvoredo", como chamava o caramanchão. Era a hora em que Charles voltava para casa. Sentiam calor; traziam a sidra doce e bebiam juntos, brindando à recuperação completa de Emma.

Binet estava ali, isto é, um pouco mais embaixo, encostado no muro do terraço, pescando lagostins. Bovary o convidava para um refresco, e ele sabia perfeitamente desarrolhar a bilha.

– É preciso – explicava, estendendo um olhar satisfeito em torno de si e até as extremidades da paisagem – segurar assim a garrafa, de pé sobre a mesa e, depois que os fios foram cortados, empurrar a rolha aos pouquinhos, devagarzinho, devagarzinho, como se faz, aliás, com a água de Seltz nos restaurantes.

Mas a sidra, durante a sua demonstração, frequentemente jorrava-lhes em pleno rosto, e então o padre, com um riso opaco, não deixava de fazer a seguinte brincadeira:

– Sua bondade salta aos olhos!

Era um homem bom, e até nem se escandalizou quando o farmacêutico aconselhou a Charles que, a fim de entreter a esposa, a levasse ao teatro de Rouen para assistir ao ilustre tenor Lagardy. Homais surpreendeu-se com aquele silêncio, quis saber a opinião dele, e o padre declarou que considerava a música menos perigosa para os hábitos do que a literatura.

Mas o farmacêutico tomou a defesa das letras. O teatro, afirmava, servia para criticar os preconceitos e, sob a máscara do prazer, ensinava a virtude.

– *Castigat ridendo mores*, sr. Bournisien! Dessa forma, veja a maior parte das tragédias de Voltaire; elas são habilmente semeadas de reflexões filosóficas que são uma verdadeira escola moral e diplomática para o povo.

– Quanto a mim – disse Binet –, assisti uma vez a uma peça chamada *Le gamin de Paris*[44], que acentua o caráter de

44. *O garoto de Paris*, vaudevile de Jean-François-Alfred Bayard e de Émile-Louis van Der Burch. (N.T.)

um velho general que é realmente maluco! Ele dá uma lição em um rapaz de boa família que havia seduzido uma operária, que no final...

– Certamente! – continuou Homais. – Há má literatura como há má farmácia, mas condenar em bloco a mais importante das belas-artes parece-me uma inconveniência, uma ideia gótica, digna daqueles tempos abomináveis em que Galileu foi preso.

– Bem sei – objetou o padre – que existem boas obras, bons autores; no entanto, aquelas pessoas diferentes, de sexos diferentes, reunidas em um apartamento encantador, ornado de pompas mundanas e, além do mais, aqueles disfarces pagãos, aquelas maquiagens, aqueles candelabros, aquelas vozes afeminadas, tudo aquilo só pode acabar por engendrar certa libertinagem de espírito e resultar em pensamentos desonestos, tentações impuras. Tal é, pelo menos, a opinião de todos os padres. Enfim – acrescentou, adquirindo subitamente um tom de voz místico, ao passo que enrolava com o polegar uma pitada de tabaco –, se a Igreja condenou os espetáculos, é porque tinha razão; precisamos nos submeter aos seus decretos.

– Por que – perguntou o farmacêutico – a Igreja excomunga os artistas? Afinal, outrora, eles participavam abertamente das cerimônias do culto. Sim, tocavam e encenavam em meio ao coro uma espécie de farsa chamada mistério, que frequentemente desrespeitava as leis da decência.

O padre contentou-se em soltar um gemido, e o farmacêutico prosseguiu:

– É como na Bíblia; há... o senhor sabe... mais de um detalhe... picante, coisas... realmente... atrevidas!

E, depois de um gesto de irritação que fez o sr. Bournisien:

– Ah! O senhor há de convir que não é um livro que possa ser colocado nas mãos de um jovem. Eu ficaria zangado se Athalie...

– Mas são os protestantes, e não nós – exclamou o outro, impaciente – que recomendam a Bíblia!

– Não importa! – disse Homais. – Fico surpreso que, hoje em dia, em um século de luzes, ainda obstinem-se a proscrever um relaxamento intelectual que é inofensivo, moralizante e inclusive higiênico por vezes, não é mesmo, doutor?

– Sem dúvida – respondeu o médico negligentemente, seja porque, embora tivesse as mesmas ideias, não quisesse ofender ninguém, seja porque não tivesse ideias.

A conversa parecia encerrada quando o farmacêutico julgou conveniente lançar uma última investida.

– Conheci padres que se vestiam normalmente para irem ver as dançarinas.

– Ora, vamos! – exclamou o padre.

– Ah, conheci sim!

E, separando as sílabas na frase, Homais repetiu:

– Eu co-nhe-ci.

– Pois bem! Estavam errados – disse Bournisien, resignado a ouvir de tudo.

– Puxa vida! Eles fazem muitas outras! – exclamou o boticário.

– Senhor!... – continuou o eclesiástico com olhos tão ariscos que o farmacêutico ficou intimidado. – Quero apenas dizer-lhe – replicou então com um tom menos brutal – que a tolerância é o meio mais certo de atrair as almas para a religião.

– É verdade! É verdade! – concedeu o velhote sentando-se na cadeira.

Mas não ficou ali mais de dois minutos. Depois, assim que o padre foi embora, o sr. Homais disse ao médico:

– Eis o que chamamos de uma altercação! Desanquei-o de tal forma, o senhor viu!... Enfim, pode acreditar, leve sua esposa ao espetáculo, nem que seja para irritar uma vez na vida um desses corvos aí, diabos! Se alguém pudesse me substituir, eu mesmo o acompanharia. Apresse-se! Lagardy fará apenas uma apresentação; ele recebe ordenados consideráveis na Inglaterra. Dizem que é um grande galhofeiro! Nada no dinheiro! Carrega sempre consigo três amantes e o cozinheiro! Todos esses artistas gastam sem contar; precisam de uma existência desavergonhada que excite um pouco a imaginação. Mas morrem no asilo, pois não tiveram a inteligência, quando jovens, de fazer economias. Vamos, bom apetite. Até amanhã!

Aquela ideia de espetáculo germinou rapidamente na cabeça de Bovary; logo a anunciou à sua mulher, que de início recusou, alegando o cansaço, o transtorno, a despesa; mas, extraordinariamente, Charles não cedeu, de tanto que julgava que esse divertimento deveria ser-lhe aproveitável. Não via nenhum impedimento para isso; sua mãe enviara-lhe trezentos francos, com os quais ele não estava contando, já que as dívidas correntes não eram enormes, e o vencimento das promissórias do sr. Lheureux ainda estava tão distante que não era preciso pensar nisso. Aliás, imaginando que eram escrúpulos, Charles insistiu mais; insistiu tanto que ela terminou por dizer que sim. E, no dia seguinte, às oito horas, embarcavam na *Hirondelle*.

O farmacêutico, que nada tinha que o retivesse em Yonville, mas se sentia forçado a ficar, suspirou vendo-os ir embora.

– Vamos, boa viagem! – disse-lhes. – Felizes mortais que vocês são!

Depois, dirigindo-se a Emma, que usava um vestido de seda azul com quatro folhos:

– Está bela como um cupido! Vai fazer furor em Rouen.

O ponto final da diligência era no hotel da Croix Rouge, na Place Beauvoisine. Era uma daquelas estalagens que existem em todos os arrabaldes do interior, com grandes estrebarias e quartos pequenos, onde se vê, no meio do pátio, galinhas ciscando aveia sob os cabriolés lamacentos dos viajantes – são boas e velhas moradas com varanda de madeira carunchada que rangem à ventania nas noites de inverno, sempre cheias de gente, de tumulto e de comilanças, com mesas escuras encardidas de café com aguardente, vidros espessos, amarelados pelas moscas, guardanapos úmidos, manchados de vinho tinto; são estalagens que cheiram ao interior como criados de fazendas vestidos de burgueses; têm sempre um café que dá para a rua e, do lado do campo, uma horta. Charles foi tomar as providências imediatamente. Confundiu o proscênio com as galerias, a plateia com os camarotes, pediu explicações, não entendeu nada, foi mandado do porteiro ao diretor, voltou à estalagem, retornou outra vez à bilheteria e, várias vezes, atravessou toda a cidade, do teatro até o bulevar.

A mulher comprou um chapéu, luvas, um buquê. O marido temia muito perder o início do espetáculo; e, sem terem tido tempo de engolir um caldo, apresentaram-se diante das portas do teatro, que ainda estavam fechadas.

XV

A multidão encostava-se simetricamente às paredes entre as balaustradas. Na esquina das ruas vizinhas, gigantescos cartazes repetiam em caracteres barrocos: "*Lucie de Lamermoor...* Lagardy... Ópera etc.". O tempo estava bom. As pessoas sentiam calor; o suor escorria dos cabelos frisados, todos os lenços esticados enxugavam as testas vermelhas; e, por vezes, um vento morno, que soprava de um riacho, agitava suavemente a bordas das barracas de cotim suspensas nas portas dos cafés. Um pouco mais embaixo, no entanto, as pessoas eram refrescadas por uma corrente de ar glacial que cheirava a sebo, couro e óleo. Era a exalação da Rue des Charrettes, cheia de armazéns escuros onde rolavam barricas.

Por medo de parecer ridícula, Emma quis, antes de entrar, fazer um passeio na ponte, e Bovary, por prudência, manteve as entradas fechadas na mão, dentro do bolso de sua calça, que apoiava contra a barriga.

Emma foi tomada de palpitações desde o vestíbulo. Sorriu involuntariamente de vaidade ao ver a multidão que se precipitava à direita para o outro corredor, ao passo que ela subia a escadaria principal. Sentiu prazer, como uma criança, em empurrar com o dedo as largas portas forradas de tapeçarias; aspirou com todo seu peito o odor poeirento das cores, e, quando se sentou no camarote, curvou a cintura com uma desenvoltura de duquesa.

A sala começava a encher, as pessoas tiravam os binóculos dos estojos, e os frequentadores assíduos, enxergando-se de longe, cumprimentavam-se. Vinham distrair-se nas boas artes e esquecer as preocupações com as vendas; porém, não esqueciam os negócios, conversando ainda sobre algodão, aguardente ou índigo. Viam-se ali cabeças de velhos, inexpressivas e pacíficas, e que, alvacentas no cabelo e na tez, pareciam medalhas de prata embaçadas por um vapor de chumbo. Os rapazes elegantes pavoneavam-se na plateia, exibindo na abertura do colete as gravatas rosa ou verde claro; a sra.

Bovary admirava-os de cima, ao apoiarem em *badines* com castões de ouro a palma estendida de suas luvas amarelas.

Entrementes, as velas da orquestra acenderam-se; o lustre desceu do teto, derramando, com a irradiação dos vidros facetados, uma alegria súbita na plateia; a seguir, os músicos entraram uns depois dos outros e, primeiramente, ouviu-se um longo charivari de baixos roncando, violinos chiando, pistões trombeteando, flautas e pífaros piando. Ouviram-se três pancadas no palco; um ribombar de tímpanos começou, os instrumentos de cobre mantiveram os acordes e a cortina, ao levantar-se, descobriu uma paisagem.

Era a encruzilhada de um bosque, com uma fonte à esquerda, sob a sombra de um carvalho. Camponeses e senhores, com a manta sobre os ombros, cantavam todos juntos uma canção de caça; depois, apareceu um capitão que evocava o anjo do mal, levantando os dois braços ao céu; outro apareceu; eles foram embora, e os caçadores prosseguiram.

Emma voltava às suas leituras de juventude, em pleno Walter Scott. Pareceu-lhe ouvir, através da bruma, o som de gaitas de foles escocesas repetindo-se pelas charnecas. Aliás, a lembrança do romance facilitava a compreensão do libreto, e ela acompanhava a intriga frase por frase, ao passo que pensamentos inacessíveis que lhe vinham dispersavam-se rapidamente nas rajadas da música. Deixava-se levar pelo balanço das melodias e sentia que ela própria vibrava em todo seu ser, como se os arcos dos violinos viessem passear sobre seus nervos. Seus olhos não davam conta de tantos detalhes a serem contemplados: as fantasias, os cenários, os personagens, as árvores pintadas que tremiam quando caminhavam e os toques de veludo, as capas, as espadas, todas aquelas imaginações que se agitavam na harmonia como se estivessem na atmosfera de outro mundo. Uma jovem avançou, jogando uma bolsa a um cavaleiro de verde. Ela permaneceu só, e então se ouviu uma flauta que imitava o murmúrio de uma fonte ou de gorjeios de pássaros. Lucie atacou com um ar grave a cavatina em sol maior; queixava-se de amor, pedia asas. Emma, da mesma forma, gostaria de fugir da vida, levantando voo, arrebatada em um abraço. De repente, Edgar Lagardy apareceu.

Tinha aquela palidez esplêndida que confere algo da majestade do mármore às raças ardentes do sul. Seu corpo vigoroso estava envolvido em um gibão escuro; um pequeno punhal cinzelado batia-lhe na coxa esquerda, e ele revolvia os olhos langorosamente, exibindo seus dentes brancos. Diziam que uma princesa polonesa, ouvindo-o cantar uma noite na praia de Biarritz, onde ele reparava chalupas, apaixonara-se por ele. Arruinara-se por causa dele. Ele a largara por outras mulheres e sua celebridade sentimental só aumentava sua reputação artística. O cabotino diplomata tinha inclusive o cuidado de sempre introduzir nos reclames uma frase poética sobre a fascinação de sua pessoa e a sensibilidade de sua alma. Uma bela voz, confiança inabalável, mais temperamento do que inteligência e mais ênfase do que lirismo terminavam por realçar aquela admirável natureza de charlatão que tinha algo de cabeleireiro e de toureiro.

Desde a primeira cena, entusiasmou o público. Abraçou Lucie, deixou-a, voltou, parecia desesperado: tinha explosões de cólera, depois estertores elegíacos de uma doçura infinita, e as notas escapavam-lhe do pescoço nu, cheias de soluços e de beijos. Emma inclinava-se para vê-lo, arranhando com as unhas o veludo de seu camarote. Enchia o coração com aquelas lamentações melodiosas que se arrastavam, acompanhadas pelos contrabaixos, como gritos de náufragos no tumulto de uma tempestade. Reconhecia todos os arrebatamentos e as angústias dos quais quase morrera. A voz da cantora não parecia ser outra coisa senão a ressonância de sua consciência, e aquela ilusão a encantava, era algo de sua própria vida. Contudo, ninguém na terra a amara com um amor daqueles. Rodolphe não chorava como Edgar na última noite, sob o luar, quando diziam um ao outro "Até amanhã, até amanhã!" A sala desabava sob os bravos; recomeçaram a *stretta* do início; os namorados falavam das flores de seu túmulo, de sermões, de exílio, de fatalidade, de esperanças, e, quando deram o adeus final, Emma soltou um grito agudo, que se confundiu com as vibrações dos últimos acordes.

– Por que – perguntou Bovary – esse senhor a persegue?

– Não é nada disso – respondeu ela –; ele é seu amante.

– Mas ele jura que vai se vingar da família dela, enquanto que o outro, há pouco, dizia: "Amo Lucie e creio ser amado". Aliás, ele saiu abraçado com o pai dela. Pois o baixinho feioso que usa uma pluma de galo no chapéu é mesmo o pai dela, não é?

Apesar das explicações de Emma, desde o dueto recitativo em que Gilbert expõe ao mestre Ashton suas abomináveis manobras, Charles, ao ver o falso anel de noivado que engana Lucie, acreditara que era uma lembrança de amor enviada por Edgar. Confessava, de resto, não compreender a história – por causa da música, que atrapalhava muito as falas.

– Que interessa? – disse Emma. – Fique quieto!

– É que gosto – respondeu inclinando-se sobre o ombro dela – de entender as coisas, você sabe disso.

– Cale-se! Cale-se! – exclamou ela impaciente.

Lucie avançava, amparada por suas damas, com uma coroa de flor de laranjeira nos cabelos e mais pálida do que o cetim branco de seu vestido. Emma lembrava do dia de seu casamento; ela se via ali, em meio aos trigos, no pequeno caminho, quando caminhavam rumo à igreja. Por que ela não fizera como aquela ali, resistindo, suplicando? Pelo contrário: ela estava alegre, sem dar-se conta do abismo em que se precipitava... Ah! Se, no frescor de sua beleza, antes da mácula do casamento e da desilusão do adultério, ela pudesse ter entregado sua vida a um grande coração sólido, então a virtude, a ternura, as volúpias e o dever se confundiriam, e ela jamais teria descido de uma felicidade tão alta. Mas aquela felicidade ali era, sem dúvida, uma mentira imaginada para o desespero de todo desejo. Ela conhecia agora a mesquinhez das paixões exageradas pela arte. Esforçando-se então para desviar seu pensamento, Emma queria ver naquela reprodução de suas dores apenas uma fantasia plástica desdenhosa quando, no fundo do teatro, sob o reposteiro de veludo, um homem apareceu vestindo uma capa preta.

Seu grande chapéu à espanhola caiu num gesto; imediatamente, os instrumentos e os cantores entoaram o sexteto. Edgar, resplandecente de fúria, dominava a todos com sua voz mais clara. Ashton lançou-lhe em notas graves provocações homicidas, Lucie soltava sua lamentação aguda, Arthur modulava sons médios um pouco mais longe e o baixo do ministro roncava como um órgão, ao passo que as vozes femininas repetiam suas falas, retomavam o coro, deliciosamente. Estavam todos na mesma linha a gesticular; e a cólera, a vingança, o terror, a misericórdia e a estupefação exalavam ao mesmo tempo de suas bocas entreabertas. O namorado ultrajado brandia sua espada nua; sua gola de guipura levantava-se de acordo com os movimentos de seu peito, e ele ia da direita para esquerda, com passos largos, fazendo tinir sobre as tábuas as esporas douradas de suas botas flexíveis, que se alargavam nos tornozelos. Ele devia ter, pensava ela, um amor inexaurível para vertê-lo dessa forma sobre a multidão em tão grandes emanações. Todas as veleidades de difamação dissipavam-se sob a poesia do papel que a invadia, e, levada ao homem pela ilusão do personagem, ela tratou de imaginar sua vida, aquela vida retumbante, extraordinária, esplêndida, que ela, no entanto, poderia ter levado se o acaso houvesse desejado. Teriam se conhecido, teriam se amado! Com ele, por todos os reinos da Europa, ela teria viajado de capital em capital, dividido seu cansaço e seu orgulho, colhido as flores que lhe jogassem, costurado ela mesma suas fantasias; depois, cada noite no fundo de um camarote, atrás da grade dourada, teria recolhido, embasbacada, as expansões daquela alma que cantaria apenas para ela; e do palco, ao encenar, ele olharia para ela. Mas uma loucura apoderou-se dela: ele a olhara, era certo! Teve vontade de correr para os seus braços a fim de se refugiar em sua força, como na própria encarnação do amor, e dizer, exclamar: "Leve-me, leve-me, vamos embora! Dou-lhe todos meus ardores e todos meus sonhos!".

A cortina fechou-se.

O odor do gás misturava-se aos hálitos; o vento dos leques tornava a atmosfera mais abafada. Emma quis sair; a multidão atulhava os corredores e ela caiu de volta em sua poltrona com palpitações que a sufocavam. Charles, tendo medo de vê-la desmaiar, correu ao bar para buscar-lhe um copo de orchata.

A muito custo conseguiu voltar ao camarote, pois, a cada passo, esbarravam-lhe por causa do copo que segurava entre as duas mãos, e chegou a derramar três quartos do copo sobre os ombros de uma senhora de Rouen, de mangas curtas, que, sentindo o líquido frio escorrendo-lhe pela lombar soltou um grito, como se a estivessem assassinando. Seu marido, um fiandeiro, exaltou-se contra o desastrado; e, enquanto ela enxugava com um lenço as manchas de seu belo vestido de tafetá cereja, ele murmurava com um tom rude palavras como indenização, custo, reembolso. Enfim, Charles chegou perto de sua mulher, dizendo-lhe esbaforido:

– Palavra de honra, achei que não conseguiria mais voltar! Uma multidão!... Uma multidão...

E acrescentou:

– Adivinhe só quem é que eu encontrei lá em cima? O sr. Léon!

– Léon?

– Ele mesmo! Vai vir apresentar-lhe seus cumprimentos.

E, ao concluir essas palavras, o antigo escrevente de Yonville entrou no camarote.

Ele estendeu a mão com uma sem-cerimônia de nobre, e a sra. Bovary maquinalmente avançou a sua, sem dúvida obedecendo à atração de uma vontade mais forte. Ele não a tocava desde aquela noite de primavera, em que a chuva caía sobre as folhas verdes, quando eles despediram-se, de pé, junto à janela. Mas logo, lembrando-se simultaneamente da conveniência da situação, sacudiu com esforço aquele torpor de suas lembranças e pôs-se a balbuciar frases rápidas.

– Ah! Olá... Como! Então o senhor está aí?

– Silêncio! – exclamou uma voz do térreo, pois o terceiro ato estava começando.

– Então o senhor está morando em Rouen?

– Estou.

– E desde quando?

– Para fora! Para fora!

Viraram-se para eles; eles se calaram.

Mas, a partir daquele momento, ela não mais ouviu; o coro dos convidados, a cena de Ashton e seu criado, o grande duo em ré maior, tudo ocorreu para ela à distância, como se os instrumentos tivessem se tornado menos sonoros e os personagens mais afastados; ela lembrava-se das partidas de cartas na casa do farmacêutico e do passeio até a ama de leite, das leituras sob o caramanchão, das conversas a dois ao pé do fogo, de todo aquele pobre amor tão calmo e tão longo, tão discreto, tão tenro, e que, no entanto, ela esquecera. Por que então ele voltou? Que combinação de aventuras o recolocava em sua vida? Ele permanecia atrás dela, apoiando-se com os ombros no tabique; e, de tempos em tempos, ela sentia-se estremecer sob o sopro morno de suas narinas que lhe descia pela cabeleira.

– Está se divertindo? – perguntou ele, debruçando-se sobre ela e aproximando-se tanto que a ponta de seu bigode roçou sua face.

Ela respondeu negligentemente:

– Oh, meu Deus, não! Não muito.

Então ele propôs que saíssem do teatro, para tomar um sorvete em algum lugar.

– Ah! Ainda não! Vamos ficar! – disse Bovary. – Ela está com os cabelos soltos: isso está prometendo ser trágico.

Mas a cena da loucura não interessava a Emma, e a representação da cantora pareceu-lhe exagerada.

– Ela grita muito alto – ela disse, voltando-se para Charles, que ouvia.

– Sim... talvez... um pouco – replicou, indeciso entre a franqueza de seu prazer e o respeito que tinha pelas opiniões de sua mulher.

Depois, Léon disse, suspirando:

– Está um calor...

– Insuportável! É verdade.

– Está passando mal? – perguntou Bovary.

– Sim, estou sufocando; vamos embora.

O sr. Léon pousou delicadamente sobre seus ombros seu longo xale de renda, e foram todos três sentar-se no porto, ao ar livre, diante da porta envidraçada de um café.

Primeiro, falaram de sua doença, embora Emma interrompesse Charles de tempos em tempos, por medo, dizia ela, de entediar o sr. Léon; e este lhes contou que vinha a Rouen para passar dois anos em um bom cartório, a fim de ganhar experiência em negócios, que na Normandia eram diferentes dos tratados em Paris. Depois, quis saber notícias de Berthe, da família Homais, da velha Lefrançois; e, como não tinham, em presença do marido dela, mais nada a dizer, logo a conversa terminou.

Pessoas que saíam do espetáculo passaram pela calçada cantarolando ou cantando a plenos pulmões: *Ó belo anjo, minha Lucie*! Então Léon, para dar uma de diletante, pôs se a falar de música. Viu Tamburini, Rubini, Persiani, Grisi[45]; e, ao lado deles, Lagardy, apesar de suas grandes explosões, não valia nada.

– No entanto – interrompeu Charles, que mordiscava seu sorvete de rum – dizem que no último ato ele é absolutamente admirável; lamento ter saído antes do final, pois estava começando a divertir-me.

– De mais a mais – prosseguiu o escrevente – ele fará em breve uma nova apresentação.

Mas Charles respondeu que eles iam embora no dia seguinte.

– A menos que você queira ficar sozinha, minha gatinha?

E, mudando de manobra diante daquela ocasião inesperada que se oferecia à sua esperança, o rapaz pôs-se a elogiar Lagardy no trecho final. Era algo soberbo, sublime! Então, Charles insistiu:

– Você pode voltar para casa no domingo. Vamos, decida-se! Seria um erro não ficar se você sente que isso lhe faria bem.

Nesse meio tempo, as mesas em torno esvaziaram-se; um garçom veio colocar-se discretamente perto deles; Charles, compreendendo, tirou a carteira; o escrevente reteve-o, e inclusive não deixou de largar duas moedas de prata que tiniram contra o mármore.

– Estou chateado, realmente – murmurou Bovary. – O dinheiro que o senhor...

O outro fez um gesto desdenhoso, cheio de cordialidade, e, pegando o chapéu:

– Está combinado, não é? Amanhã às seis horas?

Charles protestou mais uma vez que não podia ausentar-se por mais tempo; mas nada impedia que Emma...

---

45. Antonio Tamburini, Giovani Battista Rubini, Fanny Tacchinardi-Persiani e Guilia Grisi: célebres cantores italianos do século XIX. (N.T.)

– É que... – balbuciou ela com um sorriso singular – não sei bem...

– Pois bem! Você vai pensar, nós veremos, a noite é boa conselheira...

E depois a Léon, que os acompanhava:

– Agora que está de volta à região, espero que o senhor apareça de tempos em tempos para jantar conosco!

O escrevente afirmou que não deixaria de fazê-lo, tendo inclusive necessidade de ir a Yonville para um negócio de seu cartório. E separaram-se diante da passagem Saint-Herbland, no momento em que soavam onze e meia na catedral.

TERCEIRA PARTE

I

O sr. Léon, durante o curso de direito, frequentara razoavelmente o Chaumière[46], onde obteve um belo sucesso junto às costureirinhas, que o achavam com um ar distinto. Era o mais digno dos estudantes: não tinha os cabelos nem longos demais nem curtos demais, não devorava no primeiro dia do mês todo o dinheiro de seu trimestre e mantinha boas relações com os professores. Quanto aos excessos, sempre se abstivera de cometê-los, tanto por pusilanimidade quanto por delicadeza.

Muitas vezes, quando ficava lendo no quarto, ou então sentado à noite sob as tílias do Luxemburgo, deixava cair seu código no chão, e a lembrança de Emma voltava-lhe. Mas pouco a pouco esse sentimento enfraqueceu-se e outros desejos foram acumulando-se sobre ele. No entanto, no fundo desses outros desejos, o sentimento persistia, pois Léon não perdera todas as esperanças e, para ele, havia como que uma promessa incerta que, lá no futuro, oscilava, como um fruto de ouro suspenso em alguma folhagem fantástica.

Depois, ao revê-la após três anos de ausência, sua paixão despertou. Era preciso, pensou, resolver-se enfim a tentar possuí-la. Aliás, sua timidez desgastara-se ao contato das companhias galhofeiras, e ele voltava ao interior desprezando todos aqueles que não pisavam com sapatos de verniz no asfalto do bulevar. Junto a uma parisiense de rendas, no salão de algum doutor ilustre, personagem com condecorações e carruagem, o pobre escrevente, sem dúvida, tremeria como uma criança; mas ali, em Rouen, no porto, diante da mulher daquele medicozinho, sentia-se à vontade, com a certeza antecipada de que a fascinaria. O aprumo depende do meio em que a pessoa encontra-se: as pessoas não falam na sobreloja como

46. Célebre baile público que ocorre na Avenue de Montparnasse. (N.T.)

falam no quarto andar, e a mulher rica parece ter a seu redor, no forro de seu espartilho, todas as notas do banco que, como uma couraça, protegem sua virtude.

Ao deixar, na noite anterior, o sr. e a sra. Bovary, Léon, de longe, seguiu-os na rua; a seguir, tendo-os visto parar no Croix Rouge, deu meia-volta e passou a noite meditando um plano.

Então, no dia seguinte, pelas cinco horas, entrou na cozinha da estalagem, com a garganta apertada, as faces pálidas e com uma daqueles firmes resoluções que nada pode deter.

– O doutor não está – respondeu um criado.

Aquilo lhe pareceu de bom agouro. Subiu.

Ela não se perturbou com a sua chegada; pelo contrário, apresentou-lhe suas desculpas por ter-se esquecido de dizer-lhe onde estavam hospedados.

– Ora, eu adivinhei – replicou Léon.

– Como?

Afirmou ter sido guiado a ela, por acaso, por instinto. Ela pôs-se a sorrir e imediatamente, para reparar sua tolice, Léon contou que passara a manhã procurando-a em todos os hotéis da cidade.

– Então a senhora está decidida a ficar? – acrescentou.

– Estou – ela disse – e errei. Não devemos nos acostumar com os prazeres impraticáveis, quando ao nosso redor nós temos mil exigências...

– Oh, eu só imagino...

– Não, não imagina, pois o senhor não é mulher.

Mas os homens também tinham seus desgostos, e a conversa aventurou-se em algumas reflexões filosóficas. Emma estendeu-se bastante na miséria das afeições terrestres e no eterno isolamento em que o coração permanece submerso.

Para valorizar-se ou para imitar ingenuamente aquela melancolia que provocava a sua, o rapaz declarou ter-se aborrecido prodigiosamente durante toda a época de estudos. O direito o irritava, outras vocações o atraíam e sua mãe não cessava de atormentá-lo a cada carta. Como precisavam cada vez mais de motivos para a dor, cada um deles, à medida que falava, exaltava-se um pouco naquela confidência progressiva. Porém, interrompiam-se por vezes diante da exposição completa de suas ideias, buscando então imaginar uma frase que, entretanto, pudesse traduzi-la. Ela não confessou sua paixão por outro; ele não disse que a esquecera.

Talvez ele não se lembrasse mais daquelas ceias depois dos bailes em companhia de aventureiras; e ela, sem dúvida, não se lembrava dos encontros de outros tempos, quando corria de manhã pela relva, rumo ao castelo de seu amante. Os barulhos da véspera mal chegavam até eles; e o quarto parecia propositalmente pequeno, para comprimir ainda mais sua solidão. Emma, usando um roupão de basim, apoiava seu coque sobre o encosto da velha poltrona; o papel amarelo da parede formava uma espécie de fundo dourado atrás dela; e sua cabeça nua repetia-se no espelho com a risca branca no meio e a ponta de suas orelhas ultrapassando os bandós.

– Ora, perdão – disse ela. – Eu não devia aborrecê-lo com minhas queixas eternas!

– Não, jamais! Jamais!

– Se o senhor soubesse – prosseguiu ela, levantando para o teto os belos olhos que vertiam uma lágrima – tudo com o que sonhei!

– E eu, então! Oh, sofri muito! Muitas vezes eu saía, ia embora, demorava-me ao longo do cais, atordoando-me ao barulho da multidão, sem poder banir a obsessão que me perseguia. No bulevar, há um vendedor de estampas que possui uma gravura italiana representando uma Musa. Drapejada por uma túnica e olhando para a lua, ela tem miosótis nos cabelos soltos. Algo me atraía incessantemente para ela; fiquei ali horas e horas.

A seguir, com uma voz trêmula:

– Ela parecia um pouco com a senhora.

A sra. Bovary virou a cabeça para que ele não visse em seus lábios o sorriso irresistível que ela sentia subir-lhe.

– Muitas vezes – prosseguiu ele – eu escrevia-lhe cartas que depois rasgava.

Ela não respondeu. Ele continuou:

– Por vezes, eu imaginava que um acaso a traria. Julguei reconhecê-la nas esquinas; corria atrás de todos os fiacres em cujas janelas ondulava um xale, um véu parecido com o seu...

Ela parecia determinada a deixá-lo falar sem interrompê-lo. Cruzando os braços e baixando o rosto, contemplava o laço de suas pantufas e fazia sobre o cetim, de tempos em tempos, pequenos movimentos com os dedos dos pés.

No entanto, ela suspirou:

– O que há de mais lamentável é levar, como eu, uma existência inútil, não é mesmo? Se nossas dores pudessem servir a alguém, nos consolaríamos com o pensamento do sacrifício!

Ele pôs-se a vangloriar a virtude, o dever e as imolações silenciosas, tendo ele próprio uma necessidade inacreditável de abnegação que não conseguia satisfazer.

– Gostaria muito – ela disse – de ser freira em um hospital.

– Infelizmente – replicou ele – os homens não têm essas missões santas, e não vejo em lugar algum, ofício algum que... exceto, talvez, o de médico.

Encolhendo levemente os ombros, Emma interrompeu-o para queixar-se de sua doença, da qual quase morrera; que pena que não fora daquela vez! Ela não estaria sofrendo agora. Léon imediatamente invejou *a calma do túmulo* e contou que, certa noite, chegara a escrever seu testamento, recomendando que o amortalhassem naquela bela manta, com faixas de veludo, que recebera dela. Era assim que ambos gostariam de ter sido, ambos tecendo um ideal ao qual adaptavam, naquele momento, sua vida passada. Aliás, a palavra é um laminador que sempre modela os sentimentos.

Mas à invenção da manta, ela perguntou:

– Mas por quê?

– Por quê?

Ele hesitou.

– Por que a amei muito!

E, aplaudindo-se por ter vencido a dificuldade, Léon, com o canto dos olhos, espiou a fisionomia dela.

Aquela frase foi como o céu quando uma rajada de vento espanta as nuvens. A acumulação de pensamentos tristes que o obscurecia pareceu retirar-se de seus olhos azuis; todo o seu rosto resplandecia.

Ele esperou. Enfim, ela respondeu:

– Sempre desconfiei que...

Então, contaram-se pequenos fatos daquela existência distante, cujos prazeres e cujas melancolias acabaram de resumir em uma única palavra. Léon lembrava-se do dossel de clematite, dos vestidos que ela usava, dos móveis do quarto dela, de toda a casa.

– E os nossos pobres cactos, onde estão?

– O frio os matou no último inverno.

– Ah! Como pensei neles, a senhora sabe? Muitas vezes, eu os revia como outrora, quando, nas manhãs de verão, o sol batia nas gelosias... E eu percebia seus braços nus passando por entre as flores.

– Pobre amigo! – exclamou ela segurando-lhe a mão.

Léon, muito rapidamente, colou-lhe os lábios. A seguir, quando havia respirado profundamente:

– A senhora era para mim, naqueles tempos, não sei que força incompreensível que cativava minha vida. Uma vez, por exemplo, fui à sua casa; mas a senhora sem dúvida não se lembra.

– Lembro-me – disse ela. – Prossiga.

– A senhora estava lá embaixo, na antecâmara, pronta para sair, no último degrau; lembro-me até que a senhora estava usando um chapéu com florzinhas azuis; e, sem nenhum convite seu, sem poder evitá-lo, acompanhei-a. A cada minuto, no entanto, eu tinha cada vez mais consciência de minha tolice e continuava a caminhar perto da senhora, não ousando segui-la completamente e não querendo deixá-la. Quando a senhora entrava em uma loja, eu ficava na rua, olhando-a, pela vidraça da vitrina, tirar as luvas e contar o dinheiro no balcão. A seguir, a senhora tocou na casa da sra. Tuvache; abriram-lhe e eu fiquei como um idiota diante da porta pesada, que se fechou atrás da senhora.

A sra. Bovary, ao ouvi-lo, surpreendia-se por estar tão velha; todas aquelas coisas que reapareciam como que aumentavam sua existência; transportavam-lhe para enormidades sentimentais; e ela dizia, de tempos em tempos, em voz baixa e com as pálpebras semicerradas:

– Sim, é verdade!... É verdade... É verdade...

Ouviram soar oito horas nos diferentes relógios do bairro Beauvoisine, repleto de internatos, igrejas e grandes solares abandonados. Pararam de falar, mas sentiam, olhando-se, um sussurro em suas cabeças, como se algo de sonoro escapasse reciprocamente de suas pupilas fixas. Haviam acabado de se dar as mãos; e o passado, o futuro, as reminiscências e os sonhos, tudo se confundia na doçura daquele êxtase. A noite adensava-se nas paredes, onde brilhavam ainda, semiperdidas na sombra, as cores de quatro estampas representando quatro cenas da Torre de Nesle, com uma legenda embaixo, em espanhol e em francês. Pela janela de guilhotina, via-se uma nesga de céu negro entre telhados pontudos.

Ela levantou-se para acender duas velas na cômoda e depois veio sentar-se.

– Pois bem... – fez Léon.

– E então? – ela respondeu.

E ele buscava uma maneira de retomar o diálogo interrompido, quando ela disse:

– Por que será que ninguém, até hoje, expressou-me sentimentos semelhantes?

O escrevente bradou que as naturezas ideais eram difíceis de ser compreendidas. Ele, já à primeira vista, a amara; desesperava-se pensando na felicidade que teriam experimentado se, por uma graça do acaso, tivessem se encontrado antes e se ligado um ao outro de maneira indissolúvel.

– Pensei nisso algumas vezes – prosseguiu ela.

– Que sonho! – murmurou Léon.

E, agora, delicadamente mexendo no orlado azul de seu cinto branco, acrescentou:

– E o que nos impede de recomeçar?

– Não, meu amigo – ela respondeu. – Estou velha demais... O senhor é jovem... Esqueça-me! Outras o amarão... O senhor as amará.

– Não como amo a senhora! – exclamou.

– Que criança que é! Vamos, seja comportado, estou pedindo!

Ela demonstrou-lhe as impossibilidades de seu amor e disse que deveriam limitar-se, como haviam feito antes, à simples amizade fraterna.

Dizia aquilo seriamente? Sem dúvida, Emma não sabia nada a respeito de si própria, de tão ocupada que estava com o charme da sedução e com a necessidade de defender-se; e, contemplando o rapaz com um olhar enternecido, repeliu suavemente as tímidas carícias que suas mãos trêmulas tentavam.

– Ah, perdão – disse ele recuando.

E Emma foi tomada por um vago pavor, diante daquela timidez, mais perigosa para ela do que qualquer ousadia de Rodolphe quando ele avançava em sua direção de braços abertos. Jamais nenhum homem parecera-lhe tão belo. Um candor delicado escapava de seu porte. Ele baixava os longos cílios finos recurvados. Enrubescia-lhe a suave epiderme das faces pelo desejo que sentia por ela – pensava Emma –, e ela sentia então uma vontade invencível de oferecer seus lábios a ele. Então, inclinando-se para o pêndulo como se quisesse ver as horas:

– Como está tarde, meu Deus! – exclamou ela. – Como tagarelamos!

Ele compreendeu a alusão e foi buscar seu chapéu.

– Cheguei a esquecer o espetáculo! E o pobre Bovary que me deixou apenas para isso! O sr. Lormeaux, de Rue Grand-Pont, devia conduzir-me com a sua esposa.

E a ocasião estava perdida, pois ela partia amanhã.

– É verdade? – perguntou Léon.

– É.

– Mas preciso vê-la outra vez – prosseguiu –, precisava dizer-lhe...

– O quê?

– Uma coisa... grave, séria. Ora, não, aliás, a senhora não irá embora, é impossível! Se a senhora soubesse... Ouça-me... Então não me entendeu? Não adivinhou?...

– No entanto, o senhor fala bem – disse Emma.

– Ah! Brincadeiras! Chega, chega! Faça, por piedade, com que eu a reveja... Uma vez mais... Uma só...

– Pois bem...

E ela parou; depois como se mudasse de ideia:

– Oh, aqui não!

– Onde a senhora quiser.

– Quer...

Ela pareceu pensar e, com um tom breve:

– Amanhã, às onze horas, na catedral.

– Estarei lá! – exclamou, pegando as mãos dela, que ela desprendeu.

Ambos estavam de pé, ele atrás dela. Emma baixara a cabeça e ele inclinou-se em direção ao pescoço dela e beijou sua nuca demoradamente.

– Mas o senhor está louco! Ah! Está louco! – repetia ela com pequenos risos sonoros, enquanto os beijos multiplicavam-se.

Então, avançando a cabeça por cima do ombro, ele pareceu buscar consentimento em seus olhos. Esses caíram sobre ele, repletos de uma majestade glacial.

Léon deu três passos para trás, para sair. Permaneceu no limiar. Depois murmurou com uma voz trêmula:

– Até amanhã.

Ela respondeu com um consentimento de cabeça e desapareceu, como um pássaro, no cômodo ao lado.

Emma, à noite, escreveu a Léon uma carta interminável em que se dispensava do encontro: tudo agora estava terminado e eles não deveriam mais, para sua própria felicidade, encontrar-se. Mas, quando fechou a carta, não sabia o endereço de Léon e ficou bastante constrangida.

"Eu mesma a entregarei", pensou ela. "Ele virá."

Léon, no dia seguinte, de janela aberta e cantarolando em sua sacada, engraxou seus sapatos, sobrepondo as camadas de graxa. Vestiu calças brancas, meias finas, uma casaca verde, impregnou seu lenço de todos os aromas, depois, tendo frisado bem os cabelos, desfrisou-os para dar-lhes mais elegância natural.

"Ainda é cedo demais!", pensou, olhando o cuco do cabeleireiro, que marcava nove horas.

Leu um velho jornal de modas, saiu, fumou um cigarro, subiu três ruas, pensou que estava na hora e dirigiu-se rapidamente em direção à esplanada Notre-Dame.

Era uma bela manhã de verão. As pratarias reluziam nas lojas dos ourives, e a luz que chegava obliquamente sobre a catedral refletia-se sobre as fissuras das pedras cinzentas; um bando de pássaros turbilhonava no céu azul, cercando os pequenos campanários em trifólio; a praça, ressoante de gritos, cheirava a flores que bordejavam suas lajes; eram rosas, jasmins, cravos, narcisos, tuberosas espaçados de forma desigual por vegetações úmidas, erva de gato e morriões para os pássaros; a fonte, no meio, gorgolejava e, sob largos guarda-chuvas, entre os melões-cantalupos empilhados em pirâmides, comerciantes sem chapéu enrolavam, em embalagens de papel, buquês de violetas.

O rapaz comprou um. Era a primeira vez que comprava flores para uma mulher; e seu peito, ao cheirá-las, inchava-se de orgulho, como se aquela homenagem que destinava a outra pessoa se dirigisse a ele próprio.

No entanto, tinha medo de ser percebido; entrou decididamente na igreja.

O guarda mantinha-se então no limiar do portão, à esquerda, sob a *Marianne dansant*[47], penacho na cabeça, espada na panturrilha, bastão em punho, mais majestoso do que um cardeal e reluzindo como um santo cibório.

Avançou em direção a Léon, e, com aquele sorriso de bondade bajuladora que assumem os eclesiásticos quando interrogam as crianças:

– O senhor certamente não é daqui. Deseja ver as curiosidades da igreja?

– Não – respondeu.

Primeiro, foi ver a torre lateral. Depois, veio olhar a praça. Emma não chegava. Subiu até o coro.

A nave refletia-se nas pias repletas de água benta, assim como o começo das ogivas e algumas porções do vitral. Mas o reflexo das pinturas, quebrando-se à beira do mármore, continuava mais longe, sobre o assoalho, como um tapete sarapintado. A claridade do exterior entrava na igreja por três portões abertos, formando três raios imensos. De tempos em tempos, no fundo, um sacristão passava fazendo diante do altar a genuflexão oblíqua dos devotos apressados. Os lustres de cristal pendiam imóveis. No coro, uma lamparina de prata queimava; e, das capelas laterais e das partes escuras da igreja, escapavam por vezes exalações de suspiros, com o som de uma grade que caía, repercutindo seu eco sob as abóbodas altas.

Léon, a passos lentos, caminhava rente à parede. Nunca a vida lhe parecera tão boa. Ela chegaria dentro de pouco tempo, adorável, agitada, espiando atrás de si os olhares que a seguiam – e com seu vestido de folhos, seu lornhão dourado, suas botinas finas, com toda a elegância que ele ainda não saboreara e com a inefável sedução da virtude que sucumbe.

---

47. Trata-se, na verdade, da dança de Salomé diante de Herodes esculpida sobre o tímpano do portão Saint-Jean (portão norte da fachada ocidental) da catedral de Rouen. (N.T.)

A igreja, como uma gigantesca alcova, disporia-se em torno dela; as abóbodas inclinariam-se para recolher na sombra a confissão de seu amor; os vitrais resplandeceriam para iluminar seu rosto e os incensórios queimariam para que ela aparecesse como um anjo, no vapor dos perfumes.

No entanto, ela não chegava. Ele pôs-se em uma cadeira e seus olhos detiveram-se em um vitral azul que representava barqueiros fazendo oferendas. Contemplou-o durante muito tempo, atentamente, e contou as escamas dos peixes e os botões dos gibões, ao passo que seu pensamento vagabundeava em busca de Emma.

O guarda, afastado, indignou-se interiormente contra aquele indivíduo que se permitia admirar sozinho a catedral. Parecia-lhe conduzir-se de maneira monstruosa, como se estivesse roubando, cometendo um sacrilégio.

Foi quando um frufru de seda sobre o piso, o debrum de um chapéu, um véu preto... Era ela! Léon levantou-se e correu a seu encontro.

Emma estava pálida. Andava rapidamente.

– Leia! – disse ela estendendo-lhe um papel... – Oh, não!

E bruscamente ela retirou sua mão, para entrar na capela da Virgem, onde, ajoelhando-se contra uma cadeira, pôs-se a rezar.

O rapaz ficou irritado com aquela fantasia beata; depois, todavia, experimentou certa sedução ao vê-la, em pleno encontro, perdida em orações como uma marquesa andaluza; em seguida, não demorou a impacientar-se, pois ela não terminava nunca.

Emma rezava, ou melhor, esforçava-se para rezar, esperando que alguma resolução súbita fosse descer-lhe do céu; e, para atrair o socorro divino, ela enchia seus olhos com os esplendores do tabernáculo, aspirava o perfume dos goivos brancos que desabrochavam nos grandes vasos e concentrava-se no silêncio da igreja, que só fazia aumentar o tumulto de seu coração.

Levantou-se e eles já estavam indo embora quando o guarda aproximou-se vivamente, dizendo:

– A senhora sem dúvida não é daqui. Gostaria de ver as curiosidades da igreja?

– Não! – exclamou o escrevente.

– Por que não? – ela replicou.

Pois, devido à sua virtude vacilante, Emma procurava todos os ensejos para agarrar-se à Virgem, às esculturas, aos túmulos.

Então, a fim de obedecer a *uma ordem*, o guarda conduziu-os até a entrada perto da praça, onde, mostrando-lhes com sua bengala um grande círculo de lajes pretas, sem inscrições nem relevo algum, disse majestosamente:

– Eis a circunferência do belo sino de Amboise. Pesava quarenta mil libras. Não há outro como esse em toda a Europa. O operário que o fundiu morreu de alegria...

– Vamos embora – disse Léon.

O velhote recomeçou a andar; depois, voltou à capela da Virgem, estendeu os braços em um gesto sintético de demonstração e, mais orgulhoso do que um proprietário rural mostrando seu pomar, disse:

– Essa simples laje recobre Pierre de Brézé, senhor de Varenne e Brissac, grande marechal de Poitou e governador da Normandia, morto na batalha de Montlhéry, em 16 de julho de 1465.

Léon, mordendo os lábios, batia os pés.

– E, à direita, esse fidalgo todo couraçado de ferro, sobre um cavalo empinado, é seu neto Louis de Brézé, senhor Breval e de Montchauvet, conde de Maulevrier, barão de Mauny, camarista do rei, cavaleiro da Ordem e também governador da Normandia, morto em 23 de julho de 1531, um domingo, como a inscrição o indica; e, abaixo, esse homem que está prestes a descer ao túmulo representa exatamente a mesma pessoa. Não é possível ver uma representação mais perfeita do nada, não é mesmo?

A sra. Bovary pegou o seu lornhão. Léon, imóvel, a olhava, não arriscando mais dizer uma só palavra, nem fazer sequer um gesto, de tanto que se sentia desencorajado diante daquela dupla determinação de tagarelice e de indiferença.

O eterno guia continuava:

– Perto dele, essa mulher de joelhos que chora é sua esposa Diane de Poitiers, condessa de Brézé, duquesa de Valentinois, nascida em 1499, morta em 1566; e, à direita, a que segura uma criança é a santa Virgem. Agora, virem-se de lado:

eis os túmulos dos Amboise. Ambos foram cardeais e arcebispos de Rouen. Este aqui foi ministro do rei Luís XII. Foi muito generoso com a catedral. Deixou em seu testamento trinta mil escudos de ouro para os pobres.

E, sem interromper-se, ao mesmo tempo em que falava, empurrou-os para uma capela obstruída por balaustradas, afastou algumas delas e descobriu uma espécie de bloco que poderia muito bem ser uma estátua malfeita.

– Antigamente ela decorava – disse com um longo gemido – o túmulo de Ricardo Coração de Leão, rei de Inglaterra e duque da Normandia. Foram os calvinistas, senhor, que a reduziram a esse estado. Por pura maldade, sepultaram-na sob a cadeira episcopal de monsenhor. Veja, aqui está a porta que conduz aos aposentos do bispo. Passemos aos vitrais de Gárgula.

Mas Léon tirou vivamente uma moeda de prata de seu bolso e pegou Emma pelo braço. O guarda permaneceu estupefato, não entendendo aquela munificência intempestiva, ao passo que ainda havia tantas coisas a serem vistas. Dessa forma, lembrou-o:

– Ei, senhor, o zimbório, o zimbório!

– Obrigada – disse Léon.

– Espere! Espere! Ele tem quatrocentos pés, nove a menos do que a grande pirâmide do Egito. É todo de ferro e...

Léon fugia, pois lhe parecia que seu amor, que há quase duas horas estava imobilizado na igreja como as suas pedras, iria agora evaporar-se como fumaça por aquela espécie de cano truncado, de gaiola oblonga, de chaminé aberta, que se aventurava tão grotescamente sobre a catedral como a tentativa extravagante de algum caldeireiro fantasista.

– Para onde vamos, então? – perguntava ela.

Sem responder, ele continuava a andar com um passo rápido e a sra. Bovary já mergulhava o dedo na água benta, quando ouviram atrás um grande sopro ofegante, entrecortado regularmente por batidas de bengala. Léon voltou-se.

– Senhor!

– O quê?

E ele reconheceu o guarda, levando debaixo do braço e mantendo em equilíbrio contra o ventre cerca de vinte livros encadernados. Eram as obras que *tratavam da catedral.*

– Imbecil! – resmungou, saindo da igreja.

Disse a um menino que fazia travessuras em frente à igreja:

– Vá chamar um fiacre!

A criança partiu como uma bala pela Rue des Quatre-Vents; então eles ficaram sozinhos alguns minutos, face a face e um pouco embaraçados.

– Ah! Léon!... Realmente... Não sei... se devo!

Ela tinha requebros na voz. E depois disse com um ar sério:

– É muito inconveniente, o senhor sabe?

– Por quê? – replicou o escrevente. – Em Paris todo mundo faz isso!

E essas palavras, como um argumento irresistível, determinaram-na.

No entanto, o fiacre não vinha. Léon tinha medo que ela entrasse novamente na igreja. Enfim, o fiacre apareceu.

– Pelo menos saiam pelo portão do norte! – gritou-lhes o guarda, que ficara na soleira – Para ver *A Ressurreição*, *O julgamento final*, *O Paraíso*, *O Rei David* e *Os Condenados* no fogo do inferno.

– Para onde o senhor vai? – perguntou o cocheiro.

– Para onde o senhor quiser! – disse Léon empurrando Emma para dentro do carro.

E o pesado veículo pôs-se a andar.

Ela desceu a Rue Grand-Pont, atravessou a Place des Arts, o cais Napoléon, a Pont Neuf e parou bruscamente em frente à estátua de Pierre Corneille.[48]

– Continue! – gritou uma voz que saía do interior.

A carruagem partiu novamente e, a partir do cruzamento La Fayette, deixando-se levar pela descida, entrou a galope na estação de trem.

– Não, sempre reto! – gritou a mesma voz.

O fiacre passou pelas grades e logo chegou à alameda, trotando suavemente no meio dos grandes olmos. O cocheiro secou a testa, pôs o chapéu de couro entre as pernas e conduziu

---

48. Pierre Corneille (1606-1684): poeta e dramaturgo nascido em Rouen, autor de *O Cid*, *Agésilas*, *Psyché*. (N.T.)

o veículo para fora das alamedas laterais, à beira d'água, perto do gramado.

Prosseguiu ao longo da margem, pelo caminho da sirgagem recoberto de seixos secos, e, durante muito tempo, pelos lados de Oyssel, para além das ilhas.

Mas, de repente, lançou-se de um salto através de Quatremares, Sotteville, Grande-Chaussée, Rue d'Elbeuf e fez sua terceira parada no jardim botânico.

– Vamos, ande! – exclamou a voz, mais furiosamente.

E imediatamente prosseguindo a corrida, passou por Saint-Sever, pelo cais Curandiers, pelo cais dos Meules, mais uma vez pegou a ponte, passou pela praça Champs-de-Mars e por atrás dos jardins do hospital, onde velhos com casacos pretos passeavam ao sol, ao longo de uma sacada toda esverdeada pelas heras. Subiu o bulevar Bouvreuil, percorreu o bulevar Cauchoise, depois todo o Mont-Riboudet até a encosta de Deville.

Voltou; e então, sem direção, errou ao acaso. Foi visto em Saint-Pol, em Lascure, no Mont Gargan, em Rouge-Marge e na Place du Gaillard-bois; Rue Maladrerie, Rue Dinanderie, em frente a Saint-Romain, Saint-Vivien, Saint-Maclou, Saint-Nicaise, na frente da Alfândega, na Basse Vieille-Tour, em Trois-Pipes e no Cemitério Monumental. De vez em quando, o cocheiro, de seu assento, lançava olhares desesperados às tabernas. Não entendia que furor pela locomoção empurrava aqueles indivíduos a não quererem parar. Tentou fazê-lo algumas vezes, mas imediatamente vinham lá detrás as exclamações de cólera. Então chicoteava com mais dureza suas duas pilecas, molhadas de suor, mas sem prestar atenção nos solavancos, encostando-se aqui e ali, desmoralizado e quase chorando de sede, de cansaço e de tristeza.

No porto, em meio aos carroções e aos barris, como nas ruas, nos marcos das esquinas, as pessoas arregalavam os olhos, espantadas diante daquela coisa tão extraordinária na província: uma carruagem com as cortinas fechadas que voltava a aparecer assim continuamente, mais fechada do que um túmulo e bamboleando como um navio.

Em um dado momento, no meio do dia, em pleno campo, na hora em que o sol mais brilhava contra as velhas lanternas prateadas, uma mão nua passou sob as cortininhas de tecido amarelo e lançou pedaços de papel, que se dispersaram ao vento e foram cair mais longe, como borboletas brancas, em um campo florido de trevos vermelhos.

Depois, pelas seis da tarde, o veículo parou em uma ruela do bairro Beauvoisine e uma mulher desceu, caminhando com o véu abaixado, sem virar a cabeça.

II

Ao chegar à estalagem, a sra. Bovary ficou espantada de não ver a diligência. Hivert, depois de esperá-la durante 53 minutos, acabou por ir embora.

Embora nada a forçasse a partir, ela dera sua palavra que voltaria na mesma noite. Além do mais, Charles a esperava; e ela já sentia no coração aquela covarde docilidade que é, para muitas mulheres, ao mesmo tempo o castigo e o preço do adultério.

Rapidamente fez sua mala, pagou a conta, pegou no pátio um cabriolé e, apressando o cavalariço, encorajando-o, informando-se a cada minuto sobre a hora e os quilômetros percorridos, conseguiu alcançar a *Hirondelle* lá pelas primeiras casas de Quincampoix.

Mal se sentou no seu canto, já fechou os olhos e só foi abri-los de volta embaixo da encosta, onde reconheceu Félicité, que estava de sentinela diante da casa do marechal. Hivert reteve seus cavalos, e a cozinheira, erguendo-se até o postigo, disse com ares de mistério:

– É preciso que a senhora vá imediatamente à casa do sr. Homais. É algo urgente.

O vilarejo estava silencioso como sempre. Na esquina das ruas, havia montinhos rosados fumegantes: era a época das geleias e todo mundo em Yonville confeccionava sua provisão no mesmo dia. Mas, diante da loja do farmacêutico, havia um monte maior que ultrapassava os outros na mesma proporção que os fornos de uma usina ultrapassam os fornos caseiros ou que uma necessidade geral ultrapassa as fantasias individuais.

Ela entrou. A grande poltrona estava caída e inclusive o *Fanal de Rouen* estava no chão, estendido entre dois pilões. Ela empurrou a porta do corredor e, no meio da cozinha, entre os jarros escuros cheios de groselhas descascadas, açúcar raspado, açúcar em pedaços, balanças sobre a mesa, tachos no fogo, ela viu todos os Homais, adultos e crianças, com aventais que lhes subiam até o queixo e segurando garfos na mão. Justin, de pé, estava de cabeça baixa, e o farmacêutico gritava-lhe:

– Quem foi que lhe disse para ir buscar no cafarnaum?

– O que é isso? O que está havendo?

– O que está havendo? – respondeu o boticário. – Estamos fazendo geleias; as frutas estão cozinhando, mas a mistura ia transbordar por causa da fervura muito alta e eu peço outro tacho. Então ele, por pura preguiça, foi pegar a chave do cafarnaum, suspensa no seu prego em meu laboratório!

O boticário chamava de cafarnaum um gabinete que ficava no sótão, cheio de utensílios e de mercadorias de sua profissão. Frequentemente, passava sozinho longas horas etiquetando, transvasando, reatando; considerava-o não como um simples depósito, mas como um verdadeiro santuário, de onde, depois, saíam, elaboradas por suas próprias mãos, toda sorte de pílulas, hóstias, tisanas, loções e poções, que iam espalhar pelas redondezas sua celebridade; ninguém no mundo colocava os pés ali; Homais respeitava tanto aquele lugar que ele próprio o varria. Enfim, se a farmácia, aberta a todos, era o lugar onde expunha seu orgulho, o cafarnaum era o refúgio onde, concentrando-se de forma egoísta, Homais se deleitava no exercício de suas predileções; dessa forma, a leviandade de Justin parecera-lhe de uma irreverência monstruosa, e, mais rubicundo do que as groselhas, ele repetia:

– Sim, do cafarnaum, imagine! A chave que encerra os ácidos com os álcalis cáusticos! Ter ido lá buscar um tacho de reserva! Um tacho com tampa! Do qual eu talvez jamais venha a me servir! Tudo tem sua importância nas operações delicadas de nossa arte! Mas que diabo! É preciso estabelecer distinções e não empregar em usos quase domésticos o que é destinado a fins farmacêuticos! É como se cortassem uma galinha com um escalpelo, como se um magistrado...

– Acalme-se! – dizia a sra. Homais.

E Athalie, puxando-o pela casaca:

– Papai! Papai!

– Não, deixem-me! – repetia o boticário. – Deixem-me! Caramba! Eu devia era ter virado merceeiro, palavra de honra!

Vamos, vamos! Não se respeita nada! É só quebrar! Partir! Soltar as sanguessugas! Queimar a alteia! Pôr os pepinos em conserva nos bocais! Dilacerar as ataduras!

– No entanto, o senhor havia... – disse Emma.

– A senhora espere um pouco! Você sabe, garoto, o perigo ao qual estava se expondo?... Não viu nada no canto, à esquerda, na terceira prateleira? Fale, responda, articule alguma coisa!

– Eu não... sei – balbuciou o rapaz.

– Ah! Você não sabe! Pois bem, pois eu sei! Você viu uma garrafa de vidro azul, escondida, com cera amarela, que contém um pó branco, sobre a qual eu inclusive escrevi "Perigo!" E você sabe o que tem ali dentro? Arsênico! E você foi tocar nela! Pegar um tacho que está bem ao lado!

– Ao lado! – exclamou a sra. Homais, juntando as mãos. – Arsênico? Você poderia ter envenenado a todos nós!

E as crianças se puseram a soltar gritos, como se já tivessem sentido em suas entranhas dores atrozes.

– Ou então envenenar um doente! Você está querendo que eu vá ao banco dos réus, ao tribunal criminal? Ou ver-me arrastado ao cadafalso? Você ignora o cuidado que tenho em todas as manipulações, embora eu tenha um hábito dos diabos. Às vezes, eu mesmo me assusto quando penso em minha responsabilidade! Pois o governo nos persegue, e o absurdo da legislação que nos rege é como uma verdadeira espada de Dâmocles suspensa sobre nossas cabeças!

Emma já não pensava mais em perguntar o que queriam com ela, e o farmacêutico continuava em frases ofegantes:

– É assim que você reconhece as bondades que lhe fiz? Eis como você me retribui pelos cuidados paternos que lhe dispensei! Pois, sem mim, onde você estaria? O que estaria fazendo? Quem lhe daria comida, educação, roupas e todos os meios para figurar um dia, com honra, em um lugar da sociedade! Mas, para tanto, é preciso batalhar muito e adquirir, como se diz, calo nas mãos. *Fabricando fit faber, age quod agis.*[49]

Fazia citações em latim, de tão irritado que estava. Teria falado chinês e groenlandês se conhecesse essas duas línguas, pois se encontrava em meio a uma daquelas crises em que a

49. "Batendo ferro é que nos tornamos ferreiros." (N.T.)

alma inteira mostra indistintamente o que ela encerra, como o oceano, que, nas tempestades, entreabre-se, expondo desde os sargaços das margens até as areias de seus abismos.

E continuou:

– Estou começando a arrepender-me de ter ficado encarregado de sua pessoa! Certamente, seria melhor tê-lo deixado apodrecer em sua miséria e na porcaria onde nasceu! Você nunca servirá para outra coisa a não ser guardar animais com cornos! Você não tem aptidão alguma para as ciências! Mal consegue colar uma etiqueta! E você vive aqui, na minha casa, como um cônego, como um galo no poleiro, divertindo-se!

Mas Emma, virando-se para a sra. Homais:

– Mandaram eu vir...

– Ah, meus Deus! – interrompeu com um ar triste a boa senhora. – Como contar-lhe direito?... É uma desgraça!

Ela não havia terminado e o boticário continuava trovejando:

– Esvazie o tacho! Esfregue-o! Traga-o de volta! Vamos, apresse-se!

E, sacudindo Justin pela gola de sua camisa, fez cair um livro de seu bolso.

O menino abaixou-se. Homais foi mais rápido, e, tendo juntado o volume, contemplou-o com os olhos arregalados, boquiaberto.

– *O amor... conjugal*! – exclamou, separando lentamente aquelas duas palavras. – Ah! Muito bem! Muito bem! Muito bonito! E as gravuras!... Ah! Essa é boa!

A sra. Homais avançava.

– Não, não toquem nisso!

As crianças queriam ver as figuras.

– Saiam – disse imperiosamente.

E eles saíram.

Primeiro, caminhou de um lado para o outro, com passos grandes, mantendo o volume aberto entre seus dedos, revirando os olhos, sufocado, intumescido, apoplético. Depois, veio diretamente em direção a seu aluno, plantando-se diante dele com os braços cruzados:

– Então você tem todos esses vícios, infeliz?... Cuidado, você está diante de um declive!... Não pensou que este livro infame poderia cair nas mãos de meus filhos, pôr uma faísca no cérebro deles, manchar a pureza de Athalie, corromper Napoléon? Ele já tem atitudes de homem. Você tem, ao menos, a certeza de que eles não leram? Pode garantir...?

– Mas, afinal – perguntou Emma –, o que o senhor tinha para me dizer...?

– É mesmo, senhora... Seu sogro morreu!

De fato, o sr. Bovary pai acabara de falecer, na antevéspera, de repente, de um ataque de apoplexia, ao sair da mesa; e, por excesso de preocupação pela sensibilidade de Emma, Charles pedira ao sr. Homais que lhe desse com cuidado aquela horrível notícia.

Ele meditara na frase, trabalhara-a, polira-a, ritmara-a, era uma obra-prima de prudência e de transições, de construções finas e de delicadeza, mas a cólera havia vencido a retórica.

Emma, renunciando a obter mais detalhes, deixou a farmácia; Homais retomara o curso de suas vituperações. No entanto, ele foi acalmando-se e passou a resmungar com um tom paternal, enquanto se abanava com seu barrete grego:

– Não é que eu desaprove inteiramente a obra! O autor era médico. Há alguns aspectos científicos nela que são importantes que um homem os conheça e, até ousaria dizer, é preciso que um homem os conheça. Mas, mais tarde, mais tarde! Espere ao menos que você mesmo tenha se tornado um homem e que seu temperamento esteja formado.

Quando Emma bateu à porta, Charles que a esperava, avançou com os braços abertos e disse-lhe com lágrimas na voz:

– Ah! Minha amiga querida...

E inclinou-se suavemente para beijá-la. Mas, ao contato de seus lábios, a lembrança do outro tomou conta dela, e Emma passou a mão no rosto estremecendo.

No entanto, respondeu:

– Sim, eu sei... Eu sei...

Ele mostrou-lhe a carta em que sua mãe contava o fato, sem nenhuma hipocrisia sentimental. Ela lamentava apenas que seu marido não tivesse recebido o socorro da religião, tendo morrido em Doudeville, na rua, na soleira de um café, depois de uma refeição patriótica com antigos oficiais.

Emma entregou a carta; depois, durante o jantar, por civilidade, fingiu algum fastio. Mas como ele tentava animá-la, ela pôs-se a comer resolutamente, ao passo que Charles, em frente dela, permanecia imóvel, com uma postura acabrunhada.

De vez em quando, levantando a cabeça, olhava-a demoradamente, com muita ternura. Uma vez ele suspirou:

– Gostaria de poder vê-lo mais uma vez!

Emma calava-se. Enfim, compreendendo que era preciso dizer alguma coisa, perguntou:

– Que idade seu pai tinha?

– Cinquenta e oito anos!

– Ah!

E foi tudo.

Quinze minutos depois, ele acrescentou:

– Minha pobre mãe... O que vai ser dela agora?

Ela fez um gesto de ignorância.

Ao vê-la tão taciturna, Charles supôs que estivesse aflita e conteve-se em não dizer nada para não avivar aquela dor que a comovia. No entanto, espantando a tristeza, disse:

– Você se divertiu ontem? – perguntou.

– Sim.

Quando a toalha de mesa foi retirada, Bovary não se levantou, Emma também não; e, à medida que ela o fitava, a monotonia daquele espetáculo aos poucos foi banindo toda pena que tinha no coração. Ele parecia-lhe débil, fraco, nulo, enfim, um pobre homem, em todos os aspectos. Como livrar-se dele? Que noite interminável! Algo de estupefaciente como um vapor de ópio a entorpecia.

Ouviram no vestíbulo o barulho seco de uma vara nas tábuas do assoalho. Era Hippolyte, que trazia as bagagens da senhora. Para depositá-las no chão, descreveu custosamente um quarto de círculo com seu pilão.

"Ele nem pensa mais naquilo!", ela pensava, olhando para o pobre-diabo, cuja cabeleira espessa ruiva pingava de suor.

Bovary procurava uma moeda no fundo de sua carteira e, sem parecer entender toda a humilhação que a simples presença daquele homem ali significava para ele, ou seja, a condenação personificada de sua incurável inépcia, disse:

– Veja só! Você ganhou um belo buquê! – disse, percebendo sobre a lareira as violetas de Léon.

– É – ela respondeu com indiferença. – Foi um buquê que comprei essa tarde... De uma mendiga.

Charles pegou as violetas e, refrescando nelas os olhos vermelhos de lágrimas, cheirou-as delicadamente. Ela as retirou rapidamente de sua mão e foi colocá-las em um copo d'água.

No dia seguinte, a sra. Bovary mãe chegou. Ela e seu filho choraram muito. Emma, sob pretexto de ter ordens a dar, desapareceu.

No outro dia, foi preciso cuidarem juntos das questões do luto. Foram sentar-se à beira d'água, no caramanchão, com as caixas de costura.

Charles pensava em seu pai e surpreendeu-se por sentir tanta afeição por aquele homem que até então acreditara amar de forma bastante medíocre. A sra. Bovary mãe pensava em seu marido. Os piores dias de outros tempos pareciam-lhe agora invejáveis. Tudo se apagava sob o pesar instintivo de um hábito tão longo; e, de tempos em tempos, enquanto ela puxava a agulha, uma lágrima grossa escorria-lhe pelo nariz e permanecia suspensa por um momento.

Emma pensava que, apenas 48 horas antes, ela e seu amante estavam juntos, afastados do mundo, em plena embriaguez, e que seus olhos não bastavam para contemplarem-se. Buscava lembrar-se dos mínimos detalhes daquele dia desaparecido. Mas a presença da sogra e do marido a incomodava. Ela teria preferido não ouvir nada, não ver ninguém, para não atrapalhar o retiro de seu amor que ia se perdendo, apesar de seus esforços, sob as sensações exteriores.

Ela descosturava o forro de um vestido, cujos fragmentos espalhavam-se em torno dela; a velha sra. Bovary, sem levantar os olhos, fazia ranger a tesoura, e Charles, com suas pantufas de ourela e sua velha casaca escura que lhe servia de roupão, permanecia com as duas mãos nos bolsos e também não dizia nada; perto deles, Berthe, de aventalzinho branco, raspava com sua pá a areia dos caminhos.

De repente, viram entrar pela cancela o sr. Lheureux, o vendedor de tecidos.

Vinha oferecer-lhes seus serviços, *tendo em vista a circunstância fatal*. Emma respondeu que não precisava de nada. O comerciante não se deu por vencido.

– Mil desculpas – disse. – Gostaria de ter uma conversa particular.

E, a seguir, com uma voz baixa:

– É com relação àquele assunto... O senhor sabe?

Charles ficou vermelho até as orelhas.

– Ah! Sim... efetivamente.

E, em sua perturbação, voltando-se para sua mulher:

– Você não poderia... minha querida...?

Ela pareceu entender, pois se levantou, e Charles disse à sua mãe:

– Não é nada! Deve ser um probleminha doméstico qualquer.

Ele não queria que a mãe ficasse sabendo da história da promissória, temendo suas observações.

Assim que ficaram a sós, o sr. Lheureux pôs-se, de maneira suficientemente formal, a dar as condolências a Emma pelo sucedido e depois a conversar sobre coisas sem importância: pomares, colheita e sua própria saúde, que continuava daquele jeito, assim-assim. De fato, trabalhava duro, e, apesar do que diziam, mal tinha dinheiro para pôr manteiga no pão.

Emma deixou-o falar. Chateava-se tanto já há dois dias!

– E a senhora está completamente restabelecida? – perguntou. – Palavra de honra, vi seu marido em um estado lamentável! É um homem bom, embora tenhamos tido algumas dificuldades entre nós.

Ela perguntou quais, pois Charles escondera-lhe a contestação que fizera dos fornecimentos de Lheureux.

– Mas a senhora bem o sabe! – exclamou Lheureux. – Eram as caixas de viagem, aquele seu capricho.

Ele baixara seu chapéu sobre os olhos e, com as duas mãos atrás das costas, sorrindo e assobiando, olhou-a de frente, de uma maneira insuportável. Desconfiava de alguma coisa? Ela permanecia perdida em todo tipo de apreensão. No final, no entanto, ele prosseguiu:

– Já nos reconciliamos e venho novamente propor-lhe um acordo.

Era renovar a promissória assinada por Bovary. O médico, de resto, agiria conforme bem entendesse; ele não devia atormentar-se, sobretudo agora que iria ter inúmeras dificuldades.

– E, inclusive, seria bom que ele arranjasse alguém que pudesse substituí-lo, a senhora, por exemplo; com uma procuração, seria mais cômodo, e então poderíamos ter nossos negócios...

Ela não estava entendendo. Ele calou-se. A seguir, voltando ao negócio, Lheureux declarou que a senhora não poderia deixar de comprar-lhe algo. Mandaria-lhe um barege preto, doze metros, o suficiente para fazer um vestido.

– Aquele que a senhora tem está bom para ficar em casa. Mas precisa de outro para as visitas. Reparei nisso assim que entrei. Tenho o olhar americano.

Ele não mandou tecido algum: trouxe-o pessoalmente. Depois veio para tirar as medidas; voltou também com outros pretextos, tratando em cada uma das vezes de parecer amável, prestativo, "avassalando-se", como diria Homais, e sempre sussurrando a Emma conselhos sobre a procuração. Não falava nunca da promissória. Ela não pensava nisso. Charles, no início de sua convalescença, dissera-lhe algo a respeito, mas tantas agitações passaram por sua cabeça que ela nem lembrava mais. Aliás, evitou dar início a qualquer conversação de interesse; a velha sra. Bovary ficou surpresa e atribuiu a mudança de humor aos sentimentos religiosos contraídos pela nora quando estava doente.

Mas, assim que ela foi embora, Emma não demorou a maravilhar Bovary com seu bom-senso prático. Seria preciso informar-se, verificar as hipotecas, ver se haveria lugar para uma licitação ou uma liquidação. Ela citava os termos técnicos ao acaso, pronunciando grandes palavras de ordem, de futuro, de previdência, e exagerava continuamente os embaraços da sucessão; a tal ponto que, certo dia, mostrou-lhe o modelo de uma autorização geral para "gerir e administrar os negócios, fazer todos os empréstimos, assinar e endossar todas as promissórias, pagar todas as somas etc." Ela tirara proveito das lições de Lheureux.

Charles, ingenuamente, perguntava-lhe de onde vinha aquele papel.

– Do sr. Guillaumin.

E, com o maior sangue-frio do mundo, acrescentou:

– Não confio muito nisso. Os notários têm uma reputação tão ruim! Seria preciso talvez consultar... Conhecemos apenas... Oh! Ninguém.

– A menos que Léon... – replicou Charles que estava pensando.

Mas seria difícil entender-se por correspondência. Então ela ofereceu-se para fazer a viagem. Ele agradeceu. Ela insistiu. Foi uma briga de generosidades. Enfim, ela exclamou com um tom de insubordinação fingida:

– Não, estou pedindo-lhe, eu vou.

– Como você é boa! – ele disse baixando a cabeça.

No dia seguinte, ela embarcava na *Hirondelle* para ir a Rouen consultar o sr. Léon; e ficou por lá durante três dias.

III

Foram três dias plenos, deliciosos, esplêndidos, uma verdadeira lua de mel.

Estavam no Hôtel de Boulogne, no porto. Viviam ali, cortinas cerradas, portas fechadas, com flores no chão e xaropes com sorvete que lhes traziam desde de manhã.

À noite, pegavam uma barca coberta e iam jantar em uma ilha.

Era a hora em que se ouvia, perto dos estaleiros, o maço dos calafates batendo contra os cascos dos navios. A fumaça do alcatrão escapava por entre as árvores e viam-se no rio largas manchas de gordura ondulando de forma desigual sob a cor púrpura do sol, como placas de bronze florentino que flutuavam.

Eles desciam no meio dos barcos amarrados, cujos cabos longos e oblíquos roçavam levemente no cimo da embarcação.

Os barulhos da cidade, afastando-se insensivelmente, o rolar das carroças, o tumulto das vozes, o latidos dos cachorros na ponte dos navios. Emma desatava o chapéu e eles aportavam em sua ilha.

Tomavam lugar na sala baixa de uma taberna, cuja porta apresentava negras redes suspensas. Comiam salmão frito, creme e cerejas. Deitavam-se na relva; beijavam-se furtivamente sob os álamos; e gostariam, como se fossem os Robinson, de viver perpetuamente naquele lugarzinho, que lhes parecia, em sua beatitude, o mais magnífico da Terra. Não era a primeira vez que viam árvores, céu azul, gramado, que ouviam a água correr e a brisa soprando nas folhagens, mas, sem dúvida, jamais haviam admirado tudo aquilo como se a natureza não existisse antes, ou como se ela só tivesse se tornado bela depois da saciedade de seus desejos.

Voltavam à noite. A barca seguia o contorno das ilhas. Permaneciam no fundo, ambos escondidos pela sombra, sem falar. Os remos quadrados rangiam nos toletes de ferro; e esse som marcava o silêncio como um compasso de metrônomo, ao passo que, na retaguarda, a corda que se arrastava não interrompia seu suave marulho na água.

Uma vez em que a lua apareceu não deixaram de fazer comentários; acharam o astro melancólico e cheio de poesia; ela inclusive pôs-se a cantar:

Un soir, t'en souvient-il? Nous voguions etc.[50]

Sua voz harmoniosa e fraca perdeu-se nas ondas, e o vento levava os gorjeios que Léon ouvia passar, como o bater de asas, em torno de si.

Emma mantinha-se de frente, apoiada contra o anteparo da chalupa, onde a lua entrava por uma das venezianas abertas. Seu vestido negro, cujos drapejamentos abriam-se em leque, tornavam-na mais fina, mais alta. Tinha a cabeça levantada, as mãos juntas e os dois olhos voltados para o céu. Por vezes, a sombra dos salgueiros a escondia toda, depois ela reaparecia de repente, como uma visão, na luz da lua.

Léon, no chão, ao lado dela, encontrou sob a sua mão uma fita de seda vermelha.

O barqueiro a examinou e finalmente disse:

– Ah! Talvez seja de um grupo que levei para passear outro dia. Era um bando de pândegos, homens e mulheres, com bolos, champanhe, cornetins, todo equipamento! Havia um principalmente, um homem bonito e grande, com um bigodinho, que era muito engraçado! E eles diziam assim: "Vamos, conte-nos alguma coisa... Adolphe, Dodolphe... eu acho".

Ela estremeceu.

– Você está se sentindo mal? – perguntou Léon aproximando-se dela.

– Oh, não é nada. Sem dúvida apenas o frescor da noite.

---

50. "Uma noite, será que ele lembrará? Nós vogávamos." (N.T.)

– E a quem também não deve faltar mulher – acrescentou suavemente o velho marinheiro, julgando dizer uma delicadeza ao estrangeiro.

Depois, cuspindo nas mãos, voltou a remar.

Foi preciso, no entanto, separarem-se. As despedidas foram tristes. Era à casa da dona Rolet que ele deveria enviar-lhe suas cartas; ela fez recomendações tão precisas a propósito do envelope duplo que ele admirou muito sua astúcia amorosa.

– Com esse subterfúgio, você me diz se está tudo bem? – ela disse no último beijo.

– Sim, com certeza!

"Mas por que será", pensou ele depois, ao voltar sozinho pelas ruas, "que ela precisa tanto daquela procuração?"

IV

Léon, em pouco tempo, tendo adquirido diante de seus camaradas um ar de superioridade, absteve-se da companhia deles e negligenciou completamente o trabalho.

Esperava as cartas dela, relia-as. Escrevia-lhe. Evocava com todas as forças seu desejo e suas lembranças. Em vez de diminuir pela ausência, aquela vontade de revê-la cresceu, a ponto de um sábado de manhã ele escapar de seu escritório.

Quando, do alto da encosta, ele percebeu no vale o campanário da igreja com sua bandeira de folha de flandres girando ao vento, sentiu um deleite misturado com vaidade triunfante e o enternecimento egoísta que devem sentir os milionários quando voltam para visitar seu vilarejo.

Foi inspecionar o entorno de sua casa. Uma luz brilhava na cozinha. Espreitou sua sombra por trás das cortinas. Ninguém apareceu.

A velha Lefrançois, ao vê-lo, fez grandes exclamações, achando-o "crescido e mais magro", ao passo que Artémise, pelo contrário, achou-o "mais forte e moreno".

Jantou na salinha como em outros tempos, mas sozinho, sem o preceptor, pois o sr. Binet, *cansado* de esperar pela *Hirondelle*, havia definitivamente avançado sua refeição em uma hora, e agora jantava às cinco horas em ponto, mas continuava afirmando, na maioria das vezes, que o velho relógio estava atrasado.

Léon, no entanto, decidiu-se: foi bater à porta do médico; Emma estava em seu quarto, de onde desceu apenas quinze minutos depois. O doutor pareceu encantado em vê-lo, mas não arredou o pé a noite toda, nem no dia seguinte.

Ele só a viu a sós à noite, muito tarde, atrás do jardim, na ruela – na ruela, como com o outro! Havia temporal, e eles conversavam debaixo de um guarda-chuva, à luz dos relâmpagos.

A separação tornava-se intolerável.

– Prefiro morrer! – dizia Emma.

Retorcia-se encostada no braço dele, chorando.

– Adeus!... Adeus... Quando voltarei a revê-lo?

Voltaram ainda para beijar-se e foi então que ela fez a promessa de encontrar depressa um meio qualquer de veremse, em liberdade, ao menos uma vez por semana. Emma não duvidava. Ela estava, aliás, cheia de esperanças. Receberia o dinheiro.

Ela também comprou para o quarto um par de cortinas amarelas com listras largas, cujo preço o sr. Lheureux gabava ser excelente; ela sonhou com um tapete, e Lheureux, afirmando "que não era coisa impossível", comprometeu-se educadamente a enviar-lhe um. Ela não podia mais ficar sem seus serviços. Vinte vezes por dia mandava chamá-lo, e ele imediatamente largava todos os seus negócios sem dar um pio. Ninguém entendia também por que a dona Rolet almoçava em sua casa todos os dias e até mesmo fazia-lhe visitas particulares.

Foi por essa época, ou seja, no início do inverno, que ela pareceu tomada de um grande ardor musical.

Uma noite em que Charles a ouvia, ela começou quatro vezes seguidas o mesmo trecho irritando-se a cada vez, ao passo que, sem notar a diferença, ele exclamava:

– Bravo!... Muito bem!... Vamos, não pare!

– Ora essa, está execrável! Estou com os dedos enferrujados.

No dia seguinte, ele pediu-lhe que *tocasse alguma coisa*.

– Está bem, por você!

E Charles confessou que ela estava de fato um pouco destreinada. E ela enganava-se no compasso, errava as notas; depois, parando de repente:

– Ah! Acabou! Eu precisaria tomar lições, mas...

Ela mordeu os lábios e acrescentou:

– Vinte francos por aula é muito caro!

– É, de fato... um pouco... – disse Charles, rindo ingenuamente. – No entanto, parece-me que podemos talvez conseguir por menos, pois há artistas sem reputação que muitas vezes valem mais do que as celebridades.

– Então procure – disse Emma.

No dia seguinte, ao voltar para casa, contemplou-a com um ar finório, então não pôde reter a seguinte frase:

– Como você é teimosa às vezes! Fui a Barfeuchères hoje. Pois bem, a sra. Liégard garantiu-me que suas três filhas, que estão no Miséricorde, estudam piano por cinquenta soldos por aula e, além do mais, com uma professora famosa!

Ela encolheu os ombros e não abriu mais seu instrumento.

No entanto, assim que passava por perto (se Bovary estava ali), suspirava:

– Ah, meu pobre piano!

E quando vinham vê-la, ela não deixava de contar que abandonara a música e agora não podia mais voltar, por razões de força maior. Então ficavam com dó de Emma. Que pena! Logo ela, que tinha tanto talento! Chegaram a falar com Bovary. Deixaram-no com vergonha, principalmente o farmacêutico:

– Você está errado! Nunca devemos desprezar as faculdades da natureza. Aliás, pense, meu bom amigo, que incitando sua mulher a estudar, o senhor economizaria mais tarde na educação musical de sua filha! Eu acredito que as mães é que devem instruir seus filhos. É uma ideia de Rousseau, talvez um pouco nova ainda, mas que acabará por triunfar, tenho certeza, assim como o aleitamento materno e a vacinação.

Charles voltou, então, mais uma vez a essa questão do piano. Emma respondeu com amargura que era melhor vendê-lo. Ver aquele pobre piano, que causara tantas satisfações à sua vaidade, era, para ela, como que o indefinível suicídio de uma parte de si própria!

– Se você quisesse – dizia ele –, de tempos em tempos, uma lição, não seria, afinal de contas, extremamente oneroso.

– Mas as lições precisam ser regulares para serem aproveitáveis.

E foi assim que Emma conseguiu obter de seu esposo a permissão de ir à cidade uma vez por semana para ver seu amante. Acharam inclusive, ao final de um mês, que ela havia feito progressos consideráveis.

V

Era nas quintas-feiras. Ela levantava-se e vestia-se silenciosamente para não acordar Charles, que faria observações sobre ela se arrumar cedo demais. Depois, caminhava de um lado para outro, punha-se na janela, olhava a praça. O alvor circulava entre os pilares do mercado, e a casa do farmacêutico, com os postigos ainda fechados, deixava perceber através da cor pálida da aurora as maiúsculas de seu letreiro.

Quando o pêndulo marcava sete e quinze, ela ia ao Lion d'Or, e Artémise, que varria, vinha abrir-lhe a porta. A criada desenterrava para a senhora os carvões imersos nas cinzas. Emma ficava sozinha na cozinha. De tempos em tempos, ela saía. Hivert atrelava os cavalos ao mesmo tempo em que a velha Lefrançois, com uma touca de algodão na cabeça, passava-lhe por um postigo as tarefas do dia e dava-lhe explicações que deixariam qualquer outro desorientado. Emma batia a sola das botinas contra o piso do pátio.

Enfim, quando havia comido a sopa, vestido o capote, acendido o cachimbo e empinado o chicote, ele instalava-se tranquilamente no banco.

A *Hirondelle* partia trotando sem pressa e, durante três quartos de légua, parava a cada praça para pegar viajantes que a esperavam de pé, à beira da estrada, diante da cancela dos pátios. Os que haviam reservado na véspera, eram esperados; alguns inclusive ainda estavam em casa, na cama; Hivert chamava, gritava, praguejava, depois descia do banco e batia com força nas portas. O vento soprava pelos vidros rachados.

No entanto, quatro bancos preenchiam-se, o veículo andava, as macieiras em fila sucediam-se e a estrada, entre seus dois longos fossos cheios de água amarela, ia continuamente estreitando-se rumo ao horizonte.

Emma conhecia cada palmo dela; sabia que depois de uma pastagem havia um poste, depois um álamo, uma granja ou uma cabana de um cantoneiro; por vezes, a fim de se reservar surpresas, chegava a fechar os olhos. Mas não perdia nunca a nítida sensação da distância a ser percorrida.

Enfim, as casas de tijolos aproximavam-se, a terra ressoava sob as rodas, a *Hirondelle* deslizava por entre jardins onde se viam, através da abertura das cercas, estátuas, caramanchões cobertos de parreira, teixos podados e um balanço. Depois, subitamente, a cidade aparecia.

Inclinada como um anfiteatro e mergulhada na névoa, ela alargava-se confusamente para além das pontes. A larga campina subia depois de um movimento monótono até tocar ao longe a base indecisa do céu pálido. Assim, vista do alto, a paisagem inteira parecia imóvel como uma pintura; os navios ancorados amontoavam-se em um canto; o rio arredondava sua curva ao pé das colinas verdes e as ilhas, de forma oblonga, pareciam gigantescos peixes negros presos na água. As chaminés das usinas soltavam imensos penachos escuros cujas extremidades se desvaneciam no ar. Ouvia-se o ronco das fundições com o repique claro das igrejas que se erguiam na bruma. As árvores dos bulevares, sem folhas, formavam manchas violáceas em meio às casas, e os telhados, reluzentes de chuva, lançavam reflexos de maneira desigual, de acordo com a altura dos bairros. Por vezes, um pé de vento levava as nuvens rumo à encosta Saint-Catherine, como ondas aéreas que se quebram em silêncio contra uma falésia.

Algo de vertiginoso desprendia-se para ela daquelas existências achatadas, e seu coração transbordava, como se aquelas 120 mil almas que ali palpitavam tivessem lhe enviado, de uma só vez, todo o vapor das paixões que ela lhes atribuía. Seu amor crescia diante do espaço e enchia-se de tumulto diante dos rumores vagos que subiam. Ela transferia-o ao exterior, às praças, aos passeios, às ruas, e a velha cidadela normanda estendia-se diante de seus olhos como uma capital imensa, uma Babilônia, onde ela entrava. Pendurava-se à janela com as duas mãos, respirando a brisa; os três cavalos galopavam, as pedras rangiam na lama, a diligência balançava, e Hivert, de longe, gritava para as carriolas da estrada, ao passo que as pessoas que haviam passado a noite em Bois-Guillaume desciam a encosta tranquilamente em seus veículos familiares.

Paravam na cancela; Emma desafivelava suas galochas, trocava de luvas, reajustava seu xale e, vinte passos adiante, saía da *Hirondelle*.

A cidade acordava-se. Comerciantes, com seus bonés gregos, esfregavam a fachada das lojas, e mulheres de cestos nos quadris soltavam de vez em quando um grito sonoro, nas esquinas das ruas. Ela caminhava com os olhos voltados ao chão, roçando nos muros e sorrindo de prazer sob seu baixo véu negro.

Por medo de ser vista, geralmente não tomava o caminho mais curto. Engolfava-se em ruelas escuras e chegava suada no final da Rue Nationale, perto da fonte. É o bairro do teatro, das tabernas e das prostitutas. Muitas vezes, uma carroça passava perto dela, transportando algum cenário que oscilava. Rapazes de avental derramavam areia nas lajes, entre os arbustos verdes. Cheirava a absinto, charuto e ostras.

Ela virava em uma rua, reconhecia-o pelos cabelos frisados que ultrapassavam seu chapéu.

Léon, na calçada, continuava a andar. Ela o seguia até o hotel; ele subia, abria a porta, entrava... Que abraço!

E então as palavras, depois dos beijos, precipitavam-se. Contavam um ao outro as desgraças da semana, os pressentimentos, as preocupações com as cartas; mas, agora, tudo era esquecido e estavam frente a frente, com risos de volúpia e palavras de ternura.

A cama era um grande leito de acaju em forma de barco. As cortinas de levantina vermelha, que desciam do teto, arqueavam-se muito na parte inferior, perto da larga cabeceira – e nada no mundo era tão belo como sua cabeça morena e sua pele branca destacando-se daquela cor púrpura, quando, por um gesto de pudor, ela fechava seus dois braços nus, escondendo o rosto entre as mãos.

O apartamento morno, com seu tapete discreto, seus ornamentos alegres e sua luz tranquila, parecia bastante cômodo para as intimidades da paixão. As colunas do leito terminavam-se em flecha, as pateras de cobre e as grandes esferas do fogão reluziam de súbito, quando o sol entrava. Havia no quarto, entre os candelabros, duas daquelas grandes conchas rosadas em que ouvimos o barulho do mar quando nelas colocamos a orelha.

Como amavam aquele bom quarto cheio de alegria, apesar do esplendor um pouco desbotado! Ali encontravam sempre os móveis no lugar e, por vezes, grampos de cabelo que ela esquecera na quinta-feira anterior, junto à base do relógio. Almoçavam ao pé do fogo, sobre uma mesinha de centro de jacarandá com incrustações. Emma trinchava, servia os pedaços no prato dele, pronunciando todas as meiguices possíveis; e ela ria com um sorriso sonoro e libertino quando a espuma do vinho de Champagne transbordava do delicado copo sobre os anéis dos seus dedos. Estavam tão perdidos na possessão de si mesmos que se acreditavam em sua própria casa, como se devessem viver ali até a morte, como dois eternos jovens esposos. Diziam "nosso quarto, nosso tapete, nossas poltronas", e ela também dizia "meus chinelos", para um presente dado por Léon devido a uma fantasia dela. Eram chinelos de cetim rosa, com um cisne bordado. Quando se sentava no colo dele, suas pernas, curtas demais para alcançarem o chão, balançavam no ar, e o gracioso sapato, sem salto, ficava suspenso apenas pelos dedos dos pés nus.

Ele saboreava pela primeira vez a inexprimível delicadeza das elegâncias femininas. Jamais encontrara aquela graça de linguagem, aquela reserva na vestimenta, aquelas poses de pomba adormecida. Ele admirava a exaltação de sua alma e as rendas de sua saia. Aliás, ela não era ao mesmo tempo uma *mulher mundana* e uma mulher casada? Uma verdadeira amante, enfim!

Pela diversidade de seu humor, alternadamente místico, ou alegre, tagarela, taciturno, irritável e indolente, ela acendia nele mil desejos, evocando instintos ou reminiscências. Era a apaixonada de todos os romances, a heroína de todos os dramas, o vago *ela* de todos os volumes de versos. Encontrava em seus ombros a cor ambarada da *odalisca no banho*; tinha o corpete comprido das castelãs feudais; parecia-se também com a *mulher pálida de Barcelona*, mas era, sobretudo, um anjo!

Muitas vezes, contemplando-a, parecia-lhe que sua alma escapava na direção dela, espalhando-se como uma onda sobre o contorno de sua cabeça e descendo arrastada pela brancura de seu peito.

Ele se punha no chão, diante dela, e, com os cotovelos sobre os joelhos, contemplava-a com um sorriso e a cabeça levantada.

Ela inclinava-se para ele e murmurava, como que sufocada de embriaguez:

– Oh, não se mexa! Não diga nada! Olhe para mim! Seus olhos soltam algo tão suave, que me faz tão bem!

Ela chamava-o de "criança":

– Criança, você me ama?

E não ouvia sua resposta, na precipitação com que seus lábios buscavam sua boca.

Havia sobre o pêndulo um cupido de bronze que se requebrava arqueando os braços sob uma guirlanda dourada. Eles riram muitas vezes daquilo, mas, quando era preciso separar-se, tudo lhes parecia sério.

Imóveis um diante do outro, repetiam-se:

– Até quinta!... Até quinta!

De repente, ela segurava sua cabeça com as duas mãos, beijava-o rapidamente na testa exclamando "Adeus!" e lançava-se escada abaixo.

Ia até a Rue de la Comédie, ao cabeleireiro para ajeitar seus bandós. A noite caía; acendiam o gás no salão.

Ela ouvia o sinete do teatro que chamava os atores para o espetáculo e via, diante de si, passarem homens de rostos brancos e mulheres com vestimentas envelhecidas que ingressavam pela entrada das coxias.

Fazia calor naquele salão, cujo teto era baixo demais, onde o aquecedor zumbia em meio às perucas e pomadas. O cheiro dos ferros, com as mãos gordurosas que cuidavam de seus cabelos, não demoravam a entorpecê-la, e ela adormecia um pouco sob o seu roupão. Muitas vezes, o rapaz, ao penteá-la, oferecia-lhe entradas para o baile de máscaras.

Depois ela ia embora! Subia as ruas, chegava ao Croix Rouge, colocava as galochas, que escondera pela manhã debaixo de um banco, e encolhia-se em seu lugar entre os viajantes impacientes. Alguns desciam na parte inferior da encosta. Ela ficava sozinha na diligência.

A cada curva, viam-se mais e mais todas as iluminações da cidade, formando um largo vapor luminoso acima da mescla de casas. Emma punha-se de joelhos sobre as almofadas e perdia-se naquele deslumbramento. Soluçava, chamava Léon e mandava-lhe palavras ternas que se perdiam no vento.

Havia na encosta um pobre-diabo que vagava com seu bastão, bem no meio das diligências. Tinha o corpo coberto por um monte de farrapos, e um velho chapéu de pele de castor em péssimo estado, arredondado na forma de uma bacia, escondia-lhe o rosto; mas, quando ele o retirava, descobriam-se, no lugar das pálpebras, duas órbitas abertas, ensanguentadas. A carne desfiava-se em trapos vermelhos e dela escorriam líquidos que se coagulavam em chagas esverdeadas até o nariz, cujas narinas pretas fungavam convulsivamente. Para falar, mexia a cabeça com um riso idiota – então as pupilas azuladas, revirando-se em um movimento contínuo, iam colar-se, junto às têmporas, na borda da ferida viva.

Ele cantava uma canção enquanto seguia os veículos:

Souvent la chaleur d'un beau jour
Fait rêver fillette à l'amour.[51]

E, em todo resto, falava de pássaros, do sol e da natureza.

Por vezes, aparecia de repente atrás de Emma, com a cabeça descoberta. Ela retirava-se com um grito. Hivert vinha brincar com ele. Dizia-lhe que devia arranjar uma barraca na feira de Saint-Romain ou então lhe perguntava, rindo, como ia sua namorada.

Muitas vezes, a diligência estava em andamento quando o chapéu dele, com um movimento brusco, entrava na diligência por uma janela, enquanto ele se agarrava com o outro braço no estribo, entre as manchas de lama das rodas. Sua voz, fraca de início e entrecortada, tornava-se aguda. Arrastava-se na noite, como o lamento indistinto de uma tristeza vaga, e, passando através do soar dos guizos, do murmúrio das árvores e do ronco da carruagem vazia, tinha algo de longínquo que perturbava Emma. Aquilo lhe descia ao fundo da alma como um turbilhão no abismo e a levava por entre os espaços de uma melancolia sem limites. Mas Hivert, que sentia o contrapeso, dava-lhe grandes chicotadas às cegas. A ponta do chicote açoitava suas feridas, e ele caía na lama, gritando.

Depois, os viajantes da *Hirondelle* acabavam por adormecer e, uns de boca aberta, outros de queixo caído, apoiavam-se no

51. "Muitas vezes o calor de um belo dia / Faz a menina sonhar com o amor" (N.E.)

ombro de seus vizinhos, ou então passavam o braço na correia, enquanto oscilavam regularmente ao movimento do veículo; e o reflexo da lanterna que balançava lá fora, na garupa dos cavalos, penetrava no interior pelas cortinas de percalina marrom, desenhando sombras sanguinolentas sobre aqueles indivíduos imóveis. Emma, ébria de tristeza, tremia sob suas roupas e sentia cada vez mais frio nos pés, com a morte na alma.

Charles, em casa, esperava-a: a *Hirondelle* sempre se atrasava nas quintas. Emma finalmente chegava! Mal beijava a filha. O jantar não estava pronto, não tinha importância! Ela desculpava a cozinheira. Tudo agora parecia permitido àquela moça.

Muitas vezes o marido, notando sua palidez, perguntava-lhe se não estava doente.

– Não – dizia Emma.

– Mas – ele replicava – está tão estranha esta noite!

– Não é nada! Não é nada!

Havia até certos dias que, mal chegava, já subia para o quarto; e Justin, que lá se encontrava, circulava na ponta dos pés, mais hábil em servi-la do que uma excelente criada de quarto. Colocava ao alcance da mão os fósforos, o castiçal, um livro, dispunha sua camisola, abria os lençóis.

– Vamos – ela dizia –, está bom, vá embora!

Pois ele ficava de pé, com as mãos caídas e os olhos abertos, como que enlaçado nos incontáveis fios de um devaneio súbito.

O dia seguinte era terrível, e os que se seguiam eram mais intoleráveis ainda pela impaciência que Emma tinha de reaver sua felicidade – um desejo áspero, inflamado de imagens conhecidas – e que, no sétimo dia, explodia livremente nas carícias de Léon. Os ardores dele escondiam-se nas expansões de admiração e reconhecimento. Emma experimentava aquele amor de um modo discreto e absorvido, conservava-o através de todos os artifícios de sua ternura e tremia um pouco ao pensar que poderia perdê-lo mais tarde.

Muitas vezes, ela dizia-lhe com doçuras na voz melancólica:

– Ah! Você vai me abandonar... Vai se casar!... Será como os outros.

Ele perguntava:

– Que outros?

– Ora, os homens – ela respondia.

Depois acrescentava, afastando-o com um gesto langoroso:

– Vocês todos são infames!

Um dia em que conversavam filosoficamente sobre as desilusões terrestres, ela chegou a dizer (para testar o ciúme dele ou cedendo, talvez, a uma necessidade de efusão forte demais) que outrora, antes dele, ela amara alguém "diferente de você", corrigiu ela rapidamente, jurando por sua filha *que nada acontecera.*

O rapaz acreditou nela e questionou-a para saber o que ele fazia.

– Era capitão de navio, meu amigo.

Não seria uma forma de prevenir qualquer investigação e, ao mesmo tempo, de colocar-se lá em cima, pela pretensa fascinação exercida sobre um homem que deveria ser de natureza belicosa e acostumado àquele tipo de homenagens?

O escrevente então sentiu a mediocridade de sua posição, invejou as condecorações, os títulos. Tudo aquilo devia agradá-la: desconfiava disso devido a seus hábitos dispendiosos.

No entanto, Emma calava grande parte de suas extravagâncias, como a vontade de possuir, para ir a Rouen, um tílburi azul atrelado a um cavalo inglês e conduzido por um *groom* com botas de canhão. Era Justin que lhe inspirara tal capricho, suplicando-lhe que o empregasse em sua casa como criado de quarto; e, se aquela privação não atenuava a cada encontro o prazer da chegada, aumentava certamente o amargor do retorno.

Muitas vezes, quando falavam sobre Paris, ela terminava por murmurar:

– Ah, como estaríamos bem vivendo lá!

– Não somos felizes? – replicava suavemente o rapaz, passando-lhe a mãos sobre os bandós.

– Somos, sim – ela dizia. – Beije-me!

Com o seu marido, ela estava mais adorável do que nunca: fazia-lhe cremes com pistache e tocava-lhe valsas depois do jantar. Ele considerava-se, portanto, o mais sortudo dos mortais, e Emma vivia sem inquietações até que uma noite, de repente:

– É a srta. Lempereur que lhe dá as aulas, não é?

– É.

– Pois bem, eu a vi há pouco – prosseguiu Charles, em casa da sra. Liégard. – Falei-lhe a seu respeito; ela não a conhece.

Foi como um trovão. No entanto, ela replicou com um ar natural:

– Ah, sem dúvida ela esqueceu meu nome.

– Talvez haja em Rouen – disse o médico – mais de uma senhorita Lempereur que seja professora de piano.

– Pode ser!

Depois, imediatamente:

– No entanto, eu as assisti! Veja.

E ela foi à escrivaninha, revirou todas as gavetas, confundiu os papéis e acabou por se mostrar tão confusa que Charles exortou-a a não se incomodar por aqueles malditos recibos.

– Oh! Vou encontrá-los – ela disse.

De fato, já na sexta-feira seguinte, Charles, ao pegar uma de suas botas no quarto escuro onde guardava suas roupas, sentiu uma folha entre o couro e a meia, ele pegou-a e leu:

"Recebi, por três meses de lições e provisões diversas, a soma de 65 francos.

FÉLICE LEMPEREUR, professora de música."

– Como é que isso foi parar dentro das minhas botas?

– Com certeza – ela respondeu – caiu da velha caixa com todos os recibos que está na beira da prateleira.

A partir daquele momento, sua vida não passou de um amontoado de mentiras nas quais encerrava seu amor, como se fossem véus, para escondê-lo.

Virou uma necessidade, uma mania, a tal ponto que, se ela dizia ter passado ontem pelo lado direito da rua, era preciso acreditar que ela havia, de fato, pego o lado esquerdo.

Uma manhã em que acabara de partir, de acordo com seu costume, vestida de maneira bastante leve, nevou de repente, e, como Charles sempre olhava o tempo pela janela, ele notou o sr. Bournisien no *boc* do senhor Tuvache que o conduzia a Rouen. Então, desceu para confiar ao eclesiástico um xale espesso para que ele entregasse à sua esposa, assim que chegasse ao Croix Rouge. Mal chegou ao albergue e perguntou onde estava a mulher do médico de Yonville. A hospedeira respondeu que ela frequentava raramente seu estabelecimento. Dessa forma, à noite, reconhecendo a sra. Bovary na *Hirondelle*, o padre contou-lhe seus apuros sem parecer atribuir-lhes muita importância, pois, logo a seguir, encetou o elogio de um pregador que, naquele momento, fazia maravilhas na catedral e que atraía todas as senhoras para os sermões.

Não importava se ela não lhe havia pedido explicações; outros mais tarde poderiam mostrar-se menos discretos. Então ela julgou útil descer a cada vez no Croix Rouge, de modo que as boas pessoas de seu vilarejo que a vissem na escadaria não suspeitassem de nada.

Um dia, no entanto, o sr. Lheureux a encontrou saindo do Hôtel de Boulogne, nos braços de Léon; ela teve medo, imaginando que ele iria falar. Ele não era tão bobo.

Mas, três dias depois, ele entrou no quarto, fechou a porta e disse:

– Vou precisar de dinheiro.

Ela declarou não poder dar-lhe. Lheureux se desfez em gemidos e lembrou todas as condescendências que tivera para com ela.

De fato, das duas promissórias assinadas por Charles, Emma, até então, pagara apenas uma. Quanto à segunda, o comerciante havia, a seu pedido, consentido substituir por outras duas, inclusive com um prazo bastante longo. Depois, tirou de seu bolso uma lista de fornecimentos não liquidados: as cortinas, o tapete, o tecido para as poltronas, vários vestidos e artigos de toucador, cujo valor chegava à soma de cerca de dois mil francos.

Ela baixou a cabeça; ele prosseguiu:

– Mas, se a senhora não tem dinheiro, tem *bens*.

E indicou um casebre miserável situado em Barneville, perto de Aumale, que não lhe rendia grande coisa. Ela pertencera outrora a uma pequena granja vendida pelo sr. Bovary pai, e de fato Lheureux sabia de tudo, até a medida em hectares e o nome dos vizinhos.

– Eu, em seu lugar – ele dizia –, preferiria ver-me livre da casa e, ainda por cima, ficaria com o dinheiro que sobrasse.

Ela objetou a dificuldade de obter um comprador; ele deu-lhe esperanças de encontrar algum; mas ela perguntou como fazer para que ela pudesse vendê-la.

– A senhora não tem a procuração? – respondeu ele.

Aquela frase veio-lhe como uma lufada de ar fresco.

– Deixe a conta comigo – Emma disse.

– Oh, não é preciso! – replicou Lheureux.

Ele voltou na semana seguinte e se vangloriou de ter, depois de muitos trâmites, acabado por encontrar um tal de Langlois que, há muito tempo, estava de olho na propriedade sem falar em preço.

– Não importa o preço – ela exclamou.

No entanto, era preciso esperar, tatear aquele espertinho. O negócio valia uma viagem e, como ela não podia fazê-la, ele ofereceu-se para ir ao local negociar com Langlois. Quando voltou, anunciou que o comprador propunha quatro mil francos.

Emma alegrou-se com aquela novidade.

– Francamente – acrescentou ele –, é bem pago.

Ela ficou com a metade da soma de imediato e, quando foi soldar sua conta, o comerciante disse-lhe:

– Fico realmente com pena, palavra de honra, de vê-la desfazer-se de repente de uma soma tão *considerável* quanto essa.

Então, ela ficou com as notas do banco e, sonhando com o número ilimitado de encontros que aquela soma representava, ela balbuciava:

– Como? Como?

– Oh! – prosseguiu ele rindo com um ar de bonomia. – Nas faturas pode-se pôr o quanto se quiser. Afinal de contas, acha que não sei como fazem nas outras casas?

E ele a contemplava fixamente, enquanto segurava na mão dois papéis compridos que passava entre as unhas. Enfim, abrindo sua carteira, espalhou sobre a mesa quatro promissórias no valor de mil francos cada uma.

– Assine isso para mim – disse – e fique com tudo.

Ela protestou, escandalizada.

– Mas se eu dou-lhe o excedente – respondeu com descaramento o sr. Lheureux – não estou lhe fazendo um favor?

E, pegando uma pena, escreveu embaixo da nota: "Recebi da sra. Bovary quatro mil francos".

– Para que se preocupar? Afinal, a senhora vai receber em seis meses a segunda parte da venda do casebre e eu vou fixar-lhe o vencimento da última promissória para depois desse pagamento.

Emma confundiu-se um pouco em seus cálculos, e suas orelhas tiniam como se moedas de ouro, caindo de um saco aberto, soassem em volta dela no chão. Enfim, Lheureux explicou que tinha um amigo chamado Vinçart, banqueiro em Rouen, que iria descontar aquelas quatro promissórias e depois devolveria pessoalmente à sra. Bovary o excedente da dívida real.

Mas em vez de dois mil francos, trouxe apenas 1.800, pois o amigo Vinçart (como é justo) havia descontado duzentos, pelos custos de comissão e abatimento.

Depois, pediu negligentemente um recibo.

– A senhora entende... no comércio... às vezes... E com a data, por favor, a data.

Um horizonte de fantasias realizáveis abriu-se então diante de Emma. Teve prudência suficiente para economizar mil escudos, com os quais foram pagos, quando venceram, as três primeiras promissórias, mas a quarta, por acaso, chegou à sua casa em uma quinta-feira, e Charles, transtornado, esperou pacientemente pelo retorno da mulher para obter explicações.

Se ela não havia lhe dito nada a respeito daquela promissória, fora para poupar-lhe das preocupações domésticas; ela sentou-se no colo dele, acariciou-o, arrulhou, fez uma longa lista de todas as coisas indispensáveis compradas a crédito.

– Enfim, você há de convir que, tendo em vista a quantidade de coisas adquiridas, não é tão caro assim.

Charles, sem conseguir pensar, logo apelou ao eterno Lheureux, que jurou acalmar as coisas se o doutor assinasse duas promissórias, cada uma delas de setecentos francos, pagáveis em três meses. Para poder honrar o compromisso, escreveu à mãe uma carta patética. Em vez de enviar a resposta, ela veio pessoalmente e, quando Emma quis saber se ele conseguira arrancar alguma coisa, ele disse:

– Consegui. Mas ela pede para ver a fatura.

No dia seguinte, ao amanhecer, Emma correu à casa do sr. Lheureux para pedir-lhe que refizesse outra nota que não ultrapassasse mil francos pois, para mostrar a de quatro mil francos, seria preciso dizer que ela havia quitado os outros dois terços e confessar, consequentemente, a venda do imóvel, negociação bem conduzida pelo comerciante e que somente mais tarde foi conhecida de forma efetiva.

Apesar do preço muito baixo de cada artigo, a sra. Bovary mãe não deixou de achar a despesa exagerada.

– Não podiam dispensar um tapete? Para que renovar o forro das poltronas? No meu tempo, tinha-se em casa só uma poltrona, para as pessoas idosas; ao menos era assim na casa de minha mãe, que era uma mulher honesta, eu asseguro. Nem todo mundo pode ser rico! Nenhuma fortuna brota em árvore! Eu teria vergonha de me mimar como vocês fazem! Isso que sou velha, preciso de cuidados... E vejam só! Vejam só! Luxos! Ostentações! Como é que é? Seda para o forro a dois francos, enquanto se encontra cassa por dez soldos que dá perfeitamente para o gasto.

Emma, caída na conversadeira, replicava o mais tranquilamente possível:

– Senhora, já chega, já chega!

A outra continuava seu sermão, predizendo que terminariam em um asilo. Aliás, a culpa era de Bovary. Ainda bem que haviam prometido liquidar aquela procuração...

– Como?

– Ah, ele me jurou – prosseguiu a mãe.

Emma abriu a janela, chamou Charles, e o pobre rapaz foi obrigado a confessar a promessa arrancada por sua mãe.

Emma desapareceu, depois entrou com rapidez estendendo majestosamente uma grande folha de papel.

– Eu lhe agradeço – disse a velha.

E ela jogou a procuração no fogo.

Emma pôs-se a rir de forma estridente, ruidosa, contínua: ela estava tendo um ataque de nervos.

– Ah, meu Deus – exclamou Charles. – Ei, você tem culpa nisso também! Você lhe fez cada cena!...

Sua mãe, encolhendo os ombros, dizia que tudo *aquilo era teatro*.

Mas Charles, revoltando-se pela primeira vez, defendeu sua mulher, de tal forma que a sra. Bovary mãe quis ir embora. Ela partiu logo no dia seguinte, e, à porta, como ele tentava retê-la, replicou:

– Não, não! Você gosta mais dela do que de mim, é o destino. Então, azar! Você verá!... Desejo-lhe boa saúde!... Pois não estou pronta para, como você diz, voltar para fazer-lhe cenas.

Charles não ficou em melhor situação com Emma, que não escondeu seu rancor por ele ter perdido a confiança nela; foi preciso muitos pedidos antes que ela consentisse em retomar a procuração, e ele inclusive acompanhou-a à casa do sr. Guillaumin para fazer outra idêntica.

– Entendo isso – disse o notário. – Um homem de ciências não pode se preocupar com os detalhes práticos da vida.

E Charles sentiu-se aliviado com aquela reflexão adulosa, que dava à sua fraqueza a aparência lisonjeira de uma preocupação superior.

Que transbordamento na quinta-feira seguinte, no hotel, no quarto, com Léon! Ela ria, chorava, cantava, dançava, mandou que trouxessem sorvetes, quis fumar cigarros, pareceu-lhe extravagante, mas adorável, soberba.

Léon não sabia qual reação de todo seu ser a impelia cada vez mais a precipitar-se sobre os prazeres da vida. Ela tornava-se irritável, gulosa e voluptuosa; passeava com ele nas ruas, cabeça descoberta, sem medo, segundo ela, de comprometer-se. Por vezes, no entanto, Emma sobressaltava-se à ideia repentina de encontrar Rodolphe; pois lhe parecia, embora estivessem separados para sempre, que ela não havia se libertado completamente da dependência dele.

Uma noite ela não voltou a Yonville. Charles estava perdendo a cabeça, e a pequena Berthe, não querendo deitar-se sem sua mãe, soluçava tanto que parecia que seu peito ia arrebentar. Justin pegara a estrada ao acaso. O sr. Homais deixara a farmácia.

Enfim, às onze horas, não aguentando mais, Charles atrelou seu *boc*, saltou para dentro, chicoteou seu animal e chegou por volta das duas horas da manhã ao Croix Rouge. Não havia ninguém. Ele pensou que o escrevente talvez a tivesse visto;

mas onde ele morava? Charles, felizmente, lembrou-se do endereço de seu patrão. Correu para lá.

O dia nascia. Ele distinguiu duas tabuletas sobre uma porta; bateu. Alguém, sem abrir, gritou-lhe a informação que estava pedindo, acrescentando inúmeras injúrias contra aqueles que incomodavam as pessoas durante a noite.

A casa onde o escrevente morava não tinha nem campainha, nem aldraba, nem porteiro. Charles deu três murros contra as janelas: um agente de polícia estava passando, então ele teve medo e foi embora.

"Estou louco", pensava. "Sem dúvida a retiveram para jantar na casa do sr. Lormeaux."

A família Lormeaux não morava mais em Rouen.

"Ela teria ficado cuidando da sra. Dubreuil. Ei, a sra. Dubreuil está morta há dez meses!... Então onde ela está?"

Teve uma ideia. Pediu, em um café, o anuário e procurou rapidamente o nome de srta. Lempereur, que morava na Rue de la Rennelle-des-Maroquiniers, nº 74.

Ao entrar naquela rua, a própria Emma apareceu do outro lado; ele jogou-se sobre ela e beijou-a, exclamando:

– O que aconteceu ontem?

– Estava doente.

– De quê?... Onde?... Como?...

Ela passou a mão na testa e respondeu:

– Em casa da srta. Lempereur.

– Tinha certeza! Estava indo para lá.

– Oh! Não precisa – disse Emma. – Ela acaba de sair; mas, para o futuro, fique tranquilo. Assim não consigo sentir-me livre, você entende, se o menor o atraso o transtorna dessa forma.

Era uma forma de permissão que ela obteve para não se incomodar em suas escapadas. E aproveitou-a bem à vontade, amplamente. Quando sentia vontade de ver Léon, ela partia sob qualquer pretexto, e, como ele não a esperava naquele dia, ela ia buscá-lo em seu cartório.

As primeiras vezes foram uma grande alegria, mas logo ele não escondeu mais a verdade, ou seja: seu patrão reclamava muito daquelas importunações.

– Ora! Deixe para lá, venha – dizia ela.

E ele esquivava-se.

Ela quis que ele se vestisse de preto e deixasse crescer uma barbicha no queixo, para parecer-se com os retratos de Luís XIII. Ela pediu para conhecer seu apartamento, achou-o medíocre; ele enrubesceu, ela não prestou atenção, depois o aconselhou a comprar cortinas parecidas com as suas e, como ele objetou a despesa:

– Ah! Ah! Você é apegado demais a seus escudos! – ela dizia, rindo.

A cada vez que se viam, Léon tinha de contar-lhe tudo o que fizera desde o último encontro. Ela pedia-lhe versos, versos dedicados a ela, *um poema de amor* em sua honra; ele não conseguiu encontrar a rima do segundo verso e acabou por copiar um soneto de algum livro.

Não foi tanto por vaidade, mas com o único objetivo de agradá-la. Não discutia suas ideias; aceitou todos os seus gostos; ele tornara-se *seu* amante mais do que ela a sua. Ela tinha palavras de ternura com beijos que lhe arrebatavam a alma. Onde é que ela aprendera aquela depravação quase imaterial de ser profunda e dissimulada?

VI

Nas viagens que fazia para ver Emma, Léon jantava frequentemente na casa do farmacêutico, e acreditou-se obrigado, por educação, a convidá-lo também.

– Com prazer! – respondeu o sr. Homais. – Aliás, preciso me animar um pouco, pois estou me embrutecendo aqui. Iremos a espetáculos, restaurantes, faremos loucuras!

– Ah! Bom amigo! – murmurava com doçura a sra. Homais, assustada com os perigos vagos que se dispunha a correr.

– Mas, então? Você acha que não estou arruinando a minha saúde vivendo entre as emanações contínuas da farmácia! Veja como é o caráter das mulheres: têm ciúmes da ciência, mas se opõem às mais legítimas distrações. Não tem problema, Léon, conte comigo; um dia desses, irei a Rouen e vamos *torrar uma fortuna*.

Em outros tempos, o boticário nunca teria empregado semelhante expressão; contudo, ele adotara ultimamente um gênero folgazão e parisiense que julgava do melhor gosto; e, da mesma forma que a sra. Bovary, sua vizinha, interrogava o escrevente sobre os modos da capital, ele usava gíria para impressionar... os burgueses, dizendo *turne*, *bazar*, *chicard*, *chicandard*[52], *Breda-street*[53] e *Vou nessa* em vez de *Vou-me embora*.

Então, certa quinta-feira, Emma foi surpreendida ao encontrar, na cozinha do Lion d'Or, o sr. Homais, em roupa de viajante, ou seja, coberto com um velho casaco que ninguém conhecia, enquanto levava uma mala em uma mão e, na outra, o saco de aquecer os pés que usava quando estava na farmácia. Não confiara seu projeto a ninguém, com medo de preocupar o público com sua ausência.

A ideia de rever os lugares onde passara sua juventude com certeza exaltava-o, pois ao longo de todo o caminho não parou de discursar; depois, mal chegou, saltou vivamente do carro para procurar Léon; e, por mais que o escrevente protestasse, o sr. Homais arrastou-o para o Grand Café de Normandie, onde entrou majestosamente sem retirar seu chapéu, estimando ser muito provinciano descobrir-se em um lugar público.

Emma esperou Léon durante 45 minutos. Enfim, correu ao cartório e, perdida em todo tipo de conjecturas, acusando-o de indiferença e censurando-se por sua fraqueza, ela passou a tarde com a testa colada contra a vidraça.

Às duas horas eles ainda estavam sentados à mesa, um de frente para o outro. A grande sala esvaziava-se; o cano da estufa, em forma de palmeira, arredondava no teto branco seu feixe dourado; e, perto deles, atrás dos vidros, em pleno sol, uma mangueira gorgolejava em um tanque de mármore onde, entre agriões e aspargos, três lavagantes entorpecidos estavam esticados junto a uma pilha de codornizes sobrepostas sobre o flanco.

Homais deleitava-se. Embora se exaltasse mais com o luxo do que com a boa mesa, o vinho de Pomard, no entanto, excitava-lhe um pouco as faculdades e, quando chegou a

---

52. Gírias francesas do século XIX. *Turne:* espelunca; *bazar*: bagunça; *chicard*: chique; *chicandard*: mais que chique. (N.T.)

53. O bairro de Breda situava-se no nono distrito, em Paris, em torno da igreja Notre-Dame de Lorette. Era o bairro da prostituição, das cortesãs e dos pintores e dos seus modelos. (N.T.)

omelete ao rum, ele expôs teorias imorais sobre as mulheres. O que o seduzia, acima de tudo, era o chique. Adorava uma roupa elegante em um aposento bem mobiliado e, quanto às qualidades corporais, não lhe desgostava *um bom pedaço*.

Léon contemplava o pêndulo com desespero. O boticário bebia, comia, falava.

– Deve estar se sentindo – disse de repente – muito privado disso tudo em Rouen. Além do mais, seus amores não moram longe.

E, como o outro enrubescia:

– Vamos, seja franco! Será que o senhor não vai a Yonville somente para...?

O rapaz balbuciou.

– Em casa da sra. Bovary, não está cortejando...?

– Quem?

– A criada!

Ele não estava brincando, mas, a vaidade falando mais alto do que a prudência, Léon protestou sem querer. Afinal de contas, ele gostava das morenas.

– Aprovo – disse o farmacêutico –; elas têm mais temperamento.

E inclinando-se à orelha de seu amigo, indicou quais os sintomas que indicavam se uma mulher tinha temperamento. Lançou-se inclusive em uma digressão etnográfica: a alemã era vaporosa; a francesa, libertina; a italiana, apaixonada.

– E as negras? – perguntou o escrevente.

– É um gosto de artista – disse Homais. – Garçom, mais dois meios cálices!

– Vamos embora? – perguntou Léon impacientemente.

– *Yes*.

Mas quis, antes de ir embora, ver o gerente do estabelecimento e dirigir-lhe algumas felicitações.

Então o rapaz, para ficar a sós, alegou que tinha negócios.

– Vou escoltá-lo! – disse Homais.

E, enquanto descia as ruas com ele, falava de sua mulher, de seus filhos, de seu futuro e de sua farmácia, recordando a decadência em que esta se encontrava antigamente e o grau de perfeição que adquiriu graças a ele.

Chegando diante do hotel de Boulogne, Léon deixou-o bruscamente, subiu as escadas e encontrou sua amante muito perturbada.

Ao ouvir o nome do farmacêutico ela se irritou, embora Léon acumulasse boas razões. Afinal, ela não conhecia o sr. Homais? Então, como podia acreditar que preferia a companhia dele? Mas ela afastou-se, ele a reteve e, prostrando-se de joelhos, abraçou-a em uma posição langorosa, cheia de concupiscência e de súplica.

Ela estava de pé; seus grandes olhos inflamados olhavam-no seriamente e de uma forma quase terrível. Depois, lágrimas escureceram-nos, as pálpebras rosadas abaixaram-se, ela abandonou suas mãos e Léon levou-as à boca, quando apareceu um criado advertindo o senhor que o estavam chamando.

– Você vai voltar? – ela perguntou.

– Vou.

– Mas quando?

– Daqui a pouco.

– Foi um truque! – disse o farmacêutico, vendo Léon. – Quis interromper essa visita que estava parecendo-me contrariá-lo. Vamos ao Bridoux tomar um elixir.

Léon jurou que precisava voltar ao cartório. Então o boticário fez brincadeiras sobre papeladas, processos.

– Esqueça um pouco Cujas[54] e Barthole[55], que diabos! O que o impede? Seja corajoso! Vamos ao Bridoux. Você verá o cachorro dele. É muito curioso!

E como o escrevente ainda insistia:

– Eu vou também. Lerei o jornal enquanto o espero ou folharei o código.

Léon, atordoado com a cólera de Emma, com a conversa fiada do sr. Homais e talvez com o peso do almoço, permanecia indeciso e como que sob o fascínio do farmacêutico, que repetia:

– Vamos ao Bridoux! Fica perto, na Rue Malpalu.

Então, por covardia, por estupidez, por esse sentimento inqualificável que nos conduz às ações mais antipáticas,

---

54. Jacques Cujas (1520-1590): jurisconsulto francês, especialista em direito romano. (N.T.)

55. Barthole ou Bartolus de Saxoferrato (1313-1356): jurisconsulto italiano, especialista em direito romano (N.T.)

deixou-se conduzir ao Bridoux; e, ao chegar, encontraram o próprio Bridoux no pátio, vigiando três meninos que suavam para conseguir girar a roda de uma máquina de fazer água de Seltz... Homais deu-lhes conselhos; beijou Bridoux; tomaram o elixir. Léon quis ir embora vinte vezes, mas o outro segurava-o pelo braço, dizendo-lhe:

– Daqui a pouquinho, estou indo também. Iremos ao *Fanal de Rouen*, ver aqueles senhores. Eu o apresentarei a Thomassin.

E, no entanto, conseguiu livrar-se dele e correu ao hotel. Emma não estava mais lá.

Acabara de ir embora, irritada. Detestava-o agora. Aquela falta de palavra para o encontro parecia-lhe uma afronta, e ela buscava ainda outras razões para desligar-se dele: ele era incapaz de qualquer ato de heroísmo, fraco, banal, mais mole do que uma mulher, avaro, inclusive, e pusilânime.

Depois, acalmando-se, ela acabou por descobrir que o havia sem dúvida caluniado. Mas a difamação daqueles que amamos sempre acaba por nos afastar um pouco deles. Não se deve tocar nos ídolos: o dourado acaba por ficar agarrado em nossas mãos.

Voltaram a falar mais vezes de coisas indiferentes a seu amor, e as cartas que Emma lhe enviava tratavam das flores, de versos, da lua e das estrelas, recursos ingênuos de uma paixão enfraquecida tentando avivar-se por meio de recursos externos. Ela prometia-se sem parar uma felicidade profunda; depois, confessava não sentir nada de extraordinário. Aquela decepção apagava-se rapidamente com uma nova esperança, e Emma voltava para o amante mais ardente, mais ávida. Ela despia-se brutalmente, arrancando o laço fino de seu espartilho, que passava em torno de seus quadris como uma cobra que rasteja. Ia verificar mais uma vez, na ponta dos pés, se a porta estava bem fechada e, depois, fazia com que todas suas roupas caíssem de uma vez só; – e pálida, sem falar, gravemente, lançava-se contra o peito dele, em um longo estremecimento.

No entanto, havia sob aquela testa coberta de gotas frias, naqueles lábios balbuciantes, naquelas pupilas desvairadas, naquele abraço, algo de extremo, de vago e de lúgubre, que parecia a Léon flutuar entre eles, sutilmente, como que para separá-los.

Não ousava fazer-lhe perguntas, mas, adivinhando-a tão experiente, dizia-se que ela devia ter passado por todas as provas do sofrimento e do prazer. Aquilo que outrora o encantava, assustava-o um pouco agora. Aliás, revoltava-se contra a absorção, cada vez maior, de sua personalidade. Detestava Emma por aquela vitória permanente. Esforçava-se até para não se afeiçoar a ela; a seguir, ao ranger de suas botinas, sentia-se covarde, como os bêbados em presença do álcool forte.

Ela não deixava, é verdade, de prodigalizá-lo com toda espécie de atenções, desde os mimos à mesa até as elegâncias do vestuário e os langores do olhar. Trazia de Yonville, em seu seio, rosas que lhe jogava no rosto, demonstrava preocupações com sua saúde, dava-lhe conselhos para sua conduta e, para retê-lo ainda mais, esperando que o céu talvez a ajudasse, passou-lhe em torno do pescoço uma medalha da Virgem. Informava-se como uma mãe virtuosa a respeito de seus camaradas. Dizia-lhe:

– Não os veja, não saia, não pense em outra coisa a não ser em nós; me ame!

Ela bem que gostaria de poder vigiar sua vida, e veio-lhe a ideia de mandar alguém segui-lo nas ruas. Sempre havia, perto do hotel, uma espécie de vagabundo que abordava os viajantes e que não recusaria... Mas seu orgulho revoltou-se.

– Ah! Azar! Que ele me engane, o que me importa! Será que me preocupo mesmo?

Um dia que o havia deixado cedo e voltava sozinha pelo bulevar, ela viu os muros de seu convento; então se sentou em um banco, à sombra dos olmos. Que calma naqueles tempos! Como invejava os inefáveis sentimentos de amor que tentava imaginar através dos livros!

Os primeiros meses de seu casamento, os passeios a cavalo na floresta, a valsa com o visconde, Lagardy cantando, tudo repassava diante de seus olhos... E Léon apareceu-lhe de repente tão longe quanto os outros.

“Mas eu o amo!”, pensava ela.

Não tem importância! Ela não estava feliz, nunca esteve. De onde vinha então aquela insuficiência da vida, aquela podridão instantânea das coisas nas quais se apoiava?... Mas, se houvesse em algum lugar um ser belo e forte, uma natureza valorosa, simultaneamente repleta de exaltação e de refinamentos, um coração de poeta sob uma forma de anjo, lira com cordas de bronze, soando em direção ao céu epitalâmios elegíacos, por que ela não haveria de encontrá-lo por acaso? Oh! Que impossibilidade! Aliás, nada valia a pena ser buscado; tudo era ilusão! Cada sorriso escondia um bocejo de aborrecimento, cada alegria uma maldição, todo prazer um desgosto, e os melhores beijos não lhe deixariam nos lábios senão uma vontade irrealizável de uma volúpia maior.

Um rangido metálico arrastou-se pelos ares e quatro pancadas metálicas foram ouvidas no sino do convento. Quatro horas! E parecia-lhe que estava ali, naquele banco, desde a eternidade. Mas um infinito de paixões pode conter-se em um minuto, como uma multidão em um pequeno espaço.

Emma vivia totalmente ocupada com as suas paixões, e não se preocupava mais do que uma arquiduquesa com o dinheiro.

Uma vez, no entanto, um homem de aspecto miserável, rubicundo e careca, entrou em sua casa, declarando-se enviado pelo sr. Vinçart, de Rouen. Ele retirou os alfinetes que fechavam o bolso lateral de sua longa casaca verde, fincou-os na manga e estendeu educadamente o papel.

Era uma promissória de setecentos francos, assinada por ela, e que Lheureux, apesar de todos seus protestos, passara à ordem de Vinçart.

Ela mandou sua criada à casa de Lheureux. Ele não podia vir.

Então, o desconhecido que ficara de pé, lançando de um lado e de outro olhares curiosos dissimulados por suas grossas sobrancelhas louras, perguntou com um ar ingênuo:

– Que resposta dou ao sr. Vinçart?

– Pois bem – respondeu Emma –, diga-lhe... que não sei... Será para a semana que vem... Que ele me aguarde... Sim, na semana que vem.

E o velhote se foi sem dizer uma palavra.

Mas no dia seguinte, ao meio-dia, recebeu um protesto; e a vista do papel timbrado, onde se lia várias vezes: “Hareng, oficial de justiça em Buchy", assustou-a tanto que ela correu com a maior pressa à casa do vendedor de tecidos.

Encontrou-o na loja, atando um pacote.

– A seu dispor! – disse. – Sou todo seu.

Lheureux não deixou de continuar sua tarefa, ajudado por uma moça de cerca de treze anos, um pouco corcunda, que lhe servia simultaneamente de ajudante e cozinheira.

Depois, batendo seus tamancos no piso da loja, subiu diante de Emma ao primeiro andar e introduziu-a em um gabinete estreito, onde uma grande escrivaninha de madeira suportava alguns registros, protegidos por uma barra de ferro transversal fechada por um cadeado. Contra a parede, sob os retalhos de chita, via-se um cofre-forte, mas de tal dimensão que devia conter outras coisas além de promissórias e dinheiro. De fato, o sr. Lheureux emprestava dinheiro em troca de penhores, e fora ali que pusera a corrente de ouro da sra. Bovary com os brincos do pobre Tellier, que, enfim forçado a vendê-los, comprara em Quincampoix um pequeno armazém onde morria de seu catarro, em meio às velas menos amarelas do que seu rosto.

Lheureux sentou-se em sua larga poltrona de palha, dizendo:

– O que há de novo?

– Tome.

E ela mostrou-lhe o papel.

– E daí? O que posso fazer?

Então ela irritou-se, lembrando a palavra que ele havia dado de não pôr as promissórias em circulação. Ele concordava.

– Mas eu fui forçado a fazê-lo, estava com a faca no pescoço.

– E o que vai acontecer agora? – ela indagou.

– Oh! É bastante simples: um julgamento do tribunal e depois a penhora... Ora essa!

Emma retinha-se para não surrá-lo. Perguntava-lhe docemente se não havia um meio de acalmar o sr. Vinçart.

– Ah, bem, acalmar Vinçart! A senhora não o conhece. Ele é mais feroz do que um árabe.

No entanto, era preciso que o sr. Lheureux interviesse.

– Ouça bem! Parece-me que, até hoje, fui bastante bom com vocês.

E tirando um de seus registros:

– Veja isso!

Depois, subindo, com seu dedo, a página:

– Vejamos... vejamos... No dia 3 de agosto, duzentos francos... Em 17 de junho, 150... 23 de março, 46... Em abril...

Ele parou, como que temendo fazer alguma bobagem.

– E nem menciono as promissórias assinadas pelo doutor, uma de setecentos francos, outra de trezentos! Quanto a suas pequenas prestações a juros, elas não acabam nunca, a gente chega a se perder. Não me envolvo mais nisso!

Ela chorou, chegou a chamá-lo de "bom sr. Lheureux". Mas ele sempre punha a culpa naquele "maroto Vinçart". Aliás, ele não tinha um centavo, ninguém no momento o pagava, exploravam-no, um pobre lojista como ele não podia fazer adiantamentos.

Emma calava-se, e o sr. Lheureux, que mordiscava as barbas com uma pluma, sem dúvida preocupou-se com seu silêncio, pois prosseguiu:

– Ao menos que, um dia desses, eu tenha alguma entrada... Poderei...

– No mais – disse ela –, assim que os atrasados de Barneville...

– Como?

E, ao ficar sabendo que Langlois ainda não pagara, pareceu bastante surpreso. Depois, com uma voz melosa...

– E o que a senhora diz, o que combinaremos?

– Oh, como o senhor quiser!

Então, ele fechou os olhos para pensar, escreveu alguns números e, declarando que teria muita dificuldade, que a coisa estava escabrosa e que ele *sangrava*, ditou quatro promissórias de 250 francos cada uma, espaçadas entre si de um mês.

– Esperemos que Vinçart queira ouvir-me! No mais, está tudo combinado: sou pão, pão, queijo, queijo.

A seguir, mostrou negligentemente diversas mercadorias novas, entre as quais nenhuma delas, em sua opinião, era digna da senhora.

– Quando penso que esse aí é um vestido de sete soldos o metro e com as cores garantidas! E as pessoas engolem isso! Os comerciantes não lhes dizem a verdade, como a senhora pode imaginar – querendo, por essa confissão de patifaria dos outros, convencê-la totalmente de sua probidade.

A seguir, ele a chamou outra vez, para mostrar-lhe três varas de guipura que havia encontrado ultimamente "em uma arrematação".

– Como é belo! – dizia Lheureux. – Usa-se muito guipura atualmente como espaldar de poltronas, é o estilo.

E, mais rápido do que um prestidigitador, envolveu a guipura com papel azul e a pôs nas mãos de Emma.

– Ao menos, queria saber...

– Ah! Mais tarde – rebateu, virando as costas.

À noite, ela apressou Bovary para que escrevesse à sua mãe pedindo-lhe que ela enviasse rapidamente todos os atrasados da herança. A sogra respondeu não ter mais nada; a liquidação estava concluída, e restavam-lhe, além de Barneville, seiscentas libras de renda, que eles receberiam pontualmente.

Então Emma enviou faturas à casa de dois ou três clientes, e logo usou largamente daquele meio, no qual era bem-sucedida. Tinha sempre o cuidado de acrescentar em *post-scriptum*: "Não fale sobre isso com meu marido, o senhor sabe como ele é orgulhoso... Sinto muito... Sua criada..." Houve algumas reclamações que ela interceptou.

Para obter algum dinheiro, ela pôs-se a vender suas velhas luvas, seus velhos chapéus, seu ferro-velho; ela barganhava com avidez – seu sangue de camponesa a impelia ao lucro. A seguir, em suas viagens à cidade, ela compraria bugigangas de segunda mão, que o sr. Lheureux, na falta de outras pessoas, certamente compraria dela. Comprou plumas de avestruz, porcelana chinesa e baús; pediu emprestado à Félicité, à sra. Lefrançois, à hospedeira do Croix Rouge, a todo mundo, em qualquer lugar. Com o dinheiro que recebeu enfim de Barneville, pagou duas promissórias; os outros 1.500 francos escoaram-se. Assumiu novos compromissos e assim continuou!

Por vezes, é verdade, Emma tratava de fazer cálculos; mas descobria coisas tão exorbitantes que mal podia acreditar.

Então, recomeçava: atrapalhava-se rapidamente, deixava tudo ali e não pensava mais no assunto.

A casa estava bastante triste agora! Viam-se sair fornecedores com rostos furiosos. Havia lenços sobre os fornos; e a pequena Berthe, para o grande escândalo da sra. Homais, usava meias furadas. Se Charles, timidamente, tentava uma observação, ela respondia com brutalidade que a culpa não era sua!

Por que aqueles acessos de cólera? Ele explicava tudo por sua antiga doença nervosa e, censurando-se por ter tomado por defeitos suas enfermidades, acusava-se de egoísmo e tinha vontade de correr para beijá-la.

"Oh, não", pensava, "eu a aborreceria!"

E ficava onde estava.

Depois do jantar, passeava sozinho no jardim; pegava a pequena Berthe no colo e, abrindo seu jornal de medicina, tentava ensinar-lhe a ler. A criança, que nunca estudara, não demorava para abrir grandes olhos tristes e pôr-se a chorar. Então, ele a consolava, ia buscar-lhe água no regador para fazerem riozinhos na areia ou quebrava galhos de alfena para plantar árvores nos canteiros, o que estragava mais um pouco o jardim, já todo atulhado de ervas compridas; estavam devendo vários dias a Lestiboudois! Ainda por cima, a criança sentia frio e pedia pela mãe.

– Chame a criada – dizia Charles. – Você sabe muito bem, minha querida, que a mamãe não quer ser incomodada.

O outono chegava e as folhas já estavam a cair, como há dois anos, quando ela esteve doente! Quando é que aquilo tudo iria terminar?... E ele continuava a andar, com as duas mãos atrás das costas.

Emma ficava no quarto. Ninguém subia. Permanecia ali o dia todo, entorpecida, mal estando vestida e, de tempos em tempos, queimava algumas pastilhas de serralho que comprara em Rouen, na loja de um argelino. Para não ter de aturar aquele homem esticado dormindo junto dela, terminou, de tanto fazer-lhe cara feia, por relegá-lo ao segundo andar; e ela lia até o amanhecer volumes extravagantes em que havia quadros orgíacos com situações sangrentas. Muitas vezes era assaltada pelo terror, soltava um grito, Charles vinha.

– Ah! Vá embora daqui – dizia ela.

Outras vezes, ainda mais queimada por aquela chama íntima que o adultério aviva, ofegante, emocionada, toda cheia de desejos, ela abria sua janela, aspirava o ar frio, espalhava ao vento sua cabeleira pesada demais e, olhando para as estrelas, desejava amores de príncipe. Pensava nele, em Léon. Daria tudo por um daqueles encontros que a saciavam.

Eram seus dias de gala. Ela os queria esplêndidos! E, quando ele não podia pagar sozinho as despesas, ela completava o excedente espontaneamente, o que ocorria em quase em todos os encontros. Ele tentava fazê-la entender que estariam tão bem ali quanto em outro lugar, em algum hotel mais modesto, mas ela sempre tinha objeções.

Um dia, ela tirou de sua bolsa seis colherinhas de *vermeil* (era o presente de casamento do velho Rouault), pedindo-lhe que fosse imediatamente levá-las ao penhor; Léon obedeceu, embora aquela iniciativa o incomodasse. Tinha medo de comprometer-se.

Depois, pensando no assunto, achou que sua amante estava tendo atitudes estranhas e que talvez não estivessem errados os que queriam afastá-lo dela.

De fato, alguém enviara à sua mãe uma longa carta anônima para preveni-la que ele estava se perdendo com uma mulher casada; e logo a boa mulher, entrevendo o eterno espectro das famílias, ou seja, a vaga criatura perniciosa, a sereia, o monstro que habita fantasticamente as profundezas do amor, escreveu ao mestre Dubocage, o patrão de Léon, que foi perfeito naquele caso. Reteve-o durante 45 minutos, querendo abrir-lhe os olhos, adverti-lo a respeito do abismo. Tal intriga prejudicaria mais tarde seu estabelecimento. Suplicou-lhe que rompesse e, se não fizesse tal sacrifício em seu próprio interesse, que fizesse ao menos por ele, Dubocage!

Léon finalmente jurou que não continuaria a ver Emma e censurou-se por não ter mantido sua palavra, considerando que aquela mulher poderia ainda causar-lhe dificuldades e recriminações, sem falar nas brincadeiras de seus amigos, as quais começavam de manhã, ao pé do fogo. Aliás, ele seria primeiro escrevente: era o momento de tornar-se um rapaz sério. Dessa forma, renunciava à flauta, aos sentimentos exaltados, à imaginação – pois qual burguês, na exaltação de sua juventude, não se acreditou capaz, ao menos por um dia, por um minuto, de imensas paixões, de grandes feitos? O mais medíocre libertino sonhou em possuir sultanas; todo notário traz em si os detritos de um poeta.

Aborrecia-se agora quando Emma punha-se a soluçar sobre seu peito; seu coração, como as pessoas que apenas toleram uma dose de música, adormecia de indiferença ao tumulto de um amor cujas delicadezas não mais conseguia distinguir.

Conheciam-se bem demais agora para terem aquelas estupefações da posse que multiplicam a alegria. Ela estava tão desgostosa dele quanto ele cansado dela. Emma encontrava no adultério todas as mesmices do casamento.

Mas como livrar-se daquilo? Afinal, por mais que se sentisse humilhada com a baixeza de tal felicidade, estava ligada a ele por hábito ou depravação; e, a cada dia, ela obstinava-se mais, esgotando toda felicidade por desejá-la grande demais. Acusava Léon por suas esperanças desiludidas, como se a tivesse traído; e inclusive desejava uma catástrofe que os conduzisse à separação, já que ela não tinha coragem de tomar a decisão.

Ela não deixou de escrever-lhe cartas de amor, em virtude da ideia de que uma mulher deve sempre escrever a seu amante.

Mas, ao escrever-lhe, tinha em mente outro homem, um fantasma feito das lembranças mais ardentes, das leituras mais belas, dos desejos mais intensos; e, ao final, ele tornava-se tão verdadeiro e acessível que ela palpitava maravilhada, sem poder, todavia, imaginá-lo claramente, de tanto que ele se perdia, como um deus, sob a abundância de seus atributos. Morava em uma região azulada, onde escadas de seda balançavam-se nas sacadas, sob o sopro das flores, sob o luar. Sentia-o por perto; ele viria e a arrebataria toda em um beijo. A seguir, caía do alto, dilacerada, pois aqueles impulsos de amor vago a cansavam mais do que as grandes devassidões.

Ela experimentava agora um cansaço incessante e total. Com frequência, inclusive, Emma recebia intimações, papéis timbrados que ela mal olhava. Preferiria não mais viver ou dormir para sempre.

Na quinta-feira de quaresma, ela não voltou a Yonville; foi, à noite, ao baile de máscaras. Pôs uma calça de veludo e meias vermelhas, com uma peruca cheia de laçarotes caídos sobre a nuca. Pulou toda a noite ao som furioso dos trombones; faziam círculos em volta dela; e ela se encontrou de manhã sobre o peristilo do teatro cercada de cinco ou seis máscaras: eram vagabundas do cais e marinheiros, amigos de Léon que falavam em ir cear.

Os cafés dos arredores estavam repletos. Encontraram um restaurante dos mais medíocres no porto, cujo gerente reservou-lhes uma salinha no quarto andar.

Os homens cochicharam em um canto; sem dúvida consultavam-se sobre as despesas. Havia um escrevente, dois estudantes de medicina e um caixeiro: que companhia para ela! Quanto às mulheres, Emma percebeu rapidamente, pelo timbre de suas vozes, que deveriam ser, quase todas, de baixíssimo nível. Ela passou a sentir medo, recuou a cadeira e baixou os olhos.

Os outros se puseram a comer. Ela não comeu nada; tinha a testa em chamas, formigamentos nas pálpebras e um frio de gelo na pele. Ainda sentia em sua cabeça o piso do baile ressoando sob as pulsações rítmicas de mil pés que dançavam. A seguir, o cheiro do ponche misturado com fumaça dos charutos a entorpeceu. Ela desmaiou. Levaram-na para a janela.

O dia começava a amanhecer, e uma grande mancha de cor púrpura alargava-se no céu pálido, do lado de Saint-Catherine. O riacho lívido estremecia ao vento; não havia ninguém nas pontes; os lampiões apagavam-se.

Ela reanimou-se e passou a pensar em Berthe, que dormia no quarto da criada. Mas uma charrete cheia de longas fitas de ferro passou, lançando contra o muro das casas uma vibração metálica ensurdecedora.

Ela esquivou-se bruscamente, livrou-se de sua fantasia, disse a Léon que era preciso voltar e, enfim, ficou a sós no Hôtel de Boulogne. Tudo, mas sobretudo ela própria, era-lhe insuportável. Gostaria, escapando dali como um pássaro, de ir rejuvenescer em algum lugar bem longe, nos espaços imaculados.

Ela saiu, atravessou o bulevar, a Place Cauchoise e o arrabalde até uma rua arejada, sobranceira aos jardins. Caminhava rapidamente, o ar livre acalmava-a e, pouco a pouco, os rostos da multidão, as máscaras, as quadrilhas, os lustres, a ceia, aquelas mulheres, tudo desaparecia como brumas.

Depois, de volta ao Croix Rouge, jogou-se na cama, no quartinho do segundo andar onde havia imagens da Tour de Nesle. Às quatro horas da manhã, Hivert acordou-a.

Ao chegar em casa, Félicité mostrou-lhe um papel cinza atrás do pêndulo. Ela leu:

"Em virtude da pública-forma, em forma executória de julgamento..."

Que julgamento? Na véspera, de fato, haviam trazido outro papel que ela desconhecia; então ela ficou estupefata com as seguintes palavras:

"Intimação pelo rei, pela lei e pela justiça, à sra. Bovary..."

Então, saltando diversas linhas, ela viu:

"No prazo máximo de 24 horas." – Quem será? "Pagar a soma total de oito mil francos." E ainda, mais embaixo: "Pela presente, será obrigada por todas as vias de direito e, sobretudo, pela penhora executória de seus móveis e títulos."

O que fazer?... Era em 24 horas; amanhã! Lheureux, pensou ela, queria sem dúvida assustá-la mais uma vez; pois adivinhou imediatamente todas as manobras dele, o objetivo de suas complacências. O que a tranquilizava era o próprio exagero da soma.

No entanto, de tanto comprar, não pagar, pedir emprestado, assinar notas promissórias e depois renovar essas mesmas promissórias que inchavam a cada novo prazo, ela acabou por preparar um capital para o sr. Lheureux, o qual ele esperava impacientemente recuperar para suas especulações.

Ela apresentou-se em sua casa com um ar confiante.

– O senhor sabe o que está acontecendo comigo? É sem dúvida uma brincadeira!

– Não.

– Como assim?

Ele virou-se lentamente e disse-lhe, cruzando os braços:

– A senhora pensa, minha pequena dama, que eu seria seu fornecedor e banqueiro até o fim dos tempos? Pelo amor de Deus! Preciso recuperar o que desembolsei, sejamos justos!

Ela protestou contra a dívida.

– Ah, azar! O tribunal reconheceu-a! Haverá julgamento! A senhora foi citada! Aliás, nem sou eu, é Vinçart.

– O senhor não poderia...?

– Oh, não posso fazer absolutamente nada.

– Mas... no entanto... vamos pensar.

E começou a utilizar as últimas cartas da manga; ela não sabia de nada... Era uma surpresa...

– De quem é a culpa? – perguntou Lheureux com um gesto irônico. – Enquanto eu continuo a trabalhar feito escravo, a senhora se diverte.

– Ah! Não me venha com moral!

– Nunca é demais – ele replicou.

Ela foi covarde, suplicou-lhe e chegou a apoiar sua mão branca e longa sobre o joelho do comerciante.

– Ora, deixe-me em paz! Parece até que a senhora quer me seduzir!

– O senhor é um miserável! – ela exclamou.

– Oh, oh! Como a senhora é! – replicou, rindo.

– As pessoas vão saber quem é o senhor. Direi a meu marido...

– Pois bem, e quanto a mim, mostrarei algo a seu marido!

E Lheureux tirou de seu cofre o recibo de 1.800 francos que ela lhe dera na época do desconto de Vinçart.

– A senhora acha – acrescentou – que aquele pobre e caro homem não vai entender seu pequeno roubo?

Ela prostrou-se, mais abatida do que se tivesse recebido uma pancada. Ele caminhava da janela à escrivaninha, repetindo:

– Ah! Vou mostrar-lhe... Vou mostrar-lhe...

Depois, aproximou-se dela e disse-lhe com uma voz suave:

– Não é divertido, sei disso; apesar de tudo, ninguém está morto, e, já que é o único meio que lhe resta de devolver meu dinheiro...

– Mas como vou arranjar tal soma? – perguntou Emma, torcendo os braços.

– Ora, quando se tem amigos como a senhora...

E ele a olhou de uma forma tão perspicaz e terrível que ela estremeceu até as entranhas.

– Prometo-lhe, vou assinar...

– Estou farto de suas assinaturas!

– Venderei também...

– Ora, vamos! – ele disse encolhendo os ombros. A senhora não tem mais nada.

E ele gritou através da fresta da porta:

– Annette! Não se esqueça dos três talões do nº 14.

A criada apareceu; Emma entendeu e perguntou "quanto era preciso para interromper a ação".

– É tarde demais!

– E se eu lhe trouxesse alguns mil francos, o quarto da soma, um terço, quase tudo?

– Ah, não, é inútil!

E ele empurrou-a sutilmente em direção à escada.

– Suplico-lhe, senhor Lheureux, só mais alguns dias!

Ela soluçava.

– Vamos lá, lágrimas!

– O senhor está me deixando desesperada!

– Pouco me importa – disse, fechando a porta.

VII

Ela foi estoica quando sr. Hareng, o oficial de justiça, acompanhado de duas testemunhas, apresentou-se em sua casa para fazer a autuação da penhora.

Começaram pelo escritório de Bovary e não incluíram a cabeça frenológica, que foi considerada instrumento de trabalho, mas contaram na cozinha os pratos, as panelas, as cadeiras, os castiçais e, no quarto, todas as bugigangas da prateleira. Examinaram os vestidos, as roupas de cama, o banheiro; e sua existência, em seus recônditos mais íntimos, foi, como um cadáver, submetida à autópsia, exposta ao olhar daqueles três homens.

O sr. Hareng, abotoado em um traje preto e apertado, gravata branca e usando presilhas das polainas bastante esticadas, repetia de vez em quando:

– Encantador!... Muito bonito!

Depois, punha-se a escrever, mergulhando sua pena no tinteiro que segurava com a mão esquerda.

Quando terminaram os aposentos, subiram ao sótão.

Ela vigiava uma escrivaninha onde estavam guardadas as cartas de Rodolphe. Foi preciso abri-la.

– Ah! Correspondências! – exclamou Hareng com um sorriso discreto. – Mas, com licença, preciso abri-la para ter certeza de que ela não contém outra coisa.

E ele inclinou levemente os papéis, como que para fazer caírem moedas. Então a indignação tomou conta dela, ao ver aquela mão grosseira, com dedos vermelhos e moles, como lesmas, pousar sobre aquelas páginas pelas quais seu coração batera.

Por fim, eles foram embora. Félicité entrou. Ela a mandara à espreita para desviar Bovary; elas esconderam rapidamente o guarda na penumbra do sótão, e ele jurou ficar ali.

Charles, durante a noite, pareceu-lhe preocupado. Emma espiava-o com um olhar cheio de angústia, acreditando ver acusações nas rugas de seu rosto. Depois, quando seus olhos transferiam-se para a lareira repleta de leques chineses, para as cortinas espessas, para as poltronas, enfim, para todas as coisas que haviam suavizado-lhe o amargor da vida, um remorso tomava conta dela, ou melhor, um arrependimento imenso que, longe de aniquilar a paixão, mais a excitava. Charles atiçava o fogo com placidez, com os dois pés sobre as guarnições de ferro.

Houve um momento em que o guarda, sem dúvida aborrecendo-se em seu esconderijo, fez um pouco de barulho.

– Estão caminhando lá em cima? – perguntou Charles.

– Não – replicou ela –, é uma veneziana que deve ter ficado aberta e o vento está entrando.

Ela foi a Rouen no dia seguinte, um domingo, a fim de procurar todos os banqueiros cujo nome conhecia. Estavam quase todos no campo ou viajando. Ela não desistiu, e àqueles que pôde encontrar, pediu dinheiro, alegando que estava precisando muito, que devolveria. Alguns riram na sua cara; todos recusaram.

Às duas horas, correu à casa de Léon. Bateu à porta. Ninguém abriu. Enfim, ele apareceu.

– O que a traz aqui?

– Por quê? Estou incomodando?

– Não... mas...

Ele confessou que o proprietário não gostava que recebessem "mulheres".

– Preciso falar com você – ela continuou.

Então ele pegou a chave. Ela o deteve.

– Oh! Aqui não, lá, em nosso quarto.

E foram ao quarto do Hôtel de Boulogne.

Ao chegar, ela tomou um grande copo d'água. Estava muito pálida. Disse-lhe:

– Léon, você vai me fazer um favor.

E, sacudindo-o pelas duas mãos, que ela apertava com força, acrescentou:

– Ouça, preciso de oito mil francos!

– Mas você está louca!

– Ainda não!

E, imediatamente, contando-lhe a história da penhora, ela expôs-lhe sua aflição; pois Charles ignorava tudo, sua madrasta a detestava, o velho Rouault não podia fazer nada por ela; mas ele, Léon, ele ia virar-se do avesso para encontrar aquela soma indispensável...

– Como você quer que eu...?

– Como você é covarde! – ela exclamou.

Então ele disse tolamente:

– Você está exagerando o problema. Talvez seu homenzinho se acalme com mil escudos.

Razão a mais para tentar alguma negociação; não era possível que não encontrassem três mil francos. Aliás, Léon bem que podia se comprometer em seu lugar.

– Vá! Tente! É preciso! Corra!... Oh, tente, tente! Vou amá-lo tanto!

Ele saiu e voltou depois de uma hora, dizendo-lhe com uma expressão solene:

– Estive com três pessoas... inutilmente!

Depois, ficaram sentados um de frente para o outro, nos dois cantos da lareira, imóveis, sem falar. Emma encolhia os ombros e batia os pés. Ele a ouvia murmurando:

– Se eu estivesse em seu lugar, conseguiria o dinheiro sem problemas!

– Onde?

– Em seu cartório.

E ela o olhou.

Uma ousadia infernal escapou de suas pupilas inflamadas, e suas pálpebras aproximavam-se de um modo lascivo e encorajador, de tal forma que o rapaz se sentiu enfraquecer sob a vontade muda daquela mulher que lhe propunha um crime. Então ele teve medo e, para evitar qualquer esclarecimento, bateu na testa e exclamou:

– Morel deve voltar esta noite! Ele não me recusará isso, espero (era um de seus amigos, o filho de um negociante bastante rico), e trarei o dinheiro amanhã – acrescentou.

Emma não pareceu acolher aquela esperança com a alegria que ele havia imaginado. Desconfiava da mentira? Ele prosseguiu, enrubescendo:

– Mas, se você não me vir às três horas, não me espere, minha querida. Preciso ir, desculpe. Adeus!

Ele apertou sua mão, mas sentiu-a totalmente inerte. Emma não tinha mais a força de nenhum sentimento.

Soaram quatro horas; e ela levantou-se para voltar a Yonville, obedecendo como um autômato ao impulso de seus hábitos.

O tempo estava bom; era um daqueles dias do mês de março claros e secos, em que o sol reluz em um céu todo branco. Os rouanenses, em suas roupas de domingo, passeavam com um ar feliz. Ela chegou à praça do adro. As pessoas estavam saindo da missa da tarde; a multidão escoava pelos três portões, como um rio pelos três arcos de uma ponte, e, no meio, mais imóvel do que uma pedra, estava o guarda.

Então ela lembrou-se daquele dia em que, toda ansiosa e cheia de esperanças, entrara sob aquela nave imensa que se estendia diante dela, menos profunda do que seu amor; e ela continuava a caminhar, chorando sob o véu, aturdida, cambaleante, prestes a desmaiar.

– Atenção! – gritou uma voz saindo da porta de uma carruagem que se abria.

Ela parou para deixar passar um cavalo negro que escarvava o chão no varal de um tílburi que conduzia um *gentleman* usando uma pele de zibelina. Quem seria ele? Ela o conhecia... O veículo deu partida e desapareceu.

Mas era ele, o visconde! Ela virou-se: a rua estava deserta. E ela ficou tão acabrunhada, tão triste, que se apoiou contra um muro para não cair.

Depois, pensou que se enganara. Já não sabia de mais nada. Tudo nela mesma e fora dela a abandonava. Sentia-se perdida, rolando ao acaso por entre abismos indefiníveis, e foi quase com alegria que ela percebeu, chegando ao Croix Rouge, aquele bom Homais, que assistia carregarem a *Hirondelle* com uma grande caixa cheia de provisões farmacêuticas. Ele segurava, em um lenço, seis *cheminots* para sua esposa.

A sra. Homais adorava aqueles pãezinhos pesados, em forma de turbante, que se comem na quaresma com manteiga salgada: último resquício das comidas góticas, que data talvez do século das cruzadas e com o qual os robustos normandos outrora se empanturravam, acreditando ver à mesa, à luz de tochas amarelas, entre os cântaros de hipocraz e embutidos gigantescos, cabeças de mouros a serem devoradas. A mulher do boticário as comia como eles, heroicamente, apesar de sua dentição detestável; por isso, toda vez que o sr. Homais fazia uma viagem à cidade, não deixava de trazer-lhe um desses doces que comprava sempre no grande confeiteiro da Rue du Massacre.

– Prazer em vê-la! – disse ele oferecendo a mão a Emma para ajudá-la a subir na *Hirondelle.*

Depois, ergueu os *cheminots* nas correias da rede da diligência e ficou sem chapéu e de braços cruzados, em uma atitude pensativa e napoleônica.

Mas, quando o cego, como de costume, apareceu ao pé da encosta, exclamou:

– Não entendo como as autoridades ainda toleram artimanhas tão culposas! Deveríamos encarcerar esses infelizes, forçá-los a trabalhar! O progresso, palavra de honra, caminha a passos de tartaruga! Estamos chafurdando em plena barbárie!

O cego estendia seu chapéu, que bamboleava na portinhola, como um bolso despregado do forro.

– Aí está – disse o farmacêutico –, uma afecção escrofulosa!

E, embora conhecesse aquele pobre diabo, fingia vê-lo pela primeira vez e murmurava palavras como *córnea, córnea opaca, esclerótica, fácies*; depois lhe perguntou com um tom paternal:

– Faz muito tempo, meu amigo, que você sofre dessa enfermidade terrível? Em vez de embebedar-se na taberna, faria melhor seguindo um regime.

Exortou-o a tomar bom vinho, boa cerveja, comer bons assados. O cego continuou a canção; parecia, aliás, quase idiota. Enfim, o sr. Homais abriu sua bolsa.

– Tome, eis aqui um soldo, devolva-me dois vinténs; e não se esqueça das minhas recomendações, você se sentirá bem melhor.

Hivert permitiu-se em voz alta algumas reticências sobre a eficácia do tratamento. Mas o boticário garantiu que ele próprio o curaria com uma pomada antiflogística de sua própria composição e deu seu endereço:

– Sr. Homais, perto do mercado, suficientemente conhecido.

– Pois bem, em troca da consulta – Hivert disse – agora você vai mostrar-nos a sua comédia.

O cego prostrou-se de joelhos e, com a cabeça para trás, enrolando os olhos esverdeados e mostrando a língua, esfregava o estômago com as duas mãos, ao passo que soltava uma espécie de grito surdo, como um cão esfomeado. Emma, tomada de desgosto, jogou-lhe, por cima dos ombros, uma moeda de cinco francos. Era toda a sua fortuna. Pareceu-lhe belo jogá-la assim.

A diligência já havia partido novamente quando, de repente, o sr. Homais inclinou-se para fora da janela e gritou:

– Nada de farináceos nem laticínios! Nem de usar lã diretamente na pele ou expor as partes infectadas à fumaça de bagas de zimbros!

O espetáculo dos objetos conhecidos que desfilavam diante de seus olhos pouco a pouco desviava Emma de sua dor presente. Um cansaço insuportável a abateu e ela chegou em casa embrutecida, desencorajada, quase adormecida.

“Que aconteça o que tiver de acontecer!”, pensava.

E, além do mais, quem sabe? Por que, de uma hora para outra, não poderia surgir um fato extraordinário? O próprio Lheureux podia morrer.

Às nove horas da manhã, foi acordada por um barulho de vozes na praça. Havia uma aglomeração em torno do mercado para ler um grande cartaz colado contra os postes e ela viu que Justin, tendo subido em um marco, rasgava o cartaz. Mas, naquele momento, o guarda campestre pôs-lhe a mão na gola. O sr. Homais saiu da farmácia, e a velha Lefrançois, no meio da multidão, parecia perorar.

– Senhora! Senhora! – exclamou Félicité ao entrar. – É uma abominação!

E a pobre moça, emocionada, estendeu-lhe o papel amarelo que acabara de arrancar da porta. Emma leu em um piscar de olhos que toda a mobília estava à venda.

Então elas contemplaram-se silenciosamente. A criada e a patroa não tinham nenhum segredo uma com a outra. Enfim, Félicité suspirou:

– Se eu fosse a senhora, iria conversar com o sr. Guillaumin.

– Você acha?...

E aquela interrogação queria dizer:

"Você, que conhece a casa através do criado, acha que o patrão falou de mim alguma vez?"

– Vá sim, vai-lhe fazer bem.

Ela vestiu-se, colocou seu vestido preto com capota de vidrilhos de azeviche e, para que não a vissem (sempre havia muita gente na praça), andou por fora do vilarejo, pelo caminho à beira do riacho.

Chegou toda ofegante em frente à grade do notário; o céu estava sombrio e nevava um pouco.

Ao barulho da campainha, Théodore, de colete vermelho, apareceu na entrada; veio abrir quase que familiarmente, como a uma conhecida sua, e introduziu-a na sala de jantar.

Uma grande estufa de porcelana vibrava sob um cacto que ocupava o nicho e, nos quadros de madeira escura pendurados contra a parede imitando carvalho havia a *Esmeralda*, de Steuben[56], com *Putiphar*, de Schopin.[57] A mesa posta, dois

---

56. Barão de Steuben (1788-1856): pintor e gravador. Suas principais obras são: *La Esmeralda et Quasimodo* (1839), *La Esmeralda donnant une leçon de danse à sa chèvre Djali* (1841) e *Joseph et la femme de Putiphar* (1843). (N.T.)

57. Henri-Frédéric Schopin (1804-1880): pintor e gravador, irmão do compositor Fréderic Chopin. Pintou *Judith va trouver Holopherne* (frequentemente atribuído a Vernet), mas nenhum tema relativo a Putiphar antes do Salão de 1866. Flaubert parece confundir as obras de Steuben com as de Schopin. (N.T.)

fogareiros de prata, a maçaneta das portas de cristal, o parquê e os móveis, tudo reluzia com uma limpeza meticulosa, inglesa; as vidraças eram decoradas, em todos os cantos, por vidros coloridos.

"Era de uma sala de jantar assim que eu precisava", pensou Emma.

O notário entrou, apertando com o braço esquerdo contra seu corpo o roupão enfeitado com palmas, ao passo que ajeitava rapidamente com a outra mão sua touca de veludo marrom, pretensiosamente colocada do lado direito, onde caíam as pontas de três mechas louras que, presas no occipício, contornavam seu crânio calvo.

Depois que ele ofereceu-lhe um assento, sentou-se para almoçar, enquanto se desculpava muito pela falta de polidez.

– Senhor – ela disse –, preciso pedir-lhe...

– O quê, minha senhora? Estou ouvindo.

Ela pôs-se a explicar a situação.

O sr. Guillaumin já a conhecia, estando secretamente ligado ao comerciante de tecidos, junto ao qual sempre encontrava os capitais para os empréstimos hipotecários que lhe pediam.

Então, ele sabia (e inclusive melhor do que ela) da longa história das promissórias, mínimas de início, endossadas por diversos nomes, com vencimentos de longo prazo e renovadas continuamente até o dia em que, reunindo todos os protestos, o comerciante encarregou seu amigo Vinçart de fazer em seu nome as ações judiciais necessárias, não querendo passar por um tigre junto a seus concidadãos.

Ela intercalou sua narrativa com recriminações contra Lheureux, recriminações que o notário respondia de tempos em tempos com palavras insignificantes. Comendo uma costeleta e bebendo chá, abaixava o queixo, enfiando-o na gravata azul-celeste atravessada por dois alfinetes de diamantes presos por uma correntinha de ouro; ele sorria com um riso singular, de modo adocicado e ambíguo. Mas, notando que ela estava com os pés úmidos, disse:

– Aproxime-se da estufa... mais alto... contra a porcelana.

Ela tinha medo de sujá-la. O notário retomou com um tom galanteador:

– As coisas belas não estragam nada.

Então, ela tratou de emocioná-lo e, emocionando a si mesma, acabou contando-lhe sobre a mediocridade de sua casa, seus conflitos, suas necessidades. Ele compreendia aquilo: uma mulher elegante! E, sem parar de comer, voltou-se completamente para ela, de tal forma que roçava com o joelho sua botina, cuja sola se curvava, fumegando contra a estufa.

Mas, quando ela pediu-lhe mil escudos, ele apertou os lábios, depois se declarou extremamente pesaroso por não ter tido, outrora, a direção de sua fortuna, pois haveria cem modos bastante cômodos, inclusive para uma dama, de valorizar seu dinheiro. Poderíamos, seja nas turfeiras de Grumesnil ou nos terrenos do Havre, apostar com quase certeza em excelentes especulações; e ele deixou-a devorando-se de raiva com as somas fantásticas que ela certamente teria ganhado.

– Por que nunca veio à minha casa?

– Não sei muito bem – respondeu.

– Por quê, hein?... Você tinha medo de mim? Sou eu, pelo contrário, que deveria me queixar! Mal nos conhecemos! No entanto, sou-lhe muito devotado. A senhora não tem mais dúvida, espero?

Ele estendeu a mão, pegou a dela, cobriu-a com um beijo voraz, depois a pousou sobre o seu joelho; e brincou delicadamente com seus dedos, enquanto dizia-lhe mil amabilidades.

Sua voz insossa sussurrava como um riacho; uma faísca surgia de sua pupila através do reflexo de seus óculos, e suas mãos avançavam para a manga de Emma, de modo a apalpar-lhe os braços. Ela sentia contra suas faces o sopro de uma respiração ofegante. Aquele homem a incomodava terrivelmente.

Ela levantou-se de um salto e disse-lhe:

– Senhor, estou esperando.

– Ora, esperando o quê? – fez o notário, que se tornou de repente extremamente pálido.

– O dinheiro.

– Mas...

A seguir, cedendo à irrupção de um desejo forte demais:

– Então está certo!...

Arrastava seu joelho em direção a ela, sem se preocupar com o seu roupão.

– Tenha bondade, fique! Eu a amo!

E segurou-a pela cintura.

Uma onda púrpura subiu ao resto da sra. Bovary. Ela recuou com um ar terrível, exclamando:

– O senhor está se aproveitando de minha desgraça, senhor! Sou digna de pena, mas não estou à venda!

E saiu.

O notário ficou bastante estupefato, os olhos fixos em suas belas pantufas bordadas. Era um presente de amor. Aquela visão o consolou. Uma aventura daquelas o levaria longe demais, pensou ele.

– Que miserável! Que grosseiro!... Que infâmia! – ela pensava, fugindo nervosamente sob os álamos da rua. O desapontamento do insucesso reforçava a indignação de seu pudor ultrajado; parecia-lhe que a Providência obstinava-se em persegui-la, e, enchendo-se de orgulho, ela jamais sentira tanta estima por si mesma nem tanto desprezo pelos outros. Algo de belicoso a transportava. Gostaria de bater nos homens, cuspir-lhes no rosto, esmagar todos eles; e continuava avançando rapidamente, pálida, trêmula, enraivecida, bisbilhotando com um olho em prantos o horizonte vazio e como que se deleitando com o ódio que a sufocava.

Quando avistou sua casa, um entorpecimento tomou conta dela. Não conseguia avançar; era preciso, no entanto; e agora, o que fazer – fugir?

Félicité a esperava à porta.

– E então?

– Nada! – exclamou Emma.

E, durante quinze minutos, ambas enumeraram todas as pessoas de Yonville dispostas a ajudá-las. Mas, cada vez que Félicité dizia um nome, Emma replicava:

– Não é possível! Eles nunca vão querer!

– E o patrão deve estar chegando!

– Eu sei disso... Deixe-me sozinha.

Ela havia tentado de tudo. Não havia mais nada a fazer agora; e, quando Charles aparecesse, ela iria dizer-lhe:

– Vá embora. Esse tapete sobre o qual você caminha também não é nosso. De sua casa, você não dispõe mais de um só móvel, nem um alfinete ou uma palha; fui eu quem o arruinou, pobre homem!

Então haveria um grande lamento, depois ele choraria abundantemente, e, enfim, passada a surpresa, ele a perdoaria.

– Sim – ela murmurava rangendo os dentes –, ele me perdoará. E nem que ele me oferecesse um milhão seria suficiente para desculpá-lo por ter me conhecido... Jamais! Jamais!

Essa ideia de superioridade de Bovary sobre ela a exasperava. Além do mais, quer ela confessasse ou não, quer o fizesse dali a pouco, à tarde ou amanhã, não seria menos catastrófico; então, era preciso esperar aquela horrível cena e sofrer o peso de sua magnanimidade. Veio-lhe a vontade de retornar à casa de Lheureux: para quê? Escrever para seu pai; era tarde mais; e talvez ela agora estivesse se arrependendo de não ter cedido ao outro, quando ouviu o trote de um cavalo na alameda. Era ele, estava abrindo a cancela, estava bem mais lívido do que a parede de gesso. Saltando para a escada, ela escapou vivamente pela praça; e a mulher do prefeito, que conversava diante da igreja com Lestiboudois, viu-a entrar na casa do preceptor.

Correu para contá-lo à sra. Caron. As duas damas subiram ao celeiro e, escondidas entre a roupa suja estendida nas varas, postaram-se comodamente, podendo ver todo o interior da casa de Binet.

Estava sozinho em sua mansarda imitando com a madeira um daqueles objetos de marfim indescritíveis, compostos de meias-luas, esferas vazias umas dentro das outras, o conjunto todo reto como um obelisco, que não servia para nada; ia encetar a última peça e estaria terminado! Na penumbra do ateliê, a poeira dourada voava de sua ferramenta, como as faíscas das ferraduras de um cavalo a galope; as duas rodas giravam, roncavam; Binet sorria, o queixo baixo, as narinas abertas, e parecia enfim perdido em uma daquelas alegrias completas que pertencem apenas às ocupações medíocres, que divertem a inteligência com dificuldades fáceis e a satisfazem através de uma realização além da qual não há nada com o que sonhar.

– Ah! Ali está ela – disse a sra. Tuvache.

Mas era impossível, por causa do torno, ouvir o que ela dizia.

Enfim, aquelas mulheres acreditaram distinguir a palavra "francos", e a velha Tuvache soprou baixinho:

– Está pedindo um prazo para pagar o que deve.

– É o que parece – disse a outra.

Elas viram-na caminhando de um lado para outro, examinando nas paredes as argolas de guardanapos, os castiçais, as esferas de corrimão, enquanto Binet acariciava sua barba com satisfação.

– Será que ela veio para encomendar-lhe algo? – perguntou a sra. Tuvache.

– Mas ele não vende nada! – objetou sua vizinha.

O preceptor parecia ouvir com os olhos arregalados, como se não entendesse nada. Ela continuava, de uma maneira terna, suplicante. Ela aproximou-se; seu seio arquejava; não se falavam mais.

– Será que ela está se oferecendo? – perguntou a sra. Tuvache.

Binet estava vermelho até as orelhas. Ela pegou-lhe as mãos.

– Ah! É forte demais!

Sem dúvida ela estava propondo uma abominação, pois o preceptor, que era valente – combatera em Bautzen[58] e em Lutzen[59], fizera a campanha da França e fora inclusive indicado para uma condecoração –, de repente, como se estivesse diante de uma cobra, recuou para bem longe exclamando:

– Senhora! Está pensando nisso?

– Essas mulheres deveriam ser açoitadas – disse a sra. Tuvache.

– Onde ela está? – perguntou a sra. Caron.

Pois Emma desaparecera em meio àquelas palavras; depois, vendo que ela pegava a Grande Rue e virava à direita como que em direção ao cemitério, elas perderam-se em conjecturas.

– Dona Rolet – disse ela ao chegar finalmente à casa da ama de leite –, estou sufocando!... Solte meu espartilho.

E ela caiu na cama; soluçava. Dona Rolet cobriu-a com um saiote e permaneceu de pé perto dela. Depois, como não respondia, a mulher afastou-se, pegou sua roda e começou a fiar.

---

58. Batalha de Bautzen (20 de maio 1813): marcada pela vitória de Napoleão I sobre os exércitos russo-prussianos. (N.T.)

59. Batalha de Lutzen (2 de maio de 1813): batalha napoleônica. (N.T.)

– Oh, termine logo! – murmurava ela, acreditando ouvir o torno do sr. Binet.

– Quem a está incomodando? – perguntou-se a ama. – Por que ela veio aqui?

Emma viera correndo, impelida por uma espécie de pavor que a expulsava de sua casa.

Deitada de costas, imóvel e com os olhos fixos, Emma discernia vagamente os objetos, embora aplicasse sua atenção com uma persistência idiota. Ela contemplava as lascas da parede, dois tições fumegando de ponta a ponta e uma longa aranha que caminhava por cima de sua cabeça, numa fenda da vigota. Enfim, ela juntou suas ideias. Estava lembrando... Um dia, com Léon... Oh! Como aquilo estava longe... O sol brilhava no riacho e as clematites perfumavam o ar... Então, arrastada em suas lembranças como em uma torrente que ferve, ela conseguiu finalmente lembrar-se do dia anterior.

– Que horas são? – perguntou ela.

Dona Rolet, que havia saído, levantou os dedos de sua mão direita do lado em que o céu estava mais claro e entrou lentamente, dizendo:

– Quase três horas.

– Ah, obrigada! Obrigada!

Pois ele viria. Era certo! Teria encontrado o dinheiro. Mas talvez fosse lá, sem desconfiar que ela estivesse ali; pediu então à ama de leite que corresse à sua casa para trazê-lo.

– Vá logo!

– Estou indo, minha senhora, estou indo!

Ela se surpreendia agora por não ter pensado nele primeiro; ontem, ele dera sua palavra e a manteria; ela já se via na casa de Lheureux, espalhando sobre sua escrivaninha as três notas do banco. Depois, seria preciso inventar uma história que explicasse as coisas a Bovary. Mas que história?

No entanto, a ama estava demorando muito para voltar. Porém, como não havia relógio na casa, Emma temia estar exagerando. Pôs-se a dar voltas no jardim, devagar; pegou o caminho que costeia a sebe, voltou rapidamente, esperando que a mulher tivesse voltado por outro caminho. Enfim, cansada de esperar, assaltada de suspeitas que afastava, não sabendo mais se estava ali há um século ou um minuto, sentou-se em um canto, fechou os olhos, tapou as orelhas. A cancela rangeu: ela deu um salto; antes que pudesse falar, dona Rolet disse-lhe:

– Não há ninguém em sua casa!

– Como?

– Ora, ninguém! E o doutor está chorando e chamando pela senhora. Está lhe procurando.

Emma não respondeu nada. Ela estava ofegante, girava os olhos em torno de si, ao passo que a camponesa, assustada com seu rosto, recuava instintivamente, achando-a louca. De repente ela bateu em sua testa, soltando um grito, pois a lembrança de Rodolphe, como um grande relâmpago em uma noite escura, viera-lhe ao espírito. Ele era tão bom, tão delicado, tão generoso! E, aliás, se hesitasse em ajudá-la, saberia muito bem forçá-lo, fazendo-o lembrar com uma simples piscadela de seu amor perdido. Partiu então em direção a La Huchette, sem dar-se conta de que ela corria para oferecer-se àquilo que tanto a irritara há pouco e sem a menor desconfiança de que estava se prostituindo.

VIII

Emma perguntava-se ao caminhar: "O que vou dizer? Por onde começarei?". E, à medida que avançava, reconhecia as moitas, as árvores, os juncos marinhos na colina, o castelo lá em baixo. Ela encontrava-se em meio às sensações de sua primeira ternura, e seu pobre coração comprimido dilatava-se nelas amorosamente. Um vento morno soprava-lhe o rosto; a neve, derretendo-se, caía gota a gota dos rebentos sobre a relva.

Entrou, como outrora, pela portinha do parque, depois chegou ao pátio principal, bordejado por uma fila dupla de tílias espessas, que assopravam ao balançar seus galhos compridos. Os cães do canil latiam todos, e a explosão de suas vozes ressoava sem que alguém aparecesse.

Subiu a escada larga e reta, com balaústres de madeira, que conduzia ao corredor pavimentado com lajes empoeiradas para o qual se abriam diversos quartos alinhados, como nos monastérios ou nos albergues. O dele encontrava-se ao final, bem ao fundo, à esquerda. Quando ela foi pôr os dedos na maçaneta, subitamente perdeu as forças. Temia que ele não estivesse em casa, quase desejava isso, embora aquela fosse sua única esperança, sua única chance de salvação. Recolheu-se por um minuto e, retomando a coragem pelo sentimento da necessidade presente, entrou.

Ele estava diante da lareira, os dois pés sobre a guarnição, fumando um cachimbo.

– Ora, é a senhora! – disse levantando-se bruscamente.

– Sim, sou eu!... Gostaria de pedir-lhe um conselho, Rodolphe.

E, apesar de seus esforços, era-lhe impossível abrir a boca.

– A senhora não mudou, continua encantadora!

– Oh! – prosseguiu ela amargamente. – São tristes encantos, meu amigo, já que o senhor os desdenhou.

Então ele começou a explicar sua conduta, desculpando-se em termos vagos, na falta de poder inventar algo melhor.

Ela deixou-se levar por suas palavras, mais ainda por sua voz e pelo espetáculo de sua pessoa; tanto que fingiu acreditar, ou acreditou talvez, no pretexto de sua ruptura: era um segredo do qual dependia a honra e inclusive a vida de uma terceira pessoa.

– Não importa! – ela fez olhando-o tristemente. – Sofri muito!

Ele respondeu com um tom filosófico:

– A existência é assim!

– Ao menos ela foi boa com o senhor desde a nossa separação?

– Oh! Nem boa... nem má.

– Talvez tivesse sido melhor nunca nos deixarmos.

– Sim... Talvez!

– Você acha? – ela perguntou aproximando-se.

E suspirou.

– Oh, Rodolphe! Se você soubesse... Amei-o tanto!

Foi então que ela pegou na sua mão, e eles ficaram algum tempo com os dedos entrelaçados, como no primeiro dia, nos comícios! Por um gesto de orgulho, ele resistia à ternura. Mas, prostrando-se contra o peito dele, ela disse-lhe:

– Como você queria que eu vivesse sem você? Não é possível desacostumar-se com a felicidade! Fiquei desesperada! Achei que iria morrer! Vou contar-lhe isso tudo, você verá. E você... você fugiu de mim!...

Pois havia três anos que ele a evitava cuidadosamente, por aquela covardia natural que caracteriza o sexo forte; e Emma continuava com graciosos gestos de cabeça, mais carinhosa do que uma gata apaixonada:

– Você ama outras, confesse-o. Oh! Eu as entendo, vá! Desculpo-as, você as seduziu como a mim. Você é homem! Tem tudo o que é preciso para se fazer amar. Mas não recomeçaremos, não é? Nós nos amaremos! Ora, estou sorrindo, estou feliz!... Fale!

E era encantador vê-la, com um olhar no qual tremia uma lágrima, como a água de uma tempestade em um cálice azul.

Ele a puxou para seu colo, acariciou com as costas da mão seus bandós lisos que, à claridade do crepúsculo, refletiam o último raio de sol como uma flecha de ouro. Ela inclinava a cabeça; ela terminou por beijar suas pálpebras, suavemente, com a ponta dos lábios.

– Mas você chorou! – ele disse. – Por quê?

Ela caiu em soluços. Rodolphe acreditou que era a explosão de seu amor; como ela mantinha-se calada, ele tomou o silêncio por um último pudor e então exclamou:

– Ah! Perdoe-me! Você é a única que me agrada. Fui imbecil e mau! Eu a amo, vou amá-la para sempre!... O que você tem? Diga-me!

Ele ajoelhou-se.

– Pois bem!... Estou arruinada, Rodolphe! Você precisa me emprestar três mil francos!

– Mas... mas... – disse, levantando-se pouco a pouco, enquanto sua fisionomia ganhava uma expressão grave.

– Você sabe – continuava ela rapidamente – que meu marido havia colocado toda a sua fortuna nas mãos de um notário; ele fugiu. Pedimos emprestado; os pacientes não pagavam. De resto, a liquidação não terminou; mais tarde receberemos parte dela. Mas, hoje, se não tivermos três mil francos vão penhorar tudo que temos; isso está ocorrendo neste momento, agora mesmo; e, contando com sua amizade, vim falar com você.

"Ah!", pensou Rodolphe, que se tornou subitamente pálido. "É por isso que ela veio!"

Enfim, ele disse com um ar calmo:

– Não disponho dessa quantia, cara senhora.

Não mentia. Se tivesse, teria dado, sem dúvida, embora geralmente seja desagradável fazer tão belas ações: um pedido pecuniário, de todas as borrascas que caem sobre o amor, é a mais fria e a mais destruidora.

Primeiro, ela permaneceu alguns minutos olhando-o.

– Você não tem!

Ela repetiu várias vezes:

– Você não tem... Poderia ter me poupado dessa última vergonha. Você nunca me amou! Você não vale mais do que os outros!

Ela traía-se e perdia-se.

Rodolphe interrompeu-a, afirmando que ele próprio encontrava-se "embaraçado".

– Ah! Estou com pena de você! – disse Emma. – Sim, muita pena!...

E, fixando os olhos sobre uma carabina marchetada que brilhava na panóplia:

– Mas, quando somos tão pobres, não colocamos dinheiro no cabo do fuzil! Não compramos um pêndulo com incrustações em madrepérola! – continuava ela, mostrando o relógio de Boulle.[60] – Nem apitos de *vermeil* para o chicote – ela os tocou! –, nem berloques para o relógio! Oh, nada lhe falta! Até um porta-licor no quarto; pois você se ama, você vive bem, você tem um castelo, fazendas, bosques; você caça a cavalo com galgos, você viaja a Paris... Ei! Até com isso – exclamou, pegando sobre a lareira as abotoaduras –, com a menor dessas ninharias se pode fazer dinheiro!... Oh! Não as quero! Fique com elas!

E ela lançou bem longe os dois botões, cuja corrente de ouro rompeu-se ao bater contra a parede.

– Mas, eu, eu teria dado tudo a você, teria vendido tudo, teria trabalhado com as minhas próprias mãos, teria mendigado nas estradas, por um sorriso, um olhar, para ouvi-lo dizer: "Obrigada!". E você fica aí tranquilamente sentado em sua poltrona, como se já não tivesse me feito sofrer o suficiente?

---

60. Charles-André Boulle (1642-1732): marceneiro francês, renomado por seus móveis de ébano e madeiras preciosas ricamente ornadas. (N.T.)

Sem você, eu poderia ter vivido feliz, sabe? Quem o forçou a vir? Era uma aposta? No entanto, você me amava, era o que dizia... E agora há pouco também... Ah, teria sido melhor se tivesse me expulsado! Tenho as mãos quentes de seu beijo, e eis o lugar, no tapete, em que você jurava a meus joelhos um amor eterno. Você me fez acreditar: durante dois anos você arrastou-me no sonho mais magnífico e mais suave!... Hein? Nossos projetos de viagem, você lembra? Oh! Sua carta, sua carta! Ela partiu meu coração!... E depois, quando volto para ele, que é rico, feliz, livre, para implorar um socorro que qualquer um daria, suplicante e trazendo-lhe toda minha ternura, ele me repele, pois lhe custaria três mil francos!

– Não disponho dessa quantia! – respondeu Rodolphe com aquela calma perfeita com a qual as cóleras resignadas se protegem como um escudo.

Ela saiu. As paredes tremiam, o teto a esmagava, e ela retornou pela longa alameda, cambaleando por entre os montes de folhas mortas que o vento dispersava. Enfim, chegou ao fosso diante da grade; quebrou as unhas na maçaneta, de tanto que se apressou para abri-la. Depois, cem passos mais adiante, sem fôlego, quase caindo, Emma parou. E então, virando-se, viu mais uma vez o castelo impassível, com o parque, os jardins, os três pátios e todas as janelas da fachada.

Ela permaneceu perdida de estupor e sem consciência de si mesma, a não ser pelo batimento de suas artérias, que ela acreditava ouvir como uma música ensurdecedora que enchia o campo. O solo sob os seus pés estava mais movediço do que uma onda, e os sulcos pareciam imensas vagas escuras que arrebentavam. Tudo que havia em sua cabeça de reminiscências, de ideias, escapava ao mesmo tempo, de uma só vez, como mil peças de um fogo de artifício. Viu seu pai, o escritório de Lheureux, o quarto lá de Rouen, outra paisagem. A loucura tomava conta dela; teve medo e conseguiu retomar o controle, de uma maneira confusa, é verdade, pois ela não se lembrava da causa de seu estado horrível, ou seja, da questão do dinheiro. Ela sofria unicamente com seu amor e sentia sua alma abandoná-la por aquela lembrança, como os feridos, agonizando, sentem a existência que se esvai pela ferida que sangra.

A noite caía, as gralhas voavam.

Pareceu-lhe, de repente, que glóbulos cor de fogo explodiam no ar como balas fulminantes que se esmagavam e giravam, giravam para irem derreter-se na neve, entre os galhos das árvores. Em meio a cada um deles, a figura de Rodolphe aparecia. Multiplicavam-se e aproximavam-se, penetrando-na; tudo desapareceu. Ela reconheceu as luzes das casas que brilhavam ao longe na bruma.

Então, sua situação reapareceu-lhe como um abismo. Ela arquejava como se seu peito fosse romper-se. Depois, em um transporte de heroísmo que a tornou quase alegre, desceu a encosta correndo, atravessou a prancha das vacas, o caminho, a alameda, o mercado e chegou diante da loja do farmacêutico.

Não havia ninguém. Ia entrar, mas, ao barulho da campainha, poderiam vir; então, deslizando pela cancela, retendo sua respiração, tateando as paredes, Emma avançou até o limiar da cozinha, onde queimava uma vela pousada sobre o forno. Justin, em mangas de camisa, carregava uma travessa.

– Ah, estão jantando. Esperemos.

Justin voltou. Emma bateu contra o vidro. Ele saiu.

– A chave! A lá de cima, onde ficam os...

– Como?

E ele olhava para ela, muito admirado com a palidez de seu rosto, que se sobressaía no fundo negro da noite. Ela pareceu-lhe extraordinariamente bela e majestosa como um fantasma; sem compreender o que ela queria, pressentia algo terrível.

Mas ela continuou vivamente, em tom baixo, com uma voz suave, subversiva:

– Eu a quero! Alcance-me.

Como a divisória era fina, ouvia-se o tilintar dos talheres sobre os pratos na sala de jantar.

Alegava precisar matar ratos que não a deixavam dormir.

– Preciso avisar o patrão.

– Não! Fique aqui!

Depois, com um ar indiferente:

– Olhe, não é necessário, vou dizer-lhe logo mais. Vamos, ilumine um pouco isto aqui!

Ela entrou no corredor de onde se abria a porta do laboratório. Havia contra a parede uma chave etiquetada “cafarnaum”.

– Justin! – gritou o boticário, que estava se impacientando.

– Vamos subir!

E ela o seguiu.

A chave girava na fechadura, ela foi direto à terceira prateleira, de tão bem que sua lembrança a guiava, pegou o bocal azul, arrancou-lhe a tampa, enfiou a mão e, retirando-a cheia de um pó branco, pôs-se a comê-lo diretamente.

– Pare! – exclamou ele jogando-se sobre ela.

– Cale-se! Vão vir...

Ele desesperou-se, quis chamar ajuda.

– Não diga nada, a culpa será de seu patrão!

Depois ela virou-se, subitamente sossegada, quase com a serenidade de um dever cumprido.

Quando Charles, abalado pela notícia da penhora, voltara para casa, Emma tinha acabado de sair. Ele gritou, chorou, desmaiou, mas ela não voltou. Onde poderia estar? Mandou Félicité à casa de Homais, do sr. Tuvache, de Lheureux, ao Lion d'Or, a todos os lugares possíveis e, nas intermitências de sua angústia, via sua reputação aniquilada, a fortuna perdida, o futuro de Berthe partido! Por que motivo?... Nem uma palavra! Ele esperara até as seis horas da noite. Enfim, não aguentando mais e imaginando que ela partira a Rouen, Charles pegou a estrada principal, percorreu meia légua, não encontrou ninguém, esperou mais um pouco e depois voltou.

Ela chegara.

– O que houve? Por quê?... Explique-me!...

Ela sentou-se em sua escrivaninha e escreveu uma carta que lacrou lentamente, acrescentando a data e a hora.

Depois, disse com um tom solene:

– Você lerá amanhã. Daqui até lá, por favor, não me faça nenhuma pergunta!... Nenhuma!

– Mas...

– Oh! Deixe-me!

E ela deitou-se transversalmente na cama.

Um sabor amargo que sentiu na boca a acordou. Entreviu Charles e fechou os olhos novamente.

Ela espiou-se curiosamente, para discernir se estava com dor. Mas não! Ainda nada. Ouvia o batimento do pêndulo, o barulho do fogo e Charles de pé, perto de seu leito respirando.

"Ah! A morte não é grande coisa!", pensava. "Vou adormecer e tudo estará terminado!"

Bebeu um gole d'água e virou-se para a parede.

Aquele gosto horrível de tinta continuava.

– Estou com sede!... Oh! Estou com muita sede! – suspirou ela.

– O que você tem? – perguntou Charles, estendendo-lhe um copo.

– Nada!... Abra a janela... Estou sufocando!

E ela foi tomada por uma náusea tão súbita que mal teve tempo de pegar seu lenço debaixo do travesseiro.

– Tire-o daqui! – disse ela vivamente. – Jogue-o fora!

Ele a questionou; ela não respondeu. Ela mantinha-se imóvel, de medo que a menor emoção a fizesse vomitar. No entanto, ela sentiu um frio de gelo que subia dos pés até o coração.

– Ah! Está começando! – murmurou.

– O que você está dizendo?

Ela rolava a cabeça com um gesto suave, mas cheio de angústia, enquanto abria continuamente os maxilares, como se carregasse sobre a língua algo muito pesado. Às oito horas, os vômitos recomeçaram.

Charles observou que no fundo da bacia havia uma espécie de cascalho branco, colado à porcelana.

– É estranho! É singular! – repetiu.

Mas ela disse com uma voz forte:

– Não, você está enganado!

Então, delicadamente e quase a acariciando, ele passou-lhe a mão no estômago. Ela soltou um grito agudo. Ele recuou, assustado.

Depois, ela pôs-se a gemer, fracamente, primeiro. Um grande calafrio sacudiu-lhe os ombros e ela tornava-se mais pálida do que o lençol no qual seus dedos crispados se cravavam. Seu pulso desigual estava agora quase imperceptível.

Gotas escorriam de seu rosto azulado, que parecia congelado na exalação de um vapor metálico. Seus dentes batiam, seus olhos arregalados contemplavam vagamente em torno de si e ela respondia a todas as questões sacudindo a cabeça; chegou a sorrir duas ou três vezes. Pouco a pouco, seus gemidos tornaram-se mais fortes. Um grito surdo escapou-lhe, alegava que estava melhor e que se levantaria dali a pouco. Mas as convulsões tomaram conta dela, que exclamou:

– Ah! É atroz, meu Deus!

Ele jogou-se de joelhos na cama.

– Fale! O que você comeu? Responda, pelo amor de Deus!

E ele a olhou com olhos de uma ternura que ela nunca tinha visto.

– Pois, ali... ali...! – ela disse com uma voz desfalecida.

Ele pulou até a escrivaninha, quebrou o lacre e leu em voz alta: "Que não acusem ninguém...". Ele parou, passou a mão nos olhos e releu mais uma vez.

– Como?... Socorro! Socorro!

E não parava de repetir: "Envenenada! Envenenada!". Félicité correu à casa de Homais, que foi anunciá-lo na praça; a sra. Lefrançois ouviu-o do Lion d'Or; alguns se levantaram para contar ao vizinho e o vilarejo todo passou a noite acordado.

Desvairado, balbuciando, quase caindo, Charles rodava no quarto. Batia-se contra os móveis, arrancava os cabelos, e o farmacêutico nunca acreditou que poderia existir um espetáculo tão medonho.

Voltou à sua casa para escrever ao sr. Canivet e ao doutor Larivière. Estava perdendo a cabeça; fez mais de quinze rascunhos. Hippolyte partiu a Neufchâtel, e Justin esporeou com tanta força o cavalo de Bovary que o abandonou na encosta de Bois-Guillaume estafado e quase morto.

Charles quis folhear seu dicionário de medicina; não conseguia ver nada, as linhas dançavam.

– Calma! – disse o boticário. – Trata-se apenas de administrar um antídoto poderoso. Qual é o veneno?

Charles mostrou a carta. Era arsênico.

– Pois bem – continuou Homais –, será preciso fazer uma análise.

Pois sabia que era preciso fazer uma análise seja qual fosse o envenenamento; e o outro, que não entendeu, respondeu:

– Ah, faça! Faça! Salve-a...

Depois, voltando para junto dela, prostrou-se no chão, sobre o tapete, e ficou com a cabeça apoiada contra a borda da cama, soluçando.

– Não chore! – ela disse. – Dentro de pouco tempo não o torturarei mais!

– Por quê? Quem a forçou?

Ela replicou:

– Era preciso, meu amigo.

– Você não era feliz? A culpa é minha? No entanto, fiz tudo que pude!

– Sim... é verdade... você é bom!

E ela passou-lhe a mão pelos cabelos, lentamente. A doçura daquela sensação aumentou sua tristeza; sentia todo seu ser desabando de desespero à ideia de que iria perdê-la, ao passo que ela, mais do que nunca, confessava seu amor por ele; Charles não encontrava nada para dizer-lhe; não sabia nada, não ousava, e a urgência de uma resolução culminava sua perturbação.

Ela terminara, pensava, com todas as traições, todas as baixezas e as inúmeras cobiças que a torturavam. Não odiava ninguém, agora; uma confusão de crepúsculo abatia-se em seu pensamento e, de todos os barulhos da terra, Emma ouvia apenas a lamentação intermitente daquele pobre coração, doce e indistinto, como o último eco de uma sinfonia que se afasta.

– Tragam-me a pequena – disse, levantando-se apoiada no cotovelo.

– Você não está piorando, está? – perguntou Charles.

– Não! Não!

A criança chegou nos braços da criada, com sua camisola comprida, de onde saíam seus pés nus; estava séria e quase que ainda sonhava. Contemplou com surpresa o quarto todo bagunçado e piscou os olhos, ofuscada pelos castiçais que ardiam sobre os móveis. Lembravam-lhe sem dúvida as manhãs do dia de ano-novo ou a quinta-feira de quaresma, quando, também acordada muito cedo, com a claridade das velas, ia à cama da mãe para ali receber seus presentes, pois se pôs a dizer:

– Onde está, mamãe?

E como todos se calavam, continuou:

– Não estou vendo meu sapatinho!

Félicité inclinou-a para a cama, ao passo que ela continuava olhando para o lado da lareira.

– Será que a ama de leite o pegou? – perguntou ela.

E, a esse nome, que a transportava a lembranças de seus adultérios e de suas calamidades, a sra. Bovary virou a cabeça, com a repugnância de outro veneno mais forte que lhe subia até a boca. Berthe, enquanto isso, permanecia na cama.

– Oh! Como seus olhos estão grandes, mamãe! Como você está pálida! Como está suando!...

Sua mãe a olhava.

– Estou com medo! – disse a pequena, recuando.

Emma pegou-a pela mão para beijá-la; ela debatia-se.

– Chega! Levem-na! – exclamou Charles, que soluçava na alcova.

Depois, os sintomas pararam durante um momento, ela pareceu menos agitada, e, a cada palavra significante, a cada sopro de seu peito um pouco mais calmo, a esperança voltava. Enfim, quando Canivet entrou, Charles jogou-se em seus braços, chorando.

– Ah! É o senhor! Obrigada! O senhor é bondoso! Mas tudo já está melhor. Venha vê-la...

O colega não compartilhava absolutamente daquela opinião e, sendo bastante direto, como ele mesmo dizia, prescreveu-lhe um emético a fim de desobstruir completamente o estômago.

Ela não tardou a vomitar sangue; seus lábios apertaram-se ainda mais. Tinha os membros crispados, o corpo coberto de manchas escuras e seu pulso deslizava por entre os dedos como um fio esticado, como a corda de uma harpa prestes a romper-se.

Depois, pôs-se a gritar terrivelmente. Amaldiçoava o veneno, injuriava-o, suplicava que se apressasse e afastava com seus braços retesados tudo o que Charles, mais agonizante do que ela, esforçava-se para que bebesse. Ele estava de pé, com o lenço sobre os lábios, arquejando, chorando e sufocado pelos soluços que o sacudiam até os pés; Félicité corria de um lado para o outro no quarto; Homais, imóvel, soltava grandes suspiros e o sr. Canivet, embora mantivesse seu aprumo, começava a sentir-se incomodado.

– Diabos!... No entanto... ela está purgada, e, quando a causa cessa...

– O efeito deve cessar – disse Homais. – É evidente.

– Ora, salve-a! – exclamava Bovary.

Dessa forma, sem ouvir o farmacêutico, que ainda arriscava a seguinte hipótese: "Talvez seja um paroxismo saudável", Canivet pretendia administrar-lhe uma teriaga, quando ouviram o estalar de um chicote; todos os vidros estremeceram e uma berlinda de posta conduzida por três cavalos sujos de lama até as orelhas apareceu subitamente na esquina do mercado. Era o doutor Larivière.

A aparição de um deus não teria causado mais emoção. Bovary levantou as mãos, Canivet interrompeu-se bruscamente e Homais retirou seu barrete grego bem antes de o doutor entrar.

Larivière pertencia à grande escola de cirurgia saída do jaleco de Bichat[61], àquela geração, hoje desaparecida, de médicos filósofos que, amando sua arte com um amor fanático, exerciam-na com exaltação e sagacidade! Tudo tremia em seu hospital quando se enfurecia, e seus alunos veneravam-no tanto que, assim que se estabeleciam, esforçavam-se para imitá-lo ao máximo possível; de modo que se encontravam, nas cidades dos arredores, médicos que usavam como ele peliças de lã acolchoada e largas sobrecasacas pretas, cujos punhos desabotoados cobriam um pouco suas mãos carnudas, mãos bastante belas e que nunca usavam luvas, como que para estarem mais aptas a mergulharem nas misérias. Desdenhoso das condecorações, dos títulos e das academias, hospitaleiro, liberal, paterno com os pobres e praticando a virtude sem acreditar nela, teria quase passado por um santo, se a agudeza de sua inteligência não fizesse com que fosse temido como um demônio. Seu olhar, mais cortante do que seus bisturis, descia direto na alma e desarticulava qualquer mentira através das aparências e pudores. E assim levava a vida, cheio daquela majestade bondosa conferida pela consciência de um grande talento, pela fortuna e por quarenta anos de uma existência laboriosa e irrepreensível.

Já na porta, franziu as sobrancelhas, percebendo a face cadavérica de Emma, estendida de costas, a boca aberta. Depois, enquanto parecia ouvir Canivet, passava o indicador debaixo das narinas e repetia:

61. Xavier Bichat (1771-1802): médico anatomista e fisiologista francês. (N.T.)

– Está bem, está bem.

Mas fez um gesto lento com os ombros. Bovary observou-o, olharam-se, e aquele homem, tão habituado, no entanto, ao aspecto da dor, não pôde reter uma lágrima que lhe caiu sobre o jabô.

Quis trazer Canivet para o cômodo ao lado. Charles o seguiu.

– Ela está bastante mal, não está? Se colocássemos sinapismos? Sei lá eu o quê! Encontre alguma coisa, o senhor já salvou tantas vidas!

Charles o cercava com os dois braços e contemplava-o de uma maneira espantada, suplicante, meio desfalecido contra seu peito.

– Vamos, meu pobre rapaz, coragem! Não há mais nada a fazer.

E o doutor Larivière afastou-se:

– O senhor está indo embora?

– Vou voltar.

Saiu como se fosse dar uma ordem ao postilhão, com o senhor Canivet, que também não fazia questão de ver Emma morrer em suas mãos.

O farmacêutico foi juntar-se a eles na praça. Ele não podia, por temperamento, separar-se das pessoas célebres. Dessa forma, conjurou o sr. Larivière a dar-lhe a insigne honra de almoçar com ele.

Foram buscar rapidamente pombos no Lion d'Or, pegaram todas as costeletas do açougue, creme na casa do Tuvache, ovos na casa de Lestiboudois, e o próprio boticário ajudava nos preparativos, ao passo que a sra. Homais dizia, puxando os cordões de sua camisa:

– O senhor vai ter de nos desculpar, doutor, pois em nossa infeliz região, se não somos avisados na véspera...

– Os cálices!! – assoprou Homais.

– Pelo menos, se estivéssemos na cidade, teríamos mais recursos.

– Ora, cale a boca!... À mesa, senhores!

Julgou por bem, depois dos primeiros pratos, fornecer alguns detalhes sobre a catástrofe:

– Experimenta-se, primeiramente, uma sensação de secura na faringe, depois dores intoleráveis no epigástrio, superpurgação, coma.

– Como foi que ela se envenenou?

– Não sei, doutor, e inclusive não sei onde ela pôde obter esse tal ácido arsenioso.

Justin, que estava trazendo uma pilha de pratos, foi tomado de um tremor.

– O que você tem? – perguntou o farmacêutico.

O rapaz, a essa pergunta, deixou tudo cair no chão, com um grande barulho.

– Imbecil! – exclamou Homais. – Desastrado! Desajeitado! Idiota!

Mas, de repente, controlando-se:

– Quis tentar uma análise, doutor, e introduzi delicadamente num tubo...

– Teria sido melhor introduzir seus dedos na goela dela.

Seu colega calava-se, tendo há pouco recebido confidencialmente uma forte reprimenda a respeito de seu emético, de modo que aquele bom Canivet, tão arrogante e verboso durante o episódio do pé torto, estava muito modesto hoje; sorria sem parar, de um modo aprovador.

Homais desabrochava em seu orgulho de anfitrião, e a lembrança aflitiva de Bovary contribuía vagamente com seu prazer por uma reviravolta egoísta do espírito. Além disso, a presença do doutor arrebatava-o. Exibia sua erudição, citava confusamente cantáridas, upas, mancenilheira, víbora.

– E li que diferentes pessoas foram intoxicadas e praticamente fulminadas, doutor, por morcelas que receberam uma fumigação veemente! Ao menos, era um belo relatório, composto por uma de nossas sumidades farmacêuticas, um de nossos mestres, o ilustre Cadet de Gassicourt!

A sra. Homais reapareceu, usando uma daquelas vacilantes máquinas que se aquecem com álcool etílico; ocorre que Homais fazia questão de fazer seu café sobre a mesa, tendo, aliás, torrificado-o, fosforizado-o e misturado-o pessoalmente.

– *Saccharum*, doutor – disse, oferecendo açúcar.

Depois, mandou as crianças descerem, curioso para ouvir a opinião do cirurgião sobre a constituição delas.

Enfim, o sr. Larivière preparava-se para partir quando a sra. Homais consultou-o a respeito de seu marido. Ele adormecia todas as noites após o jantar, fazendo com que seu sangue engrossasse.

O doutor respondeu com um trocadilho que passou despercebido e, sorrindo um pouco, abriu a porta. Mas a farmácia estava repleta de gente, e ele teve muita dificuldade em livrar-se do sr. Tuvache, que temia que sua esposa estivesse com uma pneumonia, pois vivia escarrando nas cinzas; depois, do sr. Binet, que tinha fomes súbitas; da sra. Caron, que sofria de formigamentos; de Lheureux, com vertigens; de Lestiboudois, com reumatismo; da sra. Lefrançois, com azia. Enfim, os três cavalos dispararam e todos ali acharam que, no geral, ele não mostrara complacência alguma.

A atenção pública foi distraída pela aparição do sr. Bournisien, que passava pelo mercado com os santos óleos.

Homais, para manter-se fiel a seus princípios, comparou os padres aos corvos, atraídos pelo cheiro dos mortos; a vista de um eclesiástico era-lhe pessoalmente desagradável, pois o hábito fazia-o pensar na mortalha e execrava o primeiro por pavor da segunda.

No entanto, não recuava diante daquilo que chamava de sua *missão*; voltou à casa de Bovary em companhia de Canivet, pois o sr. Larivière, antes de partir, exortara-o vivamente a fazê-lo. E, inclusive, não fossem os protestos de sua mulher, teria levado consigo seus dois filhos, a fim de acostumá-los às circunstâncias fortes, para que aquilo se tornasse uma lição, um exemplo, um quadro solene que lhes ficaria mais tarde na lembrança.

O quarto, quando entraram, estava repleto de uma solenidade lúgubre. Havia sobre a mesa de costura, coberta por uma toalha branca, cinco ou seis bolinhas de algodão em uma bandeja de prata, perto de um grande crucifixo, entre dois castiçais que ardiam. Emma, com o queixo sobre o peito, abria desmedidamente as pálpebras, e suas pobres mãos arrastavam-se sobre os lençóis, com aquele gesto medonho e suave dos agonizantes que já parecem querer recobrir-se com o sudário. Estava pálida como uma estátua, tinha os olhos vermelhos como brasas. Charles, sem chorar, mantinha-se em frente a ela, ao pé da cama, ao passo que o padre, apoiado sobre um joelho, resmungava algumas palavras em voz baixa.

Emma virou lentamente o rosto e pareceu tomada de alegria ao ver, de repente, a estola violeta, encontrando, sem dúvida, em meio a uma tranquilidade extraordinária, a volúpia perdida de seus primeiros ímpetos místicos, com visões de beatitude eterna que começavam.

O padre levantou-se para pegar o crucifixo; então ela esticou o pescoço, como alguém que está com sede e, colando os lábios no corpo do Homem-Deus, depositou nele, com toda a sua força expirante, o maior beijo de amor que jamais dera. Depois, ele recitou o *Misereatur et Undulgentiam*, mergulhou o polegar direito no óleo e começou suas unções: primeiro, os olhos, que haviam cobiçado tantas suntuosidades terrestres; depois, as narinas, apreciadoras de brisas mornas e de perfumes amorosos; a seguir, a boca, que se abrira à mentira, que gemera de orgulho e gritara na luxúria; depois da boca, as mãos, que se deleitaram com contatos suaves e, enfim, as plantas dos pés, tão rápidos outrora quando ela corria para saciar seus desejos e que agora não mais andavam.

O padre secou os dedos, jogou ao fogo os pedaços de algodão mergulhados no óleo e voltou a sentar-se perto da moribunda para dizer-lhe que ela devia agora juntar seus sofrimentos aos de Jesus Cristo e abandonar-se à miséria divina.

Ao terminar suas exortações, tentou pôr-lhe na mão um círio abençoado, símbolo das glórias celestes que dentro de pouco a cercariam. Emma, fraca demais, não pôde fechar os dedos, e o círio, não fosse pelo sr. Bournisien, teria caído no chão.

No entanto, ela já não estava tão pálida e seu rosto tinha uma expressão de serenidade, como se o sacramento a tivesse curado.

O padre não deixou de observá-lo; explicou inclusive a Bovary que o Senhor, por vezes, prolongava a existência das pessoas quando julgava conveniente para sua salvação; e Charles lembrou-se do dia em que, daquela mesma forma, quase morrendo, ela recebera a comunhão.

"Talvez não fosse preciso desesperar-se", pensou.

De fato, Emma olhou tudo em torno dela, lentamente, como alguém que acorda de um sonho; depois, com uma voz distinta, ela pediu o espelho e permaneceu debruçada sobre ele algum tempo, até a hora em que lágrimas grossas caíram-lhe dos olhos. Então, deixou a cabeça cair para trás, soltando um suspiro, e caiu outra vez sobre o travesseiro.

Seu peito logo se pôs a ofegar rapidamente. A língua inteira saiu-lhe então da boca; seus olhos, revirados, empalideceram como os globos de uma lâmpada ao se apagarem, fazendo com que parecesse morta, não fosse pelo assustador aceleramento de suas costelas, sacudidas por um suspiro furioso, como se a alma desse pulos para desprender-se. Félicité ajoelhou-se diante do crucifixo, o próprio farmacêutico dobrou um pouco os joelhos, enquanto o sr. Canivet olhava a praça vagamente. Bournisien pôs-se novamente a rezar, o rosto inclinado sobre a beira da cama, com sua longa batina negra que arrastava consigo pelos aposentos. Charles estava do outro lado, de joelhos, os braços estendidos para Emma. Segurava suas mãos e apertava-as, estremecendo a cada batimento de seu coração, como a repercussão de uma ruína que cai. À medida que o estertor tornava-se mais forte, o eclesiástico precipitava suas orações; elas misturavam-se aos soluços sufocados de Bovary e, por vezes, tudo parecia desaparecer no surdo murmúrio das sílabas latinas, que tiniam como os dobres de um sino.

De repente, ouviu-se na calçada o arrastar de tamancos pesados, com o roçar de um bastão, e uma voz ergueu-se, cantando:

Souvent la chaleur d'un beau jour
Fait rêver fillette à l'amour.[62]

Emma levantou-se como um cadáver galvanizado, os cabelos soltos, as pupilas fixas, a boca aberta.

Pour amasser diligemment
Les épis que la faux moissonne,
Ma Nanette va s'inclinant
Vers le sillon qui nous les donne.[63]

---

62. "Muitas vezes o calor de um belo dia / Faz a menina sonhar com o amor". (N.T.)

63. "Para colher, diligentemente, / As espigas que a foice vai ceifando, / A minha Nanette vai se inclinando / Sobre os sulcos que vão ficando." (N.T.)

– É o cego! – ela exclamou.

E Emma pôs-se a rir, um riso atroz, frenético, desesperado, acreditando ver a face medonha do miserável que se erguia nas trevas eternas como um terror.

Il souffla bien fort ce jour-là,
Et le jupon court s'envola![64]

Uma convulsão abateu-a sobre o colchão. Todos se aproximaram. Ela não mais existia.

IX

Depois da morte de alguém, sempre há uma espécie de estupefação que se libera por ser tão difícil de compreender essa chegada súbita do nada e de resignar-se a acreditar nela. Mas, quando percebeu a sua imobilidade, Charles jogou-se sobre Emma, gritando:

– Adeus! Adeus!

Homais e Canivet arrastaram-no para fora do quarto.

– Contenha-se!

– Sim – dizia, debatendo-se –, serei razoável, não farei mal nenhum. Mas soltem-me! Quero vê-la, é minha mulher!

E chorou.

– Chore – replicou o farmacêutico –, dê curso à natureza, isso vai fazer-lhe bem!

Mais débil do que uma criança, Charles deixou-se conduzir para baixo, até a sala, e o sr. Homais logo voltou para casa.

Na praça, foi abordado pelo cego que, tendo se arrastado até Yonville na esperança da pomada antiflogística, perguntava a cada passante onde morava o boticário.

– Ora essa! Como se eu não tivesse mais o que fazer! Ah! Azar o seu, volte mais tarde!

E ele entrou precipitadamente na farmácia.

Tinha de escrever duas cartas, fazer uma poção calmante para Bovary, encontrar uma mentira para esconder o envenenamento e redigi-la sob forma de artigo para o *Fanal,* sem contar as pessoas que o esperavam para receber informações; e, quando todos os yonvilenses ouviram a história do arsênico

64. "Ventava muito aquele dia / E a saia curta voou!" (N.T.)

que Emma tomara por açúcar, ao preparar um creme de baunilha, Homais, mais uma vez, voltou à casa de Bovary.

Ele o encontrou sozinho (o sr. Canivet acabara de ir embora), sentado em sua poltrona, perto da janela, contemplando com um olhar idiota o chão da sala.

– Será preciso que o senhor determine agora – disse o farmacêutico – a hora da cerimônia.

– Por quê? Que cerimônia?

Depois, com uma voz balbuciante e assustada:

– Oh! Não, não é verdade, é? Não, eu quero conservá-la.

Homais pegou uma garrafa na prateleira para regar os gerânios.

– Ah! Obrigada – disse Charles. – Como o senhor é bondoso...

E não terminou a frase, sufocado por uma abundância de lembranças que aquele gesto do farmacêutico evocava-lhe.

Então, para distraí-lo, Homais julgou conveniente conversar um pouco sobre horticultura; as plantas precisavam de umidade. Charles baixou a cabeça em sinal de aprovação.

– Além do mais, os bons dias hão de voltar.

– Ah! – suspirou Bovary.

O boticário, sem novas ideias, pôs-se a afastar devagar as cortininhas da vidraça.

– Veja, o sr. Tuvache está passando.

Charles repetiu como uma máquina:

– O sr. Tuvache está passando.

Homais não ousou falar outra vez das disposições fúnebres; foi o eclesiástico que conseguiu fazê-lo decidir.

Fechou-se em seu escritório, pegou uma pena e, depois de chorar algum tempo, escreveu:

"Quero que a enterrem com seu vestido de casamento, com sapatos brancos e uma grinalda. Espalhem seus cabelos pelos ombros; três caixões, um de carvalho, um de acaju e um de chumbo. Não me digam nada, terei coragem. Cubram-na com um grande pano de veludo verde. Eu quero. Que assim seja feito."

Aqueles senhores surpreenderam-se muito com as ideias romanescas de Bovary, e o farmacêutico veio dizer-lhe imediatamente:

– Esse veludo parece-me um supérfluo. O gasto, aliás...

– Isso é da sua conta? – perguntou Charles. – Deixe-me! O senhor não a amava! Vá embora!

O eclesiástico segurou-o por cima do braço para dar uma volta no jardim com ele. Discorria sobre a vaidade das coisas terrestres. Deus era bem grande, bem bondoso; deviam submeter-se sem murmurar a seus decretos e inclusive agradecê-lo.

Charles explodiu em blasfêmias.

– Eu execro seu Deus.

– O espírito da revolta ainda está no senhor – suspirou o eclesiástico.

Bovary estava longe. Caminhava a passos grandes, ao longo do muro, perto do pomar, e rangia os dentes, erguia aos céus olhares de maldição, mas nem uma só folha mexeu-se.

Caía uma garoa. Charles, que tinha o torso nu, acabou por tiritar; entrou e sentou-se na cozinha.

Às seis horas, ouviram um barulho de ferragem na praça: era a *Hirondelle* que chegava. Ele permaneceu com a testa colada na vidraça, vendo descerem os viajantes uns atrás dos outros. Félicité estendeu um colchão na sala; ele jogou-se nele e adormeceu.

Embora filósofo, o sr. Homais respeitava os mortos. Dessa forma, sem guardar rancor algum do pobre Charles, voltou à noite para velar o cadáver, trazendo consigo três volumes e uma caderneta para tomar notas.

O sr. Bournisien ali estava, e dois grandes círios ardiam ao pé da cama, que haviam tirado para fora da alcova.

O boticário, a quem o silêncio pesava, não tardou a formular algumas queixas sobre aquela "desaventurada moça"; e o padre respondeu que não restava mais nada a fazer a não ser rezar por ela.

– Das duas, uma: ou ela está morta em estado de graça (como quer a Igreja), e então ela não tem necessidade alguma de nossas preces; ou então ela faleceu impenitente (é a expressão eclesiástica), e então...

Bournisien interrompeu-o, replicando com um tom rude que não era por isso que deviam rezar menos.

– Mas – objetou o farmacêutico – já que Deus conhece todas as nossas necessidades, para que serve a reza?

– Como! – exclamou o eclesiástico. – A reza? Por acaso o senhor não é cristão?

– Desculpe-me – disse Homais. – Admiro o cristianismo. Em primeiro lugar, liberou os escravos, introduziu uma moral no mundo...

– Não se trata disso! Todos os textos...

– Oh! Oh! Quanto aos textos, abra-se para a história; sabemos que foram falsificados pelos jesuítas.

Charles entrou e, avançando em direção à cama, abriu lentamente as cortinas.

Emma estava com a cabeça inclinada sobre o ombro direito. O canto da boca, que se mantinha aberta, formava uma espécie de buraco negro na parte inferior do rosto; os dois polegares permaneciam curvados na palma das mãos; uma espécie de poeira branca polvilhava seus cílios e os olhos começavam a desaparecer em uma palidez viscosa que se parecia com uma teia fina, como se aranhas tivessem tecido sobre eles. O lençol afundava-se dos seios até os joelhos, levantando-se a seguir na ponta dos dedos; Charles tinha a impressão de que massas infinitas, de que um peso imenso pesava sobre Emma.

O relógio da igreja soou duas horas. Ouvia-se o murmúrio grave do riacho que corria nas trevas, ao pé do terraço. O sr. Bournisien, de vez em quando, assoava o nariz ruidosamente, e Homais rangia a sua pena no papel.

– Vamos, meu bom amigo – ele disse –, retire-se, este espetáculo o está atormentando!

Uma vez que Charles foi embora, o farmacêutico e o padre recomeçaram a discussão.

– Leia Voltaire! – dizia um. – Leia Holbach[65], leia a *Enciclopédia*!

– Leia as *Lettres de quelques Juifs portugais*[66] – dizia o outro. – Leia a *Raison du christianisme*[67], de Nicolas, antigo magistrado!

---

65. Barão Paul Henri d'Holbach: filósofo francês. Colaborador da *Enciclopédia.* Autor de obras antirreligiosas, como *Christianisme dévoilé* (1767). (N.T.)

66. Trata-se do título abreviado *Lettres de quelques Juifs portugais, allemands et polonais à Monsieur Voltaire* (1805), do abade Antoine Guénée (1717-1803), que escreveu diversas obras polêmicas contra Voltaire. (N.T.)

67. Ao que tudo indica, *Razão do cristianismo* (1841), atribuída aqui a J-J. Nicolas, é na realidade uma alusão à obra do sr. de Genoude (1792-1849): *La Raison du christianisme, ou preuves de la vérité de la religion, tirées des écrits des plus grands hommes de la France, de l'Angleterre et de l'Allemagne*. (N.T.)

Inflamavam-se, já estavam vermelhos, falavam ao mesmo tempo, sem se ouvir; Bournisien escandalizava-se com tanta audácia; Homais maravilhava-se com tanta tolice; e não estavam longe de trocarem injúrias quando Charles, de repente, reapareceu. Um fascínio o atraía. Tornava a subir a escada continuamente.

Punha-se em frente a ela para melhor vê-la, e perdia-se naquela contemplação, que deixava de ser dolorosa de tão profunda que era.

Lembrava-se das histórias de catalepsia, dos milagres do magnetismo, e dizia-se que se o quisesse muito conseguiria talvez ressuscitá-la. Uma vez, inclusive, inclinou-se para ela, gritou baixinho: "Emma! Emma!". Sua respiração, fortemente expelida, fez tremer a chama dos círios contra a parede.

Ao raiar do dia, a sra. Bovary mãe chegou; Charles, ao beijá-la, teve um novo ataque de choro. Ela tentou, como tentara antes dela o farmacêutico, fazer-lhe algumas observações sobre as despesas do enterro. Ele enfureceu-se tanto que ela calou-se, e ele inclusive encarregou-a de ir à cidade para comprar o que precisava.

Charles permaneceu sozinho toda a tarde: haviam levado Berthe à casa da sra. Homais; Félicité ficava lá em cima, no quarto, com a velha Lefrançois.

À noite, Charles recebeu visitas. Levantava-se, apertava as mãos sem poder falar, depois os recém-chegados sentavam-se junto aos outros, que formavam um semicírculo diante da lareira. Cabisbaixos, balançavam a perna cruzada, soltando, de tempos em tempos, um grande suspiro; e cada um deles aborrecia-se de modo exagerado, mas ninguém queria abandonar o seu posto.

Quando Homais voltou, às nove horas (há dois dias era visto o tempo todo na praça), carregava uma provisão de cânfora, de benjoim e de ervas aromáticas. Trazia também um vaso cheio de cloro, para afastar os miasmas. Naquele momento, a criada, a sra. Lefrançois e a velha sra. Bovary estavam em torno de Emma, terminando de vesti-la; baixaram então o véu longo e hirto, que a recobria até os sapatos de cetim.

Félicité soluçava:

– Ah! Minha pobre patroa! Minha pobre patroa!

– Vejam-na – dizia suspirando a dona da estalagem –, como ainda é bela!

Depois se inclinaram para pôr-lhe a grinalda.

Foi preciso levantar um pouco a cabeça e então uma onda de líquidos negros saiu, como vômito, de sua boca.

– Ah! Meu Deus ! O vestido, tome cuidado! – exclamou a sra. Lefrançois. – Ora, ajude-me! – dizia ela ao farmacêutico. – Por acaso o senhor está com medo?

– Medo, eu? – replicou ele, encolhendo os ombros. – Ah, bem, essa é boa! Vi outros no Hôtel-Dieu, quando estudava farmácia! Fazíamos *punch* no anfiteatro durante as dissecações! O nada não assusta um filósofo, e, inclusive, digo frequentemente que tenho a intenção de doar meu corpo aos hospitais a fim de que sirva mais tarde à ciência.

Ao chegar, o padre perguntou como ia o doutor e, depois da resposta do boticário, prosseguiu:

– O golpe ainda é muito recente, o senhor compreende!

Então Homais felicitou-o por não ter se exposto, como todo mundo, à perda de uma companhia querida, seguindo-se assim uma discussão sobre o celibato dos padres.

– Afinal – dizia o farmacêutico –, não é natural que um homem fique sem mulheres! Vê-se cada crime por conta disso...

– Ora bolas! – exclamou o eclesiástico. – Como o senhor quer que um indivíduo envolvido com o casamento possa manter, por exemplo, o segredo da confissão?

Homais atacou a confissão! Bournisien a defendeu, divagando sobre as regenerações que ela operava. Citou diferentes anedotas de ladrões que se tornaram honestos de repente. Militares, tendo se aproximado do tribunal da penitência, sentiram a venda cair-lhes dos olhos. Em Fribourg, havia um ministro...

Seu companheiro estava dormindo. Depois, como ele sufocava-se um pouco na atmosfera pesada do quarto, abriu a janela, o que acordou o farmacêutico.

– Tome, uma pitada de tabaco! – disse-lhe. – Aceite, isso distrai.

Ao longe, de algum lugar, ouviam-se latidos contínuos.

– O senhor está ouvindo um cão latir? – perguntou o farmacêutico.

– Dizem que eles pressentem os mortos – respondeu o eclesiástico. – São como as abelhas: elas voam da colmeia quando as pessoas morrem. – Homais não rebateu aquelas superstições, pois adormecera novamente.

O sr. Bournisien, mais robusto, continuou algum tempo remexendo baixinho os lábios; depois, sem perceber, baixou o queixo, largou o grande livro preto e pôs-se a roncar.

Estavam um diante do outro, com o ventre para frente, o rosto balofo, o ar contraído; depois de tantos desacordos, reencontraram-se enfim na mesma fraqueza humana e não se mexeram mais do que o cadáver ao lado deles, que parecia dormir.

Charles, ao entrar, não os acordou. Era a última vez. Vinha dar-lhe o último adeus.

As ervas aromáticas fumegavam ainda, e os turbilhões de vapor azulado confundiam-se perto da janela com a bruma que entrava. Havia algumas estrelas e a noite estava amena.

A cera dos círios caía em grossas lágrimas sobre os lençóis da cama. Charles olhava-os queimar, cansando seus olhos contra o brilho da chama amarela.

Reflexos tremulavam no vestido de cetim, branco como um luar. Emma desaparecia por baixo dele, e parecia-lhe que, espalhando-se para fora de si mesma, ela perdia-se confusamente em meio às coisas, no silêncio, na noite, no vento que passava, nos odores úmidos que subiam.

Depois, de repente, ele a viu no jardim de Tostes, no banco, contra a sebe de espinhos, ou então em Rouen, nas ruas, na entrada da casa, no pátio de Bertaux. Ainda podia ouvir o riso alegre dos meninos que dançavam debaixo das macieiras; o quarto estava repleto do perfume de sua cabeleira, e seu vestido fremia-lhe nos braços com um barulho de faíscas. Era a mesma, aquela ali!

Levou muito tempo lembrando-se de todas as alegrias desaparecidas, suas atitudes, seus gestos, o timbre da sua voz. Depois de um desespero, vinha-lhe outro continuamente, incessantemente, como ondas de uma maré transbordante.

Ele teve uma curiosidade terrível: devagar, com a ponta dos dedos, palpitando, levantou seu véu. Porém, soltou um grito de horror que acordou os outros dois. Levaram-no para baixo, para a sala.

Depois, Félicité veio dizer que ele estava pedindo mechas de cabelo.

– Cortem uma mecha – replicou o boticário.

E, como Félicité não ousava fazê-lo, ele avançou, com a tesoura na mão. Tremia tanto que chegou a picar a pele das têmporas em diversos lugares. Enfim, contendo a emoção, Homais deu dois ou três grandes golpes ao acaso, o que deixou marcas brancas naquela bela cabeleira negra.

O farmacêutico e o padre voltaram a mergulhar em suas ocupações, não sem deixar de dormir de tempos em tempos, o que era motivo de acusações mútuas a cada novo despertar. Então, o sr. Bournisien aspergia o quarto com água benta e Homais jogava um pouco de cloro no chão.

Félicité havia tido o cuidado de pôr água na cômoda, uma garrafa de aguardente, um queijo e um brioche grande. O boticário, que já não aguentava mais, suspirou lá pelas quatro horas da manhã:

– Palavra de honra, eu me alimentaria com prazer!

O eclesiástico não se fez de rogado: saiu para rezar a missa, voltou, depois comeram e brindaram, enquanto riam um pouco, sem saber por que, excitados com uma alegria vaga de que somos tomados depois de momentos de tristeza; e, no último cálice, o padre disse ao farmacêutico, batendo-lhe no ombro:

– Acabaremos por nos entender!

Eles encontraram embaixo, no vestíbulo, os encarregados do funeral que haviam acabado de chegar. Então Charles, durante duas horas, teve de sofrer o suplício do martelo que ressoava ao bater nas tábuas. Depois, desceram-na no caixão de carvalho, que colocaram nos dois outros; mas, como o ataúde era largo demais, foi preciso preencher os interstícios com a lã de um colchão. Enfim, quando as três tampas foram aplainadas, pregadas, soldadas, o caixão foi exposto diante da porta; abriram totalmente a casa e as pessoas de Yonville começaram a entrar.

O velho Rouault chegou. Desmaiou na praça ao ver o lençol negro.

X

Ele apenas recebera a carta do farmacêutico 36 horas depois do acontecimento, e, levando em consideração sua sensibilidade, o sr. Homais a redigira de tal forma que era impossível saber o que havia ocorrido.

A princípio, o velhote caiu como se sofresse de uma apoplexia. A seguir, compreendeu que ela não estava morta. Mas poderia estar... Enfim, vestiu uma camisa, pegou seu chapéu, pendurou uma espora no sapato e foi embora a toda brida; ao longo de toda a estrada, o velho Rouault ofegava, devorando-se de angústia. Uma vez foi obrigado a apear. Não enxergava mais nada, ouvia apenas vozes em torno de si, sentia que estava enlouquecendo.

O dia raiou. Percebeu três galinhas negras que dormiam em uma árvore; estremeceu, assustado com aquele presságio. Prometeu então à Virgem três casulas para a igreja e ir de pés descalços do cemitério de Bertaux até a capela de Vassonville.

Entrou em Maromme chamando aos berros as pessoas do albergue, derrubou a porta com o ombro, pulou sobre o saco de aveia, derramou na manjedoura uma garrafa de sidra doce e montou de novo seu garrano, cujas ferraduras soltavam faíscas.

Dizia consigo que sem dúvida a salvariam; os médicos descobririam um remédio, era certo. Lembrou-se de todas as curas milagrosas que lhe haviam contado.

Depois, ela apareceu-lhe morta. Estava ali, diante dele, estendida de costas, no meio da estrada. Puxou as rédeas, e a alucinação desapareceu.

Em Quincampoix, para criar coragem, bebeu três cafés, um atrás do outro.

Pensou que talvez tivessem se enganado de nome ao escreverem. Procurou a carta no bolso, encontrou-a, mas não ousou abri-la.

Chegou a supor que talvez fosse uma brincadeira, uma vingança de alguém, uma fantasia de um bêbado; aliás, se ela estivesse morta, não o saberiam? Mas não! O campo não tinha nada de extraordinário: o céu estava azul, as árvores balançavam-se; um rebanho de carneiros passou. Ele viu o vilarejo; viram-no chegando todo curvado em seu cavalo, que açoitava violentamente e de cujas correias escorria sangue.

Quando retomou consciência, caiu em prantos nos braços de Bovary:

– Emma, minha filha! O que houve...?

E o outro respondeu soluçando:

– Não sei! É uma desgraça!

O boticário os separou.

– Esses detalhes horríveis são inúteis. Eu instruirei o senhor. Veja a multidão que está vindo. Dignidade, diabos! Um pouco de filosofia!

O pobre Bovary quis parecer forte e repetiu várias vezes:

– Sim... coragem!

– Pois bem! – exclamou o velhote. – Serei forte, raios! Vou ser forte até o fim.

O sino soou. Tudo estava pronto. Foi preciso começar.

E, sentados na estala do coro, um ao lado do outro, viram passar e repassar diante deles os três chantres que salmodiavam. O serpentão assoprava com toda força. O padre Bournisien, todo paramentado, cantava com uma voz aguda; saudava o tabernáculo, levantava as mãos, estendia os braços. Lestiboudois circulava na igreja com sua tira de barbatana; perto da estante, o caixão repousava entre quatro fileiras de círios. Charles tinha vontade de levantar-se para apagá-los.

Tratava, no entanto, de excitar a devoção, de lançar-se na esperança de uma vida futura em que voltaria a vê-la. Imaginava que ela viajara para bem longe havia muito tempo. Mas, quando pensava que ela encontrava-se ali embaixo e que tudo estava acabado, que ela seria levada para dentro da terra, era tomado de uma raiva feroz, negra, desesperada. Por vezes, ele acreditava não sentir mais nada, e saboreava aquela atenuação da dor ao mesmo tempo em que se acusava de ser um miserável.

Ouviu-se um ruído seco do bastão de ferro que batia em intervalos regulares no assoalho. Ele vinha do fundo e parou repentinamente na nave lateral da igreja. Um homem, com um grosso casaco escuro, ajoelhou-se com dificuldade. Era Hippolyte, o rapaz do Lion d'Or. Havia posto sua perna nova.

Um dos chantres deu a volta na igreja para receber as esmolas, e as moedas, umas depois das outras, soavam na bandeja de prata.

– Vamos, apresse-se! Estou sofrendo! – exclamou Bovary, enquanto jogava com raiva uma moeda de cinco francos.

O homem da igreja agradeceu-lhe com uma longa reverência.

Cantaram, ajoelharam-se, levantaram-se, aquilo não terminava nunca! Lembrou-se de uma vez, nos primeiros tempos, em que haviam assistido à missa e colocaram-se lado a lado, à direita, contra a parede. O sino recomeçou. Houve uma grande movimentação de cadeiras. Os três carregadores colocaram os três bastões sob o caixão e saíram da igreja.

Foi então que Justin apareceu na entrada da farmácia. Entrou de repente, pálido, cambaleante.

As pessoas puseram-se nas janelas para ver passar o cortejo. Charles ia à frente, curvado. Adotara um ar bravo e saudava com um sinal aqueles que, saindo das ruelas ou das portas, juntavam-se à multidão.

Seis homens, três de cada lado, caminhavam em passos curtos, um pouco ofegantes. Os padres, os chantres e os dois meninos do coro recitavam o *De profundis*, e suas vozes perdiam-se pelo campo, ondulando entre sons agudos e graves. Por vezes, desapareciam nas curvas do caminho, mas a grande cruz de prata permanecia erguida entre as árvores.

As mulheres vinham a seguir, cobertas com capas negras com capuzes caídos; levavam à mão um grande círio que ardia, e Charles sentia-se desfalecer com aquela contínua repetição de preces e chamas, sob aqueles odores insípidos de cera e batina. Uma brisa fresca soprava, o centeio e o colza verdejavam, e gotículas de orvalho tremiam à beira do caminho, sobre as sebes de espinhos. Todo tipo de barulho alegre preenchia o horizonte: o rumor de uma carroça rodando pelos caminhos de trânsito, o grito de um galo que se repetia ou o galope de um potro que podia-se ver fugindo debaixo das macieiras. O céu puro estava manchado de nuvens rosadas; fumaças azuladas pairavam sobre choupanas cobertas de lírios; Charles, ao passar, reconhecia os pátios. Lembrava-se das manhãs como aquelas em que, depois de ter visitado algum doente, voltava para junto dela.

O pano negro, semeado de lágrimas brancas, levantava-se de tempos em tempos, descobrindo o caixão. Os carregadores, cansados, andavam mais devagar, e o caixão avançava com movimentos bruscos contínuos, como uma chalupa que balança a cada onda.

Chegaram.

Os homens continuaram até mais abaixo, no lugar do gramado onde a cova fora aberta.

Colocaram-se em volta; e, enquanto o padre falava, a terra vermelha, jogada nas bordas, escorria pelos cantos, sem barulho, continuamente.

Depois, quando as quatro cordas foram dispostas, puseram o caixão por cima delas. Ele o viu descer. Descia sem parar.

Enfim ouviram um choque; as cordas, rangendo, subiram. Então Bournisien pegou a ferramenta que Lestiboudois estendeu-lhe; com sua mão esquerda, enquanto aspergia com a direita, empurrou vigorosamente uma pazada; e a madeira do caixão, atingida pelos pedregulhos, fez um barulho formidável, que parecia a ressonância da eternidade.

O eclesiástico passou o aspersório a seu vizinho. Era o sr. Homais. Ele o sacudiu gravemente, depois o estendeu a Charles, que se prostrou de joelhos na terra e jogou-a aos punhados, gritando: "Adeus!". Mandava-lhe beijos, arrastava-se para a cova para ali ser engolido com ela.

Retiraram-no dali; ele não demorou a se acalmar, experimentando talvez, como todos os outros, a vaga satisfação de ver tudo acabado.

O velho Rouault, ao voltar, pôs-se tranquilamente a fumar um charuto; o que Homais, no seu íntimo, julgou inconveniente. Notou também que o sr. Binet absteve-se de comparecer, que Tuvache "dera no pé" depois da missa e que Théodore, o criado do notário, usava um casaco azul "como se não pudesse encontrar um casaco preto, já que é costume, diabos!" E, para comunicar suas observações, ia de um grupo a outro. Deploraram a morte de Emma, principalmente Lheureux, que não deixou de vir ao enterro.

– Essa pobre senhora! Que dor para seu marido!

O boticário repetia:

– Se não fosse eu, o senhor sabe bem, ele teria cometido algum atentado funesto!

– Uma pessoa tão boa! Pensar que no sábado passado ainda a vi em minha loja!

– Não tive o prazer – disse Homais – de preparar algumas palavras para pronunciar à beira do túmulo.

Ao voltar, Charles despiu-se, e o velho Rouault pôs de volta sua camisa azul. Era nova e como, durante o trajeto, ele havia enxugado os olhos com as mangas, ela havia desbotado sobre o rosto dele, e as marcas das lágrimas formavam linhas na camada de poeira que a sujava.

A sra. Bovary mãe estava com eles. Todos os três estavam calados. Enfim o velhote suspirou:

– Está lembrado, meu amigo, que uma vez vim a Tostes quando você acabara de perder sua primeira mulher? Eu o consolei naquele tempo! Eu encontrava o que dizer, mas agora...

Depois, com um longo gemido que levantou o peito, disse:

– Ah! Para mim é o fim! Vi a minha mulher partir... depois meu filho... e agora a minha filha!

Ele quis voltar imediatamente a Bertaux, dizendo que não poderia dormir naquela casa. Recusou-se inclusive a ver sua netinha.

– Não! Não! Seria demais para mim. Deem-lhe muitos beijos! Adeus!... O senhor é um bom rapaz! E, além do mais, nunca vou esquecer isso – disse, batendo na coxa. – Não tenha medo, receberá sempre seu peru.

Mas, quando chegou ao alto da encosta, voltou-se, como antigamente se voltara no caminho de Saint-Victor, ao separar-se dela. As janelas do vilarejo estavam em fogo sob os raios oblíquos do sol, que se punha na pradaria. Ele pôs sua mão diante de seus olhos e avistou no horizonte muros nos quais algumas árvores formavam feixes negros entre as pedras brancas; depois continuou seu caminho, a trote curto, pois seu garrano mancava.

Charles e sua mãe permaneceram, apesar do cansaço, bastante tempo conversando à noite. Falaram dos velhos tempos e do futuro. Ela viria morar em Yonville, cuidaria da casa, os dois não mais se separariam. Ela foi hábil e carinhosa, regozijando-se interiormente por reconquistar uma afeição que há tanto tempo escapava-lhe. Soou meia-noite. O vilarejo, como de hábito, estava silencioso, e Charles, acordado, continuava pensando nela.

Rodolphe, que para distrair-se andara o dia todo, dormia tranquilamente em seu castelo; e Léon, lá em Rouen, dormia também.

Havia outro que, àquela hora, ainda não estava dormindo.

Na cova, entre os pinheiros, uma criança chorava ajoelhada, e seu peito, despedaçado pelos soluços, ofegava à sombra, oprimido pela pressão de um arrependimento imenso, mais suave do que a lua e mais insondável do que a noite. A grade estalou subitamente. Era Lestiboudois; vinha buscar a pá que esquecera à tarde. Reconheceu Justin escalando o muro e soube quem era afinal o ladrão de batatas.

XI

Charles, no dia seguinte, mandou vir a pequena. Ela perguntou pela mãe. Responderam que ela havia saído, que lhe traria brinquedos. Berthe repetiu a pergunta inúmeras vezes; depois, com tempo, não pensou mais nisso. A alegria daquela criança desolava Bovary, que tinha de aturar ainda as intoleráveis consolações do farmacêutico.

Os problemas de dinheiro logo recomeçaram: o sr. Lheureux excitando novamente seu amigo Vinçart e Charles comprometendo-se com somas exorbitantes, pois nunca quis consentir que vendessem um só móvel que tivesse pertencido a ela. Sua mãe irritou-se. Ele indignou-se mais do que ela. Ele mudara completamente. Ela abandonou a casa.

Houve então quem passou a tirar proveito. A srta. Lempereur reclamou seis meses de lições, embora Emma nunca tivesse tido uma só (apesar daquele recibo quitado que mostrara a Bovary): era uma combinação entre ambas; o alugador de livros reclamou três anos de assinatura; a dona Rolet reclamou o porte de umas vinte cartas; e, como Charles pedia explicações, ela teve a delicadeza de responder:

– Ah! Não sei de nada! Eram para seus negócios.

A cada dívida que pagava, Charles acreditava ter terminado. Vinham outras, continuamente.

Exigiu os atrasados de antigas visitas. Mostraram-lhe cartas que sua mulher enviara. Então foi preciso pedir desculpas.

Félicité agora usava os vestidos da patroa; não todos, pois ele havia guardado alguns e ia vê-los no banheiro, onde se trancava. Tinham basicamente a mesma altura e, frequentemente, vendo Félicité de costas, Charles era tomado de uma ilusão e exclamava:

– Oh! Fique! Fique!

Mas, no Pentecostes, ela fugiu de Yonville, levada por Théodore, roubando tudo que restara do guarda-roupa de Emma.

Foi por essa época que a viúva Dupuis teve a honra de comunicar-lhe o "casamento do sr. Léon Dupuis, seu filho, notário em Yvetot, com a srta. Léocadie Lebœuf, de Bondeville". Charles, entre as felicitações que lhe dirigiu, escreveu a seguinte frase:

"Como minha pobre mulher teria ficado contente!"

Um dia, errando sem objetivo pela casa, subiu ao sótão e sentiu sob sua pantufa uma bolinha de papel fino. Abriu e leu: *"Coragem, Emma! Coragem! Não quero causar sua desgraça."* Era a carta de Rodolphe, caída no chão entre as caixas que ficara ali, e que o vento que entrara pela fresta acabara de impelir para perto da porta. Charles permaneceu imóvel e boquiaberto naquele mesmo lugar em que, outrora, ainda mais pálida do que ele, Emma, desesperada, havia desejado morrer. Enfim, ele descobriu um pequeno "R" em baixo da segunda página. Quem era? Lembrou-se das assiduidades de Rodolphe, seu desaparecimento súbito e o ar constrangido que ficou ao reencontrá-la depois, duas ou três vezes. Mas o tom respeitoso da carta o iludiu.

"Talvez tenham se amado de forma platônica", pensou.

Aliás, Charles não era daqueles que descem à profundeza das coisas: recuou diante das provas, e seu ciúme incerto perdeu-se na imensidão de seu desgosto.

Os homens deviam adorá-la, pensava. Todos, certamente, cobiçaram-na. Essa ideia tornou-a ainda mais bela a seus olhos; e ele concebeu um desejo permanente, furioso, que inflamava seu desespero e que não tinha mais limites, pois era agora irrealizável.

Para agradá-la, como se ela ainda estivesse viva, Charles adotou suas predileções, suas ideias; comprou botas de verniz, passou a usar gravatas brancas. Usava cosméticos no bigode, assinava, como ela, promissórias. Mesmo do túmulo, ela continuava corrompendo-o.

Teve de vender peça por peça da prataria; depois, vendeu os móveis da sala. Todos os aposentos esvaziaram-se, mas o quarto, o quarto dela, esse permaneceu como antigamente. Após o jantar, Charles subia. Colocava a mesa redonda diante do fogo e aproximava sua poltrona. Sentava-se de frente. Uma vela ardia em um dos candelabros dourados. Berthe, perto dele, coloria gravuras.

O pobre homem sofria ao vê-la tão mal-vestida, com seus borzeguins sem laços e a cava de suas blusinhas rasgadas até as ancas, pois a criada não tomava o menor cuidado. Mas ela era tão doce, tão gentil, e sua cabecinha inclinava-se tão graciosamente, deixando cair sobre suas faces rosadas sua bela cabeleira loura, que um deleite infinito o invadia, um prazer misturado com amargura como aqueles vinhos malfeitos que têm aroma de resina. Ela arrumava seus brinquedinhos, fabricava-lhe fantoches com cartão ou costurava o ventre rasgado de suas bonecas. Depois, se seus olhos encontravam na caixa de costura uma fita fora de lugar ou até um alfinete esquecido na fenda de uma mesa, punha-se a sonhar, e ele parecia tão triste que ela tornava-se triste como ele.

Ninguém agora vinha vê-los, pois Justin fugira para Rouen, onde arrumou um emprego em um armazém, e os filhos do sr. Homais visitavam cada vez menos a pequena. O sr. Homais não se empenhou, visto a diferença de suas condições sociais, que a intimidade se prolongasse.

O cego, que não pudera curar-se com sua pomada, voltou à encosta de Bois-Guillaume, onde narrava aos viajantes a vã tentativa do farmacêutico, a tal ponto que Homais, quando ia à cidade, dissimulava-se atrás das cortinas da *Hirondelle,* a fim de evitar o encontro. Ele o execrava e, velando por sua própria reputação, querendo livrar-se dele a todo custo, lançou um plano de ataque dissimulado, que revelava a profundeza de sua inteligência e a perfídia de sua vaidade. Durante seis meses consecutivos, puderam-se ler no *Fanal de Rouen* notícias como esta:

"Todos que se dirigem às férteis regiões da Picardia terão notado, sem dúvida, na encosta de Bois-Guillaume, um miserável, vítima de uma terrível ferida facial. Ele importuna e persegue a todos e ainda exige um verdadeiro imposto dos viajantes. Será que ainda estamos na Idade Média, quando era permitido aos vagabundos espalharem a lepra e as escrófulas que haviam trazido das Cruzadas?"

Ou então:

"Apesar das leis contra a vagabundagem, os acessos às nossas grandes cidades continuam infestados por bandos de pobres. Vemos alguns circulando isoladamente e, talvez, esses nem sejam os mais perigosos. Em que pensam nossos edis?"

Homais ainda inventava anedotas:

"Ontem, na encosta do Bois-Guillaume, um cavalo espantadiço..." E prosseguia a narrativa com um acidente ocasionado pela presença do cego.

Insistiu tanto, que o encarceraram. Mas logo o puseram em liberdade. Ele recomeçou, e Homais também recomeçou. Era uma luta. Homais venceu, pois seu inimigo foi condenado à reclusão perpétua em um hospício.

Aquele sucesso encorajou-o, e desde então não mais havia no distrito um cachorro esmagado, nenhuma granja incendiada, nenhuma mulher espancada que ele não denunciasse ao público, sempre guiado pelo amor ao progresso e o ódio aos padres. Estabeleceu comparações entre as escolas primárias e os padres ignorantinhos em detrimento desses últimos, evocava a matança de São Bartolomeu a propósito de uma doação de cem francos feita à igreja e denunciava abusos, lançava gracejos. Era seu jeito. Homais solapava, tornava-se perigoso.

No entanto, ele sufocava nos limites estreitos do jornalismo e logo lhe foi necessário um livro, a obra! Então compôs uma *Estatística geral do cantão de Yonville seguida de observações climatológicas*, e a estatística conduziu-o à filosofia. Preocupou-se com as grandes questões: problemas sociais, moralização das classes pobres, piscicultura, borracha, caminhos de ferro etc. Passou a ter vergonha de sua condição burguesa. Adotou o gênero *artista*, passou a fumar! Comprou duas estátuas chiques Pompadour para decorar sua sala.

Não abandonava a farmácia; pelo contrário! Mantinha-se atualizado sobre as descobertas. Seguia o grande movimento dos chocolates. Foi o primeiro a mandar vir para a Seine-Inférieur farinha de chocolate e *revalenta*[68]. Foi tomado de tanto entusiasmo pelos equipamentos hidrelétricos Pulvermacher que até usava um. E, à noite, quando retirava seu colete de flanela, a sra. Homais ficava fascinada diante da espiral de ouro sob a qual seu marido desaparecia, e sentia redobrar seus ardores por aquele homem mais garrotado do que um cita e esplêndido como um mágico.

Teve belas ideias para o túmulo de Emma. Propôs, primeiro, um pedaço de coluna com uma roupagem, em seguida uma pirâmide, depois, um templo de Vesta, uma espécie de rotunda... Ou então "uma acumulação de ruínas". E, em todos os projetos, Homais nunca desistia do salgueiro chorão, que considerava o símbolo obrigatório da tristeza.

Charles e ele fizeram juntos uma viagem a Rouen para ver os modelos de túmulos de um fornecedor de sepulturas – acompanhados de um pintor chamado Vaufrylard, amigo de Bridoux, que vivia fazendo trocadilhos. Enfim, depois de ter examinado uma centena de desenhos, pedido um orçamento e feito uma segunda viagem a Rouen, Charles decidiu-se por um mausoléu que devia ter nas duas faces principais "um gênio segurando um facho apagado".

Quanto à inscrição, Homais não achava nada mais belo que: *Sta viator*[69], mas não conseguia encontrar o resto; usou a imaginação; repetia continuamente: *Sta viator*... Enfim, descobriu: *amabilem conjugem calcas*![70], que foi imediatamente adotada.

Uma coisa estranha é que Bovary, mesmo pensando em Emma continuamente, esquecia-a, e desesperava-se ao sentir aquela imagem escapar-lhe da memória, apesar dos esforços que fazia para retê-la. Todas as noites, no entanto, sonhava com ela; era sempre o mesmo sonho: aproximava-se dela, mas, quando a abraçava, Emma desfazia-se em putrefação em seus braços.

---

68. Preparação alimentar à base de farinha de legumes, como milho, lentilhas e ervilhas. (N.T.)

69. "Pare, viajante." (N.T.)

70. "Debaixo de seus pés, jaz uma esposa amável." (N.T.)

Foi visto durante uma semana entrando na igreja à noite. O sr. Bournisien fez-lhe até mesmo duas ou três visitas, depois o abandonou. Aliás, o velhote tornava-se intolerante, fanático, dizia Homais; fulminava contra o espírito do século e não deixava de, a cada quinze dias, em seu sermão, contar a agonia de Voltaire, que morreu devorando seus próprios excrementos, como todos sabem.

Apesar da economia em que Bovary vivia, estava longe de poder amortecer suas antigas dívidas. Lheureux recusou-se a renovar qualquer promissória. A penhora tornou-se iminente. Então recorreu à mãe, que consentiu em hipotecar seus bens, mas fazendo-lhe muitas recriminações contra Emma; e ela pediu, em troca de seu sacrifício, um xale que escapara das devastações de Félicité. Charles recusou. Desentenderam-se.

Foi ela quem deu os primeiros passos para reconciliarem-se, propondo-lhe que trouxesse a pequena para sua casa, o que seria um alívio para ele. Charles aceitou. Mas, no momento da partida, toda coragem abandonou-o. Então ocorreu a ruptura definitiva, completa.

À medida que as afeições desapareciam, Charles ligava-se mais estreitamente ao amor de sua filha. Mas ela o preocupava: tossia algumas vezes e tinha placas vermelhas nas faces.

À sua frente, ostentava-se – florescente e risonha – a família do farmacêutico para cuja satisfação tudo contribuía. Napoléon ajudava-o no laboratório, Athalie bordava-lhe um barrete grego, Irma cortava círculos de papel para cobrir as geleias e Franklin recitava de um só fôlego a tábua de Pitágoras. Era o mais feliz dos pais e o mais afortunado dos homens.

Errado! Uma ambição surda o corroía. Homais desejava receber uma condecoração. Títulos já não lhe faltavam:

1º Fez-se notar, durante o cólera, por um devotamento sem limites; 2º Publicou, encarregando-se dos custos, diferentes obras de utilidade pública, tais como... (e ele evocava seu memorial intitulado *A sidra, sua fabricação e seus efeitos,* além de observações sobre o pulgão lanígero enviadas à Academia, seu volume de estatística e inclusive sua tese de farmacêutico); sem contar que era membro de várias sociedades científicas (na verdade, de apenas uma).

– Enfim – exclamava, fazendo uma pirueta –, quando mais não fosse por ter-me destacado nos incêndios!

Então Homais inclinou-se para o poder. Prestou secretamente ao sr. prefeito grandes serviços durante as eleições. Vendeu-se, enfim, prostituiu-se. Enviou inclusive ao soberano uma petição em que lhe suplicava que fizesse justiça; chamava-o de bom réu e o comparava a Henrique IV.

E, todo dia de manhã, o boticário precipitava-se ao jornal para descobrir sua nomeação; ela não vinha. Enfim, ele já nem dava importância, mandou desenhar no gramado do jardim uma estrela figurando a cruz da Legião de Honra, com duas faixas de relva que partiam do alto para imitar a fita. Passeava em torno dela, de braços cruzados, meditando sobre a inépcia do governo e a ingratidão dos homens.

Por respeito, ou por uma espécie de sensualidade que o fazia adotar certa lentidão em suas investigações, Charles ainda não havia aberto o compartimento secreto de uma escrivaninha de jacarandá que Emma usava habitualmente. Um dia, enfim, ele sentou-se diante dela, girou a chave e empurrou a mola. Estavam ali todas as cartas de Léon. Não havia mais dúvidas dessa vez! Ele devorou até a última, revirou todos os cantos, todos os móveis, todas as gavetas, atrás das paredes, soluçando, gritando, desvairado, louco. Descobriu uma caixa, arrombou-a com um pontapé. O retrato de Rodolphe saltou-lhe ao rosto, em meio aos bilhetes de amor em desordem.

Impressionaram-se com seu desânimo. Não saía mais, não recebia ninguém, recusava até mesmo ir ver os doentes. Então, começaram a dizer que ele ficava em casa para beber.

Algumas vezes, no entanto, um curioso espiava por cima da sebe do jardim e percebia com espanto aquele homem de barba comprida, coberto de roupas sórdidas, arisco e que chorava alto enquanto caminhava.

À noite, no verão, pegava sua filhinha e a conduzia ao cemitério. Voltavam quando já era noite, quando mais nada iluminava a praça além da janela de Binet.

No entanto, a volúpia de sua dor era incompleta, pois não tinha a seu redor ninguém para dividi-la, e fazia visitas à velha Lefrançois a fim de poder falar com ela. Mas a dona da estalagem mal o ouvia, pois tinha também suas desgraças: o sr. Lheureux finalmente acabara de estabelecer *Les Favorites du commerce*, e Hivert, que gozava de uma grande reputação para as comissões, exigia um aumento de ordenado e ameaçava ir trabalhar para "a concorrência".

Um dia em que foi ao mercado d'Argueil para vender seu cavalo – seu último recurso –, encontrou Rodolphe.

Ambos empalideceram ao se verem. Rodolphe, que apenas mandara-lhe um cartão, balbuciou primeiro algumas desculpas, a seguir, encorajou-se e inclusive teve a audácia (estava muito quente, pois era mês de agosto) de convidar Charles para tomar uma cerveja na taberna.

Sentado na frente dele, mastigava seu cigarro enquanto conversava, e Charles perdia-se em devaneios diante daquele rosto que ela amara. Parecia-lhe ver algo dela. Era um deslumbramento. Queria ser aquele homem.

O outro continuava falando de agricultura, pecuária, adubos, obstruindo com frases banais todos os intervalos que poderiam abrigar uma alusão. Charles não o ouvia; Rodolphe percebeu isso e passou a acompanhar na mobilidade daquele rosto a passagem das lembranças. O rosto foi ficando pouco a pouco vermelho, as narinas palpitavam rapidamente, os lábios tremiam; houve até um instante em que Charles, cheio de furor sombrio, fixou os olhos em Rodolphe que, em uma espécie de pavor, interrompeu-se. Mas logo aquela lassidão fúnebre reapareceu em seu rosto.

– Não lhe quero mal – disse.

Rodolphe permaneceu mudo. E Charles, com a cabeça entre as mãos, retomou com uma voz apagada e com o tom resignado as dores infinitas:

– Não lhe quero mais mal!

Acrescentou inclusive uma grande frase, a única que jamais dissera:

– É culpa da fatalidade!

Rodolphe, que conduzira aquela fatalidade, achou-o bastante bonachão para um homem em sua situação, cômico até, e um pouco vil.

No dia seguinte, Charles foi sentar-se no banco do caramanchão. A claridade entrava pelas grades, as folhas de vinha desenhavam sombras na areia, o jasmim exalava seu perfume, o céu estava azul, as cantáridas zumbiam em torno dos lírios em flor, e ele sufocava como um adolescente aos eflúvios amorosos vagos que enchiam seu coração de tristeza.

Às sete horas, a pequena Berthe, que não o vira a tarde toda, veio chamá-lo para o jantar.

Ele estava com a cabeça virada contra a parede, os olhos fechados, a boca aberta e segurava na mão uma longa mexa de cabelos negros.

– Ora, papai, venha! – ela disse.

E, achando que ele queria brincar, ela o empurrou suavemente. Ele caiu no chão. Estava morto.

Trinta e seis horas depois, a pedido do boticário, o sr. Canivet compareceu. Abriu-o, mas nada encontrou.

Quando tudo foi vendido, sobraram 12 francos e 75 centavos que serviram para pagar a viagem da srta. Bovary à casa de sua avó. A boa mulher morreu naquele mesmo ano; como o velho Rouault estava paralítico, foi uma tia quem se encarregou de cuidar dela. Por ser pobre, manda-a a uma fábrica de fios de algodão, para que ganhe a vida.

Desde a morte de Bovary, três médicos sucederam-se em Yonville sem conseguir êxito, de tal modo foram atacados pelo sr. Homais. Este tem uma clientela dos diabos; as autoridades o poupam e a opinião pública o protege.

Acaba de receber a condecoração da cruz da Legião de Honra.

FIM

Coleção L&PM POCKET (Lançamentos mais recentes)

1245.**Morte por afogamento e outras histórias** – Agatha Christie
1246.**Assassinato no Comitê Central** – Manuel Vázquez Montalbán
1247.**O papai é pop** – Marcos Piangers
1248.**O papai é pop 2** – Marcos Piangers
1249.**A mamãe é rock** – Ana Cardoso
1250.**Paris boêmia** – Dan Franck
1251.**Paris libertária** – Dan Franck
1252.**Paris ocupada** – Dan Franck
1253.**Uma anedota infame** – Dostoiévski
1254.**O último dia de um condenado** – Victor Hugo
1255.**Nem só de caviar vive o homem** – J.M. Simmel
1256.**Amanhã é outro dia** – J.M. Simmel
1257.**Mulherzinhas** – Louisa May Alcott
1258.**Reforma Protestante** – Peter Marshall
1259.**História econômica global** – Robert C. Allen
1260(33).**Che Guevara** – Alain Foix
1261.**Câncer** – Nicholas James
1262.**Akhenaton** – Agatha Christie
1263.**Aforismos para a sabedoria de vida** – Arthur Schopenhauer
1264.**Uma história do mundo** – David Coimbra
1265.**Ame e não sofra** – Walter Riso
1266.**Desapegue-se!** – Walter Riso
1267.**Os Sousa: Uma famíla do barulho** – Mauricio de Sousa
1268.**Nico Demo: O rei da travessura** – Mauricio de Sousa
1269.**Testemunha de acusação e outras peças** – Agatha Christie
1270(34).**Dostoiévski** – Virgil Tanase
1271.**O melhor de Hagar 8** – Dik Browne
1272.**O melhor de Hagar 9** – Dik Browne
1273.**O melhor de Hagar 10** – Dik e Chris Browne
1274.**Considerações sobre o governo representativo** – John Stuart Mill
1275.**O homem Moisés e a religião monoteísta** – Freud
1276.**Inibição, sintoma e medo** – Freud
1277.**Além do princípio de prazer** – Freud
1278.**O direito de dizer não!** – Walter Riso
1279.**A arte de ser flexível** – Walter Riso
1280.**Casados e descasados** – August Strindberg
1281.**Da Terra à Lua** – Júlio Verne
1282.**Minhas galerias e meus pintores** – Kahnweiler
1283.**A arte do romance** – Virginia Woolf
1284.**Teatro completo v. 1: As aves da noite *seguido de* O visitante** – Hilda Hilst
1285.**Teatro completo v. 2: O verdugo *seguido de* A morte do patriarca** – Hilda Hilst
1286.**Teatro completo v. 3: O rato no muro *seguido de* Auto da barca de Camiri** – Hilda Hilst
1287.**Teatro completo v. 4: A empresa *seguido de* O novo sistema** – Hilda Hilst
1289.**Fora de mim** – Martha Medeiros
1290.**Divã** – Martha Medeiros
1291.**Sobre a genealogia da moral: um escrito polêmico** – Nietzsche
1292.**A consciência de Zeno** – Italo Svevo
1293.**Células-tronco** – Jonathan Slack
1294.**O fim do ciúme e outros contos** – Proust
1295.**A jangada** – Júlio Verne
1296.**A ilha do dr. Moreau** – H.G. Wells
1297.**Ninho de fidalgos** – Ivan Turguêniev
1298.**Jane Eyre** – Charlotte Brontë
1299.**Sobre gatos** – Bukowski
1300.**Sobre o amor** – Bukowski
1301.**Escrever para não enlouquecer** – Bukowski
1302.**222 receitas** – J. A. Pinheiro Machado
1303.**Reinações de Narizinho** – Monteiro Lobato
1304.**O Saci** – Monteiro Lobato
1305.**Memórias da Emília** – Monteiro Lobato
1306.**O Picapau Amarelo** – Monteiro Lobato
1307.**A reforma da Natureza** – Monteiro Lobato
1308.**Fábulas *seguido de* Histórias diversas** – Monteiro Lobato
1309.**Aventuras de Hans Staden** – Monteiro Lobato
1310.**Peter Pan** – Monteiro Lobato
1311.**Dom Quixote das crianças** – Monteiro Lobato
1312.**O Minotauro** – Monteiro Lobato
1313.**Um quarto só seu** – Virginia Woolf
1314.**Sonetos** – Shakespeare
1315(35).**Thoreau** – Marie Berthoumieu e Laura El Makki
1316.**Teoria da arte** – Cynthia Freeland
1317.**A arte da prudência** – Baltasar Gracián
1318.**O louco *seguido de* Areia e espuma** – Khalil Gibran
1319.**O profeta *seguido de* O jardim do profeta** – Khalil Gibran
1320.**Jesus, o Filho do Homem** – Khalil Gibran
1321.**A luta** – Norman Mailer
1322.**Sobre o sofrimento do mundo e outros ensaios** – Schopenhauer
1323.**Epidemiologia** – Rodolfo Saracci
1324.**Japão moderno** – Christopher Goto-Jones
1325.**A arte da meditação** – Matthieu Ricard
1326.**O adversário secreto** – Agatha Christie
1327.**Pollyanna** – Eleanor H. Porter
1328.**Espelhos** – Eduardo Galeano
1329.**A Vênus das peles** – Sacher-Masoch
1330.**O 18 de brumário de Luís Bonaparte** – Karl Marx
1331.**Um jogo para os vivos** – Patricia Highsmith
1332.**A tristeza pode esperar** – J.J. Camargo
1333.**Vinte poemas de amor e uma canção desesperada** – Pablo Neruda
1334.**Judaísmo** – Norman Solomon
1335.**Esquizofrenia** – Christopher Frith & Eve Johnstone
1336.**Seis personagens em busca de um autor** – Luigi Pirandello
1337.**A Fazenda dos Animais** – George Orwell
1338.**1984** – George Orwell

IMPRESSÃO:

PALLOTTI
GRÁFICA

Santa Maria - RS | Fone: (55) 3220.4500
www.graficapallotti.com.br